ESCAPE DE VIENA

VIDIS

HISTÓRICA

Es posible que de todo lo que despierta nuestra curiosidad, nuestro pasado sea lo más intrigante. Porque es real, aunque poco sepamos de esos hechos y esas personas que vivieron años o siglos antes que nosotros.

Nos fascinan las películas históricas porque durante dos horas somos verdaderos testigos, vemos hasta el detalle lo que pudo ser, en un auténtico viaje al pasado. Hemos visto, eso quiere decir VIDIS, nuestro sello de novela histórica.

Cada libro te transportará desde la Antigua Grecia a la Segunda Guerra Mundial. Descubrirás hechos, personajes, costumbres, tragedias y emociones que pudieron ser reales. Si te llegan como un relato imaginario, es porque *la Historia, para ser contada, debe ser imaginada.*

Cuando acabes la última página, sentirás que además de haber recorrido un viaje lleno de aventuras, emociones y puro entretenimiento, habrás descubierto un episodio de la Historia que no conocías, y estarás feliz por haberte enriquecido.

Te damos la bienvenida a VIDIS, sabemos que ocupará un importante lugar en tu biblioteca.

¡Que lo disfrutes!

Título original: *Night Angels*
Edición original: Amazon Publishing
Esta edición ha sido posible gracias a Amazon Publishing, www.apub.com, en colaboración con Sandra Bruna Agencia Literaria.

Traducción: Carmen Bordeu
Corrección de estilo: Sara Moreno Yunta

© 2023 Weina Dai Randel

© 2024 Trini Vergara Ediciones
www.trinivergaraediciones.com

© 2024 Vidis Histórica
www.vidishistorica.com
España · México · Argentina

ISBN: 978-84-19767-30-1
Depósito Legal: M-16976-2024

Primera edición en España: octubre 2024
Impreso en Romanyà Valls S.A.
Printed in Spain · Impreso en España

ESCAPE DE VIENA

Weina Dai Randel

Traducción: Carmen Bordeu

VIDIS

HISTÓRICA

Este libro está dedicado al doctor Ho Fengshan,
a su familia y a todos los ángeles en Viena y más allá.

Viena, mayo de 1938

A LOS RICOS Y LOS PODEROSOS LOS ARRESTABAN, A LOS prominentes y los talentosos los acosaban, y los hábiles y los trabajadores eran víctimas de ataques. Los hombres huían y los zapatos retumbaban en los pasillos; los hombres se estremecían y los fusiles se les clavaban en la espalda; los hombres gemían y se les partía el cráneo sobre los adoquines.

En la oscuridad de la noche, cientos de miles de personas, los desilusionados, los deshumanizados, los desesperados buscaban una manera de salir de Viena.

CAPÍTULO 1

GRACE

CUANDO CONOCÍ A LOLA, NO FUE DEL TODO DECISIÓN MÍA, pues si hubiera dependido de mí, no habría apostado por ella. Pero muchas cosas no dependían de mí, como las cenas oficiales que duraban cinco horas o las fiestas extravagantes organizadas por la familia real de los Habsburgo o los bailes en los grandes salones atestados de funcionarios de alto rango con uniformes ribeteados en oro y duquesas con tiaras de diamantes, o incluso Viena.

Era finales de mayo, otra tarde larga: los rayos esporádicos de un sol pálido ondulaban sobre la ancha extensión de la Ringstrasse; una nube de polvo, silenciosa como las sombras, descendía sobre las farolas oxidadas y los grupos aislados de edificios barrocos; cerca, una masa de telarañas se aferraba a los brotes hinchados de los tilos, cuyas ramas se inclinaban con un cambio de viento repentino.

Enfundada en mi atuendo conservador propio de la esposa de un diplomático —chaqueta de seda sobre una blusa con volantes de encaje, falda hasta los tobillos, guantes azules y un sombrero de ala ancha con una cinta del mismo tono de azul—, llegué a la entrada del Stadtpark. Me senté en un banco fuera del parque, cerca del busto de un compositor adusto de nombre esquivo. Lola llegó un momento después, se sentó y se presentó.

Lo hice lo mejor que pude, asentí con cortesía y escuché con paciencia. Sonaba bien; hablaba inglés con un acento suave y era vienesa, una estudiante de la Universidad de Música y Artes Escénicas de Viena o algo así. Parecía deseosa de enseñarme alemán y me aseguró que me ayudaría con algunas frases que me serían útiles en las cenas oficiales en las que pasaba las horas observando la cristalería.

Lola tenía veinte años, cinco menos que yo, si mal no recordaba, aunque nunca recordaba bien las cosas. Su aspecto le daba un aire más joven y tal vez tuviera algo que ver con su sentido de la moda, que, en el mejor de los casos, era mínimo: su *dirndl* —el típico vestido bávaro— se veía un poco gastado y la chaqueta negra cruzada estaba pasada de moda. Sin embargo, llamaba la atención por su estilo natural, dinámico y genuino, los ojos verdes, las mejillas regordetas y la piel suave, con ese brillo típico de la juventud. Una muchacha envidiable, a la que aún no habían estropeado el estrés del matrimonio, la maternidad u otras ataduras y vergüenzas mundanas.

De todas maneras, no tenía mucho que decirle; había demasiado viento y demasiado polvo, y me sentía mareada. Mis pensamientos volaban como panfletos desechados y se dispersaban en el viento, y la voz de Lola, a pesar de su calidez, resultaba espesa como la niebla. Balbuceé un poco y asentí de vez en cuando hasta que me recorrió un torrente de calor y retorcí la correa del bolso con desasosiego y arrepentimiento. Esos verbos alemanes tan enrevesados y esas consonantes complicadas con sonidos que bien podrían provenir de alguien con un ataque de alergia… Aprender alemán sería una tarea desafiante y, probablemente, infructuosa para mí, ya que si algo sabía bien de mí misma era que tenía poco talento para las lenguas extranjeras.

—¿Señora Lee? —preguntó.

—¿Sí?

—¿Se encuentra usted bien? —Aquellos ojos verdes eran como los de una muñeca rusa en una tienda, íntimos e inescrutables.

—Oh, sí. Sí, estoy bien. Solo estaba… ¿De qué estábamos hablando?

—Me propuso vernos aquí el próximo jueves.

—Ah, claro. Aquí. Sí… ¿No le molesta? Aquí en el parque sería genial. Verá, vivo en un consulado y no es conveniente para mí tomar clases de alemán allí. Es que… hay demasiada gente. Pero podemos vernos en otro sitio si…

—El parque es perfecto. Aquí estaré, señora Lee.

—Muy bien…, estupendo. Hasta la próxima. —Aferré mi bolso y me puse de pie. Había dicho más palabras en unos minutos que en todo un mes.

—¿Puedo hacerle una pregunta, señora Lee? ¿Cuánto tiempo lleva en Viena? —Sonrió, una sonrisa amable, fácil, dorada, como el rayo de sol que le daba en la frente.

—Mmm… cerca de un año.

Ahora se me planteaba un dilema. ¿Debía quedarme o marcharme? El protocolo que había aprendido hacía poco como esposa de un diplomático no incluía la interacción con un tutor, pero si me marchaba, quedaría como una descortesía de mi parte. Así que volví a sentarme en el banco, apoyé el bolso sobre el regazo y fijé la mirada en varias palabras en alemán que estaban grabadas en el respaldo, cerca de su brazo. Qué ciudad tan extraña, Viena, con palabras por doquier. En las paredes y los bancos.

—¿Ha tenido un profesor de alemán antes?

—No.

Hubo un silencio espantoso.

Quizá debería dar una explicación. Fengshan me había presentado al menos a una docena de profesores particulares en los últimos meses, pero yo me las había ingeniado para evitarlos. Ella era la primera que conocía, pues se me habían acabado las excusas. Pero se me aceleró el pulso y fue como si volviera a estar sentada en una cena, bajo el escrutinio de aquellos diplomáticos ostentosos y sus sofisticadas esposas, que se especializaban en tonterías corteses y miradas críticas. Si hubiera podido, habría inventado una excusa y me habría escondido en el baño, pero no había ningún baño cerca adonde poder escapar.

—He oído decir que es usted la esposa de un diplomático, señora Lee.

El tono de Lola sonó como si tuviera dudas al respecto, y yo también las tenía. Día tras día, me despertaba con la esperanza de que no fuera cierto.

—¿Puedo preguntarle a qué país representa su marido?

La expresión de sus ojos. No podía tener veinte años; tenía que ser mayor, incluso mayor que yo.

—Él... es chino.

Me di cuenta de que no le había comentado a Fengshan que hoy conocería a Lola, pero cosas como esta no atraían su atención, estaba demasiado ocupado.

—Ah, es usted china. —Parecía curiosa, una reacción diferente de todas las miradas hostiles y prejuiciosas que había recibido.

—Soy... de Estados Unidos. —Recogí mi bolso.

—Estadounidense. No me extraña que hable tan bien inglés. ¿Le gusta Viena, señora Lee?

Aferré con fuerza mi bolso.

—Señorita... —Había olvidado su apellido—. Es una ciudad bonita.

—¿No le gusta Viena?

Me bajé el sombrero, luego lo empujé hacia arriba y volví a bajarlo. Había herido sus sentimientos; ahora no podía irme.

—Viena es especial. ¿Ha oído el dicho: "Las calles de Viena están pavimentadas con cultura; las calles de otras ciudades, con asfalto"? —preguntó.

—Lo siento…

Movió la mano en un gesto dramático y casi indignado y señaló los edificios barrocos al otro lado de la calle.

—A todo el mundo le gusta Viena. Tenemos una arquitectura magnífica y muchos palacios. El Hofburg, por ejemplo. Tiene los Apartamentos Imperiales, las colecciones de la emperatriz Sissi y el Tesoro Imperial, con reliquias que datan del Sacro Imperio Romano Germánico. Y el palacio de Schönbrunn. ¿Lo ha visitado? No está tan lejos. También adorará el Salón de Mármol del palacio Belvedere y, por supuesto, ya sabe que todo austríaco disfruta de las óperas y el ballet en la Wiener Staatsoper, la ópera estatal de Viena.

Esos nombres extranjeros. ¿Quién podía acordarse de todos? Había estado en una fiesta en el Hofburg, o quizás era el apartamento de la emperatriz Sissi o de la emperatriz María Teresa. Daba igual.

—Señorita… —comencé. Por fin me acordé de su apellido—. Señorita Schnitzel, me temo que…

—Schnitzler. Schnitzel es un tipo de comida.

—Ah.

—Y no tengo ninguna relación con el reconocido autor.

Me ruboricé. Ahora que me sentía avergonzada, no podía parar.

—Por supuesto…, señorita Schnitzel-Schnitzler… Lo siento muchísimo. Es difícil recordar los nombres alemanes… Y ya sabe que es difícil arreglárselas sin entender el idioma. Los nombres de las tiendas son impronunciables, igual que los de las calles. No puedo leer nada. Esto. Esto aquí. Mire. ¿Qué significa? —Señalé el garabato germánico grabado en el respaldo del banco.

Ella fijó la mirada en las palabras. Una luz destelló en sus ojos verdes y levantó la barbilla.

—Significa que es para arios.

—¿Cómo dice?

—No se nos permite sentarnos en este banco.

—Es un banco público. Cualquiera puede sentarse aquí.

Lola se volvió hacia los bancos que había al otro lado de la calle. También estaban escritas en alemán, pero no con la palabra "arios" sino con una que empezaba con j.

—Así debería ser.

—Sí, por supuesto. Estoy de acuerdo... Pero, disculpe. ¿Ha dicho usted que no se nos permite sentarnos en este banco? —Me había sentado aquí antes de que ella llegara y no había prestado atención a la inscripción, porque era incapaz de comprenderla.

—Es la nueva ley de Viena, señora Lee. —Se quedó callada y miró a un tranvía gigante que pasó chirriando junto a nosotras, con las ventanillas flanqueadas por banderas con una esvástica y haciendo clac-clac. No recordaba haber visto esas banderas cuando había llegado a Viena el año anterior, pero en los últimos tiempos estaban por todas partes. Política, había señalado Fengshan sobre las banderas, casi sin levantar la vista del periódico alemán que estaba leyendo.

Por supuesto, en estos días, todos hablaban de política en Viena. En la última fiesta a la que asistimos en el apartamento de una emperatriz, los diplomáticos de bigotes gruesos, sus esposas vestidas con lentejuelas y sombreros tiroleses de plumas e incluso los lacayos, con sus pelucas blancas y capas de encaje blanco habían cuchicheado sobre el Führer. Una maraña de rostros aprensivos, una imagen ruidosa de júbilo y pesadumbre. Sentada en un extremo de la mesa, había sonreído y asentido, incapaz de entender sus palabras: no podía importarme menos. Esta ciudad no tenía nada que ver conmigo, no me necesitaba: yo era una extraña, una forastera.

Pero no era el caso de Fengshan: el diplomático con la misión imposible de salvar a su país. Pero, bueno...

—No termino de entender, señorita... Schnitzler.

—Es difícil de creer, lo sé.

Su mirada se posó en un coche verde, de policía; no podía ser otra cosa, llevaba la inscripción *Polizei*, y dentro viajaban dos hombres con gabardinas beis y brazaletes con esvásticas. El coche seguía al tranvía y, al pasar junto a nosotras, uno de los oficiales se volvió hacia mí y me dirigió una mirada larga y penetrante. Así eran los policías, rígidos y sin sentido del humor; solían montar guardia en los salones de baile con la mirada fija y sin vida, pero tenían a Fengshan en alta estima, como muchos profesionales vieneses.

De pronto, desde el océano de polvo, se oyó un chirrido de frenos, fuerte y alarmante, y en medio de una nebulosa de sensaciones, entre el ajetreo de los carruajes de caballos y los peatones, el coche con los policías se detuvo con brusquedad frente a mí.

Los dos hombres se bajaron de un salto, con actitud amenazante y voces ásperas y airadas, y yo me quedé mirando desesperada, muda, retorciendo la correa de mi bolso, lo que pareció enfurecerlos aún más. El incómodo momento debió de durar una eternidad y casi había arrancado la correa del bolso de los nervios cuando Lola, la chica de rostro fresco, la que no paraba de hacerme preguntas, se puso de pie y pronunció un largo discurso en alemán.

Aunque no entendía nada de lo que ella estaba diciendo, me sentí aliviada y comprobé que el alemán era un idioma perfecto para ella. De hecho, era bastante admirable verla hablar con esa voz clara, con dignidad, sin retorcerse las manos. Parecía una persona muy capaz de arreglárselas sola. Podría haber sido una de esas esposas de diplomáticos tan seguras de sí mismas con las que solía encontrarme en los salones de baile.

Pero debí de estar soñando despierta otra vez, porque se oyó un flujo de palabras en alemán y un grito de dolor de Lola y, a continuación, vi una convulsión de brazos y abrigos beis, el revuelo de la falda de Lola y luego su cuerpo encorvado y empujado dentro del coche de policía, con la cabeza contra el asiento.

Sobresaltada, me puse de pie. La luz del sol me nublaba la vista y la ráfaga que había azotado los tilos volvía a arreciar. Un dolor agudo en la espalda me lanzó hacia adelante y estuve a punto de tropezar. Me pregunté qué estaba pasando y me volví: el oscuro cañón de una pistola me apuntaba.

Solté un grito ahogado y me tambaleé dentro del coche. Se me enredaron los pies en mi falda larga y mi cabeza chocó contra el hombro de mi desafortunada profesora.

—¿Se encuentra usted bien, señora Lee? —Me sostuvo con firmeza. Había perdido su sombrero, y yo también.

Tenía la mente en blanco. Por mucho que lo intenté, ni una sola palabra salió de mi boca. Literalmente. Nada me haría volver a hablar: ni el olor agobiante a cigarrillos y sudor, ni los policías que refunfuñaban delante de mí, ni siquiera mi verborreica profesora.

Además, me dolían los oídos: se oyó otro chirrido ensordecedor, seguido de la furiosa aceleración del coche, un chisporroteo y, después, sin previo aviso, los majestuosos edificios barrocos, las estatuas ecuestres y las agujas puntiagudas de las iglesias góticas se deslizaron con rapidez. El banco donde Lola y yo nos habíamos sentado se fue empequeñeciendo hasta desaparecer de la vista.

Fue entonces cuando me di cuenta de lo inimaginable.

—¿Adónde vamos?

La chica que había prometido enseñarme alemán bajó la cabeza y tomó entre sus manos los dos colgantes que tenía sobre el pecho y en los que yo no había reparado: uno con una estrella de seis puntas dorada y otro con una cruz. Después, se volvió hacia mí, con los ojos verdes llenos de culpa.

—No lo sé, señora Lee.

Me temblaba todo el cuerpo. Me habían arrestado. Esto sí que llamaría la atención de Fengshan. ¿Cómo le explicaría?

CAPÍTULO 2

FENGSHAN

EL DOCTOR HO FENGSHAN COLGÓ EL TELÉFONO CON EL corazón acelerado. Por una vez, no estaba pensando en la conversación con su superior ni en las devastadoras derrotas de su país a manos de los japoneses ni en su discurso en un club alemán. Con pasos firmes que no revelaban ni rastro de su ansiedad, salió de la oficina, atravesó el pasillo adornado con cuadros de la realeza austríaca, saludó con la cabeza a los pocos empleados que ocupaban los escritorios dorados en el vestíbulo y se dirigió hacia el ascensor, que conducía a la habitación que compartía con su esposa en la tercera planta.

Tenía treinta y seis años, frente ancha, ojos rasgados e inteligentes, cejas tenues y una postura recta como una pluma. Vestido con un traje de tres piezas, corbata y zapatos negros puntiagudos, su aspecto era moderno, occidental de los pies a la cabeza. El doctor Ho Fengshan, que hablaba tres idiomas extranjeros con fluidez —alemán, inglés y español—, conocía bien la civilización occidental y había sido educado de manera exhaustiva en la cultura china; se destacaba entre los rusos hoscos, los alemanes corpulentos, los funcionarios estadounidenses distantes y los meticulosos diplomáticos ingleses, más inclinados a conversar con él sobre temas filosóficos que a escuchar las acuciantes necesidades de su país.

Se aproximó a la sala de espera que había cerca del ascensor, levantó la mano hacia varios chinos sentados en una hilera de sillones de estilo barroco tapizados en dorado y los saludó en chino. Los conocía bien: eran los vendedores ambulantes que habían sido atrapados vendiendo comida sin permiso en la calle, los fabricantes de bolsos de cuero que habían llegado ilegalmente a Austria a través de las montañas de Hungría y los dos estudiantes vestidos con túnicas grises que estudiaban en una universidad de Viena. Estaban allí para solicitar los pasaportes nuevos que exigían las autoridades austríacas. Eran un grupo variopinto e incongruente, sentados en los grandes sillones ornamentados, pero era su gente, y sus necesidades eran su trabajo, y el consulado que estaba bajo su dirección debía protegerlos.

Frente al ascensor, Fengshan pulsó el botón para subir; la voz del *hauptsturmführer* Heine, capitán de las SS del primer distrito de Viena, le resonó en la mente. El capitán le había comunicado por teléfono que su esposa había sido detenida y llevada al Hotel Metropole, el cuartel general nazi. La habían acusado de infringir la ley al sentarse en un banco del parque destinado a los arios.

La primera reacción de Fengshan fue de incredulidad: debía tratarse de un error. Su esposa estadounidense, Grace Lee, una mujer delicada, de voz suave y sonrisa tímida, era introvertida y olvidadiza hasta extremos irritantes y, había que reconocerlo, se estaba volviendo cada vez más errática y retraída. A sus veinticinco años, era menuda, de manos pequeñas como las de una niña, calzaba un treinta y cinco y seguía siendo una soñadora, la misma chica inmadura que cuando se habían conocido, cuatro años atrás. Pero no era una mujer entrometida, capaz de provocar que la detuvieran.

El momento del arresto de Grace, de ser cierto, no podía ser peor. Desde que Austria había perdido su condición de Estado debido al Anschluss, Fengshan se había encontrado en medio de trincheras políticas inesperadas. El estatus diplomático de la legación china se había disuelto, el encargado de negocios había sido reasignado y Fengshan había recibido la orden de asumir el cargo de cónsul general y establecer el consulado de la República de China en Austria, ahora conocida como Ostmark, una provincia de la Gran Alemania.

El resto de las legaciones extranjeras había corrido una suerte similar; ahora se veían obligadas a funcionar como consulados, y sus embajadores como cónsules generales. También se habían suprimido varias legaciones. Los siempre poderosos británicos habían cerrado las puertas de su embajada en el número 6 de Metternichgasse y los franceses habían seguido su ejemplo y ya estaban embalando su costosa platería para enviarla de regreso a París.

Las relaciones diplomáticas en la nueva provincia alemana habían dado un giro brusco y siniestro, cargado de tensión. El Tercer Reich, agresivo y poderoso, había desgarrado el fino velo diplomático que hasta entonces había mantenido oculta la hostilidad, y ahora perseguía de manera implacable a disidentes políticos, conservadores, socialdemócratas y comunistas. Incluso el día anterior, el primer secretario de la legación soviética a punto de suprimirse, le había rogado en secreto que le expidiera un pasaporte chino a su enfermera austríaca, una comunista que buscaba huir de las redadas de los nazis. Fengshan no había tenido más remedio que rechazar la petición, dado que la mujer era pelirroja y de ojos azules, rasgos que obviamente no eran chinos.

Su superior directo en Berlín, el embajador Chen, a quien informaba de forma regular, le había aconsejado que mantuviera la discreción frente a la política interna de los alemanes. Era fundamental, había recalcado el embajador, mantener un vínculo diplomático cordial y funcional con el nuevo régimen, a pesar de que las políticas del Führer habían tensado las relaciones entre los dos países. Fengshan estaba de acuerdo. Era información confidencial, conocida solo por él y varios funcionarios claves, que China confiaba en la ayuda de Alemania para luchar contra sus enemigos, los japoneses, que habían invadido su amada patria. Para derrotarlos, el Gobierno chino necesitaba modernizar su armamento anticuado, comprar aviones de combate sofisticados, entrenar a sus pilotos y alimentar a sus soldados, lo que requería la ayuda financiera de la comunidad internacional, un préstamo de cinco millones de dólares. El embajador Chen ya había solicitado el préstamo a la Liga de las Naciones, compuesta por representantes de Gran Bretaña, Francia e Italia, entre otros. La solicitud estaba en trámite y la misión de Fengshan era asistir al embajador y seguir sus órdenes. Fengshan esperaba que, una vez aprobado el préstamo, el Gobierno chino pudiera negociar con Alemania, que había prometido venderles el armamento sofisticado que tanto necesitaban. En este momento crucial, lo último que Fengshan quería era ver a su esposa, que lo representaba, arrestada por la Geheime Staatspolizei —la Gestapo—, lo que empañaría la imagen de su país. Y lo que era peor, si ella enfurecía al nuevo régimen, el acuerdo sobre las armas se caería y su Gobierno se sumergiría en una vorágine política inimaginable.

Entró en el ascensor y, cuando este se detuvo en la tercera planta, salió. Al final del pasillo, llamó a la puerta de su habitación.

Grace, que prefería pasar el tiempo a solas, llevaba meses holgazaneando en el dormitorio. Sin amigas, en un país nuevo cuyo idioma no entendía, se había refugiado en su amada Emily Dickinson, el gramófono y los números atrasados de sus revistas estadounidenses. Él le había propuesto muchas veces que contratara a un profesor de alemán para aprender el idioma, igual que la había animado a aprender chino cuando habían estado en China y francés en Estambul. Sin embargo, su querida esposa no había mostrado ningún interés en las lenguas extranjeras ni tenía ningún talento para ellas. Desde su llegada a Viena, se limitaba a ir a la lavandería a recoger la ropa o al parque y a las tiendas, pero después de haber estado a punto de perderse en la Kärntnerstrasse mientras compraba un sombrero, ya casi no salía del consulado. Para decepción de Fengshan, hasta había dejado de ir caminando a la escuela con Monto, hijo del primer matrimonio de él.

Nadie respondió a su llamada.

Abrió la puerta. La habitación estaba vacía.

Bajó las escaleras, aturdido. Con la creciente presencia de la policía alemana y los "camisas pardas" de la milicia nazi en las calles, muchos ciudadanos chinos habían tomado la sabia decisión de recluirse en sus hogares y mantenerse alejados de los problemas. No entendía por qué ni cómo Grace se había visto involucrada con la Gestapo, pero si de verdad la habían arrestado, lo más urgente era lograr que la liberaran y garantizar su seguridad. Se puso el bombín y llamó a su criado.

El trayecto hasta el Hotel Metropole en Morzinplatz, cerca del río Danubio, le llevó más tiempo del previsto. Era entrada la tarde. En el horizonte lejano, donde se cernían los bosques de Viena, ya era visible la oscuridad, lista para descender sobre las calles; la luz de la magnífica catedral de San Esteban parpadeaba como una brújula débil.

El coche se detuvo por fin frente al hotel, un elegante edificio de cuatro plantas famoso por su opulento comedor, sus servilletas de seda blanca impecables y su espléndido patio interior. Fengshan no había tenido aún oportunidad de visitarlo, pero comprobó que ya no alojaba a ricos y famosos. No había huéspedes bien vestidos con sombreros y trajes, ni sirvientes cargados de equipaje, ni botones que empujaban carros. El edificio tenía un aspecto siniestro. Cerca de las columnas ornamentales de piedra había gruesas barras de metal; debajo de las esculturas de atlantes espaciadas con meticulosidad había espacios oscuros con las cortinas cerradas y delante de cada ventana ondeaban las banderas rojas con la esvástica negra.

Pidió a Rudolf, el sirviente del consulado, que aparcara el coche junto a la acera y caminó hacia el hotel. Varios hombres con camisas pardas y fusiles lo siguieron con la mirada y algunas jóvenes con cámaras fotográficas en las manos lo observaron fijamente con frialdad. Con la cabeza alta, Fengshan pasó junto a las impresionantes columnas corintias, las motocicletas, los coches patrulla y los miembros de la Geheime Staatspolizei con uniformes negros y gorras con los inquietantes *totenköpfe*, el símbolo de la calavera y las tibias cruzadas. Si bien no era un hombre supersticioso, el símbolo le resultaba macabro y aquellos policías le recordaron al nuevo hombre que estaba en el poder, Hitler, el Führer, cuando lo había visto en la reunión de rutina a la que había asistido el mes anterior. Había sido un acontecimiento desalentador: el hombre era un autoritario histérico y los diplomáticos extranjeros habían abandonado la reunión con el ánimo por los suelos y la ansiedad exacerbada. Fengshan tenía el terrible presentimiento de que la petición de libertad de su esposa le sería denegada, a pesar de su condición de diplomático.

Tocó el ala de su bombín, se lo colocó y entró en el hotel. En la esquina del vestíbulo, cerca de una maceta que contenía una palmera, había dos guardias con rifles; debajo de una brillante lámpara de araña, varias mujeres con carpetas de papel manila intercambiaban saludos de despedida, *auf Wiedersehen*. El horario de oficina había terminado. En el mostrador, el lugar donde se habría sentado un conserje o un recepcionista, había un hombre con uniforme negro y esa gorra espantosa.

—*Entschuldigen Sie die Störung* —se disculpó Fengshan mientras caminaba hacia él.

El hombre levantó la vista. Sus ojos grises mostraron sorpresa. Se puso de pie y avanzó hacia Fengshan.

—¿Herr cónsul general? ¿Cómo está usted? Es un honor verlo en el cuartel general. ¿En qué puedo ayudarlo?

El hombre era un oficial de bajo rango, probablemente un *untersturmführer*, a juzgar por la insignia que llevaba en el uniforme. Su alemán era formal y aparentaba unos treinta años. Era alto, de hombros estrechos y pelo abundante. Tenía el rostro alargado y delgado, los ojos grises y penetrantes, y una sonrisa empalagosa, con un matiz notorio de sordidez. Un hombre que sin duda estaba ansioso por ascender en la escala social. Pero había reconocido a Fengshan, lo cual era una sorpresa. Quizá sus apariciones en clubes nocturnos, eventos culturales y banquetes habían contribuido a aumentar su visibilidad.

—Señor, disculpe mi visita sin previo aviso. Es mi primera vez en este lugar. El Hotel Metropole es encantador, por cierto. Lamento molestarlo fuera del horario de trabajo. He venido por mi esposa. Parece que hubo una confusión y la han traído aquí. ¿Puedo solicitar, humildemente, su liberación? —Fengshan habló en alemán fluido.

—¿Su esposa, herr cónsul general? —El hombre sonrió, casi de manera obsequiosa.

—Ah, es una de las pocas mujeres asiáticas que hay en esta ciudad, creo, pero nació en los Estados Unidos. ¿Sería mucha molestia pedirle que investigara el asunto?

—Ninguna molestia, herr cónsul general. Reciba usted

mis disculpas. Se trata de una confusión muy desafortunada. Me ocuparé de ello ya mismo. ¿Puede decirme el nombre de su esposa? —Volvió al mostrador.

—Grace Lee. —Grace había conservado su apellido de soltera después del matrimonio.

—Entiendo. Según el informe, violó la ley al sentarse en un banco designado para arios.

Fengshan no estaba al tanto de esa ley.

—¿De veras? Pero mi esposa no sabe leer alemán.

—Un error involuntario, entonces. Mis disculpas de nuevo, herr cónsul general. Haré que la liberen de inmediato. —El oficial le dedicó otra sonrisa melosa, giró sobre sus talones y levantó un teléfono que estaba sobre un mostrador detrás de él.

Fengshan sintió un alivio enorme. Tal vez el temor de que la detención de su esposa pudiera empañar la reputación de su país había sido exagerado. Una vez que rescatara a Grace, saldrían del edificio con la mayor discreción y pocos se enterarían del incidente. Se volvió para admirar el vestíbulo. Los nazis habían elegido un buen hotel para su cuartel general. Trabajar allí era como tomarse unas vacaciones en un complejo turístico, con la gran lámpara de araña, los cuadros caros, el suelo de mosaico de mármol y las notas musicales del piano que tintineaban en el aire.

Un ruido sordo provino de alguna parte y retumbó en el vestíbulo. Sonó como si algo pesado se hubiera estrellado contra las paredes, y le siguió un gemido débil. Fengshan frunció el ceño.

El rumor sobre los brutales métodos que utilizaban los nazis en el cuartel general podría ser cierto. Confinados en las opulentas habitaciones debían de estar algunos disidentes del Gobierno, comunistas, partidarios del excanciller Schuschnigg, líderes sindicales declarados o tal vez algunos dirigentes sionistas. Fengshan recordó lo que había leído en los periódicos. Rezó para que Grace no hubiera sido sometida a ninguna tortura.

Se volvió hacia el oficial.

—Señor, si no es molestia, ¿podría decirme en qué habitación está mi esposa?

—Ya he hecho los arreglos adecuados para la liberación de su esposa, herr cónsul general. Debería estar aquí en breve.

Fengshan frunció el entrecejo. El hombre no había respondido a su pregunta.

—Le aseguro que se encuentra bien, herr cónsul general. Los oficiales nunca le harían daño a su esposa. Los alemanes valoramos la amistad entre nuestros países. Ya nos conocemos, herr cónsul general. ¿Se acuerda de mí? Le di una lista de amigos en Viena que podrían interesarle.

Fengshan lo examinó con detenimiento. Desde su llegada a Viena el año anterior, había asistido a varios clubes nocturnos, socializado con la gente en los banquetes y organizado muchos eventos culturales, incluso en la Academia de Policía de Viena antes de que fuera absorbida por la Geheime Staatspolizei. Nunca olvidaba los nombres ni las caras de las personas. Su excepcional memoria era su motivo de orgullo.

—Debe usted perdonarme. No recuerdo su nombre.

—Soy Adolf Eichmann. Llegué a Viena hace unos meses. Estaba trabajando en Berlín.

El nombre no le sonaba conocido.

—¿Berlín?

—Me trasladaron aquí para resolver el problema judío. "Adolf Eichmann".

—Hotel Sacher, herr cónsul general. Tomamos un cóctel juntos y tuvimos una interesante conversación sobre los magníficos aviones de combate de su país.

Fengshan se ruborizó. En un país donde los hombres

asiáticos eran una lamentable minoría, los errores de identificación resultaban comunes. Pero, aun así, que lo confundieran con el diplomático de un país enemigo que había invadido China y asesinado a miles de sus compatriotas era una pesadilla. No podía dejarlo pasar como si nada. Alzó un poco la voz.

—Espero que esos cazas sean destruidos pronto, herr Eichmann. Los despiadados japoneses ya han asesinado a demasiados inocentes en China. Soy el doctor Ho Fengshan, cónsul general del consulado de la República de China.

Un destello de sorpresa atravesó los ojos de Eichmann y su expresión cambió. Fue un cambio preocupante, pues el barniz de sordidez se esfumó y desnudó el desprecio que había debajo. Fengshan se alarmó: este sujeto era un camaleón hábil que adaptaba los escrúpulos a su antojo.

—Por supuesto. Vaya memoria la mía. Es usted el doctor Ho, el cónsul general chino. Discúlpeme. Encantado de conocerlo, herr cónsul general. Mire, aquí viene su esposa.

Fengshan se volvió. En el pasillo cubierto por una alfombra roja, junto a un guardia, apareció, vacilante, la pequeña figura de Grace. Tenía los ojos muy abiertos y alerta, el rostro pálido, los labios hinchados y una mancha enrojecida en la barbilla. Tenía una expresión peculiar en la cara: como de felicidad, al parecer. Fengshan se precipitó hacia ella y la rodeó con los brazos para sostener todo su cuerpo, que casi no pesaba.

—Estoy aquí. Estoy aquí. Vamos a casa.

Le limpió la sangre de la barbilla y murmuró en inglés. Por cortesía, saludó a Eichmann con la cabeza en un gesto despreocupado, aunque ardía de furia. ¿Cómo podía ser legal detener a una mujer por sentarse en un banco público? ¿Y qué clase de régimen atormentaría a una mujer indefensa que pesaba menos de cuarenta y cinco kilos? Los alemanes —los nazis— no eran de fiar.

Ya fuera del hotel, pasó junto a los camisas pardas y los policías de uniforme negro y ayudó a Grace a subir al coche. Le acarició la espalda, a modo de consuelo. Si hubieran estado solos, habría ignorado la costumbre china y la habría besado.

—Vamos a casa, Grace. —Pidió a Rudolf que arrancara el motor. Cuanto antes se alejaran de allí, mejor.

—Espera, querido —susurró Grace. Parecía bastante serena, no destrozada, temerosa ni llorosa, como él había pensado.

—¿Qué pasa?

—Lola Schnitzel, querido. Sigue en el calabozo. ¿Podrías pedir que la liberaran?

Grace tenía la costumbre de dirigirse a él a la manera estadounidense. Pero él, un chino conservador que seguía las enseñanzas de Confucio, no consideraba apropiado dirigirse a su mujer con términos cariñosos.

—¿Quién es Lola Schnitzel?

—La profesora que me recomendaste.

Recordó a todos los profesores que le había sugerido que contratara. Lola Schnitzel... ¿o era Schnitzler?... era una estudiante.

—¿La entrevistaste?

Ella asintió.

—Justo hoy había quedado con ella. Estábamos sentadas en un banco en un parque cuando los policías nos arrestaron.

De modo que eso era lo que había ocurrido. La profesora, recordó, era austríaca. Rescatar a su esposa de los nazis era su deber, pero pedir la liberación de una austríaca era cruzar una línea profesional que se había trazado.

—Por favor, querido. No ha hecho nada malo.

Fengshan se volvió hacia atrás y observó a los policías, las patrullas y las motos.

—Creo que deberíamos irnos, Grace.

Ella le aferró la mano con una fuerza sorprendente.

—Es una chica encantadora, muy joven y valiente. Nos trajeron aquí juntas y nos metieron en un calabozo en el sótano. No puedo abandonarla. Por favor, sácala de aquí. Hazme ese favor.

Fengshan suspiró. Su esposa. Lo haría por ella. Abrió la puerta del coche, entró en el hotel y se encaminó al mostrador del vestíbulo. Uno de los guardias se le acercó, pero Eichmann le hizo una señal para que se alejara.

—Es un placer volver a verlo, herr cónsul general. ¿En qué puedo ayudarlo?

El hombre se enderezó la gorra con la calavera y las tibias cruzadas. Las comisuras de la boca se movieron para esbozar una sonrisa, pero los ojos grises destellaban frialdad.

—Le pido disculpas, herr Eichmann, he oído que la profesora de mi esposa, fräulein Schnitzel, también ha sido detenida. ¿Puedo pedirle que tenga la bondad de liberarla?

Rezó para que la profesora no fuera partidaria de Schuschnigg o comunista, como la austríaca de la legación soviética para quien le habían solicitado un pasaporte. Porque si lo era, su intento por rescatarla no solo sería en vano, sino también un desastre.

—¿Se refiere usted a Lola Schnitzler, herr cónsul general?

Fengshan asintió con la cabeza. Después de todo, era Schnitzler.

—Es la profesora de mi esposa.

—Herr cónsul general, presumo que no está usted al tanto de que se trata de una judía. —Una nota de advertencia se había colado en la voz de Eichmann.

Una judía. No era tan grave como una partidaria de Schuschnigg o una comunista, pero, aun así, un motivo de preocupación. Durante un año, había leído sobre la absurda retórica de la purificación racial en la propaganda nazi; desde el Anschluss, sin embargo, los casos de acoso y discriminación contra los judíos vieneses se habían legitimado. Fengshan tenía un profundo recelo hacia la teoría racial. A lo largo de los dos mil años de historia de China, los chinos habían conquistado y también habían sido conquistados por otras razas, y ¿quién podía decir cuál era superior? Y desde luego, el confucianismo y el taoísmo promovían la tolerancia y la coexistencia. Si algo había de concluyente en el argumento de la raza, era que derivaba del desequilibrio de poder; en el mundo de *Ruo Rou Qiang Shi* —que significa "los fuertes devoraban la carne de los débiles"—, los débiles estaban condenados a ser vulnerables.

El embajador no le había especificado a Fengshan que se mantuviera al margen del asunto de los judíos, solo de los disidentes y los comunistas, y Grace estaba esperando en el coche. No se atrevía a decepcionarla después de la terrible experiencia por la que había pasado.

—¿De verdad? No lo sabía. Espero que no sea mucha molestia.

Los ojos grises de Eichmann se volvieron más intensos: el hombre era calculador. Parecía interesarle sobremanera que un diplomático extranjero se atreviera a inmiscuirse en los asuntos internos de su país, o tal vez estaba evaluando los pros y los contras de acceder a la petición de un diplomático. Incluso era posible que estuviera considerando la posibilidad de denunciarlo a su par japonés, con quien el nazi se había estado codeando. A continuación, el oficial se encogió de hombros con desdén e insensibilidad: solo era una judía y la ciudad estaba llena de ellas.

—Ninguna molestia, herr cónsul general.

Fengshan suspiró y, por cortesía, sonrió para expresar su gratitud. Pero estaba más receloso que nunca: Adolf Eichmann no solo era sórdido, sino también insensible.

—*Ich bin Ihnen dankbar.* Esperaré en el coche.

Fue hasta el coche, se sentó junto a Grace y asintió con la cabeza hacia ella, deseando que su profesora saliera cuanto antes. Se le ocurrió que el asunto de los judíos también formaba parte de la política interior del Führer. Había hecho una petición imprudente y, sin darse cuenta, podría haber contrariado la orden de su superior; rezó para no tener que arrepentirse.

Estaba oscureciendo cuando por fin una figura salió del hotel con paso tambaleante: una muchacha vestida con un *dirndl* y una chaqueta negra. Trastabilló, no vio el coche aparcado junto a la acera y pasó deprisa junto a él. Grace se incorporó de golpe y la llamó. La mujer se volvió y se puso una mano sobre los ojos para protegerlos de las luces brillantes. Fengshan alcanzó a ver que tenía la cara llena de líneas rojas como latigazos y una contusión en la frente. Con un grito ahogado, la joven se acercó a Grace, la sujetó por los hombros y la abrazó con fuerza. Y Grace, su introvertida esposa que prefería sentarse en silencio en un rincón del salón de baile y que solo sabía pronunciar algunas frases superficiales en alemán, se aferró a ella y no la soltaba. Acababan de conocerse, había dicho Grace, pero él hubiera creído que se conocían desde hacía años. ¿Qué les había ocurrido a estas dos mujeres en el calabozo?

Después de que la profesora de Grace les hiciera señas para que se marcharan, Fengshan le indicó a Rudolf que pusiera el vehículo en marcha. El coche empezó a rodar y Fengshan captó una figura en el espejo retrovisor: Adolf Eichmann, el hombre camaleón, acechaba detrás de ellos. Allí, en la luz inclemente, una sonrisa torcida como un garfio se le dibujaba en el rostro.

CAPÍTULO 3

GRACE

Me volví en el coche y estiré el cuello para mirar la figura de Lola, que zigzagueaba entre la neblina opaca de las farolas y se hacía más pequeña a medida que aumentaba la distancia que nos separaba hasta desaparecer, por fin, en el terciopelo oscuro de la noche. Se me ocurrió que debería haberle preguntado dónde vivía y cómo podría encontrar un taxi o un autobús a esas horas. Era tarde y sería peligroso que una mujer anduviera sola por las calles.

Cuando llegamos al hotel, nos habían obligado a bajar por una escalera metálica sinuosa hasta una claustrofóbica mazmorra en el sótano, iluminada tan solo con una bombilla. El aire era húmedo, sofocante, denso como el cuero; las sombras se arremolinaban en los rincones. No había sillas ni bancos. Lola se sentó en el suelo; yo permanecí de pie a cierta distancia, con las piernas débiles, paralizadas por oleadas de arrepentimiento y miedo. No debería haber salido aquel día; debería haber esperado un año más para contratar una profesora. Y ahora, por el simple error de sentarme en un banco, me habían arrestado. ¿Y si Fengshan me encontraba allí? ¿Y si Fengshan no me encontraba allí?

—Debería sentarse, señora Lee.

—No puedo. —El suelo no era un lugar apropiado para la esposa de un diplomático.

—No puede estar de pie toda la noche.

—¿Toda la noche?

Lola juntó y flexionó las piernas, y apoyó la cabeza en las rodillas.

—Tenía usted razón. Viena está desconocida. Todos los días se crean leyes nuevas. Se hornean y están listas con más rapidez que un *apfelstrudel*. Pero no se preocupe. Es provisional. Viena es una ciudad sofisticada y honesta. Esto pasará.

Quizá fue la sinceridad de su tono —nadie en Viena, Estambul o China me había hablado así— o el hecho de que hablaba en inglés, mi lengua materna, el único idioma que yo conocía. Sonaba como una amiga que no había tenido en mucho tiempo.

—Siento haber hecho que la arrestaran. —Su voz era suave y crecía hasta llenar la habitación.

Me miré las manos; mis guantes de seda estaban manchados.

—No fue culpa suya. Yo elegí ese banco. No sé alemán.

—No fue por usted. —Volvió a jugar con sus dos colgantes, la cruz y la estrella—. No les caigo bien. Soy una *mischling*.

—No sé qué significa eso.

—Oh. Significa "mestiza".

Me había encontrado con una como yo. Justo aquí, en Viena, de entre todos los lugares posibles. Era algo que no esperaba. Me pregunté si ella había crecido como yo, sola y solitaria, sin más compañía que un libro de poemas; me pregunté si su madre la abofeteaba por llamarla "madre" delante de los demás.

La bombilla parpadeaba. Me acerqué a Lola, casi rozando su sombra. De alguna manera, a pesar de la injusticia, del cautiverio, por primera vez en cuatro años, desde que había dejado los Estados Unidos, me sentía cerca de alguien.

Más tarde, dos policías de uniforme negro nos interrogaron. Cada vez que yo intentaba decir algo, gritaban con impaciencia; cada vez que buscaba apoyo en la pared, me golpeaban los hombros con un fajo de periódicos. Lola sufrió más. La abofeteaban cuando respondía; la abofeteaban cuando se negaba a responder. Yo me volvía hacia ella y buscaba su mirada cada vez que se detenía a respirar. Nos habían golpeado para que nos derrumbásemos, pero cada golpe, cada gemido, nos había unido.

—¿Grace?

La voz de Fengshan me devolvió al coche. Me enderecé, quería mirarlo, pero, en cambio, clavé los ojos en el frente. La oscuridad era casi total, salvo por los faros blancos de unos pocos coches lejanos y unos puntos de luz provenientes de autobuses sombríos frente a los edificios imponentes. Me ardía la barbilla y me dolían los brazos. Tenía ganas de acostarme y dormir un poco.

—¿Cómo supiste que estaba allí, querido?

—Me llamó el capitán Heine.

Sonaba tranquilo y no parecía enfadado conmigo por haberlo deshonrado, a él y a su país. ¿O sí? En otros tiempos, su humor había sido muy fácil de entender, claro como un espejo, pero ya no. Imaginé su conmoción, con el teléfono en la mano, mientras oía que me habían detenido. De hecho, al prestar más atención, pude percibir cierto enfado y desaprobación por encima del estruendo del motor.

—Yo no hice nada malo; y tampoco Lola —murmuré—. No tiene sentido.

—Por desgracia, esto es la crisis austríaca. Me temo que no tendrá sentido para mucha gente.

Las farolas de gas emitían una luz pálida a los lados de la calle.

—Me gustaría dar clases de alemán con ella, querido.

—Lo hablaremos cuando lleguemos a casa.

Bajé la vista hacia mi bolso.

—Creí que querías que aprendiera alemán.

—Es judía, Grace.

Algo que ver con la política, sin duda. Por una vez, deseé que pudiera olvidar la política y pensar en mí. Pero como un buen chino tradicional, Fengshan estaba convencido de que la voluntad de un hombre debía prevalecer sobre la de una mujer. Cuando hablaba de matrimonio, todo era *Fu Chang Fu Sui*: el marido canta y la mujer acompaña. Estos días, sentada en mi dormitorio, había tenido algunos reparos al respecto, aunque quizás eso mismo había sido lo que me había cautivado de él cuando nos habíamos conocido en el restaurante de fideos donde yo trabajaba en Chicago. Como yo había crecido sin padre, un hombre que irradiaba confianza me hacía sentir segura. Así que, cuando nos casamos, me había embarcado con gusto en una vida nómada: de Chicago a su remota ciudad natal en China, donde los angloparlantes eran la excepción. Y después, ya en la legación china, lo había seguido a Estambul, donde había llevado un estilo de vida restrictivo: era imposible salir de la casa sin un acompañante masculino. Más tarde, con el ascenso que recibió, nos habíamos trasladado a Viena.

La vida en Viena podía resultar una experiencia espléndida para algunos, con banquetes en gloriosos edificios barrocos y cenas en salones de baile señoriales, pero para mí no se diferenciaba en nada de la vida en Estambul o en China: sin amigos, sin nada que hacer ni nadie con quien hablar. En los salones de baile, las esposas presumidas de los diplomáticos soltaban unas pocas palabras en inglés y luego parloteaban en alemán. Fuera del consulado, las óperas, las obras de teatro y las películas eran todas en alemán.

Fengshan era el único con quien podía hablar —era mi

sol, mi arcoíris, el puntal donde apoyarme—, sin embargo, vivía ocupado: ocupado en socializar, en hablar en público, con conferencias, debates, artículos de opinión; ocupado en avanzar en su carrera y proteger a su país. Siempre estaba al teléfono, siempre en reuniones, siempre hablando alemán.

El coche giró en una calle oscura y estrecha, Beethovenplatz, y se detuvo frente a un edificio barroco de tres plantas: el consulado chino, nuestra residencia desde el año anterior. Era tarde, así que el personal se había retirado, lo cual me evitaba un momento mortificante. Imagínate. La esposa del cónsul general había vuelto del calabozo. Los chismes, las preguntas y las miradas indiscretas.

Rudolf, el criado, me abrió la puerta del coche. Salí con esfuerzo, pasé junto a la placa negra recién instalada con los caracteres chinos que decían "Consulado de la República de China", que no podía leer, y entré en el vestíbulo. Sobre un escritorio se apilaban periódicos, correspondencia, invitaciones en letra elegante y tarjetas de visita con bordes dorados y escritas en alemán, que tampoco podía leer.

Subí en el ascensor hacia nuestro dormitorio mientras Fengshan daba las buenas noches a Rudolf. Mi marido se reuniría conmigo más tarde, después de cerrar la puerta con llave y ver cómo estaba Monto, su hijo, que dormía en la habitación contigua, como todas las noches.

Pero cuando entré, no supe qué hacer. El dormitorio era un recinto de lujo dorado; tenía techos altos con molduras de cornisa, cortinas de brocado dorado, un reloj de repisa de bronce y candelabros relucientes, y una alfombra persa anticuada con flores, cortesía del generoso propietario que alquilaba el edificio al consulado. Sentía que me ahogaba de nuevo, que respiraba el mismo aire cargado de humedad, que oía el mismo silencio, como si estuviera sentada en el mismo calabozo que había abandonado por la tarde.

Al menos, mi libro de poesía de Dickinson estaba cerca de la almohada, justo donde lo había dejado. Lo sostuve contra mi pecho. Mi pobre poeta solitaria. La había convertido en una vagabunda. Pero ¿qué sería yo sin ella? Por fin, dejé el libro otra vez cerca de la almohada y empecé a desvestirme: me quité la chaqueta, los guantes, la falda, las botas y las medias. Me puse un camisón rojo y me metí en la cama.

En algún momento después, oí el murmullo de Fengshan en mi oído; en medio de una somnolencia confusa, enrosqué mis brazos alrededor de su cuello y lo atraje hacia mí. Olí el aroma familiar de su colonia, de su puro favorito, y quise que me hiciera el amor. Lo deseaba, deseaba su atención absoluta y su afecto abierto y sin reservas, una afirmación de que yo no era inútil y de que él aún me amaba, aún me necesitaba.

"Hazme el amor".

—… una experiencia horrible… en el cuartel general… ¿… ir a ver al médico mañana?

"¿Al médico?".

—¿Grace?

—¿Qué has dicho…? ¿Por qué?

—Tenías sangre en la barbilla.

—Debía de ser de Lola. Estoy bien. No estoy herida. —Me senté y le desabroché la camisa.

—Aprender alemán es una buena idea, Grace. Lo he estado pensando. Te buscaré un profesor estadounidense.

Dejé caer los brazos. No había necesidad de buscar otro profesor. Me gustaría tener a Lola, solo a Lola. Pero esta era la forma educada de Fengshan de decirme que me distanciara de ella para evitar posibles problemas; después de todo, su país era siempre su prioridad. Quise decirle que su carrera también era importante para mí y que jamás lo perjudicaría adrede. La política era su carrera, pero él era mi vida.

—Querido…

—Me preocupa tu seguridad, Grace. La situación política en Viena es precaria y preocupante.

No insistí. La confrontación, la mera idea de ella, desencadenaría el recuerdo de las manos de mi madre en mi cuello, ahorcándome. Así que volví a acostarme y me tapé la cabeza con la manta.

—De acuerdo, querido. No volveré a ver a la vienesa.

CAPÍTULO 4

FENGSHAN

A LA SEXTA CAMPANADA DE LA IGLESIA, FENGSHAN SE IN-corporó en la cama. Grace seguía durmiendo, con el ceño fruncido. Aquellos ojos hermosos que lo habían cautivado años atrás estaban cerrados. Su esposa había accedido a no seguir en contacto con la profesora vienesa, como él había sugerido, y lo había hecho de buen grado, con su habitual docilidad. Fengshan tenía sentimientos encontrados al respecto. Había esperado que Grace planteara algunas de sus opiniones y que luego entablaran una conversación franca, pero no solían comunicarse de esa manera. En un principio, había interpretado esa mansedumbre como la ternura de la juventud y había creído que el devenir de la vida convertiría a su esposa en una mujer más fuerte. Pero se había equivocado. La docilidad de Grace se había transformado en un aislamiento intratable, una tristeza impotente, una prisión infinita en la que ella elegía quedarse.

En los últimos tiempos, se había vuelto distante. Ya no parecía preocuparse por Monto y se quejaba de dolor de cabeza cada vez que él le pedía que lo acompañara a los clubes nocturnos. Fengshan se había resignado. Pero Grace tenía otras cualidades, como su belleza etérea, su lealtad y su inocencia, y estaba haciendo un esfuerzo al contratar a un profesor para aprender alemán. Debía llevarla a cenar o a la ópera, pasar tiempo juntos para levantarle el ánimo. Desde que habían llegado a Viena, Fengshan había estado ocupado dando conferencias, yendo a fiestas y haciendo contactos y, como era de esperar, Grace se sentía sola.

Se levantó de la cama y se puso una camisa blanca, un traje cruzado de tres piezas, una corbata de seda negra con rayas plateadas y un bombín de fieltro negro. Un atuendo adecuado que destilara modernidad y sofisticación era esencial para representar a su país. Tenía que agradecérselo a su amigo, el señor Rosenburg, que le había recomendado al reconocido sastre de Viena que atendía a la nobleza local.

Fengshan bajó al comedor, que estaba en la segunda planta, y tomó el típico desayuno vienés: un panecillo con mermelada de albaricoque, un huevo duro y jamón. Cuando comía esta clase de comida echaba de menos China más que nunca: se moría por un tazón de arroz caliente con cerdo desmenuzado y algún pepinillo. Su mente podía alternar sin esfuerzo entre cuatro idiomas, pero su estómago seguía siendo chino.

A las siete en punto, fue al vestíbulo. El consulado estaba vacío; el escaso personal aparecería dos horas más tarde. Siempre era el primero en llegar a trabajar.

El consulado chino en Austria, u Ostmark, como el Tercer Reich había rebautizado al país después del Anschluss, era pequeño e incluía al vicecónsul Zhou y a dos empleados locales: frau Maxa, una mecanógrafa, y el criado, Rudolf. La legación previa al Anschluss había sido más importante: tenía personal suficiente y mejor financiación, aunque su influencia había sido limitada en comparación con la de los demás miembros de la Liga de las Naciones. Eso se debía en parte a que la República de China, con su Gobierno democrático, los nacionalistas, era una recién llegada a la escena política mundial. Hacía tan solo diez años que los Estados Unidos habían reconocido la legitimidad del régimen nacionalista y se habían convertido en la primera nación en concederle autonomía impositiva plena al Gobierno chino.

Fengshan consultó su reloj. Faltaba una hora para la llamada del embajador Chen. Abrió la puerta del consulado, recogió los periódicos alemanes del suelo y se encaminó a su oficina al final del pasillo. Antes de la disolución de la legación, había tenido muchas responsabilidades, pero ahora sus funciones se habían reducido a informar a su superior, proteger a los ciudadanos chinos y cumplir con gestiones consulares simples, como la expedición de visados.

Todos los días leía las noticias, evaluaba la importancia y las implicaciones de los acontecimientos y proporcionaba un resumen a su superior, el embajador Chen, que estaba en Berlín. El embajador confiaba en sus conocimientos; su predecesor en la legación, que solo hablaba francés y leía periódicos franceses, no había sabido mantenerse actualizado y eso había causado la irritación del viceministro del Ministerio de Asuntos Exteriores de su país.

Leyó los titulares por encima en busca de alguna mención a la detención de Grace o al consulado. Seguía molesto por el hecho de que los policías alemanes la hubieran maltratado, pero si el incidente llegaba a los periódicos, generaría habladurías y posibles daños. Para su alivio, no había ninguna alusión a Grace, solo noticias de suicidios de comunistas que habían intentado eludir los arrestos y de leyes más estrictas contra los judíos vieneses.

Sonó el teléfono. Era su amigo, el señor Rosenburg, un destacado abogado de Viena. Era un amigo solidario y con un interés genuino en la cultura china. Probablemente llamaba para confirmar su asistencia a la próxima conferencia de Fengshan en el Club Alemán. Pero el tono grave de Rosenburg hizo que Fengshan se enderezara en la silla.

—¿Hay algún problema, señor Rosenburg?

—Doctor Ho, Viena está descendiendo a los infiernos y tiene un ascensor...

La comunicación se cortó.

Fengshan marcó el número de la oficina del señor Rosenburg; la señal de ocupado sonó en sus oídos.

Frunció el ceño. Los vieneses consideraban la etiqueta y los modales como una parte importante del carácter. Su amigo nunca colgaría el teléfono en la mitad de una conversación. Fengshan decidió que buscaría al señor Rosenburg en el evento de ese día para saber más. Sin embargo, el comentario de su amigo le recordó el arresto de Grace y su desagradable encuentro con Eichmann.

El teléfono volvió a sonar.

—¿Fengshan? —Era el embajador Chen.

—*Zao shang hao, Chen da shi* —saludó Fengshan en chino.

El embajador Chen era de Pekín, la capital de varias dinastías de China, lo que significaba que se consideraba a sí mismo un hombre muy refinado y a Fengshan un hombre inferior, ya que procedía de Hunan, una provincia menos favorecida en términos económicos. El alemán de Fengshan era tan bueno como el del embajador, pero eso no elevaba su estatus a ojos de su superior. El embajador Chen, hijo de un prestigioso general, había sido educado desde la cuna para ser un político poderoso, bien relacionado, con línea directa con el señor Sun Ke, presidente del Yuan Legislativo e hijo del padre fundador de los nacionalistas, Sun Zhongshan. Por tanto, el embajador Chen tenía garantizada una carrera política segura y estable, algo a lo que Fengshan podía aspirar, pero que podría estar fuera de su alcance.

Existía también una diferencia fundamental entre Fengshan y su superior, de la que Fengshan era muy consciente. El embajador Chen era un veterano experimentado y profundo conocedor de los asuntos tanto internos como internacionales, mientras que Fengshan, que había trabajado como primer secretario en Estambul, cursaba su segundo cargo diplomático y, por ende, todavía era un neófito en las sinuosas aguas de la diplomacia.

Tras el saludo brusco de su superior, Fengshan procedió a realizar un breve informe de las finanzas del consulado y de las noticias que había recopilado: el rumor del arresto domiciliario del canciller Schuschnigg, el exilio de muchos comunistas y partidarios de Schuschnigg, la visita clandestina del primer secretario de la legación soviética y su petición. Concluyó su informe con el arresto de Grace, no en busca de empatía, naturalmente, sino por una cuestión de transparencia.

—¿Se hizo público?

Su superior había tenido la misma preocupación que él.

—Creo que no.

—Bien. —La voz del embajador sonaba imperturbable—. Fengshan, te llamo para informarte que el secretario de Asuntos Exteriores alemán ha declinado reunirse conmigo.

Fengshan se quedó helado. Era una pésima noticia. La relación entre Alemania y China había tocado fondo. Alemania le había dado la espalda al embajador el año anterior al retrasar la confirmación de sus credenciales durante siete meses de manera deliberada. Años atrás, cuando Hitler había declarado su reconocimiento del Manchukuo, el Gobierno ilegítimo que los japoneses habían establecido en la zona norte de China que habían conquistado, el embajador alemán en China había intentado aliviar la tensión. Pero hacía alrededor de un año, Alemania había vuelto a sorprenderlos al firmar el Pacto Antikomintern con Japón. Supuestamente, el objetivo era frenar el poderío de la Unión Soviética, pero el pacto era un crudo recordatorio de que Alemania había cambiado su rumbo diplomático en forma decisiva.

Cabía señalar que antes de Hitler, China había disfrutado durante años de una relación sólida con Alemania. Sus lazos diplomáticos se remontaban a principios de la década de 1920, cuando Alemania, en su calidad de país derrotado en la Gran Guerra, había sido despojada de sus recursos y había perdido jurisdicción consular en China, en virtud del Tratado de Versalles. Pero el Gobierno chino había sido cortés y había forjado una asociación estrecha con Alemania, que incluyó el suministro de materias primas para contribuir a su recuperación. A cambio, China recibió de Alemania armamentos modernos. Muchos políticos chinos de élite enviaban a sus hijos a recibir entrenamiento militar en Berlín, incluido el presidente de su partido, Chiang Kai-shek.

Fengshan se frotó la frente. Pensó en Adolf Eichmann, que lo había confundido con el cónsul general japonés. Todos los indicios apuntaban a un estrechamiento de los vínculos entre Japón y Alemania y a un deterioro del futuro de China y Alemania. Era una nueva realidad a la que debían enfrentarse: la era de China como socia de Alemania estaba llegando a su fin.

—¿Cuál es su orden, embajador Chen?

—No dejes que la emoción interfiera con tu juicio, Fengshan. El incidente con tu esposa es desafortunado, pero, por el bien de nuestro país, te sugiero que lo olvides. Nuestra relación con Alemania es frágil, pero perder un aliado cuando estamos bajo ataque es un riesgo que no podemos permitirnos. Necesitamos las armas sofisticadas de Alemania para combatir a los japoneses. Sin las armas, no podremos ganar la guerra. Alemania es el único país que puede ayudarnos.

Eso era cierto. Los británicos y los franceses habían hecho oídos sordos y la Ley de Neutralidad vigente en los Estados Unidos les prohibía vender armamento a un país en guerra. Si el plan del embajador Chen para conseguir financiación de la Liga de las Naciones tenía éxito, el embajador utilizaría sus recursos para comprar rifles, balas, tanques y un escuadrón de la Luftwaffe, equipamiento bélico que su Gobierno necesitaba con desesperación.

La situación en China era calamitosa. El Gobierno estaba en bancarrota y los anticuados tanques y cañones de los nacionalistas no podían competir con el sofisticado armamento que poseían los japoneses. En los últimos nueve meses, Japón había atacado muchas ciudades importantes de la costa oriental de China, como Qingdao y Shanghái, había masacrado a innumerables personas en la capital, Nanjing, y se había apoderado de la ciudad. La totalidad del Gobierno nacionalista se había retirado a Wuhan, pero los bombarderos, tanques y aviones caza japoneses los perseguían de cerca y amenazaban con aniquilarlos a todos.

—¿En qué puedo ayudarlo, embajador Chen?

—Fengshan, sabes que he presentado una solicitud de préstamo a la Liga de las Naciones; se me ha notificado que, para conceder los fondos, la liga debe convocar primero una reunión. Pero los británicos y los franceses me han ignorado repetidas veces. Estoy buscando otros canales, los estadounidenses, por ejemplo. Tienen una enorme influencia sobre los diplomáticos y confío en que intercedan en nuestro favor ante la liga. Tengo una misión importante para ti.

Creada después de la Gran Guerra, la Liga de las Naciones había considerado la guerra como un crimen contra la humanidad. Para evitar conflictos futuros, había aprobado veintiséis artículos que restringían el armamento y amenazaban a los infractores con castigos en forma de sanción económica, arbitraje e incluso acciones militares conjuntas de todos los miembros. Cuando Japón, miembro del consejo, había incumplido el principio de la liga al atacar Manchuria, en China, durante la primera guerra chino-japonesa, la liga lo había considerado una violación y Japón había abandonado la liga. En consecuencia, la liga no podía tomar más medidas para penalizar a Japón.

—Lo que sea, embajador Chen.

—¿Estás en buenos términos con el cónsul general estadounidense en Viena?

—Creo que sí.

Fengshan había conocido en una fiesta al señor Wiley, anteriormente encargado de negocios de la legación de los Estados Unidos y actual cónsul general, y había hablado con él sobre la situación crítica de China. El cónsul le había escuchado. Era un hombre de unos cuarenta años, con los modales imperturbables de un diplomático bien formado, y transmitía un cierto aire amistoso.

—Bien. ¿Podrías pedirle al cónsul general que me ayude a concertar una reunión con su superior, el embajador Wilson, en Berlín? El embajador acaba de presentar sus credenciales y me han contado que tiene la agenda llena para los próximos seis meses. Pero si su cónsul general intercede por nosotros, el embajador podría aceptar reunirse conmigo. Una vez que consiga una audiencia, lo haré entrar en razón y lo convenceré para que le proponga a la liga que se celebre una reunión sobre el préstamo.

—Lo llamaré enseguida.

—La reunión con el embajador Wilson es urgente, Fengshan. En un mes, los japoneses podrían diezmar toda la población del sur de China. Necesitamos el préstamo de la liga con desesperación. —El embajador colgó el teléfono.

Fengshan miró su reloj. Eran cerca de las nueve. El consulado de los Estados Unidos podría estar abierto. Marcó el número. La secretaria le indicó que el cónsul general Wiley aún no estaba en la oficina.

Cuando colgó, el teléfono volvió a sonar.

La voz fluida del capitán Heine brotó del auricular: le preguntó si Grace había vuelto sana y salva a casa.

Fengshan le dio las gracias con efusividad, a pesar de su opinión reservada sobre el capitán. No eran precisamente amigos, a diferencia del vínculo que Fengshan tenía con el señor Rosenburg. El capitán era un hombre meticuloso y un policía que, al parecer, conservaba el orgullo y los valores vieneses tradicionales. Sin embargo, después del Anschluss, había canjeado la porra que usaba para contener la violencia nazi por el brazalete con la esvástica, al igual que gran parte de la policía vienesa que antes había jurado proteger a una Austria independiente. Ahora que el país formaba parte de Alemania, el capitán Heine se había convertido en un miembro de la Geheime Staatspolizei, la Gestapo.

Pero si no hubiera sido por el capitán, Fengshan nunca habría sabido que Grace estaba detenida ni dónde buscarla.

—No hay de qué, herr cónsul general. Espero con impaciencia su conferencia en el club.

El interés de Heine en este evento era otra sorpresa; por lo que Fengshan sabía, al capitán solo le gustaban dos cosas: el vino y las mujeres. No obstante, volvió a darle las gracias, colgó el teléfono y miró el reloj. Faltaban cuatro horas para el evento. Tenía tiempo. Se frotó la frente mientras formulaba sus planes. Su día acababa de empezar y ya tenía las manos ocupadas. Las entradas de la ópera para Grace, la llamada del señor Rosenburg, el señor Wiley y la conferencia. Se ocuparía de todos con detenimiento, por orden de urgencia, gravedad y practicidad.

Sonó el timbre del consulado. Fengshan fue al vestíbulo, abrió la pesada puerta de roble y saludó a su personal en alemán y chino fluidos.

Todavía le sorprendía ser el cónsul general en Viena, esa ciudad magnífica con sus fuentes majestuosas, teatros palaciegos, plazas inmensas y estatuas imponentes. Fengshan era hijo de campesinos empobrecidos y había crecido huérfano de padre, criado por una madre analfabeta que no sabía ni siquiera leer ni escribir su nombre y que había llorado en la choza vacía y sin cocina que compartían, incapaz de darle de comer. Descalzo y hambriento, él había decidido caminar kilómetros cada mañana hasta la escuela de unos misioneros luteranos noruegos de ojos azules y cabello dorado. Allí recibía educación gratuita y cuencos de arroz, y se sentaba a escuchar embelesado la historia del sacrificio de Jesús y recitaba: "*Mens sana in corpore sano*".

Después de graduarse en la escuela misionera, había ingresado en la universidad y asumido la responsabilidad de mantener a su madre y a su hermana dando clases en un instituto durante su tiempo libre. Quería construir un futuro seguro para su familia y sabía muy bien lo que eso significaba: como hombre de origen humilde, debía trabajar con diligencia, sangre, sudor, inteligencia y fortaleza para alcanzar el éxito. Por casualidad, se enteró de que el Gobierno becaría a dos estudiantes para que cursaran estudios superiores en Munich, Alemania. Era una oportunidad poco frecuente de estudiar en el extranjero; los candidatos serían elegidos mediante un examen estatal. Consciente de que la selección sería muy rigurosa y de que debería competir con cinco mil estudiantes acomodados de todo el país, durante seis meses Fengshan volvía a casa del trabajo, encendía las velas y estudiaba hasta las tres de la madrugada. Obtuvo el primer lugar en el examen y se convirtió en uno de los dos únicos estudiantes de toda China que asistieron a la Universidad de Munich, donde se doctoró en Economía Política.

Con su doctorado, Fengshan se alegró de poder ofrecer sus servicios como secretario al gobernador de la provincia de Hunan, en China. Pero le partía el corazón ver su país asediado por potencias extranjeras y asolado por las indemnizaciones de la guerra y por la pobreza. Decidido a luchar por la supervivencia de China, se arriesgó a incorporarse al Ministerio de Asuntos Exteriores, abandonó su empleo seguro de secretario y trabajó de manera incansable en Estambul para crear un lugar para su Gobierno en el mundo de la diplomacia.

Su cargo actual de cónsul general en Viena era un punto culminante en su carrera diplomática y una oportunidad vital para luchar por el futuro de su país. Era fundamental que hiciera todo lo posible por ayudar a su superior y conseguir la reunión para el embajador. Volvió a consultar el reloj.

CAPÍTULO 5

LOLA

Hoy me han expulsado.

Y no he sido la única. Una práctica matutina de rutina de la Novena sinfonía de Mahler se convirtió en un juicio, un concurso de mentiras y calumnias y, al final, no tuve más remedio que recoger mi maletín, unirme al desgraciado concertino y a mis colegas, los músicos de cuerda, y retirarme de la sala como si no me importara.

Pero sí me importaba. ¿Se trataba de una expulsión temporal? ¿Era un golpe fulminante a mi carrera musical? Durante meses, habían corrido rumores acerca de que a los músicos judíos se les había prohibido la entrada en los conservatorios de Berlín y que muchos profesionales y músicos judíos de Alemania habían perdido su trabajo sin motivo. Pero nosotros éramos vieneses. Teníamos al canciller Schuschnigg y la religión no nos había dividido. Nosotros, judíos y cristianos, habíamos salido a la calle para apoyar la política de Schuschnigg cuando el canciller había derrotado al partido nazi y restablecido el orden; habíamos portado cruces y la estrella de David para mostrar nuestra adhesión a un régimen socialista; habíamos gritado por la libertad y la justicia para todos. Solo habían pasado cuatro años.

Con la funda del violín en la mano, al pasar por la Staatsoper de Viena, en la Ringstrasse, vi un grupo de actores con sus vestuarios artísticos que salían tropezando de la arcada del majestuoso edificio mientras unos jóvenes con camisas pardas se burlaban de ellos y les gritaban. Uno de los oficiales empujó a una mujer que llevaba un bolso. Sobresaltada, la pobre actriz se tambaleó, dejó caer el bolso y desparramó vestidos de colores, peines y collares sobre la acera. Aun así, el camisa parda no se detuvo y la escupió y le dio patadas. Alguien cerca de mí susurró que se trataba de frau Weiss, la actriz que era la estrella del Burgtheater, y que la habían despedido. Otro agregó que los distinguidos profesores de la Universidad de Viena también habían sido destituidos, como frau Weiss y todos nosotros.

Me apetecía una cerveza, pero ninguno de mis amigos quería ir, así que aferré con fuerza mi funda y resolví ir a una taberna yo sola. La gloriosa melodía de *Una sinfonía alpina* de Strauss caía en cascada desde un edificio cercano y me levantó el ánimo. Se acercaba el verano y pronto bailaríamos al son de la animada música del acordeón, nos juntaríamos a beber vino joven *sturm* en las pequeñas bodegas *heurigen* y nos olvidaríamos de todos estos disparates.

Doblé en una calle empedrada y pasé junto a un cartel con el enorme rostro en blanco y negro del hombre que había devorado Austria. Cerca, un carnicero con cara de enfado inclinó la cabeza hacia mí, frunció el ceño y soltó algún insulto cruel. Me detuve, oculté mis dos colgantes debajo de la blusa y me di la vuelta.

En casa, no tuve más remedio que contarle a *mutter* que ya no tenía que volver a la escuela.

—No habrás salido de la casa con el pie izquierdo, ¿verdad? —me preguntó, con rostro ansioso.

—No.

Era más fácil llenar el valle del Danubio que convencer

a mi madre de que la teoría de la suerte en relación con el orden de los pasos era errónea. Pero ella no se dejaba convencer; pertenecía a la vieja generación.

—¿Qué vas a hacer, Lola?

Me encogí de hombros, pero sabía que ahora sería más difícil mantener a mi familia. Desde que *vater* había muerto, mi madre se había hecho cargo de la casa con los escasos ingresos de la tienda de telas que había dejado mi padre, y mi hermana Sara la había estado ayudando con la costura y las labores. Pero el trabajo había caído de forma deplorable en los últimos años y teníamos problemas para llegar a fin de mes. Durante algunos meses, yo había podido ganar algunos chelines para cubrir los gastos de la casa, pero desde el Anschluss, las tabernas y los bares me habían prohibido tocar. Mi hermano mayor, Josef, había prometido proveernos de lo necesario y solía traernos queso, hogazas de pan y fruta. Yo los aceptaba sin protestar, pero al mismo tiempo deseaba ser quien se ocupara de todos. Y Josef no podía evitar ser Josef. Tendía a comportarse como un hermano mayor que sabía más y creía que, como tenía un título de Farmacia, un trabajo decente y una prometida, era el único que podía ayudar a la familia.

En dos años, terminaría mis estudios. Con mi currículum sobresaliente, lleno de recitales exitosos y recomendaciones excelentes, mi sueño había sido entrar en la orquesta de la Staatsoper de Viena y, en última instancia, convertirme en miembro de la Orquesta Filarmónica, un honor que habría enorgullecido a *vater*. Sin embargo, después de esta expulsión, mi futuro en la Filarmónica de Viena era incierto.

Pero *mutter* se preocupaba demasiado en esos días. Cuando vio las contusiones que tenía en la cara, casi se echó a llorar. Ante su insistencia, le conté lo de frau Lee y el arresto en pocas palabras.

Frau Lee era introvertida, me daba cuenta, pero era la

esposa de un diplomático. Nunca había conocido a alguien como ella y deseaba conocerla mejor. En los últimos tiempos, no tenía muchas personas con quienes socializar. Mis amigos con una gota de sangre judía eran ahora parias, tenían miedo de ir a los bares y clubes nocturnos, y hablaban de marcharse de Viena. Mis amigos vieneses no judíos me evitaban, temerosos de que mi aliento judío pudiera prenderles fuego, a pesar de que tan solo unos meses atrás se habían sentido muy seguros conmigo.

Había disfrutado de mi encuentro con frau Lee, aunque tuve que cargar con la culpa de que nos detuvieran. Si me hubiera tomado la ley más en serio, le hubiera advertido o hubiéramos abandonado el banco, habríamos evitado a los policías. Pero era exasperante. Nos habían impuesto demasiadas restricciones: no más piscinas, bibliotecas públicas, salas de música ni hoteles. Y ahora, no más conservatorio.

Trabajar como profesora sería un trabajo estimulante que me permitiría mantener a mi familia. Esperaba volver a ver a frau Lee.

CAPÍTULO 6

GRACE

Sonó la campana. Al otro lado de la ventana, la aguja de la catedral de San Esteban se erguía en el aire pálido como una corona de acero; el viento la rozaba al pasar, susurrante, como el dobladillo de un vestido en el suelo. Me quedé acostada en la cama sin ganas de levantarme. Una noche de descanso no me había devuelto las fuerzas. Me dolían los huesos, y la piel de los hombros y las piernas seguía amoratada, un recordatorio de mi arresto, de Lola y de mi promesa a Fengshan. Me pregunté: ¿y si hubiera insistido en conservar a Lola como mi profesora? ¿Y si no me hubiera apresurado a prometer nada?

Me volví. El reloj que tenía en la mesita de noche marcaba las once. La cama estaba vacía. Fengshan, un madrugador que cumplía un horario estricto, debía de estar trabajando en su escritorio en la planta de abajo. Me alegré; al menos, no hablaríamos del arresto. Ni de nada, en realidad.

Me incorporé con un gemido. Sería otro día en el consulado, otro día como la esposa muda de un diplomático, otro día de sostener el libro de mi poeta y leer sobre las cintas del amanecer en Amherst, de hundirme en mi refugio imaginario con mis pensamientos errantes, que se extendían como un dosel de enredaderas, y atreverme a preguntarme: "¿Es esta mi vida a partir de ahora? ¿Que me vean, pero no me miren, que me oigan, pero no me conozcan? ¿Solo sentir, sin que nadie me toque?". Mi poeta nunca me respondía.

Había vuelto a sangrar. Un flujo escaso. Ya había ocurrido hacía una semana y no debería haber vuelto a aparecer hasta dentro de un mes. Un espectáculo errático, siniestro, un calendario de tristeza sin fin y el temor obsesionante de que, a pesar de soñarlo, a pesar de años de intentarlo, mi cuerpo no estuviera hecho para el embarazo, y que la maternidad, esa orilla lejana de júbilo y ensueño, estuviera fuera de mi alcance para siempre.

Fengshan siempre decía que Monto era suficiente para él, pero Monto no era suficiente para mí. Me gustaría tener un niño propio. Si hubiera concebido y dado a luz un hijo, nuestro hijo, ¿pasaría Fengshan más tiempo conmigo?

Me limpié en el baño y busqué en el cajón del tocador una muda de ropa interior para cambiarme. Me observé en el espejo barroco: los ojos de mi padre y la tez de mi madre. La última vez que la había visto había sido cuatro años atrás. Le había dicho que me iba a China con Fengshan. Ella me respondió que estaba cometiendo un error, me cerró la puerta en las narices y me juró que no quería tener nada más que ver conmigo. Supuse que su deseo se había cumplido.

La echaba de menos, aunque no quería hacerlo; también echaba de menos Boston, mi ciudad natal, e incluso los días solitarios de mi infancia. Mi padre chino, un maestro de artes marciales, había muerto cuando yo tenía cuatro años y me había dejado en manos de mi madre irlandesa, que me ordenaba quedarme en la acera mientras ella trabajaba en una casa como criada, me abofeteaba si intentaba darle la mano en público y me obligaba a que me dirigiera a ella como señorita O'Connor delante de otras personas.

Aquellos años, una época de fuego y viento, qué sola estaba: siempre unos pasos por detrás de mi madre, ardía en deseos de estar con ella, pero me congelaba por el miedo de estar cerca de ella; aquellos años, una época de hielo y truenos, qué confundida estaba —añoraba un lugar, pero sin pertenecer a ninguna parte—, sentada en la calle, soñando despierta con Dickinson en la mano, el libro que mi madre me había dado para que me hiciera compañía: "*¡No soy nadie! ¿Quién eres tú?*". Era la hija de mi padre, la hija de mi madre, pero no era nadie.

Mi madre tenía sus razones. A ninguno de los estadounidenses de su entorno le gustaban los rostros asiáticos ni los niños asiáticos. Si la mujer de la casa me veía y se daba cuenta de que su empleada tenía una hija mitad china, mi madre perdería su trabajo; si me presentaba a sus amigos nuevos, perdería el alojamiento. ¿Cómo iba a albergarme y alimentarme, entonces? Ella había sido excomulgada por culpa de padre.

Saqué la lata de bálsamo de tigre del botiquín y me apliqué un poco en el cuello. Sentí una sensación agradable en la piel e inhalé el reconfortante aroma a mentol. Mi madre había mencionado que era el remedio favorito de padre para tratar las dolencias. Así que cuando encontré latas de bálsamo de tigre en una estantería del barrio chino de Chicago, compré unas cuantas. El analgésico tradicional chino a base de mentol y alcanfor era el único recuerdo que me unía a mi padre. Lo llevaba siempre en el bolso, como el consejo de un padre que no recordaba.

Volví a guardar la lata en el botiquín. Debía vestirme, ver cómo estaba Monto, desayunar y consultar mi agenda de esposa de diplomático, pero no tenía ganas. El camisón me quedaba grande y se me notaban las clavículas. Me había convertido en algo lamentable y frágil. ¿Cómo había sucedido? En Chicago, antes de conocer a Fengshan, me había conformado con trabajar en un restaurante de fideos, aliviada de escapar de mi madre, y había leído a Dickinson y soñado con poesía. Pero ahora, tras cuatro años de aquí para allá en mi rol de esposa de diplomático y madrastra, había olvidado hasta cómo soñar.

Monto no estaba en su habitación, así que fui al comedor, donde se respiraba el aroma de la crema dulce y la masa frita. Para mi desayuno, el criado había traído unos pasteles austríacos frescos que yo no podía nombrar, unos *strudels* rellenos de col y algunos buñuelos fritos con forma de empanada. Comí sola, siempre estaba sola.

Sobre la mesa había un montón de periódicos alemanes que había dejado Fengshan. Les eché una ojeada sin ganas de tocarlos. Ahora sí que quería hablar con Lola. Podría explicarme los nombres de los pasteles y las noticias en inglés. Y aún quería saber si había llegado sana y salva a su casa.

—¡No sabes leer alemán!

Monto entró. Tenía once años, era un niño delgado con ojos inteligentes como los de Fengshan y la cara redonda de un bebé. Llevaba puestos los pantalones negros con tirantes y la camisa azul de cuadros que yo había dejado doblada sobre su mesita de noche. El pelo corto estaba despeinado. Necesitaba un buen cepillado, pero no me dejaba tocarlo.

Aparté la mirada. Después de todo, mi madre tenía razón: yo era débil. Tenía veinticinco años, pero cuando Monto me hablaba así, lleno de condescendencia e indignación, no sabía defenderme. De verdad, no sabía qué hacer con esa personita. Se había burlado repetidamente de mi alemán, lo que por fin me había impulsado a buscar a Lola.

—¿Dónde estabas? Te he estado buscando. ¿No deberías estar en la escuela?

—Nunca podrás hablar alemán, Grace. —Tomó un montón de tarjetas con firmas y las guardó en su mochila.

Últimamente, se había dedicado a coleccionar firmas del personal del consulado. Alegaba que podía predecir el futuro de la gente estudiando su letra. Cuando el primer ministro austríaco renunció y los soldados alemanes irrumpieron en la ciudad, Monto había estudiado las firmas de Schuschnigg y Hitler, y había hecho una predicción temeraria: Schuschnigg tendría una larga vida y Hitler se suicidaría.

—¿Estás pidiendo firmas en la escuela, Monto? No creo que sea una buena idea.

—No es asunto tuyo.

Si Fengshan hubiera visto a su hijo comportarse de esa manera tan petulante, le habría advertido que fuera respetuoso, pero Monto solo actuaba así delante de mí.

—¿Cómo va la escuela? —Había empezado tercer o cuarto año. No me acordaba. Le encantaba la escuela y, a diferencia de mí, no tenía problemas para adaptarse a su nueva vida en Viena.

—Bien. —Abrió la nevera.

Monto nunca me llamaba "mamá", por una buena razón.

—¿Has hecho amigos?

Se encogió de hombros.

—Pero ¿qué estás haciendo en la nevera, Monto?

—Preparándome el almuerzo.

—Te he hecho un sándwich de mantequilla de cacahuete y mermelada. —La receta tenía décadas de antigüedad y era originaria de Boston, según me dijeron; yo crecí comiendo eso.

—Odio el sándwich estadounidense. —Metió unos *strudels* en la mochila.

—Pero tu padre dijo que no comieras *strudels* de manzana en el almuerzo.

—¡Sé prepararme mi propio almuerzo! —Se fue enfadado.

Podría llamar hijo a Monto, pero nunca sería mío.

En el vestíbulo, el personal trabajaba en sus escritorios: un hombre chino, el vicecónsul Zhou y una mujer austríaca, frau Maxa, que había estado trabajando para la legación china. Algunas personas que venían a solicitar pasaportes aguardaban en la sala de espera cerca del ascensor. Desde mi llegada a Viena, solo había visto unos pocos chinos en ese lugar. La mayor parte del tiempo permanecía vacío.

El vicecónsul Zhou levantó la vista de su escritorio cuando pasé junto a él. Fengshan solía decir que los austríacos eran estirados y orgullosos, pero los chinos no eran diferentes. El vicecónsul Zhou era un hombre serio y peculiar; rara vez sonreía y tenía las uñas de los dedos meñiques largas. Cada una medía como tres centímetros y las utilizaba para rascarse la cabeza y seguir las líneas cuando leía periódicos y documentos. Su mirada era amigable y respetuosa, pero yo tenía la molesta sensación de que hablaba de mí a mis espaldas. "¡Es la esposa de un cónsul general chino y casi no sabe hablar chino!". Mi incapacidad para el alemán me había convertido en una extraña en el círculo de Fengshan y mi limitado vocabulario chino me había convertido en una extraña para el personal del consulado.

—Buenos días, señora cónsul general. —La austríaca, de unos cincuenta años, frau Maxa, estaba organizando un montón de carpetas de papel manila. Era mecanógrafa, una mujer de rostro adusto; hablaba inglés con acento alemán, como Lola, pero más marcado.

Me alegré de que no hiciera preguntas. Me detuve en el escritorio principal y recogí sobres gruesos y tarjetas con bordes dorados para que Fengshan pudiera revisarlos más tarde e informarme de mis obligaciones. En realidad, no tenía mucho que hacer, con lo inútil que era, pero como esposa de Fengshan, se esperaba que asistiera a los almuerzos y banquetes. Al mirar la correspondencia, deseé que el consulado tuviera suficiente respaldo económico para contratarme un asistente que me ayudara con la traducción. Alguien como Lola.

Correo en mano, entré en la oficina de Fengshan. Estaba hablando por teléfono, en inglés, con cara de angustia. Parecía que intentaba ponerse en contacto con el señor Wiley, el cónsul general estadounidense, pero le estaban poniendo reparos.

Cuando por fin colgó, se desplomó en su asiento y se frotó la frente.

—No sé qué hacer. Tengo unos asuntos urgentes que necesito consultar con el cónsul general, pero lleva toda la mañana en reuniones y no está disponible para responder a mis llamadas.

Dejé el correo junto al humidificador de puros sobre su escritorio: la caja era tan enorme que cabían diez volúmenes de Dickinson y pesaba tanto que me costaba levantarla con las dos manos. Estaba hecha a mano con gran maestría, de cedro español con vetas finas, y era uno de los tantos regalos que Fengshan había recibido. Podía ser un diplomático de un país poco influyente, pero muchos profesionales de Viena le tenían un gran aprecio.

—¿El señor Wiley sabe que fui arrestada por los nazis?

Me miró.

—Espero que no. Tu detención es una vergüenza. Por el bien de la imagen del consulado, debe mantenerse en privado.

—Bueno... Tienes razón... Tal vez sea mejor que no lo sepa. —Había visto al cónsul general dos veces y había conversado con su esposa en una fiesta. Había querido entablar amistad con ella, pero resultó que no era estadounidense, sino una mujer polaca al menos diez años mayor que yo, que hablaba unos cuantos idiomas y era una escultora consagrada. No teníamos nada en común y fue un desastre. Me pasé el tiempo divagando sobre la vida solitaria en la ciudad mientras ella me miraba como si yo fuera una niña, y me dijo que me buscara un pasatiempo.

—Ojalá pudiera encontrar una excusa para llegar al señor Wiley. Una buena excusa para despertar su interés... ¿Qué pasa, Grace?

—Nada... No importa. —Fengshan rara vez hablaba de política o pedía mi opinión, y me parecía bien.

—Grace, ¿qué pasa?

—Bueno, estaba pensando, querido..., soy una ciudadana estadounidense, así que, si le cuentas al señor Wiley lo de mi arresto, podría interesarse.

El rostro se le iluminó.

—Es una excusa excelente, Grace. El señor Wiley debe enterarse de tu arresto. Tiene la responsabilidad de protegerte.

Fengshan volvió a marcar el número de teléfono del consulado de los Estados Unidos, se identificó y pidió hablar con la secretaria del señor Wiley. Luego explicó que anoche me habían detenido en el cuartel general y pidió hablar personalmente con el cónsul general. Durante un largo momento, sostuvo el teléfono y escuchó; cuando colgó, esbozó una sonrisa ancha.

—Grace. Tengo una cita con el señor Wiley. Está preocupado por tu seguridad y quiere verme.

—Qué buena noticia.

—Más que buena, yo diría que excelente.

—¿Cuándo te reunirás con él?

—Mañana. Has aparecido en un momento crítico y me has hecho una sugerencia excelente, Grace. Llevaba horas llamando al consulado estadounidense en vano.

Estaba de buen humor. Le rodeé el cuello con los brazos.

—Bueno, tengo algo que pedirte. La chica vienesa... Lola... Prometí que no la contrataría como profesora. Pero es que... Anoche era tarde y estaba sola. Podría haberse perdido o podrían haberla arrestado de nuevo. Podría haberle pasado cualquier cosa. Me gustaría saber si está bien. ¿Te molestaría que la llame?

—¿La chica vienesa? —Consultó su reloj, tomó su maletín de cuero de la estantería y se estiró para buscar su bombín en el perchero cerca de la puerta.

—Solo una llamada para asegurarme de que esté bien. ¿Adónde vas? —Le quité el sombrero de la mano y me lo puse en la cabeza; después, me lo bajé para cubrirme la cara. Que jugara con sus cosas o me pusiera su corbata o su pijama, mi espontaneidad e impulsividad infantiles, como solía decir, le había hecho gracia cuando estábamos en Chicago y lo hacía reír, pero no en Estambul, ni aquí en Viena.

—Tengo cosas que hacer. —Por suerte, las comisuras de sus labios se curvaron hacia arriba; nada de ceño fruncido ni quejas.

Le devolví el sombrero.

—Creí que tu reunión con el señor Wiley era mañana.

—Tengo un evento en un club alemán.

—Bien. Bueno, vete entonces.

Se puso el sombrero, dudando.

—¿De verdad necesitas llamar a esa chica vienesa?

—Le dieron una paliza, querido. Y estaba sola, de noche. ¿No te preocupa a ti también?

—De acuerdo. Solo una llamada. Tengo que irme.

—¿A qué hora es tu evento?

—En una hora.

—O sea, que hay tiempo de sobra. ¿Cuándo tendrás tiempo para mí? Hoy me he levantado y ya te habías ido. ¿No te quedarás en la cama conmigo por las mañanas?

—Grace.

—Bueno, haz lo que tengas que hacer —le susurré al oído—; no iré a ninguna parte. Ya sabes dónde encontrarme.

En cuanto Fengshan se fue, llamé a Lola. Su voz, cuando

atendió, sonó tan bien como la música de la orquesta en los salones de baile, y sí, había llegado a casa sana y salva.

—¿Le gustaría tomar un café? —preguntó.

Nadie me había invitado a tomar café, ni té. Ni en Chicago, ni en China, ni en Estambul.

—Oh, sí —respondí.

Sugirió que nos encontráramos en el Café Caché, cerca del Stadtpark, como si comprendiera mis límites a la perfección: el Café Caché era la única cafetería que conocía.

—Hasta mañana, Grace.

Colgué el auricular y sonreí. No había olvidado la desaprobación de Fengshan, su advertencia sobre el peligro en la ciudad y la humillación de mi arresto. Pero nos encontraríamos en un café; sería seguro.

CAPÍTULO 7

FENGSHAN

EL PÚBLICO DEL CLUB ERA MENOS NUMEROSO DE LO QUE había esperado. Un grupo lamentable de cinco personas: dos mujeres de cabello cano y tres ancianos vieneses con abrigos marrones y mitones de piel que parecían incompatibles con el clima cálido, un espectáculo deprimente comparado con la embelesada audiencia de doscientos asistentes en el Salón de la Asamblea Nacional, donde había dado una conferencia el año anterior. No había rostros familiares de profesores universitarios con gafas, ni hombres de negocios bien vestidos deseosos de aprender los antiguos Cuatro Grandes Inventos Chinos, ni tampoco estaba su amigo el señor Rosenburg. Eso no ocurría casi nunca.

Durante cuarenta minutos, en un alemán fluido, Fengshan fustigó a los japoneses por su invasión de China y por violar las leyes de la Liga de las Naciones. También expuso la ambición japonesa de conquistar el mundo, que había descubierto en un memorándum secreto de Tanaka Giichi al emperador Hirohito, la forma salvaje en que estaban destruyendo su patria y las pérdidas devastadoras de vidas humanas. China se defendería, prometió. Sin embargo, para su frustración, la conferencia fue recibida con silencio y desconcierto. Cuando se abrió el turno de preguntas, los pocos asistentes hicieron preguntas irrelevantes e ignorantes: ¿todas las mujeres chinas se vendaban los pies?, ¿las mujeres de China usaban pantalones como los hombres? Esta última fue pronunciada con cierto desdén, ya que era costumbre que las mujeres austríacas llevaran falda.

La Viena de hoy no era la Viena del año anterior.

Cuando concluyó la conferencia, un hombre de uniforme negro y gorra con el *totenkopf* se acercó al atril. A primera vista, el capitán Heine parecía un doble del hombre de las SS, Eichmann. Ambos eran altos, sofisticados y exudaban severidad con sus uniformes, aunque con una diferencia: los ojos de Eichmann eran fríos y grises, y los del capitán Heine eran de un azul llamativo. Tal vez fuera paranoia, pero el intenso interés del capitán por él, después del arresto de Grace, no podía ser un simple capricho.

—Es usted un orador admirable, herr cónsul general. Una vez más, su conferencia ha sido aleccionadora. —El capitán Heine levantó la copa de coñac que tenía en la mano; el capitán siempre sabía dónde encontrar coñac.

Fengshan conocía al capitán desde hacía un año. Era un hombre poderoso, tenía buena relación con los nobles, los magistrados, los dueños de los grandes almacenes, los Rothschild y los diplomáticos internacionales. También era cliente habitual de los locales más populares de la ciudad: clubes alemanes, bares de jazz y cabarés. Se rumoreaba que era un hombre quisquilloso que hacía ir a un peluquero a su casa todas las mañanas para que le recortara el cabello en los lados y la nuca y le masajeara el cuello con una toalla tibia. Aunque estaba casado, no se esforzaba en ocultar sus atenciones hacia las mujeres jóvenes y atractivas, y solía comentar que era glamuroso que los oficiales tuvieran amantes.

Fengshan recogió sus papeles y los guardó en su carpeta, con el deseo de que el capitán lo dejara en paz. No era su intención relacionarse con un oficial de la Gestapo, pero por el bien de su país, que necesitaba con tanta urgencia un préstamo significativo y la ayuda internacional, debía mostrarse amistoso para conseguir posibles aliados.

—Me alegra verlo, capitán Heine.

—¿Cómo está frau cónsul general? —El capitán no parecía tener prisa por marcharse.

Fengshan sintió que se le hacía un nudo en la garganta. No podía descartar que el capitán Heine y Eichmann tuvieran una relación estrecha.

—Está bien. Estoy en deuda con usted, capitán Heine.

—No hay de qué, herr cónsul general. Fue un placer. ¿Ya se marcha? Bueno, debo admitir que esperaba una mayor concurrencia. Una lástima. Los vieneses se están perdiendo una oportunidad importante. ¿Dónde están sus admiradores? —El capitán hizo una mueca que debía haber practicado con muchas mujeres atractivas, o quizá con los pobres disidentes o incluso con los judíos en esos días.

Fengshan esbozó una sonrisa precavida.

—Hablo en serio. ¿Dónde están sus admiradores, herr cónsul general? Todo el mundo en Viena adora sus conferencias.

—El señor Rosenburg dijo que vendría.

Heine conocía bien a su amigo, un abogado influyente. Al fin y al cabo, Viena era una ciudad pequeña; todos los ricos y poderosos se conocían.

—Desde luego, el señor Rosenburg. Estaba pensando en él. ¿Estará enfermo? ¿Por qué se perdería la conferencia? —El capitán hizo girar el líquido en su vaso con esa manera tan suya, suave e irritante, como si estuviera flirteando con una mujer. Otra razón por la que Fengshan prefería mantenerse alejado de él.

—Estoy seguro de que está bien.

El capitán bebió un trago de coñac.

—¿Tiene algún plan para después del evento, herr cónsul general? ¿Le gustaría tomar un café en el Café Central?

—Me encantaría, pero por desgracia tengo que asistir a otra reunión. —Se puso el bombín, dejó la sala y salió al pasillo.

—¿Quizás mañana, herr cónsul general? —El capitán lo siguió.

—Me temo que mañana tengo la agenda completa.

Dos policías uniformados se acercaron a ellos con paso ostentoso.

—¡*Heil* Hitler!

El capitán Heine les devolvió el saludo. Fengshan aminoró el paso. De pronto, el espacio se tornó sofocante.

—¿La próxima semana, herr cónsul general?

—Sería estupendo. Pero permítame que revise mi agenda y me ponga en contacto con usted. Discúlpeme. Debo marcharme.

Fuera del club, Fengshan pasó en las escaleras circulares junto a una pareja que llevaba raquetas de tenis y buscó un pañuelo para secarse la cara. Con las prisas, se había olvidado de estrechar las manos de los asistentes a la conferencia, un descuido lamentable que seguramente había sido perjudicial para la imagen de su país.

Se metió el pañuelo en el bolsillo, bajó por un sendero empedrado bordeado de tilos y giró por una calle con edificios de piedra blanca; el tránsito y los gritos de la Ringstrasse se hacían más fuertes a cada paso. Pensó en detenerse en la Staatsoper y comprar entradas para la ópera para Grace, como había planeado. Grace se sentía sola; necesitaba atención. Y él se sentía complacido por la ayuda que ella le había dado para concertar la cita con el señor Wiley.

Fengshan era un hombre leal que valoraba la amistad. Tres años después de haber sido destinado fuera de China, seguía acordándose de los cumpleaños de los amigos que estaban en su país y solía enviarles postales impresas con imágenes hermosas de Viena, la noria del Prater, las lilas del parque Votivo, el palacio de Schönbrunn y la catedral de San Esteban.

El señor Rosenburg nunca faltaba a sus eventos y tampoco le había devuelto la llamada esa mañana. Se trataba de una falta de etiqueta inusual por parte de su amigo. Fengshan se preguntó qué habría pasado. El señor Rosenburg era un judío adinerado que había amasado una fortuna supervisando una de las propiedades de la familia real austríaca; poseía una mansión cerca de la iglesia Votiva, un edificio de apartamentos en Viena y dos chalés en Salzburgo. Fengshan lo había conocido en una conferencia que había dado sobre la cultura china. Había tocado un punto sensible del vienés, que parecía muy interesado en la caligrafía china. Era un buen amigo, un hombre generoso, y lo había invitado a muchas cenas y fiestas. Con su ayuda, Fengshan había entablado amistad con catedráticos vieneses de renombre, checoslovacos de rango diplomático y empresarios alemanes acaudalados. El señor Rosenburg era también la fuente a la que Fengshan acudía siempre que necesitaba ayuda: le había recomendado al famoso sastre y a varios profesores vieneses para Grace, incluida la nueva, fräulein Schnitzler.

Fengshan decidió hacerle una visita a su amigo. Su complejo de oficinas de doce salas quedaba en la Ringstrasse, a poca distancia a pie.

En una intersección al otro lado del majestuoso palacio de Hofburg, Fengshan se detuvo abruptamente y apretó la mano que sostenía el maletín de cuero. Cerca de una fuente que había en la plaza, un miembro uniformado de las SA — *Sturmabteilung* o "sección de asalto"— estaba golpeando a un hombre sin sombrero mientras le gritaba insultos racistas.

¿Desde cuándo las calles de Viena, parte del poderoso imperio austrohúngaro, centro de cultura y civilización, se habían convertido en un lugar de miedo y violencia? Fengshan pasó el maletín a la mano izquierda y cruzó la calle. En cuanto llegó frente al gran edificio que albergaba las oficinas del señor Rosenburg, se topó con dos columnas de camisas pardas que portaban fusiles: las empuñaduras negras pulidas brillaban bajo el sol de la tarde. Vacilante, se encaminó hacia el pórtico de columnas colosales, pero un hombre lo llamó desde atrás. Fengshan se volvió. El hombre, vestido con un traje azul de Savile Row, estaba sentado en la acera, cerca de un banco destinado a los arios y con un montón de papeles esparcidos a su alrededor; tenía el ojo derecho amoratado, pero Fengshan lo reconoció al instante.

—Dios santo, señor Rosenburg, ¿qué le ha pasado? ¿Por qué está sentado en el suelo?

Su amigo soltó una carcajada terrible, pero su porte seguía siendo aristocrático después de toda una vida de interactuar con los nobles del país.

—Mis disculpas, doctor Ho, me temo que no puedo ofrecerle asiento. Se han apoderado de mis oficinas, del dinero de mis cuentas bancarias, de mi licencia, mi escritorio, mis objetos de colección y mis chalés de Salzburgo. No pude salvar nada. Necesitaba descansar después de tantas visitas a los bancos.

—Pero usted es abogado, ¿quiere sentarse un momento en el banco?

—Me dieron una buena paliza por sentarme en ese banco. Me temo que mis viejos huesos no pueden soportar más.

Fengshan se volvió hacia las filas de camisas pardas. La fría asa metálica del maletín le cortaba la mano. Primero Grace, y ahora el señor Rosenburg.

—Me enteré del cambio de la ley hace poco, señor Rosenburg.

—Hay tantas leyes contra los judíos... Es comprensible que los diplomáticos extranjeros no estén al tanto de todas.

Su amigo suspiró; con voz grave, relató los últimos sucesos ocurridos en la ciudad. Desde el Anschluss, todos los abogados y jueces judíos habían sido eliminados de los tribunales de la ciudad. Todos los casos contra judíos se desestimaban sin juicio y a los judíos se los acusaba por el simple hecho de ser judíos. Un par de días atrás, había oído que algunos de sus amigos habían recibido la visita de dos hombres de las SS que les habían exigido que "donaran" los ahorros de sus cuentas bancarias al Gobierno. Esos hombres habían visitado hoy al señor Rosenburg y le habían hecho la misma exigencia. Él se había negado y había alegado que sus cuentas estaban protegidas por la ley austríaca. Los dos hombres lo habían escoltado a punta de pistola hasta el tribunal, donde habían hecho que el juez, un viejo amigo suyo, autorizara el acceso de las SS a sus cuentas bancarias. De esa manera, le habían robado su dinero de manera legal.

Fengshan no supo qué responder. En China, un país homogéneo, las tensiones raciales no eran un problema, pero estaba familiarizado con el sufrimiento y los conflictos derivados de la política. El ascenso de un partido siempre implicaba el derramamiento de sangre inocente. Durante uno de los conflictos entre nacionalistas y comunistas en su país, una turba había juzgado y asesinado a uno de sus amigos, y el propio Fengshan había estado a punto de morir a manos de una banda que también había exigido su muerte.

El señor Rosenburg contempló el imponente edificio custodiado por los camisas pardas.

—Ayer era un hombre rico y hoy soy pobre y me he quedado sin trabajo. Mi carrera en Viena se terminó y mi supervivencia y la de mi familia están en duda.

Destrozado, Fengshan sintió la imperiosa necesidad de fumar. ¿Qué podía hacer por su amigo? Él era un diplomático de otro país; no podía devolverle su trabajo ni sus bienes, ni brindarle protección, ni justicia.

—¿Necesita un lugar donde quedarse, señor Rosenburg?

—Me alojo con mi familia en el apartamento de mis suegros, doctor Ho. Pero me temo que es provisional. También me han acusado de destruir activamente a Austria durante toda mi carrera: me obligaron a firmar una confesión y me ordenaron que desapareciera.

—¿Que desapareciera?

—Que abandone Viena para siempre. Por orden de Adolf Eichmann, el delegado del diablo.

El hombre camaleón del cuartel general. Había mencionado que lo habían destinado a la ciudad para ocuparse del problema judío, recordó Fengshan.

—El hombre me ordenó emigrar; si no lo hago, me enviará al campo de Dachau.

—¿El campo de Dachau?

—Un campo de trabajo para prisioneros. Me temo que no leerá nada al respecto en el periódico.

Ni en sus sueños más delirantes había imaginado Fengshan que esto podría pasarle a su querido amigo: que sería despojado de todo su patrimonio y sus propiedades y amenazado con trabajos forzados.

—No puede ir a un campo de prisioneros. ¿Adónde le gustaría emigrar?

—A Palestina, Inglaterra o los Estados Unidos. Mañana mismo pienso solicitar visados en los consulados de esos países.

Viena había albergado antes muchas embajadas, pero los países más importantes, como Gran Bretaña y Francia, las habían cerrado después del Anschluss. Palestina era una opción natural para los judíos, y los Estados Unidos, un destino codiciado. Fengshan no había recibido ninguna solicitud de visado en su consulado, salvo por la petición clandestina del primer secretario de la legación soviética. Pero era de esperar. Un país como China, que estaba al otro lado del mundo, tenía una actividad comercial deficiente y estaba asolado por la guerra, distaba de ser un hogar ideal para los vieneses ricos.

Además, China no tenía una política de inmigración. Aunque los vieneses solicitaran emigrar allá, Fengshan necesitaría la aprobación de su superior. Pero el embajador Chen, enfrascado en obtener un préstamo de la Liga de las Naciones, no se distraería en considerar una política tan poco práctica y, como subordinado, Fengshan estaba obligado a obedecer las órdenes del embajador.

—Será mejor que me ponga en marcha, doctor Ho. El delegado del diablo me dio dos meses para encontrar visados.

El señor Rosenburg se esforzó por incorporarse, pero se tambaleó. Fengshan le tendió la mano y sujetó a su amigo con firmeza: era lo menos que podía hacer.

Solo dos meses, o enviarían a su amigo al campo de Dachau.

CAPÍTULO 8

GRACE

AL DÍA SIGUIENTE, HABLÉ UN POCO CON FENGSHAN; PAREcía preocupado y contemplativo mientras fumaba su puro, pero me preguntó si quería acompañarlo a la reunión con el señor Wiley. Meneé la cabeza y salí del consulado, contenta de que no me hubiera preguntado adónde iba.

Caminé por la tranquila Beethovenplatz, llegué al Stadtpark, giré a la izquierda y me dirigí al Café Caché, una cafetería situada entre una sastrería que exhibía una hilera de maniquíes altos con vestidos malvas, lilas y turquesas, y una relojería con relojes de pared a pared: de bolsillo con cadenas de oro, de pulsera con hora dual, relojes en estuches plateados y cajas doradas. Nunca había soñado con esos lujos, pues había crecido feliz con el trozo de pan caliente que me daba mi madre. Ahora, como esposa de un diplomático y por el bien de la imagen del país de Fengshan, solía usar un collar de perlas o un vestido de noche a medida o un Rolex Oyster de acero y, sin embargo, habría cambiado con gusto todos los colores pastel del verano y todas las galas de Viena por la cálida sonrisa de una amiga.

Lola ya estaba esperando en el café, sentada junto a la ventana con el mismo *dirndl* verde largo y un par de zapatos de cuero de tacón bajo. Los ojos le brillaban igual que en el calabozo, con un destello cálido y compasivo, y la cara, solo ligeramente empolvada para disimular las contusiones, era amable, un rostro con quien hablar, a quien preguntarle una dirección en la calle, con quien tomar un café.

Avancé entre las mesas redondas cubiertas con manteles blancos y dos sofás de terciopelo rojo: un grupo de hombres con camisas pardas, brazaletes con esvásticas y mirada penetrante estaban sentados allí. Aparté la vista.

—*Grüß Gott*, señora Lee. —Lola se puso de pie cuando me acerqué.

—Ah... *grüß*... Pensé que se decía *guten... Tag* —tartamudeé, y me senté frente a ella.

La última vez que había estado en la cafetería, me había quedado de pie en el mostrador, aterrada, intentando descifrar la larga lista de bebidas escrita en una pizarra. ¿Quién iba a decir que la gran ciudad que se enorgullecía de sus cafés tendría un menú tan largo como mis medias, pero que no contenía ni una sola palabra que se pareciera a "café"? Al final, señalé la palabra alemana más corta que vi en la pizarra y recibí una bebida negra que sabía a whisky.

—Esa es una tradición alemana. Los austríacos decimos *grüß Gott*.

—Ah. No lo sabía.

—Lo aprenderá, con el tiempo.

Sonreí, pero no supe qué decir a continuación. ¿Debía sacar el tema de las clases particulares y explicarle que no podía contratarla? ¿Debía decir buenos días? Pero ya lo había dicho.

—Me alegro mucho de volver a verla, señora Lee. Quiero decirle lo agradecida que estoy por haber ayudado a que me liberaran del cuartel general.

Se inclinó hacia mí; tenía ojos verdes como el color de la primavera en el Stadtpark y el cabello oscuro peinado en una trenza exuberante. Sus modales eran suaves, como la crema que se vierte en el café. Me pregunté cómo habría conseguido cultivar esos modales. Pero quizá la delicadeza no tuviera nada que ver con la práctica. Algunas personas nacían con ella.

—No fui yo, fue mi marido, fräulein Schnitzel.

—Por favor, transmítale mi más profunda gratitud a su marido. Y es Schnitzler.

—Ah, cierto. Dijo que era pariente de un autor.

Se echó a reír.

—Es usted muy divertida, señora Lee. Pero, por favor, llámeme Lola. Será un honor que me considere su amiga.

Una amiga, después de tantos años. Me atreví a tutearla.

—¿Me llamarás Grace, entonces?

—Será un placer, Grace. Gracias por reunirte conmigo. ¿Tuviste problemas para encontrar el lugar? —Ella también me tuteó.

Justo cuando iba a responder, la voz áspera de un hombre gritó a mi lado. Miré a mi alrededor con sorpresa. Era poco frecuente ver a los hombres austríacos comportarse mal en público, pero hasta un lacayo podría darles unas buenas lecciones de etiqueta a esos camisas pardas. Eran jóvenes, o tal vez no; nunca podía saberse la edad de los austríacos, camuflados con barbas y bigotes.

Volví a concentrarme en nuestra conversación.

—Estuve aquí antes. Una vez que casi me perdí en la calle.

—Si te pierdes de nuevo, coge un taxi al consulado.

—No sé hablar alemán.

Se volvió hacia los estantes de periódicos que tenía detrás, arrancó un trozo de una página y anotó algo.

—Aquí tienes. Es la dirección en alemán del consulado. Cuando cojas un taxi, dale esto al conductor.

Lola era muy servicial. Le di las gracias y guardé el papelito en el bolso. Pero los hombres que estaban a mi alrededor empezaban a alborotarse; algunos miraban a Lola fijamente, y no eran miradas amistosas.

—Ignóralos. Son tiempos extraños, pero, como solemos decir los austríacos, la situación no tiene remedio, pero tampoco es tan grave. —Lola sostenía un menú, lista para pedir un café.

—Bueno...

—El país ha vivido tiempos violentos, Grace. Hace cuatro años, cuando el canciller Dollfuss fue asesinado, muchos temimos que los nacionalsocialistas asumieran el gobierno, pero los líderes del partido fueron ejecutados y resultó elegido Schuschnigg. Ahora lo han arrestado y los nacionalsocialistas han tomado el poder. Pero no lo tendrán para siempre. Viena siempre será Viena.

La tranquilidad, la confianza en su tono. No había razón para no confiar en ella.

—Tienen barbas espesas. —Tan espesas que podrían ocultar una nidada entera de pájaros de la casa de Dickinson.

—No te dejes intimidar por las barbas. Es típico de Viena. Los hombres austríacos tienen un idilio con la música y el vello facial.

Me reí. No me había reído así desde que había dejado Chicago. Y me sentí bien. Estaba pensando qué decir cuando, de pronto, la ventana que estaba cerca de mí explotó. Un fuerte estruendo me estalló en los oídos; guiada por el instinto, me deslicé debajo de la mesa redonda. Una lluvia de fragmentos fríos se abatió sobre mi cabeza y mi cuello. Grité.

—¡Grace, Grace! ¿Estás herida? —La voz de Lola llegó un momento después.

Me incorporé, con las rodillas temblorosas.

—Estoy bien... ¿Qué está pasando? ¿Qué ha pasado, Lola? Dios mío. ¿Qué te ha pasado?

La sangre manaba a borbotones de la cara de Lola; un

fragmento de porcelana le había hecho un corte profundo en la mejilla, justo debajo del ojo izquierdo. Un centímetro más arriba y le habría atravesado el ojo.

—Alguien me ha tirado una taza de café. Después se estrelló contra la ventana.

Me volví. Los camisas pardas me señalaban mientras fanfarroneaban en alemán. Se me congeló el cerebro.

—Vámonos de aquí, Grace.

Traté de echarme a andar, pero tropecé con una mesa. Una taza cayó y me salpicó la muñeca con café. Lola se volvió, me agarró del brazo y me arrastró junto a ella. Cuando por fin salimos por la puerta, lo único que vi fueron los coches que pasaban y los peatones con miradas curiosas. Debí haber escuchado a Fengshan. Primero, el arresto en el parque y ahora, una agresión en el café. ¿Era yo? ¿O Lola? ¿O Viena?

Oí que Lola decía algo, pero casi no pude entenderla. De pronto, pareció que la cara le estallaba. Una sangre espesa le corría por la barbilla, hacia los colgantes que tenía en el cuello y la parte delantera del *dirndl*: se había arrancado el trozo de porcelana.

—¡Estás sangrando! Oh, no. Oh, no. —Rebusqué en mi bolso: lápiz labial, billetes, el trozo de periódico, el bálsamo de tigre y, por último, mi pañuelo de seda con monograma—. Toma, aquí tienes. ¿Lo quieres? Es mío. Puedes usarlo. Tienes que ir al hospital. ¿Conoces algún hospital, Lola?

Se apretó mi pañuelo contra la cara; en un instante, la seda se tiñó de rojo.

—El Hospital General de Viena está cerca.

—Ah, bien. Vayamos allí. Espera. Cojamos un taxi. ¿Quieres coger un taxi? —Y entonces, como ella no hablaba y yo no sabía qué más hacer, paré uno.

El trayecto fue insoportablemente lento; pasamos junto al gran edificio de la ópera, el palacio de Hofburg y las estatuas ecuestres en la plaza de los Héroes. Cuando llegamos al hospital, el pañuelo estaba empapado y la parte delantera del *dirndl* de Lola se había puesto negra, pero la sangre seguía brotando y tuvo que pedirme prestado el guante. Cuando entramos en el vestíbulo del hospital, nos recibió un hombre corpulento con gafas. Me miró y luego a Lola, y dijo algo en alemán. Con una mano en la cara, Lola hurgó en su bolso con la otra, quizás en busca de su documento de identidad, y pronunció algunas frases rápidas en alemán. El dolor debía de ser insoportable, pues arrastraba las palabras. Pero el hombre asintió en señal de comprensión. Me sentí aliviada. Fengshan admiraba mucho los hospitales vieneses y elogiaba sus equipamientos avanzados, sus médicos bien formados y la buena atención.

Pero algo no iba bien. El hombre debería haber hecho que Lola se sentara o debería haberle echado un vistazo a la herida; por suerte, el sangrado se había detenido, aunque tenía toda la cara hinchada. Pero él y las enfermeras de bata blanca que pululaban por el vestíbulo no hacían más que hablar. Al final, Lola se volvió.

—Tenemos que ir a otro sitio, Grace.

—¿Qué pasa?

—Es una nueva ley. El hospital tiene prohibido aceptar pacientes judíos.

—¿Qué? ¿Estás segura? Es un hospital. Se supone que deben tratar a todos los pacientes. Y tú necesitas suturas y morfina.

Lola estaba temblando.

—Vayamos a la consulta de un médico judío.

Si hubiera sido la elocuente esposa de un diplomático, habría cuestionado al personal del hospital sobre la ley y les habría suplicado que hicieran una excepción para atender a Lola. En vez de eso, me mordí la lengua y pedí otro taxi: Lola necesitaba que alguien le cosiera la herida.

Pronto llegamos a una clínica que estaba en un apartamento en una calle adoquinada y estrecha. Lola parecía aliviada. La cogí del brazo: estaba cada vez más pálida, su cara era una esfera púrpura e hinchada y tenía las manos frías como el hielo.

En el interior de la clínica judía, dos hombres con sombreros negros altos hablaron con ella. Una vez más, Lola mostró su documento de identidad y a esto le siguió, de nuevo, un rápido intercambio de palabras en alemán. Los hombres se miraron entre sí, luego dieron unos gritos y un médico con bata blanca entró en la habitación.

Por fin.

La conversación entre el médico y Lola parecía prometedora; al fin y al cabo, estábamos en una clínica judía, el doctor parecía comprensivo y su tono era tranquilizador y suave. Sin embargo, Lola se volvió.

—Vámonos, Grace.

—Espera. ¿Te van a coser?

—No pueden. —Salió con paso tambaleante y casi chocó contra una maceta de geranios rojos que había en la puerta. Se estabilizó y se apoyó contra la pared. La calle estrecha era apacible, sin sol.

—¿Por qué?

—No se les permite aceptar pacientes medio judíos. Es otra ley.

—¿Qué?

Las lágrimas se le agolparon en los ojos agotados y enrojecidos, y en un instante, se tiñeron con la sangre que tenía cerca de la ceja. Sin embargo, Lola levantó la vista, y esas lágrimas no cayeron y su voz, aunque inteligible, fue la misma, intrépida y contundente.

—Soy una *mischling*.

Recordé lo que significaba eso: al igual que yo, era una mujer de sangre mixta. De modo que, como mujer de sangre mixta, a Lola la habían rechazado en un hospital cristiano por ser judía y en una clínica judía por ser medio judía.

Estrujé repetidamente la correa de mi bolso.

—Esto es algo totalmente inesperado... ¿Qué vas a hacer, Lola? Necesitas puntos. ¿Qué puedes hacer, Lola?

—Probemos en otra clínica.

—Sí, sí.

La cogí del brazo y caminé a su lado. Era distinta a mí, yo era una llorona; cuántas veces me había sacudido mi madre, con las manos en mi cuello, gritando en un esfuerzo por inculcarme algo de la dureza que ella creía que me haría bien: "Ten agallas, Grace. Aprende de tu padre, Grace". Sin embargo, nunca fui como mi padre, un héroe, un hombre que había tenido el valor de salvarla de cinco gánsteres.

Dejamos atrás la calle estrecha y llegamos a otra más ancha con semáforos. Cerca, unas mujeres que elegían flores en un carrito lleno de tulipanes blancos y claveles rojos nos miraron con el ceño fruncido y, delante de un quiosco de periódicos, tres hombres con trajes de verano cruzados se giraron para observarnos y murmuraron algo en alemán.

Lola desaceleró el paso y se detuvo.

—Grace, ¿sabes cómo volver al consulado desde aquí?

—Cogeré un taxi; tengo el papel que me escribiste con la dirección. Vayamos a la clínica. ¿Dónde queda la clínica?

—Deberías irte a casa, Grace, y creo que yo también. Lamento este inconveniente imprevisto. Pensé que pasaríamos un buen rato tomando café.

Me pregunté qué la habría hecho cambiar de opinión.

—Pero dijiste que fuéramos a otra clínica. Necesitas que te pongan puntos...

—No te preocupes por mí. Espero volver a verte, Grace. —Me devolvió el guante y la herida quedó al descubierto, un surco escarlata. Después, se tambaleó hacia un tranvía que acababa de detenerse, se sujetó de la puerta y subió.

El tranvía se alejó con un chirrido y las escalofriantes banderas con la esvástica flameando en el viento, y dejó atrás a los hombres con sus periódicos y las mujeres mojigatas que sostenían las flores. Una atronadora canción popular húngara sonaba en el aire. Miré el guante que tenía en las manos, un guante de seda hecho a medida, pequeño, ajustado a mi mano, ahora húmedo, pegajoso, empapado con la sangre de Lola. Y ahora mis manos también estaban pegajosas y ensangrentadas. Pero me di cuenta de por qué Lola había cambiado de opinión y la entendí. No importaba a cuántas clínicas acudiéramos, a Lola no la atenderían.

Más tarde, volví al consulado. Lavé el pañuelo y el guante en el lavabo del baño, observé cómo la sangre de Lola salpicaba la superficie de porcelana y pensé en las expresiones apáticas de las enfermeras del hospital y en las miradas frías de las mujeres mojigatas y de los hombres con los periódicos. Me eché a llorar. Lola tenía razón: ella no les caía bien, y Fengshan también tenía razón: Viena ya no era segura. Si Lola y yo seguíamos yendo a otros sitios, a otro parque o a otro café, era probable que nos topáramos con más encuentros inesperados que ya formaban parte de la Viena actual. Por el bien de mi marido y del consulado, lo mejor que podía hacer era quedarme en mi habitación y leer poesía.

Sin embargo, habría seguido a Lola a otra clínica o a otras diez clínicas y deseé con todo el corazón que hubiera algo que pudiera hacer.

CAPÍTULO 9

FENGSHAN

Se marchó del consulado antes del mediodía.

La cita con el señor Wiley le había quitado un poco el sueño. Que su país pudiera recibir el préstamo que necesitaba con tanta desesperación dependía de cómo fuera esa reunión, y Fengshan también quería sondear al señor Wiley sobre la situación actual en Viena, pues no podía quitarse de la mente la imagen de su amigo sentado en la calle con el ojo amoratado y su traje de Savile Row. Dos meses, había dicho.

Llegó al Blaue Bar, dentro del Hotel Sacher, a la una en punto y se zambulló en la madriguera oscura con enredaderas de luces brillantes que trepaban por las paredes. Con el bombín en la mano, caminó con cautela mientras la vista se le acostumbraba al lugar. De vez en cuando, una oleada de luz traslúcida se deslizaba sobre algunos rostros y un estruendo de risas y música le estallaba en los oídos. Los bares modernos y mal iluminados como ese no le atraían y hubiera preferido un café luminoso con una chimenea o con vistas al gran teatro o a un jardín sereno. El señor Wiley, un hombre de actitud impasible, no parecía una persona afecta a lo moderno, pero le había pedido que se encontraran allí.

Fengshan lo vio sentado en un rincón cerca de un árbol de luces azules.

—Buenas tardes, señor Wiley —lo saludó en inglés.

—Doctor Ho.

El diplomático estadounidense usaba unas gafas que le daban un aspecto estoico. Tenía unos cuarenta años, llevaba una corbata gris y un traje negro y, por momentos, esbozaba una sonrisa casi amistosa. Sus orígenes, como los del embajador Chen, eran ilustres, pues pertenecía a una familia prominente y su padre era el cónsul de su país en Francia. El señor Wiley había sido cónsul general en Moscú y luego en Amberes, y lo habían nombrado embajador de la legación estadounidense en Austria antes de que esta fuera degradada a consulado.

Fengshan tenía poco contacto directo con el señor Wiley. Cuando se cruzaba con él y su esposa en los bailes, intercambiaban conversaciones breves. Fengshan había aprendido que los funcionarios del servicio exterior de los Estados Unidos no eran personas abiertas ni empáticas. Se mostraban cultos, imperturbables y perfectamente institucionalizados, con una mentalidad conformista y de veneración hacia sus superiores.

—Siéntese, siéntese. —El señor Wiley miró su reloj; unas líneas de luces azules le atravesaron el rostro—. Doctor Ho, en circunstancias normales me encantaría ofrecerle una copa, pero va a tener usted que aceptar mis más sinceras disculpas. Mi presencia se requiere en otro lugar y lamento no disponer de mucho tiempo.

Un preludio inquietante. Fengshan se preparó.

—Le agradezco su tiempo, señor Wiley. Grace le envía saludos.

Las relaciones diplomáticas de China con los Estados Unidos habían estado plagadas de dudas, cuando no de desconfianza. El presidente Wilson había sembrado la semilla décadas atrás, cuando había instado a China a unirse a la lucha contra Alemania durante la Gran Guerra, con la promesa de que China recuperaría las concesiones alemanas en la provincia de Shandong. Deseosa de recuperar el control absoluto de su territorio continental, China había abandonado su neutralidad y enviado miles de hombres a Gran Bretaña, Francia y Rusia para ayudar a cavar trincheras, reparar tanques y trabajar en las fábricas. Pero cuando se ganó la guerra, Wilson firmó el Tratado de Versalles con Japón, Francia y Gran Bretaña, y entregó el territorio alemán a Japón, cuyo dominio sobre China se había intensificado desde entonces.

—¿Cómo está la señora Ho? Me enteré de que tuvo un encuentro desagradable con las autoridades alemanas. ¿Es eso cierto?

Fengshan hizo un breve relato del arresto de Grace, de cómo se lo habían notificado a él y cómo había conseguido su liberación.

—Se encuentra bien, aunque prefiere olvidar la situación tan incómoda que vivió.

—Debió de ser todo un calvario. Si le vuelve a pasar algo, por favor, doctor Ho, informe a nuestro consulado. Estamos aquí para nuestra gente y nos preocupamos por cada ciudadano. Entiendo que Viena plantea grandes desafíos para los estadounidenses. El idioma y las costumbres son un obstáculo. Muchos sienten nostalgia. Irena se pasa el tiempo hablando de lo mucho que sus amigos echan de menos los refrescos y las cenas de Acción de Gracias. Ahora, si me disculpa, doctor Ho, tengo prisa. Un austríaco, el renombrado fundador de la teoría del psicoanálisis, ha estado bajo la protección de mi consulado, pero acabo de enterarme de que ha vuelto a ser víctima de acoso. El anciano caballero tiene más de ochenta años y me temo que, con su fragilidad, no podrá soportar semejantes tonterías mucho tiempo más. Debo ocuparme del asunto de inmediato.

—Por supuesto —respondió Fengshan—. Señor Wiley, es un honor reunirme aquí hoy con usted. Permítame felicitar al embajador Wilson, en nombre de mi superior, el embajador Chen, por su nuevo cargo en Berlín. Mi superior está deseando conocerlo en persona. ¿Podría usted interceder para concretar ese encuentro? —A continuación, pasó a describir de manera sucinta la agresión de los japoneses, que habían asolado su país durante años, y la imperiosa necesidad de China de obtener un préstamo.

El señor Wiley consultó otra vez su reloj.

—Transmitiré con gusto la difícil situación de su país a mi superior en Berlín. Pero lamento mucho comunicarle que el embajador Wilson tiene la agenda repleta para los próximos seis meses. En cuanto al préstamo de la liga, estoy seguro de que sabe que el procedimiento requiere la participación de algunos miembros claves del consejo. Y debido a la escalada de la situación política en Europa, me temo que esa reunión no figura en el orden del día de la liga. Como sabe, los franceses y los ingleses están concentrados en sus asuntos internos.

Fengshan dejó escapar un suspiro. El embajador Chen se iba a sentir decepcionado.

—Es una pena que la liga, que ha sido portavoz de la paz mundial, esté demasiado aquejada por sus propios males para llevar a cabo su misión.

—No podría estar más de acuerdo, doctor Ho. Siento no tener buenas noticias.

No podía permitir que él se marchara todavía.

—¿Puedo preguntar quién es la prominente figura austríaca a quien su consulado está protegiendo, señor Wiley?

—El doctor Freud. Estoy seguro de que ha oído hablar de él.

—¿Por qué se lo hostiga?

—Por la misma razón por la que mucha gente está viviendo con miedo.

Fengshan no sabía que el doctor Freud también era judío. Suspiró y contó la historia del señor Rosenburg, un destacado abogado que se veía forzado a abandonar el país.

—Señor Wiley, perdóneme, odio robarle más tiempo, pero la situación en Viena es de lo más desconcertante. Como usted sabe, el Anschluss nos ha tomado a muchos por sorpresa y algunos incidentes poco civilizados son de lo más descorazonadores y causan mucho dolor a muchos vieneses. ¿Qué opina usted sobre el futuro de los judíos vieneses en la Gran Alemania?

El señor Wiley suspiró.

—No me andaré con rodeos. Estoy bastante alarmado. He recibido múltiples peticiones relacionadas con el trato que reciben los judíos nacidos y criados aquí. Algunas peticiones proceden de cuáqueros, que expresan preocupaciones similares a las suyas. Le aseguro que he puesto a mi país al corriente de la situación y el presidente Roosevelt ha decidido tomar medidas.

—Es muy alentador oír eso. ¿Podría darme más detalles?

—La noticia se hará pública pronto, doctor Ho, pero me complace informarle que nuestro presidente ha hecho un llamamiento urgente y ha convocado a treinta y dos naciones del mundo a reunirse en Évian-les-Bains, en Francia, para discutir las opciones de ayuda a los judíos que necesitan asistencia humanitaria en la Gran Alemania.

Treinta y dos países. Si eso no era una demostración concreta de lo que era un país poderoso, Fengshan no sabía qué podía ser. Después de un mes de haber elevado una petición, el embajador Chen seguía sin poder reunirse con los principales miembros de la liga, pero el presidente de los Estados Unidos hacía una llamada telefónica y los representantes de treinta y dos países despejaban sus agendas para reunirse. Fengshan se atrevió a soñar que algún día China seguiría los pasos de los Estados Unidos, prosperaría y ejercería un gran poder e influencia sobre el mundo.

Al margen de sus sentimientos, resultaba evidente que los Estados Unidos, antaño una potencia incipiente en la escena mundial, ahora desempeñaban un papel cada vez más importante. Si el presidente llamaba a la acción, había buenas razones para creer que se alcanzaría algún resultado positivo.

—Señor Wiley, ¿puedo aventurarme a preguntar si habrá sanciones contra el Gobierno alemán?

—No sería inesperado, dadas las atrocidades de las que hemos oído hablar.

—¿Podría haber una agenda de una ley de inmigración nueva, siempre que los judíos vieneses estuvieran dispuestos a abandonar el país?

—Con treinta y dos naciones presentes en la conferencia, me atrevería a decir que algunas de ellas, si no todas, recibirían con agrado a inmigrantes talentosos, ricos e intelectuales.

Fengshan estaba de acuerdo. ¿Qué países no abrirían los brazos a personas cultas, capacitadas y acaudaladas? Si China no estuviera inmersa en la guerra, también aceptaría con gusto a esos vieneses. El señor Rosenburg se sentiría aliviado al oír estas noticias. Si decidiera emigrar, tendría varios países adonde ir, no solo los Estados Unidos. O podría quedarse en Viena y recuperar sus propiedades y sus ahorros.

—Le aseguro, doctor Ho, que mi país es el guardián de la humanidad, el defensor de la paz mundial y la libertad. ¿Quiénes seríamos si no protegiéramos a los vulnerables? Con la aprobación del Congreso, nos ocuparemos de que la democracia, la libertad y la igualdad lleguen a todos.

Era el típico discurso estadounidense pomposo, pero sonaba

reconfortante y extrañamente alentador, y Fengshan soñaba con el día en que hiciera una afirmación similar en nombre de su país y les contagiara las mismas aspiraciones a sus compatriotas.

—¿Cuándo es la reunión?

—El seis de julio. —El señor Wiley se puso de pie.

Faltaban unas seis semanas.

—Es una larga espera para los que sufren acoso.

Wiley le dio una palmada en el hombro.

—Doctor Ho, su compasión es admirable, pero estoy seguro de que comprende que es conveniente que los diplomáticos mantengamos cierta distancia en medio de las turbulencias políticas.

Fengshan se rio.

—Disculpe, señor Wiley, pero ¿no mencionó usted que el doctor Freud estaba bajo la protección de su consulado?

El señor Wiley rio entre dientes y se marchó.

Ambos eran diplomáticos que compartían el deber hacia sus países y la ambición en sus carreras, pero no estaban necesariamente obligados entre sí. Sin embargo, el señor Wiley le había dejado importantes sugerencias e información sobre las que reflexionar.

—¿Cómo fue la reunión, Fengshan? ¿Tuviste éxito? —La voz del embajador sonó después del primer timbre del teléfono.

Fengshan procedió a informarle y transmitió el pesar del señor Wiley. Como había imaginado, el embajador Chen le pareció en extremo decepcionado, ya que las perspectivas de reunirse con su colega estadounidense eran escasas y el préstamo tan urgente para su país seguía siendo inalcanzable.

Fengshan carraspeó.

—Con todo respeto, embajador Chen, antes de colgar,

¿puedo compartir con usted una observación? —Cuando había conversado con el señor Wiley, algo más, otra perspectiva sobre los Estados Unidos y la Liga de las Naciones, le había surgido en la mente—. ¿Cuál es su opinión sobre la liga, embajador Chen? ¿Con qué frecuencia se reúnen los miembros del consejo?

—Funciona de manera irregular y a un ritmo lento, con una correspondencia prolífica y la previsible burocracia, como todos sabemos. ¿Adónde intentas llegar, Fengshan?

Se arriesgó.

—El señor Wiley parece tener una opinión poco halagadora de la liga. No puedo dejar de señalar que, con un aviso de última hora, el presidente de los Estados Unidos logró reunir a treinta y dos naciones para una conferencia, mientras que la liga no ha celebrado una reunión funcional de los miembros del consejo desde hace mucho tiempo. Me pregunto si eso no justifica modificar el rumbo en la búsqueda del préstamo.

—¿Qué estás sugiriendo?

—¿Estaría usted de acuerdo en que sería más fácil obtener el préstamo si habláramos directamente con los Estados Unidos por vía diplomática en lugar de depender de la liga? ¿Qué le parecería si nos pusiéramos en contacto con el señor Henry Morgenthau, secretario del Tesoro?

—Ciertamente no es algo que esté dentro de mis consideraciones, y es una lástima que el nuevo embajador chino en los Estados Unidos, el señor Hu Shi, no haya presentado aún sus credenciales.

—Quizás el Ministerio de Asuntos Exteriores pueda intervenir y ofrecer una ayuda valiosa.

Se oyó una tos evasiva. Fengshan insistió.

—Permítame compartir otra idea con usted, embajador Chen. Parece que el señor Wiley cree que su presidente está muy preocupado por el sufrimiento de los judíos bajo el dominio alemán. Los Estados Unidos han convocado a treinta y dos países a una conferencia para examinar el tratamiento que reciben los judíos vieneses. El senador Wiley predijo que su país encabezará una política de refugiados en todo el mundo. Me pregunto si el Ministerio de Asuntos Exteriores chino habrá tomado medidas similares sobre el mismo tema.

—¿Por qué se interesaría el ministerio en aceptar refugiados?

Fengshan se estremeció. El embajador continuó:

—Nuestro país está en guerra. Estamos luchando por sobrevivir. Necesitamos un préstamo y armas sofisticadas para derrotar a los japoneses. Lo último que queremos es una afluencia de refugiados extranjeros que alimentar. Dejemos que los estadounidenses diseñen sus estrategias y recuerde usted mi directiva. No debemos interferir en las controversias internas en Gran Alemania o el Tercer Reich encontrará una excusa para rechazar la venta de armas y nuestra relación estará condenada al fracaso. ¿Está claro?

—Por supuesto.

El embajador Chen finalizó la conversación con otra noticia grave. La artillería japonesa dirigida por el general Hata perseguía sin descanso a los nacionalistas refugiados en Wuhan, la capital temporal. Para defender la ciudad, el presidente Chiang Kai-shek había retirado un millón de soldados de las zonas de guerra quinta y novena del país. Se avecinaba una feroz batalla para resguardar la capital.

Fengshan colgó. Si no hubiera estado atado a responsabilidades y deberes para con el consulado, habría hecho las maletas y se habría lanzado a proteger a su país y a sus compatriotas.

Sacó un puro de su caja y empezó a fumar. La indiferencia del embajador hacia los judíos vieneses y su desinterés en la conferencia que había convocado el presidente estadounidense, por muy decepcionante que fuera, era esperable. Pero el señor Rosenburg estaría encantado con la Conferencia de Évian y se alegraría al enterarse. Fengshan apagó el puro en un cenicero de cristal y escribió una nota en la que le informaba de la maravillosa noticia sobre la conferencia y el posible auxilio de los países de todo el mundo. Luego ordenó al vicecónsul que llevara la nota al apartamento de los suegros del señor Rosenburg.

Cuando el vicecónsul se hubo marchado, Fengshan se sentó en su silla y hojeó el montón de periódicos en alemán e inglés. Había muchas páginas tituladas con el eslogan "Un país, un Führer", artículos que exigían la partida de los judíos vieneses y el cierre de sus empresas y tiendas, advertencias sobre la insaciable avidez judía por dominar el mundo y caricaturas que ridiculizaban el aspecto de su gente.

Apartó los periódicos. Los judíos vieneses estaban indefensos; era de suma importancia que la comunidad internacional se uniera para ayudarlos.

—¿Mi amor?

Levantó la vista, sorprendido. Grace, con su delicado vestido púrpura, comprado en Shanghái, estaba de pie frente a él. Se veía muy angustiada, con el rostro pálido y los ojos empañados; no llevaba guantes ni sombrero. ¿Qué le estaba pasando a su mujer? La habían arrestado las SS, la habían metido en un calabozo en el cuartel general y ahora parecía a punto de desmayarse.

—¡Grace! ¿Estás bien?

Agitó la mano con debilidad.

—Te estaba esperando en la habitación, pero pensé en bajar para hablar contigo. —Luego, con voz temblorosa, relató el incidente en el café y contó que un hospital y una clínica se habían negado a atender a Lola.

Grace le había dicho que solo la llamaría por teléfono.

—Esto es desolador. Pero ojalá me hubieras dicho que

ibas a encontrarte con ella. —El señor Rosenburg y, ahora, la profesora de Grace. Las atrocidades no cesaban.

—Bueno, esa era mi intención, pero se me olvidó. Es que... Yo también soy de sangre mixta. ¿Eso significa que me negarían el tratamiento en un hospital? —Paseaba de un lado a otro mordiéndose las uñas.

—Lo dudo. Eres estadounidense. No judía. La política de Hitler parece apuntar solo a los judíos.

—No tiene sentido...

Él le puso una mano en el hombro.

—Austria es como China, Grace. Ambos países fueron gobernados por dinastías y se transformaron en repúblicas incipientes entre esperanzas y prisas. Ahora, China lucha bajo la invasión de una potencia extranjera y Austria se enfrenta a un demonio propio. Es una época inquietante para la gente. Tu amiga... espero que reciba la atención que necesita.

Grace asintió y luego meneó la cabeza, pero no habló.

—¿Has visto a Monto? ¿Ya ha vuelto de la escuela?

Ella pareció no oírlo; tenía ese aire ausente, como si algo distante la distrajera. Después, parpadeó y sus ojos se posaron en una hilera de regalos que él había recibido: una estatua de santa Catalina tallada en nogal, una figura de madera de tilo de un ángel y una Biblia... y, luego, observó un conjunto de cajas que contenían soldados de arcilla traídos de China.

—¿Grace?

Ella se volvió, con una expresión en el rostro que él nunca había visto antes.

—¿Sabes la dirección de Lola, querido?

—Frau Maxa debería tenerla. Tiene la lista de todos los profesores que el señor Rosenburg te recomendó. ¿Para qué la quieres?

—Me gustaría ir a visitarla.

—¿Quieres decir que ella te ha invitado?

—No.

—Presentarse en una casa sin invitación es bastante inapropiado. Conoces bien la etiqueta de este país, Grace. Los austríacos tienen la costumbre de solicitar una cita antes de visitar a alguien.

—¿Te refieres a enviar…, cómo se llama eso? Es parte de la etiqueta, si mal no recuerdo. Como una especie de nota. —Hizo un gesto mientras pensaba, en un esfuerzo por acceder a esa parte de la memoria con la que a menudo parecía tener problemas.

—¿Una tarjeta de visita?

—Eso es. Tienes unas cuantas, ¿no? ¿Me prestas una?

Fengshan frunció el ceño.

—En mi tarjeta figura mi cargo y la dirección del consulado. No es adecuada para una visita social.

—De acuerdo. Compraré una tarjeta en blanco. ¿Podrías escribirme el mensaje en alemán?

Rara vez tenía la necesidad de suplicarle y recomendarle a Grace que fuera sensata. El recuerdo del cuartel general debería estar todavía fresco en su mente.

—Grace. Permíteme que te reitere que la situación en Viena es delicada. Debes mantenerte a salvo.

Ella se mordió las uñas, parecía que iba a llorar, y él estuvo seguro de que cedería y volvería a recluirse en su prisión sumisa.

—La escribiré yo misma.

CAPÍTULO 10

LOLA

Solo era un corte, pero más profundo y ancho de lo que había pensado, y el dolor y la humillación eran insoportables. Podría haber sido peor. Podría haber sido Grace quien resultara herida.

En el tranvía, ignoré las miradas de los camisas pardas sentados junto a la ventanilla y volví la cara mientras pensaba dónde encontrar ayuda. Por fin, decidí acudir a la enfermera de mi familia, que me conocía desde que nací y no era judía. Bajé del tranvía y llamé a su puerta. Se sobresaltó y me pidió que fuera a la parte trasera de la casa para que no me vieran los vecinos. Después de que me cosiese la herida, le di las gracias y me fui enseguida. Ahora existía una ley que prohibía a los judíos el contacto físico con los no judíos; estaba prohibido darse la mano y abrazarse.

Onkel Goethe, un hombre avaro y astuto, estaba de nuevo en la sala de estar, de pie frente a la pobre *mutter*, Sara y la pequeña Eva, hija de mi hermana. Aunque le decíamos "tío", era primo de *vater*. Era corpulento y dominante. Se detuvo en medio de su diatriba, frunció el ceño y resopló cuando entré por la puerta. *Mutter* se volvió loca de preocupación.

—¡Estás cubierta de sangre, Lola! ¡Tu cara! ¿Qué te ha pasado?

Mutter me limpió la cara, ¡pero dolía! Le aparté la mano e hice lo que pude para explicarle lo que había pasado. Ahora *mutter* estaría convencida de que, con una cicatriz en la cara, acabaría solterona como su *tante*, mi tía abuela.

—Te lo mereces. —*Onkel* Goethe me apuntó con el dedo—. La ley es la ley. Tienen derecho a negarte atención médica.

Apreté la mandíbula, pues no podía abrir mucho la boca sin que me saltaran los puntos. Mi cara estaba caliente, me ardía. ¿Desde cuándo ser *mischling* significaba ser marginada? ¿Desde cuándo tener sangre judía era un delito? Yo usaba mis colgantes, pero no éramos una familia que hiciera ostentación de nuestra condición judía ni tampoco íbamos a la sinagoga de Stadttempel todas las semanas. De hecho, nunca nos habíamos esforzado por observar las festividades u otras tradiciones judías; comíamos *schnitzel* y carne de cerdo, y bebíamos cerveza en el *sabbat*. Por cierto, no éramos como nuestros vecinos, los judíos devotos que llevaban kipás y rezaban en sectores separados para hombres y mujeres, pero todos éramos judíos, y también éramos vieneses.

—¡Esa ley es una estupidez!

Me alegré de haber nacido suelta de lengua. Sara era demasiado tímida para expresar sus opiniones y Josef, demasiado educado para enfrentarse a los ancianos; ¿dónde estaba ahora? Siempre en el trabajo o con su prometida. Yo sabía bien que *onkel* Goethe esgrimía su ancianidad como un arma. Años atrás, cuando *vater* vivía, *onkel* Goethe había disimulado, pero en los últimos años daba rienda suelta a su temperamento repugnante. Después del Anschluss, había visto una oportunidad perfecta para robarnos lo poco que teníamos: la tienda de telas. Este era su quinto viaje.

—¡Deberías ir a la cárcel por desacato! El Führer está haciendo lo que es mejor para nosotros. Se preocupa por nosotros. Es un auténtico austríaco y ama a Austria, y entiende que estamos luchando por nuestras vidas por culpa de gente como tú. Él nos cuida. ¡Mira lo que hizo con Austria! ¡Ha sacado a Austria de la bancarrota y los niños han vuelto a comer carne!

Los perros siempre seguían a quienes les mostraban un hueso.

—Lola, déjame ver tu cara.

—Estoy bien. Ya me han cosido. No es nada grave...

—¡Él ama a Austria! ¡Ha hecho más por Austria que el emperador Francisco!

—Primo, ¿podrías...? —aventuró *mutter*.

Pero *onkel* Goethe clavó los dedos en *mutter*, obligándola a retroceder tambaleándose.

—He sido paciente contigo, pero el tiempo se está acabando. La tienda de telas es mía. Necesito la llave.

—¡Es la tienda de mi *vater*! —grité.

—Ya te lo advertí, ¡llamaré a la policía!

—Tú... —Sentí que mi cabeza era como un violín cuyas cuerdas vibraban y chirriaban al mismo tiempo. Unas siluetas sinuosas invadieron la habitación y un manto negro devoró a *mutter*, a Sara, a la pequeña Eva e incluso al feo *onkel* Goethe.

—¡Lola!

Lo último que oí fue la voz aguda de *onkel* Goethe, que citaba aquellos despreciables titulares de los periódicos que se vendían por todas partes.

—¡Los judíos deben marcharse en tropel y dejar atrás todas sus riquezas!

CAPÍTULO 11

GRACE

Averigüé que Lola vivía en el noveno distrito, en una calle llamada Berggasse, al norte de Innere Stadt, el primer distrito. Pocos días después de enviar por correo la tarjeta de visita, le pregunté a frau Maxa dónde se encontraba, la ruta del tranvía y los lugares de referencia de la zona. Luego tomé un mapa, compré un ramo de lilas en un carrito de flores en la calle y me subí al tranvía. Era una aventura que nunca me había imaginado capaz de llevar a cabo. La advertencia de Fengshan seguía rondándome la mente, pero esta vez no le pedía su consentimiento, o quizá sí. De todas maneras, Lola había sufrido una agresión y yo necesitaba saber si se encontraba bien.

Era la única mujer que viajaba en el tranvía y eso me ponía nerviosa. Aparté la vista de los camisas pardas que me miraban de reojo y la fijé en mis zapatos, una práctica que había perfeccionado desde niña. Pensé en los hombres que habían herido a Lola; probablemente la habrían amenazado si hubiera estado en el autobús.

Cuando el paisaje empezó a cambiar, el miedo me atacó de nuevo: nunca me había aventurado tan lejos en Viena por mi cuenta. ¿Volvería a perderme?

Me bajé en el parque Votivo. La casa de Lola quedaba a unas manzanas de distancia. Con el mapa y las lilas en la mano, dejé atrás el parque en plena floración de primavera, las calles con carteles escritos en crípticas letras germánicas y los majestuosos edificios de arquitecturas clásica y barroca. La zona bullía con tabernas, bodegas y tiendas de pieles y ropa, pero varios edificios tenían las ventanas destrozadas y estaban cubiertos de pintadas negras en alemán.

Caminaba por la acera cuando oí unos gritos procedentes del parque, al otro lado de la calle. A lo lejos, divisé un grupo de adultos con bates en la mano y unos niños con camisetas oscuras. Al principio, pensé que estaban jugando al béisbol, pero después me di cuenta de que los adultos no tenían bates, sino fustas, y que las figuras pequeñas no eran niños, sino ancianos de barba canosa y algunas mujeres, agazapados a cuatro patas sobre la hierba. Los hombres los azotaban con crueldad con las fustas y los ancianos y las mujeres inclinaban la cabeza, arrancaban el césped con los dientes y masticaban. Me detuve. ¿Quiénes eran esas personas y por qué comían hierba? De lo que no había duda era de quiénes eran los hombres que alzaban las fustas: llevaban los mismos uniformes negros que la policía del cuartel general.

Cuando llegué al apartamento de Lola, una joven vestida con un *dirndl* a cuadros me abrió la puerta. Tenía los ojos de Lola y la mano derecha deforme.

—*Grüß Gott* —dijo.

El saludo de Lola. Me ruboricé.

—Oh, sí —balbuceé en inglés—, *grüß Gott*. Soy Grace Lee, amiga de Lola. Siento mucho molestar. Le envié una tarjeta hace unos días. Vine a visitarla. ¿Puedo verla?

La joven vaciló; parecía no entenderme ni saber qué hacer conmigo. Fengshan tenía razón; era tabú visitar a una persona vienesa sin invitación. Le di las lilas y me volví para marcharme. Pero luego, pensándolo mejor, repetí:

—Vine a ver a Lola, Lola Schnitzel, Schnitzler.

Pareció aliviada y se limpió la mano sana en el delantal; la otra la tenía torcida de una manera extraña. Acababa de invitarme a pasar a la sala cuando un hombre corpulento con demasiado vello facial, pero sin pelo en la cabeza, irrumpió desde el interior con paso fuerte y vociferando algo en alemán. Al verme, se detuvo y adoptó un inglés con un acento muy marcado.

—¡Has invitado a una extranjera a tu casa! ¡Una extranjera! Esta es la plaga que invade Austria. Los socialistas, los comunistas y los extranjeros están contaminando las costumbres y tradiciones austríacas.

El hombre me empujó a un lado y salió de la vivienda.

Me quedé helada en la sala. ¿Debía irme o quedarme?

—¿Es usted la señora Lee? Bienvenida, señora Lee. Bienvenida. Venga. Venga. Lola me ha hablado de usted. Soy la madre de Lola. —Una mujer mayor de pelo gris se acercó a mí—. Ese era mi primo. Le pido disculpas en su nombre. Por favor, no permita que la ofenda. Tuvo una discusión con Lola hace unos días y quería arreglar las cosas... Es... Bueno, es obstinado, pero inofensivo.

El inglés de la señora Schnitzler también tenía un acento muy marcado, pero sus modales eran cordiales. Me apresuré a presentarme de nuevo, retorciéndome las manos. Esta era la parte difícil, hablar con desconocidos.

—Es muy amable de su parte visitarnos. Sara ha ido a buscar a Lola a la habitación. Vendrá enseguida. —La señora Schnitzler me guio hasta un sofá cerca de la ventana y me ofreció un vaso de agua que sirvió de una jarra plateada, disculpándose por la falta de té y galletas. Explicó que la habían echado de la tienda y que llevaba tres semanas sin comprar comida. Quizás entendí mal, pero sonó como si le hubieran prohibido hacer la compra.

La casa de Lola parecía un apartamento listo para alquilar.

Tenía pocos muebles, solo un tocador Biedermeier alto de siete cajones y una alfombra azul descolorida. Las paredes estaban pintadas de color crema, desnudas, sin los omnipresentes cuadros que había visto por todas partes en Viena.

—Grace, no puedo creer que seas tú.

Lola apareció vistiendo un vestido floreado largo y un violín en la mano. Parecía atontada, con los ojos bordeados de rojo y una sutura hecha con hilo negro en el rostro que formaba una cicatriz irregular, una oruga hinchada de malicia.

Me disculpé por visitarla sin invitación, pero ella hizo un gesto con la mano y se sentó en el sofá a mi lado, con el violín en el regazo. Parecía contenta de verme y esperó a que yo hablara. Era como si volviéramos a estar en el café, charlando sobre los vieneses y su barba.

—Te han cosido. ¿Cuántos puntos te dieron?

—Doce.

—¿Adónde fuiste?

—A casa de una vieja amiga. Era enfermera.

—Se podría haber esforzado un poco más —solté sin pensarlo.

Lola pareció a punto de sonreír, pero se contuvo.

—Duele, ¿no? ¿Cuánto tardará en curarse? —Meses, seguro, y con esa cicatriz tan ancha y profunda, nunca volvería a tener el mismo aspecto.

—Eso no me preocupa, Grace.

Saqué la lata de bálsamo de tigre de mi bolso.

—Esto podría ayudar, o no. La verdad es que no lo sé. No es un medicamento, pero el aroma te aliviará. Espero que te guste.

—Huele bien. —Se lo puso en la frente.

—No, no, en la frente no. Déjame a mí. —Esparcí una cantidad muy pequeña de la pomada color amarillo pálido en su muñeca. Lola la olió; pareció gustarle.

Sara, que era la hermana de Lola, y la señora Schnitzler se inclinaron hacia ella. Lola les untó las manos con un poco de bálsamo de tigre. Ambas mujeres sonrieron, aspiraron el aroma y murmuraron en alemán. Me di cuenta de que Lola y su madre tenían un vínculo fuerte, a diferencia de mi madre y yo.

Una niña con un vestido rosa de volantes en la que no me había fijado apareció junto a Sara y comentó algo en alemán. Tenía el cabello rizado y ojos verdes grandes y expresivos, como los de Lola, y parecía más joven que Monto. Sara la apartó y le tapó la boca con su mano izquierda sana y cara de mortificación. Me volví hacia Lola.

—Ella es Eva, mi sobrina. Tiene que aprender modales. Ve a tu habitación, Eva —le ordenó Lola.

—Que se quede. ¿Qué ha dicho? —pregunté.

—Eva preguntaba si comías *foie-gras* todos los días.

—¿Por qué iba a comer *foie-gras* todos los días?

Eva me observó: el sombrero acampanado color avena, el collar de perlas y el vestido de terciopelo y encaje color verde salvia.

—Ya veo.

Les hablé sobre mi incómoda vida como esposa de un diplomático en Viena. Una vez me había sentado en un sofá en un baile al que asistían miembros de la familia real de los Habsburgo y diplomáticos con sus esposas. Para mi perplejidad, las esposas habían empezado a lanzar grititos y me miraban con desconcierto. Segundos después, un funcionario que llevaba un uniforme con muchos botones dorados me desalojó del asiento. Me sentí avergonzada; no sabía que, según el protocolo, un sofá estaba reservado solo para una duquesa.

Eva pronunció más frases en alemán.

—¡Eva! —Sara se volvió hacia mí, como disculpándose.

—¿Qué ha dicho?

—Ha dicho que eres muy pequeña. ¿Por qué no compartir el sofá contigo?

Me reí. La pequeña era dinamita, casi no me conocía y ya me estaba defendiendo; ojalá Monto pudiera hacer lo mismo.

Más tarde, cuando llegó la hora de irme, Lola me acompañó hasta la puerta. Retorcí la correa de mi bolso y le pregunté si podía volver a visitarla.

—Por supuesto, Grace, pero hay algo que quizá no sepas: los austríacos no judíos tienen prohibido visitarnos.

El arresto en el parque, el ataque en el café, la gente del parque. Comprendí cómo era su vida ahora.

—Pero yo soy extranjera.

—Será peligroso para ti.

—Somos amigas, ¿no?

Sus ojos verdes destellaron —con la misma expresión que había mostrado fuera de la clínica, al levantar la vista para evitar que se le saltaran las lágrimas— y después, sonrió. Di un paso adelante y la abracé.

Unos días más tarde, volví al apartamento de Lola con una caja de bombones suizos envueltos en papeles de colores, otro ramo de lilas frescas y rosas. Pero pronto me di cuenta de que necesitaban algo más que flores: se habían quedado sin harina, nata, latas de fruta y levadura debido a la prohibición de comprar. Así que, en la siguiente visita, llevé comida: una hogaza de pan, una bolsa de pasas, unos *strudels* horneados con carne y patatas, más bombones y galletas de la tienda donde le había comprado lápices y caramelos a Monto y que ahora tenía un cartel que decía "No se admiten judíos".

La familia de Lola aceptaba mis regalos con verdadera alegría; sentados en un círculo, intercambiaban galletas, pasas y bombones. Parecían agradecidos por todo lo que yo llevaba, incluido el bálsamo de tigre. La señora Schnitzler alegaba que la fragancia del mentol obraba milagros a la hora de calmar sus nervios. Eva lamentaba que no contuviera huesos de tigre de verdad. Todos intentaban hablar en inglés para que yo pudiera participar en las conversaciones.

La cicatriz de la cara de Lola se iba curando despacio; se había convertido en un montículo brillante de piel roja. Con su actitud alegre, me enseñaba alemán, palabra por palabra. Yo repetía después de ella. *Die Sonne, der Mond, die Blumen, die Lebensmittel, die Freundinnen.* Palabras extranjeras, palabras con entusiasmo, palabras como portales. Las devoraba, me llenaba los pulmones con ellas y me sentía más grande con ellas, pero las olvidaba en cuanto las lanzaba al aire. Por mi parte, introduje a Lola en la obra de Dickinson, de quien nunca había oído hablar. No había leído mucha poesía, admitía, pero le gustaba Nietzsche.

La señora Schnitzler, a diferencia de mi alcohólica madre, era una mujer supersticiosa; me enseñó que las flores se debían regalar en números impares, pues un número par de flores indicaba funerales. Cuando Lola estornudaba, la señora Schnitzler le tiraba de la oreja para evitar que un espíritu maligno la oyera y se aferrara de ella. También aprendí que, para mantener alejados a los malos espíritus, debía salir de la casa con el pie derecho primero. Según me explicó, esto último se remontaba a la dolorosa historia del Edicto de Expulsión de España en 1492; durante ese tiempo, muchos judíos habían salido de sus casas con el pie izquierdo primero y todos habían sido perseguidos u obligados a abandonar el país. La señora Schnitzler creía que esa era una lección de supervivencia fundamental para los judíos y que sus vidas dependían del pie con el que salían de su casa.

Sara, la hermana de Lola, siempre estaba ocupada con las tareas domésticas, a pesar de su mano deforme. Recogía los platos, juntaba los papeles de los bombones y limpiaba las barandillas o frotaba las manchas de la alfombra. Sabía tejer con los pies; era demasiado pudorosa para demostrarlo, pero lo hacía ante la insistencia de Lola. Sus dedos aferraban las gruesas agujas y las hacían entrar y salir, entrar y salir, creando magia con los hilos. Era viuda; su marido había muerto de neumonía hacía unos años y la había dejado sola con Eva.

Eva, de nueve años, era muy diferente de Monto. Una niña curiosa, rebosante de energía y a quien le encantaba bailar y cantar. Su juguete favorito era una caja de música con una bailarina que interpretaba la sonata *Claro de luna* de Beethoven. Quería ser bailarina cuando fuera mayor.

También conocí al hermano de Lola, Josef, un austríaco típico, tradicional, formal, que disfrutaba de la ópera y respetaba las normas de tráfico. Llevaba la característica barba austríaca con forma de medialuna, me miraba fijamente a través de sus gafas gruesas y siempre hacía una pausa antes de hablar. Era reservado, rara vez sonreía y olía a pastillas. Tenía veintitrés años, había nacido en Viena y trabajaba en una farmacia que, según se decía, estaba relacionada con el doctor Freud. Me recordaba a un diplomático británico estirado que había conocido en una cena.

—¿El doctor Freud es un brujo? —le pregunté. No recordaba dónde lo había oído.

—Bueno, la gente lo ha llamado cosas peores: loco, idiota, psicópata, pero por lo que sé, es un médico que trata tu mente analizando tus sueños —precisó Josef y empujó con el dedo sus gafas redondas con montura plateada.

"Analizando tus sueños". Sonaba como si los sueños fueran pañuelos que se pudieran coger con las manos. Un concepto novedoso del que nunca había oído hablar.

A veces Lola tocaba *El vuelo de la alondra* en su violín. Un par de semanas atrás, había quedado seleccionada para una audición, pero se la habían cancelado. Era evidente que le encantaba esa pieza; me explicó que el compositor había creado esas melodías serenas para evocar la imagen de una alondra que gorjeaba y, de hecho, cuando Lola tensaba el arco, la elegante melodía se asemejaba al trino celestial, melodioso y vibrante de pájaros que ascendían y descendían en caída libre. Tenía un talento natural; debería tocar para el público.

Al escuchar a Lola tocar el violín, pensaba en mi infancia. Cuando mamá me ordenaba que saliera, a veces me subía a un olmo gigante cerca de la casa que ella limpiaba. Desde un hueco entre las ramas de la copa del árbol, podía ver la tierra cubierta de hierba a mis pies, los graneros esparcidos como juguetes viejos, el recodo de un camino de tierra sinuoso y el horizonte nacarado como leche derramada. Solía quedarme sentada en las ramas durante horas, leyendo a Dickinson y observando las flechas de luz solar que se filtraban brillantes a través de las hojas, las piruetas como pasos de ballet de las ardillas y los escarabajos marrones con alas desplegadas como manos ahuecadas. Las criaturas venían a visitarme y se sentaban junto a mí: los pájaros carpinteros, los cardenales, los jilgueros, los petirrojos, los arrendajos azules, como tías quisquillosas y tíos amables a los que nunca había conocido.

En la sala de estar austera de Lola, sentada con su familia mientras escuchaba su música y prestaba atención a su cicatriz roja, que parecía un acorde roto o una cresta del terreno frente a la tormenta en Amherst, sentía que volvía al árbol de mi santuario.

Pero las sombras del peligro acechaban siempre. Estaban los susurros nerviosos en alemán de Sara en cuanto yo entraba en la sala de estar, el relato minucioso y angustiante de Josef sobre el hostigamiento en el trabajo, las visitas del tío que por fin se había quedado con la tienda de telas de los Schnitzler y ahora exigía la llave del apartamento, y las noticias inquietantes de los periódicos: las nuevas restricciones, los disturbios recientes y la desgarradora destrucción de propiedades que yo le pedía a Lola que me tradujera. Luego llegó la orden de que los Schnitzler informaran de sus cuentas bancarias y donaran al Gobierno todos los objetos de valor que superaran los cinco mil marcos imperiales. Lola estaba furiosa. Casi no lograban salir adelante y ahora debían entregar los últimos objetos de valor que su padre les había dejado.

Ansioso, Josef mencionó la posibilidad de abandonar Viena: creía que la hostilidad creciente era perjudicial para su carrera. Palestina, Estados Unidos y Gran Bretaña eran destinos ideales, aseguraba. Yo nunca había prestado atención a las solicitudes de visados en el consulado, pero, preocupada, le consulté a Fengshan. China no tenía una política de inmigración, respondió con indiferencia.

De todas maneras, Lola no quería marcharse de Viena. Era vienesa, declaraba. Tenía su vida y su carrera musical allí: no tenía planes de marcharse.

Entonces, una tarde de junio, cuando llegué al apartamento, Lola me empujó hacia adentro. Su rostro, por lo general tranquilo, estaba tenso y lloroso.

—¿Qué pasa, Lola?

—Se trata de Josef.

Un grupo de policías habían registrado la farmacia esa mañana: buscaban a la hija del jefe de Josef, a la que acusaban de mantener una relación sexual ilegal con la heredera de una compañía joyera de los Estados Unidos. De alguna manera, habían incautado las cartas enviadas por la heredera. El jefe de Josef y su hija se habían marchado al extranjero hacía un par de semanas, así que la policía había detenido a Josef y al resto del personal de la farmacia, acusándolos de proporcionar asistencia a una homosexual. Los habían trasladado al Hotel Metropole, el cuartel general nazi.

CAPÍTULO 12

LOLA

En la sala de estar, Sara accionaba el pedal de la máquina de coser mientras su mano sana hacía correr con habilidad una tira de tela larga. Para ella, trabajar era una forma de aliviar el miedo y el estrés, pero estaba sollozando. La pequeña Eva parecía asustada; con la vista baja, daba cuerda a su caja de música con la figura de la bailarina. *Mutter* estaba encerrada en su habitación. De vez en cuando murmuraba: "Seguro que salió de la casa con el pie izquierdo".

Abrí la puerta y la cerré a mis espaldas. Dependía de mí salvar a mi hermano.

Pedí consejo a la prometida de Josef, a sus amigos, a mis amigos músicos y a los vecinos que aún se atrevían a hablarme. Me dijeron que debía reunir todos los documentos válidos posibles para demostrar que Josef era un buen ciudadano, documentos de no judíos que pudieran dar fe de su buen carácter, y que la mejor manera de demostrarlo era con una carta de recomendación de un miembro del Partido Nazi. Hasta donde yo sabía, Josef tenía pocos amigos que no fueran judíos. Sin embargo, tras horas de pensar y preguntar, por fin se me ocurrió uno de sus clientes, que era alemán, un nazi, y trabajaba en el Rathaus, el ayuntamiento.

Me puse el sombrero de paja de ala ancha y me pinté los labios en el espejo. La cicatriz carmesí de mi cara resultaba hostil, así que la cubrí con una capa gruesa de polvos. Después fui a la oficina de aquel hombre en el Rathaus y, tragándome mi orgullo, le rogué que escribiera una carta para confirmar que Josef era un hombre decente.

—Josef es un buen hermano, un empleado capaz y un buen novio. Se va a casar el año que viene.

—Señorita Schnitzler, si puede esperar, tendré la carta lista para usted en una hora. —El hombre, gracias a Dios, aún tenía conciencia.

Quise besarlo cuando me entregó la carta, a pesar de su uniforme y el brazalete con la esvástica.

Después fui al Ministerio de Guerra para solicitar el expediente de mi padre, que probaría que Josef era hijo de un héroe de guerra, y luego hice fila frente a la oficina de administración tributaria para requerir un informe fiscal que demostrara la diligencia con que mi hermano había pagado sus impuestos. Tardé dos semanas en recibir ambas cosas. Con la carta que confirmaba la buena disposición de carácter de mi hermano, el certificado que demostraba su origen y el informe de impuestos que acreditaba que era un ciudadano cumplidor, me dirigí al temible cuartel general donde Grace y yo habíamos estado detenidas. Esperé fuera durante tres horas, presenté los documentos y me dijeron que debía volver al día siguiente.

Al día siguiente, cuando llegué, me informaron que no podían liberar a mi hermano porque los documentos eran insuficientes.

—¿Insuficientes? ¿Qué más necesitan?

Al parecer, habían perdido la carta que daba fe de la honestidad de Josef.

Nunca había corrido por la calle —en Viena, solo la gente desesperada lo hacía—, pero ahora estaba desesperada. Volví corriendo al Rathaus tan rápido como pude y le supliqué al cliente de Josef que escribiera otra carta. El hombre dio un trago a su café, me preguntó si hacía calor fuera y cogió su pluma. Accedió a mi petición por lástima, me di cuenta, pero se trataba de la libertad de mi hermano, así que no me importó.

Con la nueva carta en mano, regresé al cuartel general y esperé fuera del majestuoso edificio bajo el calor creciente del verano. Me goteaba el sudor de la frente y se me acumulaba en el cuello. Esperé desde la mañana hasta la noche. Nadie se molestó en acercarse a buscar mis documentos; todos los funcionarios nazis estaban ocupados entrando y saliendo del cuartel general. Junio finalizó y comenzó julio. Y entonces, por fin, un hombre con una perilla rubia recogió mi carta y los certificados. Tras un vistazo rápido, manifestó que no servían para nada.

—Por favor, ¿qué más necesitan? —Sentí que se me humedecían los ojos, pero no. Podía suplicar, pero no llorar.

—Su hermano colabora con una homosexual, es un traidor a este país y un judío. Debe jurar que abandonará el país y no que no volverá nunca más. Muéstrenos pruebas de su intención de partir; entonces, será liberado. —Perilla Rubia me devolvió el montón de papeles que yo había preparado.

Los nazis podrían habérmelo dicho hacía semanas, mientras yo rogaba y esperaba fuera, bajo el calor sofocante. Estaban jugando con la vida de mi hermano.

Un visado, entonces. Un visado a cambio de la libertad de mi hermano. ¡Como si aún tuviéramos la ilusión de poder llevar una vida decente en Viena!

CAPÍTULO 13

FENGSHAN

—¿PUEDO HABLAR CONTIGO, QUERIDO? —LA VOZ DE Grace llegó hasta él.

Fengshan dobló el periódico que estaba leyendo. La Conferencia de Évian se había reunido el día anterior y los pocos periódicos liberales que todavía informaban de la difícil situación de los judíos transmitían una ola efusiva de júbilo y alivio. Era la hora de la intervención humanitaria del mundo, aclamaban. Sin embargo, el semanario local *Der Stürmer*, que divulgaba propaganda del Gobierno nazi, había publicado un artículo mordaz que se burlaba y criticaba la extralimitación de los Estados Unidos, Gran Bretaña y Francia.

Había sido una larga espera para que los treinta y dos países se reunieran. Si el señor Wiley tenía razón y los Estados Unidos tomaban la iniciativa, la Conferencia de Évian haría justicia y establecería un futuro seguro para todo el pueblo judío en Viena. El señor Rosenburg recibiría con agrado esa noticia. Habían pasado casi siete semanas desde la última vez que lo había visto. Fengshan le había enviado una nota por correo y había ido al apartamento de los suegros, pero no había encontrado a su amigo, que se había ausentado. Ya debía de haber recibido su visado para Palestina.

—¿Sí? —Fengshan bajó el periódico. Acababan de terminar de almorzar y Monto estaba haciendo los deberes en la mesa. Grace tenía un aspecto muy atractivo con un vestido rosa de encaje. Las mejillas, que solían ser pálidas, se notaban más rellenas, y sus expresivos ojos negros destellaban con luz propia. Fengshan se dio cuenta de que había estado ocupada entrando y saliendo del consulado y que hacía bastante tiempo que no la veía en la oficina—. ¿Qué has estado haciendo, Grace?

Ella miró a Monto y tomó asiento frente a él.

—¿A qué te refieres?

Fengshan le tocó la cara. Grace parecía diferente. El velo de somnolencia y distracción se había desvanecido.

—¿Te encuentras bien? ¿Qué pastillas estás tomando, Grace?

—No estoy tomando ninguna pastilla.

—Tienes muy buen aspecto.

—Bueno, querido, me gustaría hablar contigo sobre el hermano de Lola.

"Lola". No la señorita Schnitzler.

—Dijiste que la atacaron. ¿Cómo está?

—Eso fue hace más de un mes. Le dieron doce puntos en la cara y ya la he visitado varias veces.

Eso explicaba por qué no la había visto últimamente. No estaba convencido de esas visitas. Pero su esposa era una mujer adulta.

—Se trata de su hermano, querido; es farmacéutico y un vienés honrado. Lo detuvieron y está preso en el cuartel general. Lola se ha esforzado mucho para conseguir su libertad y le han dicho que, para liberarlo, necesita un visado que demuestre su intención de abandonar el país.

Más hostigamiento. La Conferencia de Évian era la

única esperanza para los judíos vieneses. Las principales naciones del mundo debían presionar o sancionar al Tercer Reich para que asumiera su responsabilidad; por otra parte, las treinta y dos naciones debían prestar apoyo humanitario y permitir la emigración de judíos fuera de Viena.

—¿A quién detuvieron? —preguntó Monto, con el lápiz en la boca.

—Haz tus deberes, Monto. No estoy seguro de poder hacer algo, Grace.

—¿Podrías expedirle un visado?

—Eso ya me lo preguntaste, Grace, y te lo repito: China no tiene una política de inmigración.

—¿Podrías hablar con los policías del cuartel general y pedir su liberación?

Fengshan suspiró.

—Ojalá pudiera. El embajador me ha dado instrucciones de mantenerme al margen de las controversias internas en Viena. Y no es mi intención contrariar su orden.

—Por favor. Nos liberaste a Lola y a mí.

—¿Te arrestaron, Grace? ¿Cuándo? —preguntó Monto.

—Haz tus deberes, Monto —repitió ella.

—Eso fue diferente. Además, ¿has leído esto? Se está celebrando la Conferencia de Évian. Treinta y dos países del mundo discutirán la posibilidad de imponer sanciones a Alemania y extender un programa de refugiados a los judíos vieneses. Recibirán apoyo y asistencia de treinta y dos países, Grace.

Ella recogió el periódico, aunque no podía leerlo.

—¿Cuándo concluirá la conferencia?

—Dentro de una semana.

—¿Y qué propondrán a los vieneses como Lola?

—Visados para otros países, protección de la propiedad privada, ayuda humanitaria…, cualquier cosa es posible. ¿Has revisado los deberes de Monto?

—Puedo hacerlo solo, padre. —Monto lo miró y, luego, a Grace.

—Puede hacerlo solo, querido. —Grace salió deprisa con el periódico en la mano y antes de que Fengshan pudiera preguntarle adónde iba, ya se había marchado.

CAPÍTULO 14

GRACE

Una buena noticia. No podía esperar a contársela a Lola. Con el periódico alemán en el bolso, me dirigí a su apartamento. Confiaba en Fengshan. Si él decía que treinta y dos países estaban discutiendo estrategias para proteger a los judíos, no había motivo para dudar.

Monto se había mostrado bastante curioso, incluso educado. Ojalá me hubiera acordado de preguntarle por sus amigos de la escuela o por las firmas que coleccionaba. Monto y yo no habíamos empezado bien. Su madre, la primera esposa de Fengshan, había muerto cuando él era pequeño, años antes de que yo conociera a Fengshan. Cuando llegué a la ciudad natal de mi marido desde Chicago, Monto se sorprendió al ver que su padre se había ido de China viudo y había vuelto recién casado. En nuestra cena de celebración, el niño de siete años había llorado durante toda la comida.

Supuse que estaba pasando el duelo; yo debía de ser una mala sustituta de su madre, así que intenté hacerlo lo mejor que pude, pero Monto solo hablaba el dialecto de Hunan, y yo solo inglés. A los veintiún años, aún tenía pesadillas de ser asfixiada por una madre alcohólica, no sabía cómo desempeñar el rol materno y los recursos en esa ciudad del interior eran limitados: ni cochecitos, ni columpios, ni parques infantiles. Dejaba que Monto comiera con palillos, caminaba con él y, cuando tenía una pesadilla y se metía en nuestra cama, lo enviaba de vuelta a su habitación.

Los parientes de Fengshan me lanzaban miradas de desaprobación por hacerlo todo mal. Una buena madre, me decían, tendría a un niño en brazos todo el tiempo, le daría de comer con una cuchara y jamás lo echaría de su cama cuando tuviera pesadillas.

En Estambul, sin los dedos acusadores y las miradas indiscretas de los parientes, me resultaba más fácil hablar con Monto, y él, que rechazaba a su vieja niñera turca, decidió que yo era una alternativa bastante aceptable. Había mejorado su inglés con la ayuda de un profesor, así que nuestras conversaciones ya no estaban plagadas de suposiciones. Pero en Viena, Monto empezó a aprender alemán y ya era capaz de hacer las cosas por su cuenta.

En el apartamento de Lola, agobiante por el calor del verano, extendí el periódico delante de ellas. Lola se inclinó hacia él con el ceño fruncido, gotas de sudor en la frente y los labios apretados. Parecía agotada. El mes de pedir favores y de enfrentarse a los hombres de las SS, sumado a la preocupación por su hermano, le habían agotado toda la energía.

—¿Quieres leerlo, Lola? ¿Qué dice? Fengshan dijo que la comunidad internacional se uniría y daría protección a los vieneses. El debate sobre la política de inmigración forma parte de la agenda política. ¿Puedes leerlo?

Lola sostuvo el periódico con las dos manos como si fuera una escritura sagrada.

—Hace semanas que no leo un periódico. Nunca pensé que habría buenas noticias. Sí, hay una mención de una propuesta sobre un programa de refugiados.

—¡Es una buena noticia! ¡Una buenísima noticia! ¡Podréis emigrar a otro país!

—Si no hay otra opción…

—¿Dejarías Viena entonces?

Lola bajó el periódico. Permaneció callada un momento, pero la cicatriz debajo de su ojo se contrajo; luego, se volvió hacia mí.

—Si Josef se va, nos iremos todos, Grace. Y él tiene razón. Nunca recuperaremos la antigua Viena. Si puedo, solicitaré visados para todos.

—¿Cuándo anunciará la conferencia su decisión, Lola? —preguntó la señora Schnitzler.

—Dentro de una semana, *mutter*.

Puse la mano en el brazo de Lola.

—Una semana, Lola. Avisa a tu hermano. ¿Cómo está?

—No me dejan verlo. ¡Lo están torturando!

La señora Schnitzler, con los ojos llorosos, desvió la cabeza; cerca de la máquina de coser, Eva nos observaba junto a su madre.

Hice un esfuerzo por sonreír.

—¡Treinta y dos países! El mundo no se va a quedar de brazos cruzados frente al sufrimiento de la gente.

—Solo quiero que Josef vuelva.

—Volverá, Lola.

Enrolló el periódico y, por primera vez en un mes, sonrió.

—Dios alzará su voz —rezó la señora Schnitzler.

Una luz de alivio brotó en los ojos de ambas mujeres, descendió a sus labios y recorrió sus cuerpos.

CAPÍTULO 15

FENGSHAN

En su oficina, Fengshan extendió las manos sobre el escritorio y dejó caer la cabeza. Casi no podía creer lo que había leído en el periódico. Cada palabra se le antojaba oscura, humeante, como piel quemada.

La reunión de los treinta y dos países había concluido.

Los representantes de los Estados Unidos, el líder que había organizado la conferencia y expresado su preocupación por el trato que Alemania estaba dispensando a los judíos, habían argumentado que la cuota de visados disponibles, fijada en 1924, ya estaba completa para ese año. Se habían negado a modificar la cuota amparándose en la ley nacional de Johnson-Reed; además, habían alegado que los Estados Unidos acababan de sufrir la Gran Depresión y que los estadounidenses no querían la competencia de los inmigrantes, que les quitarían sus puestos de trabajo.

Los británicos habían adoptado la misma postura y habían añadido que su país estaba demasiado poblado para aceptar inmigrantes. Ante la negativa de esas dos naciones líderes para tomar medidas, otras se habían hecho eco de preocupaciones similares. Australia había cerrado sus puertas a los inmigrantes; Canadá había expresado su pesar y otros países habían manifestado que aceptar refugiados supondría una carga para sus ciudadanos y dificultades para sus economías.

No había habido ninguna moción para sancionar al Gobierno alemán, que atacaba con saña a sus propios ciudadanos, despedía de manera ilegal a miles de personas de sus trabajos y les robaba sus riquezas.

No había habido ninguna propuesta para proteger a los judíos que se quedaban sin hogar, en la miseria y con un futuro sombrío. Ni protección, ni justicia, ni cobijo para su amigo y la gente como él.

Treinta y dos países, entre ellos los Estados Unidos, Gran Bretaña y Francia, habían fracasado en su misión humanitaria.

Fengshan encendió un puro y fumó con rabia. El señor Wiley se había mostrado muy honesto y confiado con respecto a la conferencia, pero su promesa había resultado en vano. Y si los países de la liga renegaban de sus compromisos y mostraban poca preocupación por los judíos, los famosos y los ricos, parte intrínseca de Europa, ¿por qué iban a preocuparse por el destino de China, un país de Asia lejano, pobre y desfavorecido? No se podía confiar en los nazis, y tampoco en líderes como Chamberlain, Daladier o incluso Roosevelt. Era un sueño peligroso que China confiara en esos países para poner fin a la guerra en su patria.

Fengshan pensó en el señor Rosenburg, que ya debía de haberse enterado de la noticia. Era probable que hubiera recibido su visado y se dispusiera a partir, pero, aun así, Fengshan quería ir a ver a su amigo para quedarse tranquilo.

Mientras el coche bajaba por Beethovenplatz, Fengshan miró por la ventanilla. El verano estaba en su esplendor. Había carritos llenos de flores brillantes que adornaban las calles empedradas, los rayos del sol iluminaban los edificios de marfil y los peatones, con sombreros de paja rosados y trajes de verano grises, paseaban junto a las estatuas de Beethoven y Mozart. Los edificios clásicos, las decoraciones artísticas, el follaje exuberante y las flores de colores destilaban privilegio y sofisticación, la impresión profunda de una ciudad rebosante de lujo. Sin embargo, detrás de la fascinante belleza, se adivinaba el control y la disciplina típicos de Viena.

Había habido un accidente en la Ringstrasse y el tráfico estaba bloqueado; Rudolf decidió tomar un desvío.

Cerca de la intersección, el coche volvió a detenerse. Fengshan bajó la ventanilla. Delante de su vehículo, se había formado una larga fila que se extendía desde la esquina hasta la avenida que llevaba al consulado de los Estados Unidos, a unas manzanas de distancia. Muchas de las personas llevaban bolsas en la mano; debajo de los sombreros, los rostros estaban sudorosos y ansiosos. Era obvio por qué esa gente acudía al consulado estadounidense, pero Fengshan no se había imaginado que habría tantos vieneses solicitando visados.

—¡Doctor Ho, doctor Ho! —gritó una voz.

—¡Señor Rosenburg! ¿Cómo le va? ¿Qué está haciendo usted aquí? Creí que ya había recibido su visado. —Salió del coche y se acercó a su amigo, que estaba en la fila.

El hombre aún llevaba su traje azul de Savile Row, ahora arrugado y manchado. Se puso la bolsa debajo del brazo y bajó la cabeza.

—Me temo que esto ha sido una larga cruzada, doctor Ho. He estado solicitando visados desde que hablamos en mayo. Fui al consulado palestino, pero me dijeron que el Mandato Británico restringe la inmigración a Palestina y que, para pedir ese visado, debía contar con la aprobación por escrito de la embajada británica. Pero la embajada en Viena había cerrado, así que viajé a la de Berlín, donde descubrí que los visados se tramitaban solo los martes y durante unas pocas horas. Estuve allí tres semanas y me volví con las manos vacías. Había mucha gente antes que yo. Nunca me llegaría el turno.

—No pensé que sería tan difícil solicitar un visado para Palestina.

—Yo tampoco. Y aquí la espera es larga también. ¡Fíjese en toda esta gente! Ese hombre de ahí es el señor Bahndorf. Es un cirujano de renombre mundial, y ahora somos mendigos desesperados por salir de Viena. Con un poco de suerte, los estadounidenses tal vez acepten nuestras solicitudes.

Fengshan respiró hondo.

—¿Cuánto tiempo lleva aquí?

—Desde el amanecer. Hace cuatro días que estoy esperando, pero ni siquiera he llegado a la puerta. Se me está acabando el tiempo. Tengo siete días para conseguir un visado o me enviarán al campo de Dachau.

—¡Siete días! Déjeme ver qué puedo hacer por usted, señor Rosenburg. Hablaré con el cónsul general estadounidense. Tal vez él pueda ayudarle. ¿Por qué no se va a su casa? Parece muy cansado.

Su amigo se frotó los ojos enrojecidos y suspiró.

—Lo mantendré al tanto, señor Rosenburg. Váyase a casa y descanse —insistió Fengshan.

Por fin, el anciano, agotado, se alejó arrastrando los pies. Fengshan le indicó a Rudolf que aparcara el coche y pasó junto a la larga fila para entrar en el consulado. Aunque era de lo más inapropiado y no tenía una cita, estaba decidido a hablar con el cónsul general. Habían tenido un encuentro amistoso con respecto a la conferencia, así que se sentía envalentonado.

Para su sorpresa, el señor Wiley estaba en el vestíbulo.

—¡Doctor Ho! Me alegro de verlo. Ya me iba.

El señor Wiley le hizo señas para que se acercara a un área tranquila del vestíbulo, lejos de las personas que solicitaban visas.

—Esto es bastante precipitado por mi parte, pero supongo que habrá oído las noticias sobre la conferencia, señor Wiley. Es un día triste para los vieneses, un día triste para el mundo. Estoy atónito.

El estadounidense se quitó las gafas y se pellizcó el puente de la nariz.

—Le confieso que yo también siento decepción. Jamás imaginé este resultado.

—Señor Wiley, odio molestarlo; sin embargo, ¿me permitiría que le hiciera algunas preguntas sobre los visados para los Estados Unidos? Es para un amigo.

—Doctor Ho, mi país tiene una ley estricta en materia de visados. Lamento informarle que, como funcionario del Servicio Exterior, no puedo hacer favores. Sin embargo, quizás su consulado podría considerar la posibilidad de conceder visados, ¿no cree?

Fengshan suspiró.

—Tengo órdenes de mi superior de mantenerme al margen de los asuntos internos de Alemania.

—Como muchos consulados.

Fengshan no se dio por vencido.

—Señor Wiley, en nombre de mi consulado, permítame expresarle mi más profunda admiración; su heroica protección del doctor Freud será una inspiración permanente para todos nosotros.

—Le seré franco, doctor Ho. El doctor Freud y su familia solicitaron viajar a los Estados Unidos, pero, por desgracia, los visados les fueron denegados. Ahora espero que algunos de nuestros amigos británicos los ayuden a establecerse en Inglaterra. Como funcionario del Servicio Exterior, tengo mis obligaciones para con mi país. Espero que lo entienda.

Resultaba chocante oír que el consulado de los Estados Unidos le había denegado el visado incluso al doctor Freud.

—Señor Wiley, si no es mucha molestia, ¿podría informarme sobre la situación de la cuota de inmigración de su país? Así podré transmitirle la información a mi amigo.

El estadounidense esbozó una mueca.

—No es un secreto de Estado y, como colega diplomático, estoy autorizado a comentarlo con usted. En 1938, la cuota para la Gran Alemania, incluida Austria, fue de 27.370. Esa cuota se asignó a cuatro consulados del país. Los vieneses recibieron unos cinco mil visados.

—¡Pero hay muchos judíos en Viena!

—Hay unos ciento ochenta mil.

La cuota era solo una pequeña parte de la población.

—¿Y la cuota de este año? ¿Ya está completa?

—La totalidad de los cinco mil visados.

Así como así, los Estados Unidos les habían cerrado las puertas a unos 175.000 vieneses.

—Por desgracia, doctor Ho, no hay nada que pueda hacer. Si yo fuera usted, instaría a su amigo a que presente la solicitud ahora. Siempre que tenga los documentos, la declaración jurada y el patrocinio listos en este momento, podrá recibir el visado para la próxima primavera.

—¡La próxima primavera! —¡El señor Rosenburg solo tenía siete días!

—Lo lamento, doctor Ho.

Fengshan dio las gracias al señor Wiley y se marchó del consulado. En la calle, echó un vistazo a su alrededor. Todos esos solicitantes de visados. Maltratados. Acosados. Obligados a abandonar la ciudad. Pero ¿adónde irían, ahora que treinta y dos países les habían cerrado las puertas? Él no era un hombre que se dejara llevar por las emociones, pero sintió la desesperación y el miedo de todos ellos.

Ciento ochenta mil judíos en Viena. Y no había visados disponibles hasta la próxima primavera.

Más tarde ese mismo día, en su habitación, le informó a Grace sobre el anuncio que la conferencia había hecho público. Con un suspiro hondo, añadió que la gente había inundado el consulado estadounidense, pero que la cuota de inmigración del país para este año ya estaba cubierta.

—Pero le aseguré a Lola que los treinta y dos países presentarían un plan de protección y una política de inmigración. Eso fue lo que dijiste. —Grace parecía estupefacta.

Él recordaba cada palabra del artículo del periódico: un desastre humanitario.

—¿Qué pasará con Lola, querido? ¡Su hermano sigue en el cuartel general! ¡Necesitan visados!

CAPÍTULO 16

LOLA

Fui a la embajada británica en Metternichgasse; estaba cerrada. Fui a la embajada francesa; estaba clausurada. Me uní a dentistas, profesores, cantantes y actores vieneses frente a la embajada de los Estados Unidos para pedir la libertad de mi hermano y asegurar el futuro de mi familia. Pero nadie daba respuestas allí sobre cuándo se expedirían los visados y, además, exigían una larga lista de documentos, como certificados policiales, historias médicas, avales y una declaración jurada de familiares que vivieran en los Estados Unidos. Mi familia no tenía parientes en ese país.

Fui al consulado holandés, luego al canadiense y después al griego; me informaron que se había aceptado un número limitado de solicitudes y que el período oficial de presentación había terminado. Suiza había declarado que cerraría su frontera con Austria en agosto.

Frente a un quiosco de periódicos, perdí las fuerzas: los titulares destacaban la desastrosa decisión de la Conferencia de Évian. Grace se había mostrado esperanzada, pero no podía saberlo. ¿Quién podría haberlo sabido?

Estábamos dispuestos a abandonar nuestro hogar, a huir al fin del mundo, pero ninguno de los países nos quería.

A lo lejos, resonaba un ruido sordo. Sobre las cúpulas y los campanarios, una flota de aviones, los mismos que habían dominado el cielo el día en que la Wehrmacht de Hitler había asolado las calles de la ciudad, se cernía sobre Viena.

CAPÍTULO 17

GRACE

CON EL CORAZÓN ENCOGIDO, FUI AL APARTAMENTO DE Lola al día siguiente de nuevo con los periódicos, pero Lola ya había leído las noticias. "¿Qué vas a hacer?", quería preguntarle. Sin un visado, su hermano seguiría en la cárcel; sin un visado, su familia seguiría atrapada en Viena.

En el dormitorio, me puse mi camisón favorito, me pinté los labios y esperé a Fengshan. Decidí volver a hablar con él sobre los visados. Podría cambiar de opinión cuando estuviéramos solos, en el momento oportuno. Además de ser un diplomático de traje y corbata, también era mi marido, un negociador complaciente que hacía concesiones fáciles en la cama.

A la luz de la lámpara que tenía sobre la mesita de noche, leí a Dickinson, el libro de poesía que había llamado la atención de Fengshan cuando nos habíamos conocido. Yo tenía veintiún años, trabajaba en un restaurante de fideos cerca del campus de la Universidad de Chicago y tenía mucho miedo de mi madre. Fengshan tenía treinta y dos, era secretario de un gobernador en su ciudad natal y formaba parte de una delegación china que asistía a la Feria Mundial en los Estados Unidos. Había reparado en el libro que tenía en la mano y, cuando le tomé el pedido, me preguntó cuáles eran mis versos favoritos. Incómoda, no supe qué contestar, y dudé entre "Sentí un funeral en el cerebro" y "Sentí mi vida con las dos manos", pero, al final, contemplé su sonrisa contagiosa y respondí: "La esperanza es esa cosa con plumas que se posa en el alma". Él era carismático, empático y tenía una risa franca que te hacía creer que todo iba a salir bien. Como le ocurría a mucha gente, cuando lo conocí, me quedé impresionada. Tiempo después, volvió al restaurante, pero no siempre era por los fideos. Cuando terminó la feria y tuvo que volver a su país, me pidió que me casara con él. Halagada y deseosa de escapar de mi madre, acepté.

Cuando llegué a su ciudad natal, no se me había pasado por la cabeza que la vida doméstica fuera a ser un desafío, no después de haber trabajado en un restaurante y haber cuidado de la casa mientras mi madre se desmayaba en su mecedora. Pero en China había que hervir el agua, la ropa lavada se enjuagaba en el río, las verduras para la ensalada no podían estar crudas y cocinar gallina suponía una batalla de vida o muerte con un ave que podía salir volando por encima de la mesa y correr hacia el alféizar de la ventana. Para comer pollo, pato, conejo, pescado o mariscos, yo oficiaba de verduga, carnicera y limpiadora.

Fengshan hacía comentarios y parecía orgulloso: su esposa estadounidense poseía habilidades esenciales para la vida en China. Yo me preguntaba si sabía que yo ponía cara de valiente cuando sostenía un cuchillo en mis manos pequeñas. A veces prefería no hacerlo. En una ocasión, Monto quería comer gallina para su cumpleaños, un capricho poco frecuente para el cumpleañero: no había pasteles en la ciudad natal de Fengshan. Perseguí al ave con un cuchillo de carnicero en la mano y, por fin, logré sujetarla con fuerza entre mis piernas. Era la gallina más hermosa que había visto nunca, con el cuello suave y las plumas blancas como la nieve, llena de energía y de vida. No pude hacerlo. "Te mataré mañana, Blancanieves", le susurré. Así que esa noche, Monto festejó su octavo cumpleaños comiendo arroz y col cocida, y nada de gallina. Al día siguiente, seguía sin poder matar a Blancanieves. Después de pasar todo el día con ella, había llegado a admirarla: su belleza, sus agallas y su andar de reina por la mesa de la cocina. Para indignación de Monto, Blancanieves tuvo una larga vida.

Quizás por eso Monto nunca quiso ser alguien cercano a mí.

Dejé el libro y miré el reloj. Las nueve. Era tarde. Me pregunté adónde habría ido Fengshan. El silencio reinaba en la habitación. Un poco de música sería agradable, pero si encendía el gramófono despertaría a Monto, cuyo dormitorio estaba en la misma planta.

Me acerqué a la hilera de soldaditos de terracota que había en el estante cerca del sofá. Esas pequeñas figuras, envueltas en una bolsita de tela roja, eran los regalos favoritos de Fengshan, que solía obsequiar a diplomáticos extranjeros y profesionales de Viena. Ante sus caras de intriga, les explicaba la centenaria tradición del norte de China de crear figuras de terracota. A continuación, se sumergía en una historia que se remontaba dos mil años atrás, antes del nacimiento de Jesucristo, al primer emperador de China, el emperador del reino Qin, que había conquistado los otros seis reinos rivales para crear un solo país, hoy conocido como China. Según la leyenda, el emperador, que creía en la inmortalidad, había ordenado crear miles de soldados, caballerías, jinetes, caballos y carruajes de terracota para que lo custodiaran en su tumba. Hasta el día de hoy, su tumba aún no ha sido descubierta.

Fengshan sentía un gran orgullo por sus figuras de terracota, moldeadas en humilde arcilla de manera artesanal y con su simbolismo de lealtad inquebrantable al emperador y su propósito eterno.

Cuando le oí contar la historia, tuve la sensación de que se estaba explicando a sí mismo: un hombre de arcilla, nacido en una familia común en una región rural que se había transformado en un hombre de oro, un guerrero de su país. ¿Podía pertenecerme un hombre así? Era demasiado bueno para ser verdad. Yo intentaba amarlo con todo mi corazón; intentaba retenerlo todo para mí, pero era un hombre forjado por su propia voluntad y que lideraba sus propias batallas. Aun así, lo había seguido, me había arraigado a su lado y bailado con él. No podía decir que fuera una mujer completamente feliz, pero tampoco del todo infeliz. Mi amor era como una sombra que crecía y menguaba como la luna, y me costaba entender qué tenía yo de malo.

—Te has quedado despierta hasta tarde, Grace —me llegó la voz de Fengshan.

Me volví.

—¿Dónde has estado?

Me rodeó el cuello con los brazos y su aliento me entibió la oreja. Olía a puros, a vino y al aire cálido del verano. Deslicé la mano debajo de su camisa. Era atlético, musculoso y fuerte.

—Unos amigos de la iglesia estaban preocupados por las noticias del periódico y me invitaron a tomar un café. Después, fuimos a un bar.

Lo besé. De todos sus rasgos faciales, el que más me gustaba eran sus labios: suaves, carnosos, con una curva muy definida.

—¿Qué noticias? ¿Las noticias sobre la Conferencia de Évian?

—Sí. Según algunos informes, muchos en la Gran Alemania festejan el resultado y reclaman que se tomen medidas más severas para expulsar a los judíos. Es lamentable.

Me desprendí el camisón. Bajó la cabeza para besarme; era tan placentero que gemí.

—Dime, cielo, ¿me quieres?

—¿Qué está pasando, Grace?

—Lola tiene dificultades para conseguir visados. Sigue sin poder liberar a su hermano. ¿Podrías expedir visados para su familia?

Dejó de besarme.

—Sé que tienes que seguir las órdenes del embajador —continué—, pero son pocos visados. No creo que eso pueda dañar las relaciones del país con Alemania.

—Es complicado, Grace.

—¿Harías una excepción por tu esposa?

Suspiró.

Mi marido. Rechazaría mi petición en un momento íntimo. Me aparté y me volví a abrochar el camisón.

—Voy al baño.

CAPÍTULO 18

FENGSHAN

Se pasó toda la noche dando vueltas en la cama, pensando en la petición de Grace y en la búsqueda de visado del señor Rosenburg. En su fuero interno, le habría gustado expedir visados a la familia de la amiga de Grace, pero como cónsul general, estaba obligado a cumplir las órdenes de su superior.

Antes del amanecer, se levantó, desayunó y se dirigió al vestíbulo silencioso. Fuera del consulado, recogió los periódicos y se encaminó a su oficina. Sobre el escritorio estaban las cartas a sus amigos de China, que todavía debían enviarse por correo y, en unas horas, informaría otra vez al embajador Chen. Cogió el periódico y empezó a leer.

En agosto se abriría una nueva oficina, la Oficina Central para la Emigración Judía en Viena, encabezada nada menos que por Adolf Eichmann, el reptiliano hombre de las SS que había conocido en el cuartel general. El único propósito de su creación era acelerar la salida de los judíos, ya que en la nueva oficina los judíos podrían reunir todos los certificados, pasaportes y otros documentos necesarios para recibir sus permisos de salida. La oficina también se aseguraría de que antes de solicitar los permisos, los judíos entregaran todas sus propiedades, bienes, joyas, pieles y objetos de valor y renunciaran a su ciudadanía.

Era evidente que una vez que los judíos vieneses abandonaran el país, no tendrían ni un centavo, ni un hogar ni una patria.

Fengshan sintió una furia tremenda. El centro de emigración era sin duda una respuesta a la Conferencia de Évian, que había eludido su responsabilidad y había dado carta blanca a los nazis. Con la certeza de que los treinta y dos países del mundo harían la vista gorda, el Tercer Reich se había envalentonado.

Sonó el teléfono.

—Buenos días, herr cónsul general. —Era la voz suave del capitán Heine. A Fengshan se le hizo un nudo en el estómago. Parecía que el capitán Heine lo acosaba como una sombra—. El otro día estaba en el Adler de un amigo aparcado en la calle y vi al señor Rosenburg subido a una escalera con una cubeta de agua; estaba limpiando con un cepillo de dientes la ventana de su antigua oficina. El agua se derramó y él resbaló y se cayó. Fue un milagro que no se matara. ¿Ha ido usted a verlo al hospital?

—¿Al hospital?

—Después de su caída casi mortal, se fue a su casa. Creo que varios hombres de las SS le hicieron una visita y le ordenaron que recogiera sus cosas para ir al campo de Dachau en dos días, puesto que no tenía visado. El hombre se desplomó, le había dado un infarto.

A Fengshan se le heló el corazón. Su amigo no había conseguido el visado y ahora estaba en su lecho de muerte.

—¿En qué hospital está?

Treinta minutos después, Fengshan llegó a un edificio *art déco* de cuatro plantas, un hospital judío al otro lado del Danubio. El vecindario, envuelto en una neblina matinal mezclada con calor, lo tomó desprevenido: eslóganes despreciables escritos con pintura negra afeaban la prístina piedra caliza de las tiendas e incluso del hospital. Cuando entró en el edificio, encontró el vestíbulo lleno de catres ocupados por hombres, familias apiñadas y gente que pedía morfina a gritos. Fengshan preguntó el número de habitación del señor Rosenburg a una enfermera que pasó a toda prisa junto a él y subió a la planta superior. En el pasillo, pasó por una habitación en la que un hombre mayor parecía estar sufriendo un ataque de nervios, otra en la que dos hombres se quejaban de sus costillas rotas y otra en la que una familia consolaba a un hombre con la cara llena de sangre.

Vio la figura familiar de la señora Rosenburg, con un chal de encaje sobre los hombros, que conversaba en un rincón con un hombre que llevaba una kipá.

—¡Señora Rosenburg! Disculpe. ¿Cómo está su marido?

Parecía contenta de verlo. Su rostro, sin embargo, mostraba signos de llanto.

—Me alegro de verlo, herr cónsul general. Mi marido esperaba hablar con usted sobre los visados para China. ¿Hay alguna posibilidad de que su consulado pudiera otorgárselos? Los necesita para última hora de mañana. Se le está acabando el tiempo.

Fengshan sintió un nudo en la garganta.

—¿Puedo verlo?

En voz baja, la mujer le explicó que los hombres de las SS estaban vigilando a su marido y no permitían visitas. Cuando Fengshan preguntó por qué, la mujer le contó que los hombres de las SS estaban intentando sacar información al señor Rosenburg sobre sus clientes ricos, pero que él, decidido a proteger a sus clientes, se había negado.

Desde el pasillo, a medio camino de un hombre que sostenía un fusil, Fengshan alcanzó a vislumbrar a su amigo. Antes era un hombre elocuente que defendía las

135

propiedades de los nobles, que solía alzar su copa en brindis emotivos durante las cenas al grito de *"¡Prost!"* de sus invitados; ahora, el señor Rosenburg yacía en una cama estrecha, sedado, mientras los minutos de su vida se le escurrían del cuerpo.

De pie junto a la ventana de su oficina, Fengshan fumaba un puro. En ese rincón de Viena, al otro lado de la ventana, no había rostros sangrantes, ni porras brutales que se estrellaban contra los ojos de la gente, ni hombres atormentados tendidos en sus camas. Los ventanales lucían transparentes; las piedras, impolutas, y la luz se reflejaba en los tragaluces de las puertas y los letreros de bronce. Los arbustos que había cerca de la calle estaban podados, las hojas sobrantes y las ramitas recortadas. Todas las ramas indeseables habían sido eliminadas con discreción.

Tenía que haber algo que pudiera hacer. Todo lo que su amigo necesitaba eran visados para evitar el destino del campo de Dachau, para que él y su familia pudieran salir de Viena. Fengshan era cónsul general de un consulado y estaba familiarizado con el proceso y los tipos de visados. Si ordenaba al vicecónsul Zhou que iniciara la tramitación de los visados para su amigo era poco probable que se opusiera.

Pero ¿se arriesgaría a desafiar la orden de su superior, el embajador Chen?

Fengshan expulsó el humo desde el pecho: el flujo gris atravesó el aire, chocó contra una pared invisible y se disolvió.

Cuando se apartó de la ventana, vio que Grace estaba sentada en una silla de respaldo alto, con la mano enguantada en la barbilla. Parecía completamente inmóvil, como la modelo de un cuadro.

—¿Estás bien, Grace?

—Te dije que era un hombre honorable.

Acababa de regresar del apartamento de Lola. La noche anterior había habido una ronda de interrogatorios en el cuartel general. Josef, que se había negado a hacer una confesión que incriminara a su jefe, se había tomado un puñado de somníferos que llevaba escondidos en el dobladillo de los pantalones y había muerto.

CAPÍTULO 19

LOLA

Había ido al cuartel general con la esperanza de hablar con mi hermano y transmitirle unas palabras de esperanza y consuelo, y había llevado conmigo una muda de ropa, lavada y planchada por Sara. Sin embargo, me había vuelto con sus pertenencias: unas gafas, un pantalón y una camisa, y un juego de llaves de la farmacia. Su ropa estaba rota por los hombros, manchada de sangre, y las gafas de cristales sucios eran las mismas que usaba cuando jugaba al ajedrez conmigo, las mismas que se quitaba y fingía limpiar cuando perdía.

No me quisieron decir dónde estaba.

Sollocé en el tranvía, con la cara hundida en los brazos, aferrada a las pertenencias de Josef como si fuera él. Las gafas se me escaparon de las manos y me apresuré a recogerlas. Pero un zapato las pisó; una retahíla de insultos ruines estalló a mi alrededor. No quise escuchar. Josef había oído demasiado, y había terminado muerto.

En la calle, todo era extraño. Las tiendas, los jardines, los edificios parecían deformes, glaseados por una luz blanquecina. En el parque, las mujeres se sentaban a hacer picnics, los hombres leían el periódico, los niños saboreaban salchichas, los músicos tocaban el acordeón. Era un día cualquiera de verano, pero el invierno más frío de mi vida.

Cuando llegué al apartamento, me detuve en seco: allí estaba la cara de *onkel* Goethe y sus gritos otra vez. Me estremecí y, por mucho que lo intenté, no encontré palabras para replicarle.

Le di a *mutter* las pertenencias de Josef.

—*Mutter*... —No pude continuar.

¿Qué podía decir? ¿Qué podía hacer? No había podido conseguir un visado para mi hermano y ahora estaba muerto.

CAPÍTULO 20

FENGSHAN

Durante toda aquella tarde, Fengshan no pudo concentrarse en los periódicos. Un suicidio, y el señor Rosenburg que luchaba por su vida en el hospital, enfrentándose a la terrible perspectiva de un campo de concentración si no conseguía un visado para última hora de mañana.

Los visados eran vidas.

¿Se quedaría de brazos cruzados, sin hacer nada, y vería morir a un hombre?

Sabía la respuesta y eso le dejaba una única opción.

A la mañana siguiente, Fengshan estaba sentado junto al teléfono, esperando la llamada del embajador Chen. Había preparado su informe con meticulosidad, pero por primera vez en su carrera, su mente estaba en otra parte. El embajador Chen no era un superior al que le gustara ser cuestionado, pero tenía que intentarlo.

—¿Fengshan? —La voz del embajador llegó a través del auricular—. Tengo buenas noticias, gracias a tu sugerencia de contactar con el secretario del Tesoro de los Estados Unidos. Le transmití tu idea a nuestro secretario de Asuntos Exteriores y el señor Sun Ke, presidente del Yuan Legislativo, manifestó un gran interés. Creyó que valía la pena intentarlo y ordenó al embajador en los Estados Unidos que solicitara una reunión con el secretario. Ayer recibí un telegrama inesperado. Parece que el secretario del Tesoro simpatiza bastante con la difícil situación de nuestro país. Ha recomendado al presidente Roosevelt que nos amplíe el crédito para mejorar nuestro armamento y comprar suministros. El monto propuesto por el secretario es de alrededor de veinticinco millones de dólares estadounidenses.

—¡Es una noticia maravillosa!

Veinticinco millones de dólares supondrían una enorme inyección de confianza. Con esos fondos, el embajador podría seguir adelante con el acuerdo de armas con Alemania. El Ejército podría reabastecerse, entrenar a los pilotos y derrotar a los japoneses en China.

—Buen trabajo, Fengshan.

Su superior no solía expresar reconocimiento. Fengshan estaba complacido.

—Supongo que la reunión sobre la compra de aviones se fijará pronto.

—No soy optimista, pero debemos confiar en que nuestro esfuerzo no sea en vano.

Fengshan se aclaró la garganta.

—Con todo respeto, embajador Chen, debo informarle que tras el calamitoso resultado de la Conferencia de Évian, me han llegado noticias trágicas sobre los vieneses que desean abandonar el país, pero no han podido obtener visados. Soy consciente de que ya le he planteado antes este tema, pero me pregunto si podría instarlo a que lo reconsidere. ¿Le interesaría modificar la política de no emitir visados para inmigrantes y otorgarlos a los vieneses?

—Fengshan, como ya te expliqué, nuestro objetivo es

mantener una relación amistosa con el Tercer Reich. No lo olvides. Incluso Chamberlain y Daladier han dejado en claro que prefieren mantener relaciones no agresivas y pacíficas con Hitler.

Fengshan insistió.

—Por supuesto, la paz con Alemania es imperativa. Los estadounidenses también están abocados a mantener la paz en Viena, pero tengo la impresión de que también valoran mucho a los vieneses. Han tomado medidas para proteger a ciertos eruditos renombrados. —Mencionó al doctor Freud y el intento del señor Wiley por ayudarlo con visados para Inglaterra.

Hubo un silencio.

—Unos pocos visados no supondrán una amenaza directa para nuestra relación con Alemania —explicó Fengshan, con la voz de Grace en la mente.

Se oyó un suspiro.

—Fengshan, me has hecho ganar la apreciación del señor Sun Ke con lo del préstamo de los estadounidenses. Hablaré con el señor Xu Shumo, viceministro del Ministerio de Asuntos Exteriores, sobre la política de inmigración para los judíos. Pero te daré un consejo: la política de inmigración no es nuestra prioridad y nunca será la prioridad de nuestro país.

—Lo entiendo perfectamente. Y le repito que solo estoy sugiriendo unos pocos visados de entrada, y me aseguraré de que se emitan conforme a los estrictos requisitos que usted disponga.

—En ese caso, tienes mi permiso, pero deberán emitirse en una cantidad pequeña y aceptable.

El corazón de Fengshan explotó de alegría. Colgó el teléfono y se dirigió al vestíbulo. Cerca de una pared de archivadores, el vicecónsul Zhou estaba bostezando frente a un montón de papeles. Fengshan le pidió que pasara a su oficina. Grace salió del ascensor con el mismo aspecto abatido que tenía desde el día anterior.

—Ven conmigo, Grace. Tengo buenas noticias sobre el asunto de los visados.

El rostro de ella se iluminó y se apresuró hacia la oficina, donde se sentó y Fengshan pidió al vicecónsul Zhou que le detallara la situación actual de los visados.

El consulado de la República de China había recibido muy pocas solicitudes de visados en el último año, precisó el vicecónsul mientras se rascaba la cabeza con una uña larga. Al fin y al cabo, China no era un destino popular para los extranjeros.

La categoría de visado de inmigrante no existía, ya que China no era un país de inmigración. Los de turista y estudiante no eran frecuentes, debido al lento desarrollo económico de China y la guerra en curso. Los relacionados con el matrimonio, como el que Grace había recibido, también eran inusuales. De vez en cuando, el consulado aprobaba visados para misioneros extranjeros, funcionarios del Gobierno y empresarios que realizaban actividades comerciales en China, aunque esas actividades también habían cesado a causa de la guerra.

Como cónsul general, la responsabilidad de Fengshan recaía en el último paso del proceso de los visados, que consistía en completar el certificado oficial tanto en alemán como en chino, anotar el número de visado, estampar su firma y colocar el sello del consulado. El vicecónsul Zhou, su subordinado, era el encargado del largo proceso previo que incluía la revisión de los formularios, el cobro de las tasas y la realización de entrevistas.

El embajador Chen había dejado claro que los visados no debían estar relacionados con la inmigración, por lo que no debían catalogarse de esa manera. Pero como cónsul general, Fengshan tenía la libertad de pasar por alto el motivo de la solicitud y expedirlos como visados de ingreso especial, lo que también le daría la oportunidad de eximirlos de requisitos como los avales para agilizar el proceso.

Pero tendría que declarar un puerto de entrada en China. Eso era un problema.

—¿Querido? —preguntó Grace, que no entendía chino.

Fengshan se lo explicó. Después de años de guerra con Japón, el Gobierno chino ya no poseía el control total de su territorio. Los japoneses habían ocupado el norte de China, la zona fronteriza con Rusia, una tierra llamada Manchuria. Pekín había sido bombardeada y capturada, y los puertos de la costa noreste, que habían sido territorio alemán antes de la Gran Guerra, se habían asignado a los japoneses tras la traición del Tratado de Versalles. Hong Kong, en el sur, era colonia británica, y la isla de Hainan, francesa. Fengshan no tenía autoridad para enviar gente a ninguno de esos puntos de ingreso; si se arriesgaba, sería una violación del derecho internacional que provocaría un enorme revuelo. Además, pondría en peligro la seguridad de los titulares de los visados, que serían interrogados, rechazados o encarcelados antes de pasar por la aduana.

—Un puerto —dijo ella—. ¿Shanghái es un puerto? Paramos allí de camino a tu ciudad natal. Ahí me compré este vestido.

Habían pasado casi cuatro años desde que habían desembarcado en el muelle de Shanghái. Grace se había quedado fascinada con el conjunto de edificios de estilo europeo cerca del río Huangpu, una zona animada, con clubes de jazz y hoteles de lujo.

—Shanghái está ahora bajo ocupación japonesa.

—Qué lástima. Parecía parte de Europa.

Pero no era Europa; era el Asentamiento Internacional de Shanghái, arrendado a los países extranjeros y controlado en su mayor parte por británicos y estadounidenses.

—¡Grace!

Hizo todo lo posible por reprimir su entusiasmo. A pesar de que los japoneses habían conquistado Shanghái, no interferían con el Asentamiento Internacional, ya que estaba administrado por los británicos y los estadounidenses, a quienes los japoneses no deseaban ofender. Pero el Asentamiento estaba en suelo chino, en una parte esencial del territorio chino. Lo que significaba que Fengshan tenía la facultad para designar la ciudad como puerto de ingreso en un visado.

Recogió un montón de formularios de solicitud.

—Grace, dile a tu amiga que venga al consulado a solicitar los visados. Pueden ir a China si lo desean.

—Lo haré, querido. Espera, ¿adónde vas?

Fengshan metió los formularios de solicitud dentro de un sobre grande.

—Al hospital judío.

Estaba sudando cuando llegó al abarrotado hospital. Se sentía como un espía y prefería no ser visto, interrogado ni identificado por los guardias, por temor a que lo reconocieran. Quizá debería haber pedido al vicecónsul que llevara él los formularios, pero el asunto era demasiado importante. No confiaba en nadie más para entregarlos.

En el pasillo, la señora Rosenburg, que daba la impresión de haber estado pasando las noches en el suelo, lo reconoció. Le hizo un gesto para que se quedara allí; se ciñó el chal y entró en la habitación del señor Rosenburg. A los pocos minutos, salió con el guardia de las SS y se encaminaron hacia la escalera: había logrado distraerlo.

Fengshan entró en la habitación. Se alegró al ver que su amigo había recobrado el conocimiento.

—¡Doctor Ho! —exclamó el señor Rosenburg—. Qué sorpresa. ¿Cómo está?

Consciente de que el hombre de las SS podría volver en cualquier momento, Fengshan intercambió unas breves frases de cortesía y le entregó los formularios. Le explicó que, con los recursos limitados de China, la inmigración era imposible, pero que eso era todo lo que podía hacer.

—A efectos prácticos, es un visado que le permitirá salir del país y evitar que lo envíen al campo de concentración. Una vez que llegue a China, podrá solicitar un visado para los Estados Unidos, Filipinas o Argentina. Tengo entendido que su familia también abandonará el país con usted, ¿es correcto? Para agilizar el proceso, lo he eximido de requisitos como la declaración jurada y los avales. Con estos formularios, podrá solicitar visados para usted y su familia.

El señor Rosenburg cerró los ojos.

Fengshan esperó, inseguro de los sentimientos de su amigo. Sabía que China no era su lugar de elección y deseó haber podido hacer algo mejor.

Cuando el señor Rosenburg abrió los ojos, las lágrimas corrían por sus mejillas.

—Será un honor para mí ir a China. Ha salvado mi vida y la de mi familia, doctor Ho.

—Señor Rosenburg, debo ser sincero con usted. El único puerto en China al que puedo enviarlo es el Asentamiento Internacional que está en Shanghái. El Asentamiento está protegido por los Gobiernos británico y estadounidense, pero, aun así, está en suelo chino, por lo que recae bajo mi autoridad. Hasta donde sé, no hay personal en la aduana que inspeccione pasaportes, visados de ingreso, historias médicas ni certificados policiales. Lo admitirán sin problemas, pero debo advertirle que China está en guerra con Japón y el país está asolado. La vida en Shanghái será dura.

—Pero habrá libertad. No habrá campos de concentración; no estarán los nazis amenazando con matarme. —La voz de su amigo se quebró.

Fengshan le dio una palmadita en el hombro. Cómo había cambiado el mundo. Antes, el señor Rosenburg era un hombre rico; ahora, un paria. Fengshan no era un diplomático atado al código estricto al que se atenía el señor Wiley, ni tampoco un hombre sentimental. Pero al contemplar los labios secos y el rostro marcado por el dolor de su amigo, sintió que la emoción lo atravesaba. Se le humedecieron los ojos.

Rosenburg le cogió la mano.

—Doctor Ho, debe usted saber que mi vida está entrelazada con las de muchas otras personas. Tengo amigos, clientes ricos y personas destacadas con acceso a fondos exorbitantes. Los hombres de las SS me están interrogando. Quieren saber sus nombres y su situación financiera para confiscarles su fortuna. —Tanteó debajo de la almohada—. Tome. Le doy sus nombres por si necesitan ayuda. Ya no podré conservar la lista. Están registran...

El señor Rosenburg se paralizó, sus ojos se llenaron de terror y se clavaron detrás de Fengshan.

Fengshan no podía ver, pero sintió una ráfaga de aire repentina a sus espaldas. Tomó una taza plateada de la mesita de noche.

—Es un placer saber que se encuentra bien, señor Rosenburg. Hoy se aprobarán sus visados. Por favor, beba un trago.

Con manos temblorosas, el señor Rosenburg se estiró para tocar la taza y le pasó la lista con disimulo. Fengshan deslizó el papel dentro de la manga.

—¡Alto! ¿Qué está haciendo usted aquí? ¿Qué tiene en la mano? —El hombre de las SS se lanzó hacia él.

Fengshan levantó la taza.

—¿Esto? Solo pretendía recordarle a mi amigo que debería beber un poco. He venido a darle la maravillosa noticia de que los visados de su familia han sido aprobados y que deberían ir a retirarlos en unas horas. Ahora que he finalizado mi cometido, le ruego que me disculpe.

Erguido y con paso firme, salió al pasillo atestado de hombres con la cabeza sangrante y los hombros dislocados. Fuera del hospital, se sintió mareado; en la mano aferraba el papel que el señor Rosenburg le había entregado arriesgando su vida. Lo desplegó despacio. Como había dicho su amigo, era una lista de nombres que parecían ser de dirigentes de comunidades judías, organizaciones sionistas y humanitarias con sede en Alemania y Suiza. Si esa lista caía en manos de los hombres de las SS, esas personas perderían sus riquezas y, probablemente, la vida.

Dobló el papel y se lo guardó con cuidado en el bolsillo.

Una hora más tarde, la señora Rosenburg se presentó en el consulado con los formularios que había cumplimentado. El vicecónsul Zhou los examinó y mantuvo una breve entrevista con ella. Después, llevó los documentos a la oficina de Fengshan. Fengshan sacó los formularios de visados de su cajón. Con la pluma estilográfica negra, escribió el número de visado en cada formulario, los firmó con su nombre y les colocó el sello del consulado. Cuando terminó, depositó todos los documentos firmados en las manos de la señora Rosenburg.

Con esos visados, su amigo se libraría del campo de Dachau, y él y su familia podrían abandonar Viena.

CAPÍTULO 21

GRACE

En cuanto Fengshan se fue a ver a su amigo al hospital, cogí un taxi hasta el apartamento de Lola y le di la buena noticia.

Lola meneó la cabeza y rompió a llorar. Me explicó que había oído que las solicitudes de visado requerían certificados policiales, pero que ella había infringido la ley del banco para arios y había sido detenida. Ese antecedente le impediría obtener el certificado policial que solicitaban los consulados.

Regresé al consulado y comprobé con decepción que Fengshan no había vuelto de visitar a su amigo. Cuando por fin entró en la oficina, me puse en pie de un salto y le conté el problema.

—Por favor, diles que el consulado de la República de China no exigirá el requisito del antecedente policial.

Fui de nuevo al apartamento de Lola y la traje al consulado. Me senté con ella en la oficina de Fengshan y le presenté a mi marido. Con semblante serio, Fengshan le explicó la naturaleza del visado, se ofreció a ayudarla y le preguntó si tenía alguna duda.

Lola no tenía dudas. Se la veía contenta pero cansada,

con su *dirndl* negro raído y un sombrero de paja atado con una cinta blanca; la pérdida de su hermano había hecho mella en ella. La frescura y ese encanto natural que yo tanto había admirado habían desaparecido, y tenía el aspecto de una viuda amargada, sola, al borde de un colapso emocional.

—Yo ya lo conocía, señor cónsul general. Asistí a una de sus conferencias en la Universidad de Viena, donde hizo una demostración de caligrafía con un pincel y tinta. Fue impresionante —señaló Lola en inglés.

—¿Estuvo usted allí? —Los ojos de Fengshan, cargados de simpatía, no se apartaban de su cicatriz.

—Estaba tocando el violín en la sala de al lado. Mis compañeros de clase estaban comentando su arte, así que fui a verlo. Fue el año pasado, creo. Lo siento, creí que era el embajador japonés.

—No fue la única.

—Algún día me encantaría aprender caligrafía.

Fengshan sonrió. Se alegraba cuando la gente demostraba interés por el arte chino. A menudo se ofrecía a enseñarles de forma voluntaria. Si no hubiera sido diplomático, habría sido académico.

—¿Habla usted chino?

Lola negó con la cabeza.

—Siempre he querido aprender chino.

—Los visados para usted y su familia deberían estar listos en un par de horas, señorita Schnitzler. Grace, ¿podrías darle los formularios de solicitud? Creo que están en el vestíbulo.

Lola le había caído bien, se notaba.

En el vestíbulo, Lola completó los formularios con manos temblorosas. Escribió el nombre de su madre en el espacio en blanco, luego el de su hermana, el de Eva y el suyo propio. Debió de pensar también en su hermano, porque se quebró en sollozos y dejó caer la pluma.

La recogí y se la devolví.

Cuando terminó, conté los formularios para asegurarme de que no faltara ninguno. Luego repasé las líneas: *der Name, die Adresse, das Alter*. Tenía que estar segura. No podía haber errores.

Fengshan había excluido todos los documentos rigurosos que impedían a muchos judíos obtener un visado. No se exigían declaraciones de impuestos, estados financieros, patrocinadores, copias de declaraciones juradas legalizadas ni antecedentes policiales.

Me acerqué al escritorio del vicecónsul Zhou con los documentos mientras Lola esperaba. El vicecónsul se sorprendió al verme y pareció molesto cuando me quedé de pie a su lado.

—Entregaré estos formularios al cónsul general, señora cónsul general.

—Yo misma se los llevaré a Fengshan cuando usted haya terminado —repliqué.

Se encogió de hombros y, con una pluma en la boca, empezó a examinar los documentos siguiendo las líneas con la uña. Le llevó un buen rato: los formularios de visado, los pasaportes, los certificados de nacimiento; sus largas uñas se deslizaban de una página a otra. Y luego, como para poner a prueba mi paciencia, se puso a conversar con frau Maxa. A continuación, dejó los formularios y fue al baño, al otro lado del edificio. Después, con los documentos en la mano, bostezó, volvió a concentrarse y volvió a bostezar en tanto yo seguía esperando y Lola permanecía sentada y observaba expectante, con la vida de su familia en sus manos. Le habría pagado con tal de que dejara de bostezar y acelerara la revisión.

Por fin, me entregó los papeles y me dirigí a la oficina

de Fengshan. Estaba escuchando la radio en alemán, con su traje negro y su corbata roja, y la mirada intensa. Me hizo un gesto con la cabeza, apagó la radio y cogió los formularios.

—Lola está esperando fuera. ¿Puedes emitir los visados ahora? —Recalqué la palabra "ahora".

—No tardaré mucho. Me alegra que tengas los pasaportes.

Permanecí de pie junto a él mientras abría el cajón de su escritorio de caoba y sacaba una hoja amarilla del tamaño de una tarjeta de felicitación. La hoja tenía impresos unos caracteres chinos: el visado del consulado de la República de China en Austria, supuse. Le di su pluma estilográfica favorita y observé cómo escribía el número de visado, el destino —Shanghái—, la fecha y, por último, en chino, con su caligrafía delicada, su nombre chino, Ho Fengshan.

Escribía con cuidado, cada trazo con elegancia, cada línea firme como una convicción. Una vez me había contado que cada carácter chino tenía un significado y que su nombre significaba "Montaña del Fénix". Provenía de una leyenda, me había explicado. Se decía que los fénix, las criaturas míticas que traían fortuna y buena suerte, solo moraban en una montaña cerca de la isla Penglai. La montaña sagrada era un hogar sanador donde los fénix renovaban su energía y un lugar de descanso adonde iban a morir y renacer.

Resultaba apropiado que un hombre con semejante nombre diera vida y oportunidades a un pueblo acosado y perseguido.

Lo observé, las cejas tenues, los ojos negros y los labios fruncidos. En silencio, con el viento estival que golpeaba las ventanas, creí oír su preocupación y sentí cómo nuestros pensamientos fluían y convergían hasta formar un puente. Cuando hacíamos el amor, yo sentía que controlaba su parte más profunda, su deseo, su debilidad y su fuerza, pero esta unión silenciosa era diferente. Era como si, después de cuatro años de matrimonio, por fin estuviéramos unidos espiritualmente.

Seguía siendo el mismo hombre, el hombre de arcilla, el hombre que se convertía en oro, el hombre con inteligencia, astucia y un profundo sentido de la lealtad, y era mío.

—¿Has terminado? —pregunté.

—Todavía no.

Su pluma se movió a la sección alemana debajo de la china, donde repitió la misma información con el número de visado, el destino y la fecha en alemán.

—¿Me das los visados?

—Paciencia, Grace. —Sacó del cajón el sello del consulado y selló un visado. Cuando levantó la mano, un círculo negro había quedado impreso en la hoja. Tenía caracteres chinos, que yo había aprendido a reconocer, válido por seis meses; estaba húmedo y brillaba, como una moneda de libertad.

En el vestíbulo, junto al pequeño grupo habitual de personas que solicitaban un pasaporte, Lola sostuvo las cuatro hojas de los visados, con los dedos sobre la firma de Fengshan y el sello del consulado. Dejó escapar un ruido extraño, como un gemido o un sollozo, y los ojos le brillaron, llenos de lágrimas.

Fengshan salió de su oficina al pasillo. Permaneció de pie allí, con un puro en la boca; un fénix de humo le cubría el rostro, una cola de luminiscencia, de luz, trepaba por el aire. Cuando se disipó, vi su rostro brillante de sudor, y levantó la mano para secarse la frente.

—Gracias. —Me acerqué a él.

Dio una calada a su puro y luego expulsó el aire.

—Hemos hecho lo correcto.

CAPÍTULO 22

FENGSHAN

En su oficina, abrió el cajón y sacó el papel doblado con minuciosidad que le había entregado el señor Rosenburg. Lo estudió: Gunther, Schultzman, Bussbang. Eligió un nombre, el doctor Joseph Löwenherz, director del Kultusgemeinde, el Centro Comunitario Judío de Viena, y marcó el número de teléfono. Nadie atendió.

Al día siguiente, Fengshan volvió a marcar. Contestó una voz masculina ronca. Fengshan se enderezó en la silla y se presentó.

—¡Herr cónsul general! —La voz del hombre resonó con alegría—. Estuve intentando ponerme en contacto con usted desde que hablé con el señor Rosenburg ayer. Tengo mucha gente desesperada que está buscando la manera de salir de Viena. ¿Cuáles son sus requisitos para los visados?

—Doctor Löwenherz, el consulado de la República de China está abierto a aceptar solicitudes. No exigimos antecedentes policiales ni otros certificados y solo aceptamos una pequeña tasa por la solicitud.

—Voy para allá enseguida.

El doctor Löwenherz llegó al consulado diez minutos después. Era un hombre corpulento y con un bigote tupido.

Su postura era similar a la de un boxeador, con la espalda arqueada y los brazos pegados al pecho, listo para recibir golpes. No estaba solo: lo acompañaban ocho hombres vestidos con trajes de tres piezas y todos venían a tramitar visados para sus familias.

Fengshan los condujo hasta el vicecónsul Zhou, que acababa de llegar a su escritorio. ¡Las once! Dos horas de retraso. Por el bien de los vieneses, Fengshan se mordió la lengua.

—Me gustaría tener los formularios de solicitud sobre mi escritorio lo antes posible, vicecónsul Zhou —le ordenó con cortesía, a pesar de que su subordinado se merecía una buena reprimenda.

Una hora más tarde, fue a ver al vicecónsul para asegurarse de que no se hubiera pasado el tiempo rascándose el cuero cabelludo con sus uñas largas. En el vestíbulo, el doctor Löwenherz y sus amigos esperaban con paciencia; cerca de ellos, aguardaban los vendedores ambulantes del condado chino de Qingtian que habían recibido sus pasaportes hacía un mes.

Fengshan preguntó a los comerciantes si podía ayudarlos en algo. Los hombres se lo agradecieron y le explicaron que la policía los había detenido por la venta ilegal de mercancía en la calle, les había confiscado los pasaportes y los había expulsado a Hungría. Pero habían conseguido escalar las montañas hasta Austria, así que ahora necesitaban pasaportes nuevos. Fengshan prometió expedirles pasaportes lo antes posible.

—Herr cónsul general, acaban de llamar de la oficina del señor Wiley. El cónsul general estadounidense quiere hablar con usted. Lo está esperando fuera. —Frau Maxa se acercó con paso enérgico. Era una mujer alta y de complexión robusta, y solía anunciarse con sus fuertes pisadas.

—¿El señor Wiley? —El diplomático casi nunca lo visitaba en el consulado, y mucho menos sin avisar.

—Desde su oficina dijeron que era urgente.

Fuera, un sedán negro estaba aparcado junto a la acera. La ventanilla se bajó y dejó al descubierto el rostro del señor Wiley.

—Buenas tardes, doctor Ho.

—Vaya, señor Wiley. Qué sorpresa verlo. ¿Desea pasar a tomar un té?

—Me encantaría, doctor Ho. Pero me temo que debo declinar la invitación. Me han nombrado representante en Estonia y Letonia. Mi partida está prevista para mañana, así que pensé en pasar a despedirme.

Fengshan se quedó helado. Los dos países, Estonia y Letonia, eran naciones de poca importancia diplomática para los Estados Unidos. Y el cargo de representante sonaba vago; sugería un descenso a un rango menor para el diplomático.

—Felicidades, señor Wiley. Se trata de un cambio profundo en su carrera diplomática. Le deseo lo mejor. Si me permite la pregunta, ¿por qué lo han reasignado a un nuevo destino?

—El Departamento de Estado es quien toma las decisiones. No me corresponde a mí emitir juicios.

—Lo echaremos de menos, señor Wiley. Ha sido usted una inspiración para muchos de nosotros. Su consulado ha proporcionado visados que han salvado la vida de muchas personas en Viena. Si mal no recuerdo, mencionó que el doctor Freud estaba esperando para salir de la ciudad, ¿verdad?

—Ya se marchó a Londres, gracias a Dios. Y ya que lo pregunta, es mejor que lo sepa: ahora se me conoce como "el diplomático que arriesga su cuello por el doctor Freud". Cuídese, doctor Ho.

Era eso. Si el señor Wiley hubiera decidido dejar al doctor Freud en manos de los nazis, aún podría ser el cónsul general de los Estados Unidos en Viena. Tal vez esas eran las palabras no dichas de su colega, de un diplomático a otro: que, para ellos, las consecuencias de tomar partido eran inmediatas.

Fengshan volvió a su oficina y se sentó ante su escritorio. Se había encariñado con el cónsul estadounidense de modales suaves y principios firmes. Era de esperar que pronto designaran a otro funcionario para sustituir al señor Wiley, alguien menos propenso a defender a los judíos vieneses y más proclive a acatar órdenes. Al fin y al cabo, de eso se trataba la política.

Un sobre apoyado en su escritorio le llamó la atención. Escrito en alemán con letra elegante, estaba dirigido a él y a Grace: "Herr cónsul general de la República de China y frau cónsul general de la República de China". Lo abrió. Los invitaban a la conmemoración de la creación de la Oficina Central para la Emigración Judía en Viena, un evento que se celebraría a finales de agosto.

Pero cuando leyó el nombre del anfitrión de la fiesta, un escalofrío le recorrió la espalda: Adolf Eichmann, ahora director del centro. ¿Qué pretendía Eichmann con esa invitación? ¿Celebrar su ascenso? ¿Poner a prueba el compromiso del país de Fengshan con Alemania?

Fengshan se acercó al teléfono, descolgó el auricular, dudó y después marcó el número del capitán Heine.

—¡Capitán Heine! Disculpe. ¿Tendrá un momento para tomar un café en el Café Central?

Una hora más tarde, Fengshan se paseaba entre las mesas redondas cubiertas con manteles blancos del café. Había algunas caras conocidas en un rincón, gente que asistía a su misma iglesia, la Lutherische Stadtkirche, la iglesia luterana de la ciudad, en Innere Stadt. Los saludó y le devolvieron el saludo con movimientos de cabeza corteses.

El capitán Heine, vestido de uniforme, estaba sentado en el centro del local, justo debajo de una lámpara de araña dorada. Su rostro apuesto era como un imán para las mujeres que fumaban cigarrillos a su alrededor. El capitán parecía disfrutar de la atención: sonreía y levantaba su copa a modo de brindis.

Fengshan desaceleró el paso. Encontrarse con el capitán era un acto de audacia, de eso no cabía duda, ya que todavía no sabía qué clase de hombre era. Había empezado a relacionarse con él el año anterior, cuando Heine, un graduado de la Academia de Policía de Viena, lo había invitado a dar una conferencia allí. Fengshan se había explayado sobre religión, el confucianismo, el taoísmo y el budismo, los aspectos clave de la cultura china y, al parecer, Heine lo había disfrutado. Si alguna vez tuviera que convencer a un policía de que se pusiera de su parte, ese sería el capitán.

Pero la manera en que Heine coqueteaba con las mujeres era irritante. Como hombre educado en las creencias de Confucio, Fengshan sentía un alto aprecio por las cinco virtudes: *Ren, Yi, Li, Zhi* y *Xin* —la benevolencia, la justicia, el decoro, la sabiduría y la confianza—; también creía en la importancia del rol auxiliar de la esposa en el matrimonio y la devoción de un hombre hacia su familia. Entablar amistad con el capitán, un hombre que mostraba un interés abierto por los asuntos adúlteros, era más fácil de decir que de hacer.

—Herr cónsul general, ¿qué puedo ofrecerle, café o coñac? —El capitán Heine acercó una silla de Bohemia de madera curvada y Fengshan se sentó.

—*Kleiner brauner* —ordenó Fengshan al camarero, de traje inmaculado y pajarita. *Kleiner brauner* era un café negro corto con un poco de leche, una buena bebida, sin duda, pero Fengshan, que se había criado en China, seguía prefiriendo el té verde.

Heine optó por un *fiaker*, café con ron y crema batida.

—Le diré algo, herr cónsul general: me alegró mucho saber de usted. ¿Cómo está el señor Rosenburg?

Fengshan se dio cuenta de que el capitán siempre preguntaba por el señor Rosenburg.

—Les expedí visados a él y a su familia para que puedan salir de Alemania.

—Por cierto, no esperaba que el señor Rosenburg emigrara a China.

—Fue el último recurso.

Heine alzó su copa de coñac en un gesto que solo podía interpretarse como de celebración.

—Viena le ha fallado. Por desgracia, es el momento de los payasos y los cretinos.

Fengshan contempló el rostro del capitán. Con optimismo, esta sería una conversación positiva.

—Capitán, sé que es usted un oficial de policía y que es su deber cumplir órdenes y, desde luego, no necesita defender su lealtad, pero pareciera que el velo de la política ha cegado a mucha gente. Casi no puedo reconocer a la encantadora Viena de antes del Anschluss y es descorazonador ver cómo los vieneses atormentan a otros vieneses. ¿Podría usted aclararme un poco el asunto?

—Lo único que puedo decirle, herr cónsul general, es que hay muchas cosas sobre los vieneses que desconoce. —El capitán esbozó su sonrisa encantadora y se pasó la mano por el pelo impecablemente peinado.

—Por favor, acepte mis más sinceras disculpas.

—Hay tres tipos de hombres en la Gendarmería Federal: los que son como yo, los administrativos y los delincuentes, sí. ¿Puede usted creer que tengo bajo mi mando a un hombre que envié a la cárcel por un delito grave?

El capitán Heine procedía de una familia militar de Austria, recordó Fengshan. Su padre había sido *obersturmmann,* teniente de la caballería, y su abuelo había sido también una figura militar del imperio austrohúngaro. El capitán Heine rebosaba, en el buen sentido, disciplina, equidad y tradición —los conceptos vieneses de "tranquilidad, orden y seguridad"—, al menos con anterioridad al Anschluss.

El camarero dejó sobre la mesa una bandeja con dos vasos de agua, dos tazas de café, un plato con terrones de azúcar y dos cucharillas. Fengshan cogió su taza de café.

—¿Cómo se lleva con ellos?

El capitán se echó a reír, se volvió hacia un lado y le guiñó un ojo a una de las mujeres que miraban en su dirección.

Fengshan casi derrama su café. ¡Ese hombre era una causa perdida!

—¿Capitán?

—Bueno, ayer detuvieron a dos gendarmes de alto rango de la Gendarmería Federal por razones disciplinarias. A uno lo destinaron a realizar trabajos forzados en Estiria. Era un veterano de guerra, dos veces herido en combate.

—Heine acabó su copa de coñac.

Fengshan lo observaba con atención.

—En China tenemos una frase: *Shu Da Zhao Feng*. "Los árboles grandes atraen las ráfagas de viento".

El capitán asentía con la cabeza.

—Buen coñac. Debería probarlo.

Fengshan reprimió las ganas de suspirar. Había tenido la intención de preguntarle al capitán por Adolf Eichmann y su fiesta de celebración; parecía que esta conversación no iba a ninguna parte.

—Ha sido un placer reunirme con usted. Lamento tener que despedirme.

—Pero, herr cónsul general, ¿por qué tanta prisa? Tengo una información que pensé que podría interesarle. Es sobre Adolf Eichmann.

Fengshan se enderezó en la silla.

—¿Eichmann?

—Mencionó su nombre en un club e hizo algunos comentarios sobre usted y sobre China.

Eso no presagiaba nada bueno. Si el embajador Chen se enteraba de que un oficial alemán, aunque fuera de bajo rango, había insultado a su país por culpa de Fengshan, su opinión sobre él cambiaría.

—¿Qué tipo de comentarios?

—No repetiré aquí sus palabras, pero parece que incluyó su nombre en una lista negra porque usted solicitó la liberación de una judía del cuartel general.

—Bueno, es bastante complicado. En mayo, cuando Grace fue detenida, también detuvieron a su profesora, una joven judía.

—Y además expidió visados para la familia del señor Rosenburg.

—Fueron tan solo un par —protestó.

—¿Ha dejado de expedir visados a los vieneses desde entonces?

Fengshan sonrió. No tenía intención de explicar los visados que había emitido para los amigos del doctor Löwenherz. Ahora que el embajador Chen había cedido, no había razón para no abrir las puertas de su consulado de par en par.

—Eichmann es ahora *obersturmführer*, director de la Oficina Central para la Emigración Judía. Todos los judíos con visados que salgan de Viena deben solicitar su aprobación y recibir permisos de salida. Ha sido ascendido a zar de los judíos.

—¿Es un título genuino?

—Podría serlo algún día, dadas las circunstancias. Confieso que el ascenso de Eichmann ha pillado a todos por sorpresa. Según él, este nuevo organismo permitiría expulsar a un gran número de judíos y, además, aceleraría el proceso. La Oficina Central fue idea suya. Revisará todos los visados aprobados por su consulado.

El capitán se reclinó sobre los estantes que había a su espalda. Allí estaba el periódico *Völkischer Beobachter* y también la popular revista política y de entretenimiento femenina *Das Kleine Frauenblatt* y el escalofriante *Der Stürmer*, que estaban leyendo los clientes del café. Los periódicos liberales, como *Wiener Zeitung* y *Neue Freie Presse*, habían desaparecido de los estantes. El capitán Heine cogió un montón de publicaciones y las colocó sobre la mesa. El retrato en blanco y negro de Adolf Eichmann, con su rostro delgado y sonrisa sórdida, les devolvía la mirada desde una portada.

A Fengshan le sentó muy mal el café.

—Me han invitado a su fiesta.

La sonrisa suave del capitán desapareció.

—La fiesta será todo un espectáculo, pero pase lo que pase, allí estaré. Ahora, por favor, discúlpeme; tengo otros asuntos que atender. Pero, herr cónsul general, tal vez le convendría averiguar más sobre la historia de este hombre.

Había sido, en efecto, una conversación provechosa; al menos era capaz de distinguir entre un amigo y un enemigo.

—¿Qué puede usted contarme?

—Quizá podría hablar con la familia de Adolf Böhm, un hombre culto, autor de dos volúmenes que describen la historia del movimiento sionista.

—¿Qué le pasó a Böhm?

—Está internado en un psiquiátrico.

—¿Se refiere a que tuvo una crisis nerviosa?

—Me refiero a que no es un honor estar en la lista negra de Eichmann.

—Pero, capitán Heine, he aquí el dilema: el director de la Oficina Central para la Emigración Judía quiere a los judíos vieneses fuera de Austria y los visados de mi país proporcionan exactamente la salida que necesitan. ¿Por qué iría el director a enemistarse con el consulado cuando lo estamos ayudando con su objetivo?

—Creo que es complicado.

—No quiero ser desagradecido por su explicación, capitán Heine, pero dudo que el director de un centro de emigración pueda influir sobre diplomáticos extranjeros.

—Me temo que es el cónsul general estadounidense quien debería responder a sus preguntas.

—¿El señor Wiley?

—Como todos sabemos, el Tercer Reich tiene muchos amigos en el extranjero. Que tenga usted un buen día, herr cónsul general. —Dejó dinero sobre la mesa, incluso pagó los dos cafés. Daba buenas propinas.

Fengshan permaneció sentado un largo rato, atónito. Después, recogió por fin el periódico que había dejado el capitán. El titular alababa la ingeniosa idea de expulsar de inmediato a los judíos vieneses, y había un párrafo sobre Eichmann.

> Trabajó como vendedor para una compañía petrolera antes de ingresar en el Sicherheitsdienst, el Servicio de Inteligencia de las SS de Berlín, donde demostró una habilidad artera para realizar interrogatorios de incógnito vestido de civil. Gracias a su excepcional ingenio literario, devoró la literatura judía para impresionar a los eruditos de la comunidad judía y entablar amistad con dirigentes de organizaciones sionistas. Su conocimiento del judaísmo y su comprensión de las organizaciones judías son activos inestimables para ayudar a resolver la situación judía en Alemania.

Ahora Fengshan entendía por qué el capitán Heine

quería advertirle sobre Eichmann: cuando el poder de un hombre crecía, la hoja de su hostilidad se volvía más afilada. ¿Estaba preparado para enfrentarse al filo de Eichmann? ¿Terminaría como el señor Wiley?

CAPÍTULO 23

GRACE

MÁS TARDE SUPE QUE EL VISADO QUE FENGSHAN LE HABÍA expedido a Lola era tan solo el primer paso necesario para su partida. Para que ella y su familia pudieran abandonar el país, debían obtener permisos de salida y recopilar muchos documentos en un centro de emigración para demostrar que cumplían con los requisitos: pruebas de que no tenían cuentas bancarias en el extranjero, pruebas de que ya no poseían bienes —después de todo, el apartamento quedaría en manos del tío—, certificados de formularios impositivos que demostraran que la familia no debía dinero al Gobierno, pasajes para un transatlántico con fecha de salida, entre otros documentos.

Durante semanas, Lola estuvo ocupada reuniéndolos y comprando los pasajes de barco, y no pude verla. Pero entonces, un día, cuando pasé por el apartamento, por fin la encontré. Me invitó a dar un paseo por el vecindario. Estaba seria, parecía reservada, sin aquella vivacidad que me había cautivado en nuestro primer encuentro. El largo *dirndl* negro parecía no haber sido lavado desde hacía días y la cicatriz le contraía la cara como la aguja roja de una radio muda.

Eran los últimos días de agosto; los árboles se estaban volviendo dorados; una ráfaga de viento soplaba hacia nosotras y barría las hojas sobre el asfalto. A escasa distancia, una familia que acarreaba maletas se estaba mudando al apartamento de al lado.

Le pregunté si había reunido todos los papeles y asintió. Había sido un trabajo complicado, sobre todo comprar los pasajes de barco, que exigían un viaje en tren desde Viena hasta un puerto de Italia. Pero ya había concertado una cita para los permisos de salida en la oficina, dijo, y esos eran los últimos documentos que necesitaba obtener.

—¿Cuándo es la cita? —pregunté.

—En octubre. Podremos quedarnos en el apartamento hasta que nos vayamos.

El apartamento, me di cuenta, pertenecía ahora a su tío, que les había permitido quedarse hasta la partida.

—¿Dónde queda la oficina?

—Dentro del antiguo Palais Rothschild, en la Prinz-Eugen-Strasse, a unas manzanas de tu consulado.

—Pasaré a buscarte. —Anoté la fecha y la hora para no olvidarme. Quería acompañarla a la cita. Octubre llegaría antes de que me diera cuenta y podría ser la última vez que la viera.

—Te lo agradezco, Grace. —Me miró y sonrió.

—Pasaré a buscarte —repetí.

Caminamos por las calles azotadas por el viento, dejando atrás las ventanas cerradas y el soportal vacío. Cerca, los árboles —robles y tilos— se inclinaban por el viento como si quisieran despedirse.

En el consulado, fui a la oficina de Fengshan, pero no estaba allí. Me senté en una silla de respaldo alto; me sentía deprimida. Encendí la radio; estaba sonando una canción francesa. La letra era un misterio para mí, pero el sentimiento me llegó al corazón. Ver a Lola y saber que se iba me había puesto melancólica. Ya la echaba de menos. ¿Qué iba a hacer cuando se fuera? Era mi única amiga en Viena.

De repente, el recuerdo de mi madre surgió en mi mente. Tendría que haberlo evitado, pero no pude: la piel con olor a alcohol y el cabello rojo intenso como una puesta de sol. Era una mujer llamativa, con unos ojos castaños preciosos. Unos años después de la muerte de mi padre, había renunciado a criarme sola y se había vuelto a casar. Había comenzado a beber mucho, sobre todo los domingos por la mañana, para celebrar su propia eucaristía. Con su voz cantarina, impregnada de sueños y alcohol, mencionaba a mi padre, que la había salvado del acoso, narraba cómo se habían enamorado y cómo su horrible muerte —apaleado por una multitud— había derrumbado su vida. Entonces me miraba, me regañaba por ser tan dócil, tan débil, y me echaba las manos al cuello y gritaba: "¡Ten agallas! Aprende de tu padre. Di algo, Grace, ¿o eres muda?", mientras yo ponía los ojos en blanco y me esforzaba por respirar.

Más tarde, siempre se disculpaba, me abrazaba, lloraba y prometía que no volvería a hacerme daño, pero seguía bebiendo. Se divorció, nos mudamos a Chicago y se volvió a casar. Cuando le conté que me casaría con Fengshan, me dijo que era tonta y me advirtió que tendría una vida desgraciada como la suya. Desde que había dejado los Estados Unidos, soñaba con mi madre, incluso la echaba de menos, pero cada vez que pasaba demasiado tiempo pensando en ella, tenía pesadillas en las que me regañaba por llamarla "madre", volvía a beber y me gritaba que hablara más alto, la casa olía como una bodega y sus manos se cerraban alrededor de mi cuello. Entonces me juraba no volver a pensar en ella, y después la echaba de menos otra vez.

Mi madre era como una preciosa pulsera que quería llevar pegada a la piel, pero que me daba miedo usar. Aunque no tenía que ser así. Ella me quería; me quería. Tenía que ser así, y yo quería creerlo.

—Aquí estás, Grace.

Fengshan entró y se acercó a la estantería llena de enciclopedias, crónicas y libros sobre las relaciones mundiales. Parecía estar buscando algo, escudriñando. Meneó la cabeza y estudió la otra estantería, donde se alineaban ordenados los libros con tapas de cuero: geografía, religión, historia y cultura; cerca de ellos había carpetas y sobres de papel manila, todos ordenados alfabéticamente. Los montones de periódicos en los que se sumergía los sábados por la tarde estaban colocados en un carrito cerca de la puerta.

Apagué la radio. Fengshan no se parecía a mi madre; era constante, tolerante y decidido, un genio con una memoria fotográfica; su mente era como un libro. Me había elegido y me había dado la mano, a pesar de ser una mujer común con una mente cargada de pensamientos aleatorios, imprecisos y faltos de claridad.

Se apartó de los estantes y rebuscó algo en el cajón.

—¿Has comido ya, Grace?

¡Qué típicamente chino! Siempre preguntando si había comido: era un saludo habitual en su ciudad natal, donde la gente solía pasar un día entero sin comer y muchos se morían de hambre a causa de la pobreza. Así que preguntar si había comido no era solo una muestra de cortesía, sino también de cuidado. Al principio me provocaba vergüenza, y él me había replicado que era demasiado estadounidense.

—Supongo que sí.

Me mostró un sobre escrito en alemán.

—¿Vas a vestirte, Grace? Falta una hora para la fiesta.

—¿Adónde vamos?

—A la fiesta de Adolf Eichmann. Pensé que te lo había dicho hace unas semanas. Lo han nombrado director de la Oficina Central para la Emigración Judía.

—¿A quién?

—Al oficial que te liberó en el cuartel general en mayo.

—No me acuerdo. Me duele la cabeza.

Volvió a guardar el sobre en el cajón.

—Tal vez sea lo mejor. Tu presencia no debería ser necesaria. Eichmann te reconocerá.

Parecía estresado, angustiado. Cambié de opinión y lo rodeé con mis brazos.

—Si tienes que ir, iré contigo.

CAPÍTULO 24

FENGSHAN

La fiesta se celebró en el quinto piso de una mansión cerca del jardín Burggarten. Fengshan, con Grace tomada del brazo, entró en el edificio decorado con numerosos estandartes con la cruz gamada. No había olvidado la naturaleza astuta de Eichmann desde el primer encuentro entre ambos, y ahora que el capitán Heine había revelado la reputación sádica de Eichmann y su influencia sobre la partida del señor Wiley, se sentía aún más receloso. Pero era un diplomático; cumplir con las normas de cortesía formaba parte de su trabajo. Jamás habría actuado fuera de lugar y declinado la invitación, poniendo en peligro la imagen de su país o su carrera. Sin embargo, con la partida del señor Wiley, de vez en cuando se planteaba si no sería prudente dar un paso atrás y evaluar la situación antes de lanzarse a emitir más visados.

Ya fuera del ascensor, se dirigió a una mesa llena de tarjetas, cajas de regalos, rosas, lirios y vinos, y dejó su regalo, una estatuilla de terracota envuelta en seda roja. Cerca de la mesa, un soporte exhibía artículos sobre Eichmann publicados en *Der Stürmer*, reproducidos y dispuestos en un *collage* enmarcado para mostrar su fama creciente.

El salón de baile estaba abarrotado de ancianos con pipas en la mano, hombres de mediana edad de uniforme y jóvenes con trajes decorados con insignias y medallas. Una orquesta tocaba en una sala cercana, y los camareros de esmoquin y pajarita circulaban con las bandejas de bebidas. Sería otra típica fiesta vienesa marcada por la ostentación; el gasto en comida y bebida podía rondar con facilidad varios miles de marcos imperiales, suficientes para alimentar a una aldea entera de China durante seis meses. Fengshan se sentía culpable por cenar manjares exquisitos y beber champán mientras sus compatriotas vivían hambrientos y se escondían de las bombas. Si no le preocupara el protocolo, se marcharía temprano. Sería una velada larga.

Buscó a Eichmann entre la multitud de gente: funcionarios alemanes, diplomáticos checoslovacos, hombres húngaros, industriales influyentes, nobles austríacos tradicionales con sombreros tiroleses y plumas, e incluso algunos rostros de tez oscura que parecían ser de América del Sur o de alguna isla lejana.

—No me dejes sola. No quiero estar aquí sin compañía —susurró Grace.

Fengshan cogió dos copas de champán de la bandeja de un camarero y le dio una.

—¿Has visto al capitán Heine?

—No. ¿Quedaste en encontrarte con él?

Grace llevaba un par de guantes de satén y un vestido de noche deslumbrante que revelaba su figura esbelta y complementaba sus curvas femeninas. Un pequeño casquete en la cabeza coronaba su pelo recogido y sus pendientes resplandecían. Iba muy elegante, como un retrato de Joseph Wright de Derby. Era afortunado de tenerla como esposa.

—Me dijo que vendría.

—Debe de estar al llegar. Bueno, tal vez debería tratar de socializar por mi cuenta. Tú ve y habla con tus amigos.

—¿Estás segura? —Cuando Grace se quedaba sola en un evento social, su lugar favorito era el baño.

—Estaré bien. Te avisaré cuando vea al capitán Heine. —Se volvió con la copa de champán en la mano y una expresión todavía tímida e incómoda en el rostro, a pesar de las valientes palabras que acababa de pronunciar.

Era bueno para ella que saliera de su caparazón. Fengshan se encaminaba a hablar con el cónsul general checo cuando Eichmann, que estaba conversando con un oficial de la Wehrmacht enfundado en su uniforme de gala ceñido con un cinturón plateado, se volvió hacia él y extendió su brazo a modo de saludo.

—¡*Heil* Hitler!

—Herr Eichmann, me alegro de verlo. Felicitaciones por su ascenso.

Eichmann, con su uniforme y gorra negros, sonreía.

—Gracias, mi querido amigo. ¿Es aquella frau cónsul general? Está espléndida. Me alegro de que haya venido a festejar la creación del organismo más importante de nuestro país. ¡Usted y todas las celebridades de Viena han aceptado mi invitación y han venido a verme! Me siento halagado. El editor de *Der Stürmer* también pasó por aquí para felicitarme y el *sturmbannführer* Hagen, comandante de la unidad de asalto, me ha transmitido su plena confianza. ¿Ha leído el artículo sobre mí en el periódico más importante del Reich? Los periodistas han manifestado una fe absoluta en mi talento e insisten en dirigirse a mí como el zar de los judíos. Les di las estadísticas y el número de judíos que deberían emigrar en los próximos seis meses y les recordé que, a este ritmo, ¡nuestro país estará muy pronto libre de judíos! Nunca habían oído nada parecido.

Parecía que el hombre era capaz de seguir y seguir con sus tonterías. La sal del sudor le salpicaba el rostro delgado bajo la luz intensa del salón.

Fengshan decidió formular una pregunta.

—Herr Eichmann, en su opinión, ¿cómo podría un hombre estar seguro en su propia casa, suponiendo que fuera inocente?

—¿Está hablando de los judíos? Ellos no son inocentes.

—Bueno…

—Verá, he propuesto un plan perfecto a los líderes de las organizaciones judías. Deben demostrarme su voluntad de cooperar y presentar su prueba de salida para poder abandonar la ciudad. Pero el número de los que pueden marcharse será limitado, ya que primero deberán entregar sus riquezas. Como verá, herr cónsul general, ¡por algo me llaman genio!

Por lo visto, la oficina impondría la deportación obligatoria a quienes no estuvieran dispuestos a marcharse y a despojarse de sus riquezas al salir del país, y quienes desearan marcharse deberían pagar para recibir su permiso. En cualquier caso, la oficina se quedaba con sus riquezas.

—Disculpe, voy a cambiar de bebida. Este champán no me está sentando bien.

Fengshan se dio la vuelta, parpadeando, descorazonado. Cerca de allí, Grace conversaba con una pareja: un hombre con camisa blanca, chaleco amarillo y verde y faja roja, y una mujer con un turbante naranja y un vestido color piña con ribetes. Parecían isleños. Fengshan alzó la copa y sonrió a su esposa. Cuando fue a cambiar su bebida, vio aparecer al capitán Heine en el vestíbulo con una mujer joven. Fengshan lo saludó con la cabeza, dejó su copa de champán en la bandeja de un camarero y fue derecho hacia él.

La mujer, tomada del brazo de Heine, incomodaba a Fengshan, aunque desde el último encuentro en el café, se había reconciliado un poco con el capitán.

—¡Doctor Ho! —El cónsul checo, el señor Beran, llegó hasta él antes de que Fengshan pudiera acercarse más al capitán. El señor Beran era un hombre inmenso y fornido, con una barba larga que recordaba a los bandidos revolucionarios de la novela clásica china *Los bandidos del pantano*. Tenía la cara áspera como el jengibre marchito y le encantaban los bocadillos de arenque.

—Buenas noches, señor Beran —lo saludó Fengshan en alemán.

El capitán Heine meneó la cabeza, esbozó una sonrisa brillante que hizo girar la cabeza a las mujeres del salón y se alejó con su acompañante. No estaba en buenos términos con el cónsul checo. Parecía haber una enemistad entre ellos.

—No se fíe de ese hombre, doctor Ho —murmuró el señor Beran—. Es taimado, malicioso. Tiene muchos rostros.

—¿Desea un cigarro? —Fengshan se acercó a una caja de puros que había sobre una mesita cercana. La fiesta de Eichmann, como era de esperar, tenía los mejores puros, habanos delgados y largos.

—¡Esta ciudad está condenada, doctor Ho! ¡Condenada! Todo el mundo se ha ido, incluso nuestro amigo estadounidense —comentó Beran en su alemán con fuerte acento de Bohemia.

Según tenía entendido Fengshan, Beran conocía bien al señor Wiley; y el checo, cuyo país limitaba con Alemania, había expresado un profundo malestar desde el Anschluss. Fengshan comprendía su inquietud. Cuando los británicos habían cerrado su embajada y habían retirado a sus diplomáticos de Austria, las voces en inglés habían disminuido en forma considerable en los salones de fiesta, y ahora, con la partida del señor Wiley, retumbaban las conversaciones en alemán, francés, bohemio, eslavo, español e italiano.

—Lo echaremos de menos. —El señor Beran suspiró—. Los británicos nos están pidiendo otra reunión. ¿Sabía usted que Hitler ahora exige que le entreguemos los Sudetes, la frontera donde están estacionadas nuestras treinta

divisiones y las fábricas de armas de Škoda? Checoslovaquia es la piedra angular del interior de Europa; si la cede-
mos, ¡se desatará el infierno!

—¿Los británicos?

—¡Chamberlain y Daladier!

Por desgracia, un país débil no tenía derecho a reclamar
su propia tierra; como le había ocurrido a China cuando
Gran Bretaña y Francia habían cedido a los japoneses la
península de Shandong, la tierra natal de Confucio, en la
Conferencia de Paz de París. ¿Se repetiría la historia? ¿Le
haría Chamberlain un regalo a Hitler en detrimento de
Checoslovaquia? Meses atrás, habría parecido impensable.

—Querido. —Grace le tocó el brazo, estaba pálida.

—Grace. ¿Qué pasa?

—La verdad es que no sé. Un camarero me habló en
alemán... y yo no entendí lo que me dijo... Creo que me
estaba preguntando si deseaba otra copa. Eichmann se enfadó y empezó a pegarle. Mira.

Fengshan se dio la vuelta. En un rincón al otro lado del
salón, Eichmann tenía agarrado de la pechera al camarero de
esmoquin a quien él le había cogido una copa de champán.
Un gemido resonó en la sala justo cuando la orquesta hizo
una pausa y la voz violenta de Eichmann estalló en el salón.

—¿Cómo te atreves a acosar a una honorable invitada?
¡Es la esposa de un diplomático! ¿Dónde está tu brazalete?
¿Dónde está tu insignia?

Los invitados dejaron de hablar; hubo una oleada de
murmullos de indignación. Fengshan le tradujo a Grace en
voz baja las palabras de Eichmann. Grace parecía mortifi-
cada; meneó la cabeza, su voz era casi un susurro. Fengshan le apretó el brazo para tranquilizarla. No le cabía duda
de que Grace decía la verdad, pero ¿por qué Eichmann
inventaría algo tan vil como el acoso para difamar a su esposa y humillar a un camarero inocente? Se trataba de una

acusación grave: hostigar a la esposa de un diplomático extranjero en un salón de baile. Fengshan observó al acusado. Era un hombre joven, de ojos azules, que se tambaleó hacia la pared con la nariz sangrante.

Fengshan cruzó el salón hacia Eichmann.

—Señor, por favor, discúlpeme. Permítame una aclaración. No hubo ningún tipo de acoso; mi esposa solo estaba hablando con él sobre una copa. Debe de ser un malentendido. Le ofrezco mis más sinceras disculpas.

Eichmann lo miró, luego a Grace y después, al camarero. Por si fuera poco, Fengshan tomó la mano de Grace y la besó. Y mientras observaba, la expresión del rostro de Eichmann empezó a cambiar: había signos de ira, vacilación, amenaza y peligro. Por fin, el hombre sonrió.

—Herr cónsul general, le agradezco mucho la aclaración. No hay necesidad de disculparse. No hay duda de que ha sido un malentendido lamentable.

Soltó al camarero, que se apresuró a recoger su bandeja y abandonó el salón.

A su alrededor, los invitados seguían indignados. Algunos miraron con desconfianza al camarero que se marchaba; otros movieron la cabeza hacia Eichmann como elogiando su acción. Fengshan se alejó con un desconcierto absoluto. No podía entender que Eichmann inventara un caso de acoso y montara semejante escena con el camarero, pero, para su alivio, la música volvió a sonar: un vals. Las parejas se cogieron de la mano y salieron a la pista de baile. Tarara rara, rara, rara; tarara rara, rara rara. Los vieneses, que se habían recreado con Schumann y Mozart durante siglos, sabían disfrutar de una fiesta.

Por fin, llevó a Grace a la pista. Fengshan era un bailarín soberbio, y Grace también. Fengshan deslizó los pies, movió los hombros y giró de izquierda a derecha, hasta que chocaron contra una pareja mayor. Mientras murmuraba una disculpa, guio a Grace hacia el otro lado del salón. Sus ojos escrutaron el lugar: el camarero no había vuelto.

—Esto no me gusta. ¿Podemos irnos? —susurró ella.

—No sería cortés de nuestra parte.

Eichmann, con expresión intensa, estaba junto a un adorno floral hablando con un hombre uniformado, quien asintió y se marchó. Asqueado, Fengshan se alejó dando giros y descubrió el rostro apuesto del capitán Heine a unos pasos de distancia, con las cejas enarcadas en señal de interrogación. Fengshan movió la cabeza en su dirección en un gesto tranquilizador, un poco más relajado. La música también ayudaba; el volumen alcanzó un crescendo alegre e inundó el salón de baile.

De pronto, un grito atravesó el vals, seguido de un golpe seco y fuerte en el exterior. La música se detuvo; la figura de Eichmann cruzó deprisa el salón, desapareció y volvió con rapidez.

—Señoras y señores, lamento informarles que ha ocurrido un lamentable incidente en el que se ha visto implicado el camarero. El hombre, avergonzado de su depravación, acaba de saltar por el balcón. He enviado gente a investigar el asunto. Mientras tanto, ¡que siga el baile!

Algunos suspiraron, otros parecían impresionados. Pero una serie de notas de violín surcó el aire: una apasionada danza húngara. Al instante, jóvenes y viejos, hombres de uniforme y mujeres vestidas de gala se volvieron y empezaron a mover los pies.

Fengshan, que antes palpitaba de calor por el baile, sintió que se congelaba. Se acercó a Eichmann.

—Pero, herr Eichmann, el hombre era inocente. ¿Por qué se quitaría la vida? ¿Ha llamado al hospital?

—No es necesario, se lo aseguro. Estamos en un quinto piso.

La insensibilidad de su voz habría hecho que la gente

volviera la cabeza si lo hubiera oído. A Fengshan se le revolvió el estómago. Tomó a Grace del brazo.

—Le ruego que me disculpe, herr Eichmann; no me siento bien. Si me permite, mi esposa y yo nos retiraremos.

El hombre esbozó su típica sonrisa socarrona.

—Herr cónsul general, lo lamento mucho, de verdad. Solo estamos en mitad de la fiesta. He disfrutado conversando con usted. Es un hombre de un carácter admirable. Pero supongo que no ha estado el tiempo suficiente en Viena. ¿Puedo darle un consejo? ¿Dónde están esos periodistas que me han estado rogando un consejo? Esto debería salir en el periódico, ¿no le parece? Todos necesitamos amigos en Viena.

Un escalofrío recorrió la espalda de Fengshan.

—Buenas noches, herr Eichmann.

Se apresuró hacia el ascensor con Grace del brazo. Estaban en el quinto piso, pero quizás había alguna posibilidad de que el camarero hubiera sobrevivido. Podría usar el teléfono del edificio, en la planta baja, para llamar a la ambulancia.

—Herr cónsul general. ¿Ya se marcha? —Un cónsul polaco estaba sentado en una silla cerca del ascensor atacando un trozo de tarta Sacher. Las capas de bizcocho estaban perfectamente húmedas, la nata se veía muy tentadora y el chocolate intenso despedía un olor exquisito. Era su postre favorito, un lujo.

—¿No ha oído lo que dijo Eichmann? Un hombre acaba de saltar del balcón. ¡Alguien tiene que llamar al hospital!

—¿El camarero?

—O sea, que sí escuchó lo que dijo. El camarero era inocente. No acosó a mi esposa.

—Yo lo vi.

—¿Perdón?

—El hombre de Eichmann lo empujó por el balcón.

—¿Cómo dice?

—Era judío. Obviamente, todos lo sabemos. Eichmann no toleraría que un judío trabajara en su fiesta de celebración.

—¿Cómo...? —Fengshan tragó saliva—. Si era judío, ¿por qué se le permitió trabajar aquí?

—Tienen sus maneras de pasar inadvertidos, pero Eichmann debió de enterarse. —El cónsul polaco se llevó un trozo de pastel a la boca—. Supongo que coincidirá conmigo en que los austríacos hacen el mejor pastel de chocolate, ¿verdad? ¿Lo ha probado?

La puerta del ascensor se abrió; Fengshan entró sin responder la pregunta del cónsul. El ascensor bajó, entre chirridos, lento como un coche de caballos, y los susurros de Grace resonaron en los oídos de Fengshan como algo de otro mundo. La cabeza le latía con fuerza y un extraño dolor le retumbaba en el cerebro. Cuando llegó a la planta baja, salió dando tumbos.

En la penumbra iluminada por las farolas de la calle, no se podía ver nada en el suelo. Entonces oyó voces que hablaban con brusquedad en alemán y maldecían: "Qué desastre". Alargó la mano para coger el brazo de Grace, pero falló. El estómago se le contrajo y un sabor amargo le subió a la boca. Tuvo arcadas e intentó expulsar las pocas gotas de champán que había bebido.

En el coche, le dijo a Grace que le gustaría ir a su iglesia. Estaba cerrada, pero no le importaba. Solo quería verla, recordar la solidez de la cruz que había aferrado entre sus manos cuando era un niño hambriento, la fuerza que le había infundido y la visión que le había revelado. Cuando llegaron, se sentó en un banco fuera de la iglesia, con el sombrero sobre las rodillas, y contempló el edificio, firme como una montaña mientras las farolas de la calle proyectaban un resplandor pálido sobre los tragaluces y los enormes portones de madera. Al otro lado de la calle, bajo la luz de neón parpadeante de un cabaré, varios jóvenes vestidos con túnicas rojas jugaban con dagas; cerca de él, Grace estaba sumida en el silencio.

Había llegado a la fiesta con una actitud precavida y un pragmatismo sensato, con la esperanza de preservar la relación diplomática con Alemania; sin embargo, había sido una ilusión falsa. Eichmann había inventado un escándalo deliberado para difamar a su esposa y enviarle una advertencia y una amenaza por haber ayudado a los vieneses. Y, sin piedad alguna, había ordenado arrojar a un hombre por un balcón, un hombre al que había asesinado con placer y cuya muerte había disfrazado de suicidio. Sin embargo, algunos de sus invitados habían continuado bailando y comiendo tarta.

Y ese camarero, esa víctima anónima, era solo uno de los miles de hombres de la ciudad, perseguidos, indefensos, rechazados por treinta y dos países. Y había más en las calles, en sus propias casas, en los salones de baile, expuestos al peligro de ser golpeados, calumniados, arrestados o asesinados.

Con la mirada clavada en la cruz frente a él, Fengshan juró entonces que, así como lucharía por la supervivencia de su país, también lucharía por la supervivencia de los desamparados, los desprotegidos. Resolvió impedir que la brutalidad siguiera ocurriendo ante sus ojos y hacer todo lo posible por salvar vidas.

CAPÍTULO 25

GRACE

AQUELLA NOCHE, MI MARIDO TRABAJÓ HASTA TARDE EN SU oficina; hizo llamadas telefónicas a sus amigos de la iglesia, a organizaciones judías e incluso a frau Maxa. Que se corriera la voz de que el consulado chino estaba dispuesto a aceptar solicitudes de visados, dijo.

Al día siguiente, el vestíbulo estaba lleno de gente. Ahora había personas que hablaban alemán sentadas en los grandes sillones barrocos que antes habían ocupado los vendedores ambulantes y los estudiantes chinos. Llevaban sombreros altos, barbas largas y caftanes negros. Sus modales eran sofisticados y sus voces, suaves. El vicecónsul Zhou estaba atareado; con la cara sonrosada, tartamudeaba en alemán mientras entrevistaba a un hombre que solicitaba visados para sus veinte familiares. Frau Maxa estaba repartiendo formularios a un grupo de personas que acababan de entrar; después, mientras hablaba con rapidez en alemán, se apresuró a volver a su escritorio para cobrar dinero en efectivo y redactar recibos.

Una vez que la gente recibía su visado, podía solicitar permisos de salida en el centro de emigración, como Lola. Me hubiera gustado ayudar, pero como no entendía alemán, permanecí de pie en un rincón. Pronto me sentí incómoda, pues los solicitantes me miraban con curiosidad, así que decidí ir a la planta de arriba.

Al pasar por el vestíbulo, oí que Monto le preguntaba algo a frau Maxa. Hablaban en alemán y frau Maxa le respondió con un golpecito en la cabeza: las mujeres austríacas parecían saber cómo tratar a los niños.

—¿Qué sucede? —pregunté.

Frau Maxa me explicó que Monto la había estado molestando; quería su firma para poder predecir su futuro. Estaba demasiado ocupada, precisó, con tanta gente.

—¿Quieres la mía? —le ofrecí a Monto.

Le faltaba un botón de la camisa y tenía un roto en la manga. Debió de rompérsela jugando en el patio. O tal vez se había peleado en la escuela. Podía preguntarle, pero la mente de Monto era como una radio con el interruptor roto y yo no tenía ni idea de cómo encenderla.

Se encogió de hombros.

—Nadie quiere tu firma, Grace.

—¿Por qué no estás jugando con tu amigo? —¿Cómo se llamaba su amigo? Lo había mencionado en el verano. ¿Wallace? ¿Wilson? ¿Bobby? ¡Willi!

—¡No es asunto tuyo, Grace!

Sentí que el vestíbulo entero me miraba: la madrastra insensible y bruta que no sabía cómo hablarle a su hijastro. Era peor que la humillación de la noche anterior, cuando la gente me había mirado boquiabierta después de que Eichmann hubiera asegurado que me habían acosado. Bajé la cabeza. Debería ir al baño.

—¿Qué está pasando aquí? —Fengshan apareció.

—Nada —respondí.

Monto se escabulló hacia los solicitantes que había cerca del ascensor. Era un niño de carácter fuerte. Yo nunca habría tenido el valor de hablarle así a mi madre.

—Vamos al parque a dar un paseo, Grace.

—¿Tienes tiempo para un paseo? Sí, me encantaría. —Entrelacé mi brazo con el suyo y nos encaminamos hacia la entrada del consulado—. Un poco de aire fresco nos hará bien. Hoy es un buen día. ¿Cuántos visados has entregado?

—Ha habido cuarenta y ocho solicitudes. Las tendré listas para mañana.

No parecía contento.

—¿Qué pasa?

—Esta gente no tiene ni idea de lo que es Shanghái. La ciudad ha sido bombardeada durante cuatro meses y ha quedado reducida a escombros. Vivirán bajo la sombra de los cazas japoneses y los tiroteos de los gánsteres. No podrán sobrevivir allí.

—¿Dónde más podrían ir? No les permiten vivir aquí —le recordé.

Hacía un día precioso en el parque. La luz del sol brillaba como un espejo, el asfalto relucía y los castaños entrelazaban sus ramas y se mecían. Una bandada de pájaros se precipitó sobre una fuente y revoloteó hasta posarse en la cabeza de una estatua. En el aire sonaba una obertura italiana, una melodía conocida que yo había escuchado en una sala.

Fengshan se sentó en un banco, pensativo; los rayos del sol se derramaban brillantes sobre sus hombros.

—Ojalá hubiera una zona protegida para ellos, un lugar especial donde no tuvieran que preocuparse por el ataque de los japoneses, como una isla.

—Ya tienen una isla para ellos.

Se volvió hacia mí.

—¿Qué has dicho?

—Bueno... Espera, déjame pensar. Una pareja me lo mencionó en la fiesta de Eichmann. Su país ofrecía visados a los judíos. ¿Cómo se llamaba el país? Déjame pensar... Recuerdo que... Dominica, no, República Dominicana.

—¿Estás segura?

—Sí, claro. Pensaba decírtelo, pero con lo de Eichmann se me olvidó. República Dominicana. Sí. Ese es el país. La pareja no encajaba mucho en la fiesta, así que estaban encantados de hablar conmigo. Hablaban bien en inglés. La señora llevaba un vestido color piña. Yo no sabía dónde quedaba el país. Me dijeron que era una isla en el Caribe.

—Un país insular.

—Me contaron que el señor Wiley había contactado con ellos hace unos meses y que había ofrecido una gran suma de dinero al embajador de la República Dominicana a cambio de una vía para que los judíos emigraran a su país. La República Dominicana necesitaba ayuda para su agricultura, así que llegaron a un acuerdo. ¿El señor Wiley no te dijo nada cuando lo viste?

—No tenía motivos para hacerlo, pero de ser verdad, es extraordinario… No sabía que el Gobierno estadounidense proporcionaría una suma importante para los refugiados.

—Oh, no fue el Gobierno. Fueron los cuáqueros; ¿conoces a los cuáqueros? Y algunas organizaciones judías de los Estados Unidos.

—He oído a algunos amigos de la iglesia hablar de los cuáqueros. ¿Qué suma ofreció el señor Wiley?

—No sé. No pregunté.

—¿Cuántos refugiados aceptará República Dominicana?

—He oído que diez mil.

—¡Son diez mil vidas!

—Eso creo. Pero puedo estar equivocada, querido.

Fengshan se puso de pie con rapidez.

—¡Bien hecho, Grace, bien hecho! Volvamos al consulado. Rápido. Debemos irnos ya. Tengo que elaborar un plan importante de rescate.

CAPÍTULO 26

FENGSHAN

CHINA TAMBIÉN TENÍA MUCHAS ISLAS PEQUEÑAS, COMO las del Caribe, y muchas tierras vastas sin cultivar en el sudoeste. Con un poco de planificación estratégica, esas islas o esas tierras sin cultivar podían convertirse en el hogar de los desesperados vieneses.

Tal vez antes hubiera sido inconcebible, pero esta era una oportunidad para que China ascendiera en la escena mundial a través de la resolución de la situación judía. ¡Con suerte, podría granjearse el reconocimiento internacional y el apoyo financiero, como la República Dominicana!

Absorto, no habló con Grace ni respondió a sus preguntas y se fue directamente a su oficina, pasando junto a los solicitantes de visados que estaban en el vestíbulo. Tenía que contener sus pensamientos, como si temiera que el brillante plan se le escapara si abría la boca. Una vez en su escritorio, extendió hojas de papel y cogió su estilográfica. Un plan de rescate, un plan perfecto le latía en la cabeza. Febril, redactó su propuesta.

El día que debía informar al embajador Chen, Fengshan preguntó primero por la resistencia que Wuhan había estado presentando durante los últimos dos meses. El embajador Chen no parecía preocupado por el ataque japonés a Wuhan, lo que era un buen presagio. Si el ejército nacionalista conseguía defender Wuhan, habría esperanza de que pudieran recuperarse, reunir fuerzas y entrenar al ejército con los fondos que recibirían de los estadounidenses.

A continuación, con toda la calma posible, Fengshan le detalló a su superior su plan de rescate.

—Si China implementa una política amplia y flexible con respecto a los judíos y los acepta, su reputación crecerá y se granjeará la admiración de países como Gran Bretaña, Francia y muchos otros. También ganará muchos aliados y el apoyo de prestamistas dispuestos entre las empresas poderosas de los Estados Unidos.

El embajador Chen soltó un fuerte suspiro, pero Fengshan se había preparado y contó con la paciencia de su superior.

—Muchos judíos tienen talento y agradecerán el rescate —continuó—. Algunos de ellos son banqueros poderosos, como habrá oído. —Todavía no podía confirmarlo, pero sabía que sería un argumento muy persuasivo para el embajador Chen.

—Has planteado muy bien tu propuesta, Fengshan, pero ya te he recordado muchas veces que estamos en guerra con los japoneses. Hemos perdido muchas ciudades, que fueron saqueadas y quemadas. Estás hablando de enviar judíos a la línea de fuego. ¿Crees que es mejor una buena muerte en China que una mala vida en Alemania?

—Le ruego que tenga paciencia, embajador Chen. Tenemos muchas islas… Taiwán, la isla de Hainan y algunas otras islas pequeñas en el océano Pacífico, todas remotas, libres de japoneses y casi despobladas. Podrían ser un refugio seguro.

—Suena descabellado. No parece factible.

—Sé que es un atrevimiento de mi parte lo que voy a

sugerir, pero tal vez podría considerarse la posibilidad de designar tierras en el sudoeste. La mayoría son aptas para el cultivo y están deshabitadas, pero una vez que los inmigrantes lleguen allí, con su inteligencia y recursos, se convertirán en una fuerza laboral valiosa para contribuir a la prosperidad de nuestro país.

El embajador Chen hizo un ruido, pero no sonó enfadado.

—Con el debido respeto, embajador Chen, se trata de un plan audaz. He redactado la propuesta para que la estudie y tal vez pueda discutirla con el señor Sun Ke. ¿Tenemos buenas noticias del embajador Hu?

—Los veinticinco millones de dólares están en proceso, Fengshan. La palabra de los estadounidenses se mantuvo. —Suspiró—. ¿Cuántos refugiados abarca tu propuesta?

—Diez mil.

—¡Diez mil!

—Una isla pequeña como la República Dominicana puede aceptar ese número. ¿Por qué no nosotros?

Silencio de nuevo.

—Vale la pena considerarlo, embajador Chen.

—Envíame la propuesta por correo, Fengshan, y se la haré llegar al señor Sun Ke.

Fengshan colgó el teléfono, eufórico. ¡Había suplicado por diez mil vidas! Recogió la propuesta que había escrito y revisó cada frase en busca de ambigüedades o posibles malas interpretaciones. Cuando frau Maxa llegara al trabajo, le pediría que dejara a un lado todo lo que tuviera entre manos y fuera enseguida a la oficina de correos.

—¡Grace! ¡Tienes que oír esto! —Irrumpió en la habitación. Ella lo había inspirado; este éxito era también suyo.

De pie junto a la ventana, enfundada en su camisón púrpura largo, Grace estaba descorriendo las cortinas para dejar entrar una cascada de luz dorada.

CAPÍTULO 27

GRACE

Unas semanas después de la propuesta, el embajador volvió a llamar. Fengshan, eufórico, me hizo señas para que me acercara. Hablaron en chino, así que presté atención a cada destello de los ojos de Fengshan. Cuando colgó, me abrazó y me hizo girar en la oficina, un movimiento casi escandaloso para alguien como él.

El embajador tenía buenas noticias. El Gobierno de Roosevelt había concluido el préstamo de veinticinco millones de dólares a los nacionalistas, lo que había levantado la moral de muchos oficiales y soldados. El señor Sun Ke, tras una larga conversación telefónica con el embajador Chen, había manifestado interés en el plan de rescate de diez mil judíos que este le había presentado. El ministerio discutiría la propuesta con el comité en las próximas semanas.

—¡Diez mil vidas, Grace! —exclamó Fengshan.

—¿Qué tipo de visados recibirán?

—De inmigración. Se destinaría una isla exclusiva en China para que se instalaran allí. El embajador Chen mencionó la isla de Hainan. Por otra parte, el Ministerio de Asuntos Exteriores acordó una política flexible con respecto a los visados para los judíos.

Lo había conseguido: tender la mano a diez mil vidas y establecer con éxito una política flexible para los judíos vieneses. Muchas personas, como Lola, podrían ir a China si quisieran.

Ya estábamos en octubre.

El día de la entrevista de Lola en la Oficina Central para la Emigración Judía había llegado. Le pedí permiso a Fengshan para utilizar el coche del consulado y pasar a buscar a Lola y su familia.

Cuando llegamos a la oficina, empezó a llover, pero frente al edificio, la acera estaba abarrotada de hombres con maletines y bolsos. Lola, la señora Schnitzler, Sara y Eva se sumaron a la fila. Como no tenía paraguas, Lola guardó los documentos debajo de su chaqueta para que no se mojaran.

Volví al consulado a buscar dos paraguas y regresé al edificio palaciego. La señora Schnitzler, Sara y Eva se quedaron con uno y Lola y yo compartimos el otro.

—Esto va a tardar bastante, Grace. No avanzamos demasiado. Quizá quieras volver más tarde —sugirió Lola. Estaba distinta. Ya no había desesperación ni destellos de ira en sus ojos verdes; ahora su expresión era expectante y decidida.

—Me quedaré.

Llovía a cántaros; muchos tiritaban sin paraguas y estiraban el cuello hacia la gran entrada de piedra caliza. La mayoría de los que salían del edificio parecían alborozados y agitaban sus documentos en el aire. Otros parecían recién salidos de un cuadrilátero de boxeo, con rostros hinchados, contusiones en la frente y paso inseguro.

Un hombre con un acento muy marcado que no pude identificar se acercó para pedir refugio de la lluvia. Tendría unos veinte años, ojos azules y cejas pobladas. Un joven apuesto. Lola habló con él en alemán durante un rato; después, el hombre asintió y se marchó.

—¿Quién era, Lola?

—Un judío polaco. La oficina de emigración ha determinado que su pasaporte no es válido.

Había conocido a varios diplomáticos polacos. Eran amables y tenían grandes conocimientos sobre gastronomía, pero sus rasgos e incluso su forma de vestir me resultaban muy austríacos.

—Qué pena.

Aún diluviaba. Yo tenía el vestido pegado a la espalda y los zapatos empapados. Las olas de agua me llegaban a los tobillos.

—Estás temblando. Vuelve al consulado, Grace. No esperes bajo la lluvia —insistió Lola.

Por fin, accedí.

Cuando volví, unas horas más tarde, la fila había avanzado. Ni Lola ni su familia se encontraban entre la gente con paraguas. Debían de haber entrado en el edificio.

CAPÍTULO 28

LOLA

Sentado ante un ancho escritorio en el centro de la gran sala que antaño había sido el salón de baile de los Rothschild, Eichmann, aquel hombre frío de ojos de hielo, maltrataba a una pareja por un error ortográfico en un formulario. Arrojó los papeles al suelo y la pareja se apresuró a recogerlos mientras sus sollozos resonaban en el gran salón. No eran responsables de la falta de ortografía —eran los funcionarios de la oficina quienes completaban los formularios—, pero, de todas maneras, la pareja debía esperar en la fila, volver a presentar la solicitud y repetir el proceso por el que habían pasado meses atrás. ¿Había algo más frustrante y desesperante que eso?

No era de extrañar que la gente murmurara comentarios apesadumbrados, deprimentes, que hablaran de suicidios. Desde la muerte de Josef, me había preguntado con frecuencia por qué se había quitado la vida. Había creído que tal vez la tortura había sido insoportable o que había querido proteger a su empleador, pero ahora me daba cuenta de que lo había hecho al ver la ciudad que había sido nuestro hogar convertida en una ciudad de crímenes, por la que ya no valía la pena vivir. Eso era lo que los nazis nos estaban haciendo: ahogarnos en la desesperación, quitarnos las ganas de vivir y dejarnos morir.

—¡Schnitzler! —bramó una voz, que reverberó en la enorme sala.

Me adelanté, llevando a *mutter* del brazo. Sara y Eva nos siguieron. Sobre la larga mesa a la que estaba sentado Eichmann, extendí los documentos, los visados, los pasaportes, los certificados y los pasajes de barco que había comprado en Italia.

El hombre examinó los documentos; sus ojos se volvieron más fríos y murmuró algo.

—¿Perdone? —aventuré, pero un puñetazo me golpeó la mandíbula. Provino de un guardia que estaba cerca.

—El cabeza de familia es quien debe presentar los documentos. ¿Es usted el cabeza de familia? —inquirió Eichmann sin levantar la vista.

Mutter me contuvo; su voz era débil.

—Yo soy la cabeza de familia. —Empujó los documentos más cerca de aquel hombre de piedra.

—Otra vez Shanghái. —Los ojos grises como el acero se clavaron en mí; después, en la cicatriz de mi cara y, finalmente, en *mutter*, Sara y Eva—. Schnitzler —agregó con lentitud.

Me mordí la lengua. Había profanado el nombre de *vater*.

—¿Cómo está el asiático? Por supuesto que no lo olvidaré.

Para mi vergüenza, no pude defender al cónsul que, con tanta rectitud, nos había emitido los visados. Eichmann tenía en sus manos el destino de mi familia; el menor indicio de ira de mi parte pondría en peligro nuestra salida de Viena.

—Mejor así, que los mestizos y los judíos se junten.

Por fin, el hombre nos hizo señas para que pasáramos al escritorio contiguo, donde debíamos firmar un montón de papeles con tres propósitos: ceder nuestros bienes muebles e inmuebles al Gobierno, renunciar a nuestra ciudadanía austríaca y jurar que nunca volveríamos a poner un pie en Viena mientras viviéramos.

Cuando salí del edificio, sentí que me habían despojado de una parte de mí. Había nacido aquí, había crecido aquí y, con tan solo una firma de por medio, me había convertido en una mujer sin patria. Rodeé a *mutter* con los brazos y atraje a Sara y a Eva hacia mí. Eran lo único que tenía ahora.

—¡Lola, ven aquí! —Grace sostenía un paraguas y esperaba bajo la lluvia al otro lado de la calle—. ¿Habéis recibido los permisos de salida?

—¡Grace! ¡Sí! Te dije que no esperaras aquí. Hace frío.

—¡Gracias a Dios! Ahora podéis iros de Viena.

Fue como si sus palabras tuvieran un enorme poder y, de pronto, sentí que me quitaba un gran peso de encima. Era verdad. Ahora nos iríamos, dejaríamos al odioso Eichmann, dejaríamos atrás toda la miseria, el odio y la muerte. Shanghái sería un nuevo comienzo y yo podría volver a tocar el violín.

—Ven aquí, estás toda mojada. —Grace me empujó debajo de su paraguas, pero una ráfaga de viento nos golpeó. El paraguas se dobló y se le escapó de la mano. Una cortina de agua cayó sobre mí y me empapó. Me estremecí, pero me reí.

—Me encanta la tormenta, la lluvia torrencial. ¿A ti te gusta, Grace? —Truenos y lluvia. Una sinfonía celestial, mi orquesta favorita. Ya la había tocado antes, la furia de *La valquiria*, la violenta tormenta de la música de cuerda. Era una tempestad escalofriante, un preludio a otra vida.

—Bueno...

—¿Bailamos bajo la lluvia? —La cogí de la mano cuando se estiró para recoger el paraguas—. ¿Un vals? Vamos, vamos. ¡Un vals! —Y bailé con ella, dando vueltas, salpicando agua entre nosotras.

—Oh, no sabía que sabías bailar.

—Todos los vieneses saben bailar.

—¡Lola! —me llamó *mutter*.

Hice girar otra vez a Grace y recogí el paraguas. El instante de euforia se había desvanecido con la misma rapidez con el que había surgido; sentí en la cara el frío de la lluvia, que luego bajó por mi escote.

—Ha sido muy bonito, frío, pero bonito. Lola, ahora que ya tenéis los permisos de salida, ¿cuándo os iréis a Shanghái? —Un hilo de lluvia corría por la cara de Grace.

—El nueve de noviembre.

Qué rápido pasaba el tiempo. Pronto sería noviembre, el mes que daría comienzo a la temporada de ópera, que anunciaba muchas presentaciones y recitales que los vieneses disfrutaban tanto y que yo me moría por ver. Pero hacía meses que no tocaba el violín en público; a partir de mayo, todos mis amigos se habían dispersado. ¿Qué artistas serían parte este año de la Filarmónica y la Sinfónica de Viena? No serían los mismos que antes, con tantos músicos e intérpretes judíos despedidos y detenidos, y tantos entusiastas mecenas judíos confinados en prisión, a punto de partir o luchando al límite de la supervivencia.

Un relámpago impresionante atravesó el cielo oscuro; los edificios parecieron derretirse; una corriente de agua avanzó hacia mí y me salpicó los zapatos.

—Vendré a despedirte, Lola. El nueve de noviembre. No lo olvidaré.

Grace estaba empapada, con el cabello pegado al rostro, y los ojos le brillaban con esa indulgencia y admiración que me hacían sentir tan especial. Quería preguntarle si le gustaba Shanghái, pedirle que me contara historias sobre China y Estambul. Juré que nunca más volvería a acordarme de Viena, pero sí la recordaría a ella: su cara, sus historias y nuestro baile bajo la lluvia traicionera.

Llovía a cántaros.

CAPÍTULO 29

FENGSHAN

A MEDIADOS DE OCTUBRE, FENGSHAN AÚN NO HABÍA RECIbido luz verde para la inmigración de los diez mil vieneses. Estaba preocupado. Para confirmar que se mantuviera la política flexible en materia de visados para judíos, envió un telegrama al ministerio para solicitar una declaración por escrito al consulado. Cuando llegó el telegrama con el mensaje unos días después, Fengshan lo archivó con meticulosidad en una carpeta junto con otras cartas importantes del embajador y del ministerio.

Un día, mientras escuchaba la radio, una voz exaltada declaró que los británicos y los franceses habían acordado entregar a Alemania la región de los Sudetes, en Checoslovaquia, lo que tanto había temido el cónsul checo. Fengshan sintió náuseas al oír que esos dos países habían traicionado a Checoslovaquia, un aliado al que habían jurado proteger, en un acto que dejaba al descubierto su cobardía y su hipocresía.

El embajador Chen no parecía preocupado por la anexión de los Sudetes. No permitiría que la crisis europea lo distrajera de su objetivo principal de forjar una relación sólida con Alemania, explicó, ya que estaba en conversaciones sobre el tema de los cazabombarderos. Aún no había conseguido una reunión con su par alemán, pero era optimista.

Las noticias sobre los combates de los ejércitos nacionalistas eran escasas. Cuando Fengshan conseguía ponerse en contacto con sus amigos que estaban en China, los informes de pérdidas y bajas devastadoras lo desvelaban toda la noche. Rezaba para que sus tenaces compatriotas resistieran. China se defendería; China vencería.

Llegó noviembre. Una mañana, al despertar, vio la nieve amontonada en el frontón triangular de mármol del consulado; la tormenta invernal azotaba el rostro de la estatua de Beethoven y agitaba los estandartes con esvásticas y los anuncios de las óperas y los conciertos de la Ópera Estatal de Viena.

Un primer plano de Adolf Eichmann ocupaba la segunda página de un periódico alemán. El artículo informaba de que, desde la creación de la Oficina Central para la Emigración Judía, unos treinta mil judíos habían abandonado legalmente Viena tras haber cedido sus propiedades y bienes. Treinta mil personas expulsadas en tres meses.

Fengshan supuso que Eichmann debía de tener una idea clara de la cantidad de visados que había otorgado el consulado chino. Desde la terrible noche en la que el nazi había ordenado la muerte del camarero, no se habían vuelto a cruzar, pero sabía que volverían a encontrarse; después de todo, Viena era una ciudad pequeña.

Una noche, llevó a Grace a la ópera, algo que había planeado hacía cinco meses.

—Lola se va dentro de tres días —comentó ella mientras caminaban por el pasillo poco iluminado—. Me encanta este teatro.

En los últimos días, Grace estaba taciturna y melancólica, como las canciones francesas que escuchaba en la radio; hablaba sin cesar de la partida de su amiga. Tenía sentimientos encontrados. Por un lado, comprendía que Lola debía marcharse; por otro, no sabía qué haría sin una amiga.

El señor Rosenburg, que adoraba la ópera, también se marcharía dentro de tres días. El fin de 1938 parecía el fin de una era.

Sonó el teléfono.

—Buenas tardes, capitán Heine.

Fengshan consultó su reloj. Eran casi las dos. Había quedado en encontrarse con el capitán en el Café Central. Unas semanas atrás, este había mencionado de pasada que la policía había atrapado a unos vieneses cruzando la frontera con Suiza con visados chinos. Debían de ser amigos del doctor Löwenherz, concluyó Fengshan, y se había apresurado a defenderse a sí mismo y a su consulado: él no tenía ningún control sobre las rutas que los titulares de los visados elegían hacia China. Para su sorpresa, el capitán había coincidido con él y había agregado que los vieneses habían sido autorizados a entrar en Suiza y que el incidente no había llegado a oídos de la policía. Fengshan se alegró: Heine aún conservaba la conciencia. Había surgido una auténtica amistad entre ellos, a pesar de la irritación que le causaba que el capitán fuese un mujeriego.

—Me temo que tendremos que cancelar el encuentro de hoy. Hay una emergencia nacional.

—¿Qué ha pasado?

—Pronto se enterará por la radio. —La voz suave del capitán Heine era precavida—. Un judío polaco de diecisiete años entró en la embajada alemana en París y le disparó a un diplomático alemán, el tercer secretario Ernst vom Rath.

La gravedad del suceso estremeció a Fengshan. Esto tendría un efecto explosivo.

—¿Cómo ha podido pasar algo así? ¿Quién es ese joven insensato?

—Aún no sabemos su nombre; solo nos han dicho que es un judío polaco.

Fengshan pensó que la crisis se venía gestando desde hacía tiempo. Según el periódico, el Gobierno nazi había expulsado a todos los judíos polacos del país el mes anterior y los había obligado a emigrar a Polonia. Sin embargo, el Gobierno polaco les había revocado la ciudadanía a los que habían vivido más de cinco años fuera de Polonia. Así que cientos de polacos se encontraban varados en la frontera, atrapados en un campo de refugiados en una ciudad fronteriza llamada Zbaszyn, sin poder volver a Alemania ni entrar en Polonia.

—Parece que el hombre estaba desesperado porque sus padres están retenidos en un campo en Zbaszyn, en la frontera. Actuó solo y lo detuvieron en el acto. El tercer secretario se encuentra en estado crítico. Todas las fuerzas policiales de la Gran Alemania recibieron la orden de estar en alerta.

—¿Por qué deberían estar en alerta las fuerzas policiales? Fue un acto imprudente de un solo joven, como usted dijo.

Hubo una pausa prolongada, y cuando el capitán volvió a hablar, su voz había perdido su acostumbrado tono seductor.

—Tengo orden de tomar medidas si la herida que sufrió el tercer secretario resultara mortal.

—¿Tomar medidas? Supongo que habrá un juicio.

Otra pausa.

—No estoy facultado para hacer predicciones, pero, herr cónsul general, para seguridad de usted y su familia, les aconsejaría que cancelaran todas las actividades y permanecieran en el consulado durante los próximos días.

Fengshan colgó el teléfono, salió al vestíbulo y observó a

los hombres con abrigos y sombreros de fieltro negros que esperaban sus visados. Ninguno de ellos se había enterado del intento de asesinato.

CAPÍTULO 30

GRACE

El día que iba a despedirme de Lola, me puse un vestido de terciopelo color malva, medias y un abrigo de lana negro. Mientras me vestía, Fengshan subió varias veces. Estaba muy pendiente de las noticias sobre el diplomático herido y temía una catástrofe inminente en la ciudad. Pensé que estaba demasiado angustiado y yo no podía decidir qué ponerme. El abrigo de lana negro parecía muy serio para la ocasión. Así que me lo quité y me puse uno de astracán que Fengshan me había comprado el año anterior, pero me quedaba demasiado grande. Me quité el abrigo de astracán y me volví a poner el de lana. En el espejo, ensayé cómo sonreír: aquel era un día feliz para Lola, un día que había esperado durante mucho tiempo.

A las seis, dos horas antes de la partida prevista desde la estación de tren, salí del ascensor. Los solicitantes de visados que esperaban en el vestíbulo eran pocos y se retiraban con lentitud, y frau Maxa, que se había quedado hasta más tarde por motivos de trabajo, me avisó que Fengshan quería verme en la oficina.

—Grace, lo siento, pero sería conveniente que esta noche te quedaras en el consulado —sugirió en cuanto entré.

—¿Por qué?

Por desgracia, el tercer secretario Vom Rath había muerto, me comunicó. Y Hitler, furioso, había ordenado a la Gestapo que registrara casa por casa en busca de sospechosos o conspiradores. Los judíos debían permanecer en sus hogares o arriesgarse a que les disparasen si salían.

—El tren de Lola parte a las ocho, querido. ¿Podrá llegar a la estación?

—No si la orden de arresto domiciliario está vigente. —Fengshan se paseaba con el ceño fruncido.

—Pero prometí que iría a despedirlas.

—El señor Rosenburg y su familia también tenían previsto marcharse hoy, más tarde. Y yo también pensaba ir a visitarlo, pero el capitán Heine me ha avisado.

—Somos extranjeros. ¿También tenemos prohibido desplazarnos?

—Es solo para los judíos.

—Entonces, quiero ir a casa de Lola.

—Grace...

—Estaré bien. Esta noche será la última vez que la vea.

Fengshan suspiró.

—Te acompañaré, si es que ya lo has decidido.

Fuera, a la luz de las farolas de gas, la Ringstrasse se veía como de costumbre, con una fina capa de nieve, coches y la policía uniformada. Pero a medida que nos acercábamos a la zona donde vivía Lola, un silencio inquietante se extendía por las calles. Las tiendas de flores, los quioscos nuevos y los comercios estaban cerrados; no había nadie a la vista.

Cuando tomamos la calle que llevaba a su vecindario, un ruido extraño tronó a lo lejos y se volvió cada vez más y más fuerte. Me puse nerviosa.

Acerqué la cara a la ventanilla, pero estaba demasiado oscuro fuera. Entonces, una flota de motocicletas pasó rugiendo a nuestro lado. Me sobresalté y mi marido me cogió de la mano. Por fin, cuando estábamos a pocas manzanas de la casa de Lola, vi unas barricadas de madera y a los oficiales de la Gestapo —con las pistolas encajadas en el cinto y porras y linternas en las manos— que registraban casa por casa. Un par de coches de policía chirriaron junto a nosotros: iban con las sirenas encendidas y, en los asientos de atrás, llevaban a varios hombres con los abrigos desabrochados y las manos detrás de la cabeza.

Faltaba una manzana para llegar al apartamento de Lola. Por fin. El coche aminoró la marcha y se detuvo en una barricada junto a un montículo de nieve. Alcancé a ver el edificio de Lola iluminado por los faros brillantes de los coches, y también la escalera que conducía a su apartamento. Y entonces, las puertas a las que yo había llamado tantas veces se abrieron de golpe. Dos oficiales de la Gestapo salieron del interior y se encaminaron hacia un coche; entre ambos iba una mujer con un delantal.

—¡Es Sara! ¡Han detenido a Sara! —grité. ¿Por qué habían detenido a Sara? ¡Tenía un visado! ¡No podía ser una conspiradora de asesinato!—. Tenemos que detenerlos. Querido, ¡detenlos!

—Señor Rudolf —dijo Fengshan—. ¿Podríamos rodear la barricada?

—Sí, herr cónsul general. —El coche dio marcha atrás y, en ese preciso momento, solté un grito: Lola y la señora Schnitzler salían tambaleantes del apartamento hacia la escalera que conducía a la calle.

—¡Sara! ¡Sara! —gritaba la señora Schnitzler.

—¡Quédense dentro! ¡Es una orden! ¡Quédense dentro! —A través de la ventanilla, vi cómo el detestable oficial de la Gestapo apuntaba con su revólver a las mujeres.

Ay, Lola, mi querida amiga; la vi inmóvil a lo lejos, con el rostro borroso en la oscuridad. Después, tal como yo esperaba, agarró a su madre de los brazos y la empujó dentro del apartamento mientras el coche que se había llevado a Sara retumbaba, aceleraba, rodeaba la barricada y pasaba a toda velocidad junto a nosotros.

Rudolf dio un volantazo y esquivó por poco el vehículo policial; tuvo problemas para enderezar el coche y perdí de vista a Lola y a la señora Schnitzler. Solo alcanzaba a oír su lamento desgarrador.

—¡Sara! ¡Mi Sara!

Rudolf tardó una eternidad en maniobrar alrededor de la barricada, y cuando volví a asomarme por la ventanilla, me quedé helada. Delante de nosotros, la señora Schnitzler había logrado zafarse de la mano de Lola y bajaba a la calle con paso inseguro. Y entonces, desde la dirección contraria, apareció la flota de motocicletas que habían estado dando vueltas por el vecindario. Aceleraron y avanzaron hacia la señora Schnitzler. No aminoraron la marcha.

—¡Dios santo! —gritó Fengshan.

Una nube violenta y plateada se estrelló contra el parabrisas, un estallido atronador estremeció la calle, el suelo tembló bajo mis pies y el ruido ensordecedor me taladró los oídos. El fragor antinatural de neumáticos, de huesos, de gemidos no cesaba; seguía y seguía.

Como si nada hubiera pasado, la flota de motocicletas pasó como una tromba junto a nosotros.

El mundo entero se detuvo. No hubo más ruidos, ni fragmentos plateados en el aire, ni voces. Quise salir del coche, pero me temblaban las rodillas. Fengshan se bajó enseguida y gritó algo; su voz flotó sobre la calle como el eco de un gemido y, por encima del golpeteo de las botas de la Gestapo, en algún lugar, se alzó el aullido de Lola.

De alguna manera logré salir del coche, pero no podía caminar: un mapa de sangre se había extendido cerca de mis pies, brillante bajo la luz fría del coche. No había forma de evitarlo. Estaba por todas partes; la señora Schnitzler estaba por todas partes. "El pie derecho primero, Grace", me había dicho. Pero ¿cuál era el derecho?

La mujer seguía en el suelo. Arrodillado junto a ella, Fengshan le murmuró algo con voz gentil y, después, se puso de pie y la llevó escaleras arriba hasta el edificio de apartamentos, en cuyo umbral Lola se había desplomado.

—Vamos dentro, Grace —me indicó.

—¿Qué...?

—Entra.

Obedecí y entré, muda de nuevo, llena de miedo otra vez, y me moví inquieta, toqueteando con los dedos mi collar de perlas. No podía preguntar; no debía preguntar. Tampoco podía ver, y tenía miedo de ver.

—Señorita Schnitzler. —Fengshan se dirigió a Lola y depositó a la señora Schnitzler cerca de una maleta en la sala de estar. Se quitó el abrigo y la cubrió.

Lola dio un respingo; la luz del exterior le iluminaba la mitad de la cara. Después, corrió hacia su madre y se arrojó sobre ella.

—¡*Mutter*! ¡*Mutter*!

Me apoyé en Fengshan, incapaz de contener las lágrimas. La señora Schnitzler no debería haber salido a la calle, aunque tampoco Sara debería haber sido arrestada; ni las motocicletas deberían haber pasado por esta calle.

Fengshan murmuraba algo con expresión ansiosa. "El señor Rosenburg, el señor Rosenburg". Me di cuenta de que estaba preocupado por su amigo y quería asegurarse de que estuviera a salvo. Pero yo no me podía ir. Quería estar con mi pobre amiga. En cuestión de meses, había perdido a su hermano, a su madre y, quizá, también a su hermana.

—De acuerdo, Grace, quédate aquí. Volveré. Vendré a buscarte. No vayas a ninguna parte. —Cerró la puerta a sus espaldas.

Me dolía la cabeza y casi no podía respirar. Abrí mi bolso, busqué la pequeña lata e inhalé el bálsamo de tigre. Solo una bocanada para que se me pasara el dolor de cabeza. Después, me arrastré hasta la señora Schnitzler y coloqué la lata, la última que tenía, sobre su pecho. Era su remedio favorito.

Entonces, me di cuenta de algo más. Eva. La niña. ¿Dónde estaba Eva? ¿Estaba en la calle? ¿Se la habían llevado con Sara? Quería ir a buscarla, pero no podía dejar a Lola.

—¿Lola?

No parecía oírme, con la cara cubierta de lágrimas y sangre, y el cuerpo flácido contra la pared. De pronto, dejó escapar un grito largo, profundo y lleno de dolor.

—Tranquila, tranquila. —Cerré la puerta con llave, apagué las luces y corrí las cortinas. Después, me deslicé junto a Lola y le apoyé una mano en el brazo; escuché cada uno de sus sollozos, sentí cada uno de sus estremecimientos mientras la habitación se oscurecía y, luego, daba paso a los rayos de luz que atravesaron las cortinas como puñales, mientras los gritos se elevaban para luego hacerse añicos como cristales, mientras las ruedas de los coches rechinaban en el asfalto, mientras las maldiciones chillonas ahogaban la música alegre, mientras las carcajadas siniestras eclipsaban la oscuridad.

CAPÍTULO 31

FENGSHAN

El barrio de los Rosenburg, como el de la señorita Schnitzler, era un caos. El coche de Fengshan pasó junto a muchas sombras frenéticas que intentaban huir de los matones armados con fusiles y, por fin, se detuvo frente al apartamento de los suegros del señor Rosenburg. Fengshan se enderezó la corbata y se bajó del coche.

La señora Rosenburg, con su chal y un vestido negro largo, abrió la puerta.

—Buenas noches, señora Rosenburg. Le dije a su marido que vendría a despedirme de ustedes. Es temprano, pero andaba por aquí y pensé en pasar. Creo que su tren sale a las diez, ¿verdad? ¿Está su marido? —El apartamento parecía silencioso.

—Lo siento, herr cónsul general. A mi marido se lo ha llevado la Gestapo —respondió la señora Rosenburg.

A Fengshan se le cayó el alma a los pies. Había llegado demasiado tarde.

—¿Cuándo?

—Hace una hora.

—¿Adónde lo llevaron?

La señora Rosenburg se ciñó el chal.

—A la comisaría. El hombre que se lo llevó es un antiguo empleado suyo. Dijo que era un interrogatorio de rutina. Mi marido les mostró los visados y los permisos de salida. Esperamos que lo liberen antes de que parta el tren.

Fengshan se giró. Un par de hombres de la Gestapo acababan de aparecer bajo las farolas de la calle y se dirigían al apartamento de los Rosenburg. Lo que le había ocurrido a la señora Schnitzler no debía ocurrirle a la familia de su amigo.

—Ha sido un día extraño. ¿Me permitiría que lo espere aquí?

—Faltaba más, herr cónsul general.

Entró en la sala de estar y se sentó en un sofá; se fumó un cigarrillo y permaneció atento a las pisadas al otro lado de la puerta. Aún no había ideado un plan para proteger a la familia de su amigo; solo sabía una cosa: debía protegerlos.

Hubo unos golpes violentos en la puerta. La señora Rosenburg la abrió; la Gestapo exigió registrar el apartamento.

—Ya lo han registrado dos veces —replicó la señora Rosenburg.

—¡Pues lo registraremos otra vez!

Eran dos, vestidos de uniforme negro y con la gorra de la calavera y las tibias cruzadas. Avanzaron con pisadas ruidosas por el estrecho pasillo hacia la sala de estar y las dos habitaciones del fondo. Abrieron los armarios de golpe, revisaron los cajones y arrojaron las sillas a través de las habitaciones como si estuvieran convencidos de que la casa estaba habitada por toda clase de fantasmas de criminales.

Los oficiales se sintieron bastante frustrados al no encontrar nada y le ordenaron a la señora Rosenburg que los acompañara. La mujer dejó caer su chal y se tambaleó hacia atrás.

Fengshan se puso de pie.

—Disculpe, señor —dijo en su alemán fluido—, pero, como verán, no hay conspiradores en esta casa. No hay necesidad de que la detengan.

Los dos matones se le acercaron.

—¿Y tú quién eres?

Fengshan dio una calada a su cigarrillo. A los ojos de esos hombres, no era más que un asiático irrelevante, adinerado, bien vestido y con corbata. Quizá lo creyeran japonés, pero sabían que no era alemán ni judío. Pensó en cómo desviar su atención para que dejaran en paz a la señora Rosenburg.

—Soy un amigo del señor Rosenburg. Se supone que debería estar de camino a la estación de tren y vine a despedirme. Oí que se lo han llevado para interrogarlo.

El hombre que estaba frente a él respondió.

—El Führer tiene razón. ¡Los extranjeros son una plaga! Han contaminado nuestro país. ¿Dónde está tu tarjeta de identificación?

—Se la mostraré con mucho gusto, pero, por protocolo, usted debe mostrarme la suya primero.

El rostro del hombre estaba desfigurado por la maldad, su mirada era salvaje: un matón, un hombre miserable.

—¡Muéstrame tu tarjeta de identificación! ¿Cómo te llamas?

Fengshan dio otra calada a su cigarrillo; mantuvo la calma.

El otro oficial, un sujeto más bajo, desenfundó su revólver plateado y le apuntó.

—¡Habla! ¿Quién eres?

El humo del cigarrillo le quemaba en la garganta. Estaba desarmado, solo, y los hombres de la Gestapo, brutos y asesinos que amenazaban e intimidaban a inocentes, podían dispararle. Pero Fengshan habló con la voz con la que solía dirigirse al público: firme y llena de autoridad.

—Ya les he dicho que soy amigo del señor Rosenburg. Estoy aquí para despedirme de él. Si desean saber quién soy, por protocolo, deben identificarse primero.

Debió de tener algo que ver con lo que dijo o con su actitud. El hombre despreciable que estaba delante de Fengshan se inclinó hacia el otro oficial y le murmuró algo al oído. Los dos dudaron mientras examinaban su rostro y su traje. Por fin, patearon una mesa auxiliar cerca del sofá y abandonaron la sala de estar. La señora Rosenburg se apresuró a cerrar la puerta detrás de ellos.

—¿Quién es ese asiático? —oyó que preguntaba una de las voces desde la puerta de entrada, y la señora Rosenburg respondió—. ¿Por qué no me lo dijo antes? —exclamó una voz furiosa.

Cuando la señora Rosenburg volvió, Fengshan se desplomó en el sofá a sus espaldas.

—¿Puedo tomar asiento, señora Rosenburg?

Se quedó durante horas mientras el clamor caótico de los golpes y los gritos continuaba fuera, un frenesí creciente que parecía no terminar nunca. Hacia medianoche, el señor Rosenburg volvió, por fin, a su casa, sin los botones superiores de la camisa y con el rostro pálido.

—Gracias a Dios que ha vuelto. Pero ha perdido el tren —precisó Fengshan—. ¿Cuándo se irán ahora?

—Mañana, espero, doctor Ho. Lo llamaré cuando tenga los pasajes de tren nuevos. El transatlántico zarpará de Italia dentro de cuatro días. Todavía tenemos tiempo.

Fengshan se sintió aliviado y prometió despedirse de ellos al día siguiente en la estación de tren para asegurarse de que partieran sin problemas.

—Ya ha hecho bastante por mí, doctor Ho. Por su seguridad, debe irse. Va a ser una larga noche —comentó el señor Rosenburg.

Una larga noche, convino. Para su amigo y su familia, para la señorita Schnitzler y su familia, y para muchos otros en Viena.

Fengshan le dio una palmada afectuosa al señor Rosenburg y se marchó. Fuera, las calles ardían con llamas y antorchas y las luces deslumbrantes que brotaban de las ventanas y puertas rotas de los apartamentos. Un ruido ensordecedor envolvía el vecindario: ambulancias y coches de policía que zumbaban a toda velocidad, saqueadores que gritaban y cargaban bolsas y cuadros, y camisas pardas que vociferaban y blandían antorchas. Rudolf parecía tener problemas para distinguir las direcciones y daba volantazos continuamente, deteniendo el coche de golpe y luego avanzando con lentitud. Un par de veces, el vehículo pasó por encima de algún bulto y Fengshan salió despedido hacia delante y estuvo a punto de caerse del asiento.

Por fin, Rudolf giró y tomó por una ancha avenida repleta de tiendas; allí, el coche se detuvo con brusquedad. Fengshan estaba a punto de preguntar por qué se habían detenido cuando oyó el estallido de cristales más adelante. Levantó la vista.

A la luz de los faros del coche, en la más absoluta blancura, unos hombres con cachiporras iban de tienda en tienda rompiendo los escaparates, gritando y vitoreando mientras los cristales se hacían añicos. Cerca de ellos, una turba con antorchas golpeaba a dos ancianos con garrotes gruesos; otro camisa parda aporreaba sin cesar a un joven que intentaba huir. Y cerca de un montón de cristales rotos, Fengshan vio a un hombre tendido, sin sombrero, inmóvil, con el rostro destrozado e irreconocible.

Cerró los ojos, conmocionado. El recuerdo de otra turba afloró en su mente. Pero esto era Viena, no China. Estaba vivo y no tenía veinte años.

Abrió los ojos y se obligó a ser testigo de la maldad de la

noche, a recordar los crímenes atroces, a grabar en su cerebro las caras de esa turba que pertenecía a la raza humana.

Gente. Tanta gente. Los rostros desencajados y amenazantes, las piernas abiertas, los brazos en alto, las bocas como oscuras cavernas de depravación. Gritaban de placer, sus carcajadas rugían sobre el ruido de las ventanas que explotaban, sobre el sonido de la ropa rasgada, sobre las súplicas y los gritos desgarradores, y que Dios lo ayudara: estaba dentro de la seguridad de su coche, pero aun así alcanzaba a sentir el humo asfixiante mezclado con el olor acre a piel y cuero abrasados y el hedor repulsivo a pelo y carne quemados.

—¡Han prendido fuego a la sinagoga! ¡La sinagoga! —Una voz de mujer, chillona, insoportable.

Fengshan la vio. En medio de la oscuridad, del humo nauseabundo y la nube de escombros y polvo, una llamarada roja y refulgente brotó del interior de un edificio con una única arcada sobre la que vibraba una estrella, la misma estrella que su amigo Rosenburg solía llevar en el cuello, la misma a la que solía besar y rezarle.

Cuando se prendía fuego a la casa de Dios, ya no quedaba nada más por destruir.

Las lágrimas rodaron por las mejillas de Fengshan.

CAPÍTULO 32

GRACE

Fengshan vino a buscarme cerca del amanecer.

Lola dormitaba, con el ceño fruncido y la cabeza apoyada en mi hombro. Había pasado gran parte de la noche en trance, casi sin pronunciar palabra, con la mirada perdida. Su *dirndl* color rojo vino estaba manchado de sangre y tenía el pelo revuelto. Estaba descalza y los dedos de sus pies se veían pálidos como guijarros empapados por la lluvia.

Cada vez que pasaba un coche y el rechinar de las ruedas sobre el asfalto resonaba en al aire, daba un respingo.

—¡*Mutter!*

Yo la sostenía en mis brazos, la abrazaba con fuerza. Aquel sonido mundano la atormentaría por el resto de su vida. Cada vez que las ruedas rechinaran en sus oídos, reviviría el horror de perder a su madre.

Pasada la medianoche, descubrí a Eva escondida dentro de una maleta, detrás de una cortina. Se había metido allí cuando la Gestapo se había presentado a registrar el apartamento. Mientras se llevaban a su madre —por el murmullo de Lola entendí que la mano deforme de Sara, una marca de imperfección, la había convertido en víctima— y mataban a la señora Schnitzler, Eva había permanecido en la maleta todo el tiempo y se había negado a abandonarla. *"Ich will nicht nach draußen,* no quiero salir, tía Grace", había dicho.

Cuando le abrí la puerta a Fengshan, tuve que apoyarme en él; casi no podía mantenerme en pie, tenía las piernas entumecidas. Fuera, la acera estaba salpicada de sangre; había sombreros, bufandas y zapatos desparramados por doquier y los demás apartamentos tenían las puertas abiertas y las ventanas rotas.

Mientras el coche avanzaba despacio por la calle, oí el ulular de las sirenas de las patrullas y los camiones de bomberos. Cerca de allí, un edificio seguía en llamas; a través de los gases y el humo espeso, alcancé a divisar a los bomberos y los coches de policía aparcados en la calle. Porras en mano, impedían el paso a cualquiera que llevara un cubo de agua, para asegurarse de que el fuego consumiera la totalidad del edificio.

En mi habitación, me dejé caer sobre la cama. Nunca me había dado cuenta de que mi dormitorio asfixiante, donde había llorado y dormido y al que había considerado un rincón del exilio, era, en realidad, un lugar tan bonito. Qué ridícula había sido al regodearme en el aburrimiento. Esa habitación, con sus tapices dorados, su cama y su sofá barrocos y ornamentados, su soledad apacible y el aroma familiar a los cigarros y la colonia de Fengshan era un verdadero santuario, un sitio de solaz. Ojalá Lola pudiera disfrutar del mismo lujo.

Tenía que marcharse de Viena. Debía hacerlo cuanto antes y llevarse a Eva con ella. Pero los pasajes de tren habían expirado, así que tendría que comprar otros nuevos. No podía acordarme de la fecha en la que su transatlántico zarparía de Italia hacia Shanghái.

Estaba a punto de quedarme dormida cuando oí un fuerte goteo en el baño. Me costó levantarme de la cama.

—¿Querido?

No hubo respuesta.

Me volví. Miré a través de las puertas entreabiertas del baño: Fengshan estaba de pie junto al lavabo; tenía la espalda recta y una toalla apretada contra la cara, y los hombros se le agitaban con violencia. Y entonces soltó un aullido grave que jamás le había oído antes. Mi estoico marido diplomático: se había mantenido imperturbable, rápido y resuelto durante toda la noche, y ahora gemía como un niño.

Cuando me desperté, era ya entrada la tarde. Me cambié de ropa, me puse los guantes y la bufanda y bajé deprisa. El vestíbulo estaba en silencio, vacío, sin solicitantes de visados; solo vi a frau Maxa y al vicecónsul en sus escritorios. La orden de arresto domiciliario había sido revocada y Fengshan, que se había enterado de que el señor Rosenburg estaba en condiciones de tomar el tren, había ido a despedirlo a la estación, según explicó frau Maxa. Sin el coche del consulado, yo tendría que coger un tranvía hasta el apartamento de Lola. Caminé con rapidez por la calle, con la bufanda contra la nariz para evitar oler el humo intenso. En la parada de tranvías, sentí una gran decepción cuando me topé con un cartel que anunciaba que aquel día no funcionaban ni los taxis ni los tranvías.

En el consulado, cogí unos cuantos periódicos y la correspondencia y me dirigí al comedor. Monto estaba comiendo solo, observando un montón de papeles con firmas.

—¿Podrías leérmelos, Monto? —le pedí, y deposité los periódicos frente a él.

—Léelos tú.

—Sabes que no puedo.

Carraspeó y leyó con su voz inocente e infantil.

—"¡Se ha hecho justicia! Como corresponde, seis mil

hombres judíos han sido apresados y enviados a Mauthausen. Los propietarios de las tiendas que fueron afectadas deberán pagar la reparación de su propio bolsillo. Las indemnizaciones de los seguros serán transferidas, con justicia, al Tercer Reich. ¡No teman! Los arrestos de los criminales judíos y...". No conozco esta palabra. "... no cesarán hasta garantizar la seguridad del pueblo alemán".

Me incliné hacia delante; el periódico mostraba imágenes de tiendas con los escaparates rotos. No había ninguna mención de la señora Schnitzler ni de Sara, ni de las brutales palizas y los asesinatos que yo había presenciado en la calle a manos de las SS. Cubrí el periódico con la mano.

—Ya puedes dejar de leer.

—¿Por qué dice el periódico que los alemanes deben protegerse de los judíos? ¿Son peligrosos?

—No son peligrosos. —Quizás era una mala idea pedirle a Monto que tradujera la horrible realidad.

—Los profesores me ordenaron que no les hablara.

—¿Son tus amigos?

—No, pero Willi sí.

—Si es tu amigo, deberías hablar con él.

Se quedó mirándome. El destello de petulancia inicial parecía haberse desvanecido, sustituido por algo parecido a la preocupación.

—Algo malo le va a pasar a Willi.

—¿Cómo lo sabes?

—Leí su firma.

Cerca del anochecer, fui a la oficina de Fengshan. Había vuelto y estaba hablando con alguien por teléfono. Cuando colgó, dijo que el señor Rosenburg y su familia habían dejado Viena sanos y salvos. Llegarían a Italia al amanecer, esperarían su equipaje y, después, embarcarían en el transatlántico que los llevaría a Shanghái.

—¿Con quién hablabas por teléfono? —pregunté.

—Les estaba advirtiendo a los ciudadanos chinos de Viena. Con la violencia que hay en las calles, deben quedarse en sus casas para estar seguros.

—Es una buena idea. —Me acerqué a su escritorio y dejé un montón de correspondencia que había recogido. Fengshan estaba pensativo y no la miró de inmediato. Después se sentó ante su escritorio, buscó una hoja de papel y empezó a escribir en chino.

—¿Qué estás escribiendo?

—Una carta al Ministerio de Asuntos Exteriores. El plan de rescate debe llevarse a cabo lo antes posible. Los judíos vieneses deben marcharse o morirán. Y yo haré cualquier cosa que esté en mi poder para ayudarlos a escapar.

—¿Aprobarán tu propuesta?

—Eso espero. ¿Cómo está tu amiga?

—No pude ir a verla. Los tranvías no circulan.

Bajó la pluma y se volvió hacia mí.

—¿Puedo pedirte que esperes unos días antes de visitarla? Tengo miedo de que quedes atrapada en el fuego cruzado.

Asentí con lentitud.

—Gracias. Lo que le ocurrió a la familia de tu amiga es una gran tragedia.

Pensé en la señora Schnitzler, en Sara y en Lola, y casi no pude contener las lágrimas.

—Son muchos los que están sufriendo en Viena.

—Eres una buena esposa, Grace.

Mi marido reservado, reacio a las muestras de afecto e incómodo con las palabras cariñosas, había manifestado de manera explícita lo que nunca antes me había dicho.

Lo besé.

—Vuelve al trabajo. Me voy a la cama.

CAPÍTULO 33

FENGSHAN

Terminó de escribir la carta en veinte minutos. Con cuidado, la selló y la dejó a un lado. Sobre el escritorio estaba la correspondencia que había traído Grace. Recogió los sobres y los examinó uno por uno. Había un telegrama de China; lo habían enviado hacía dos semanas y se había retrasado con los disturbios ocurridos en Viena. Lo abrió con manos temblorosas.

> 武汉失城。蒋公命令立退重庆。犹太拯救计划暂停.
> **"Perdimos Wuhan. Punto. El presidente Chiang ordenó al Gobierno que se retire a Chongqing. Punto. Plan de rescate judío suspendido por tiempo indefinido. Punto".**

Nanjing, Shanghái, y ahora Wuhan. Todas habían caído. Miles de sus compatriotas habían dado su vida para proteger la capital y ahora la ciudad estaba perdida. Una vez más, su Gobierno nacionalista se enfrentaba a una retirada devastadora hacia una ciudad rodeada de montañas, con los cazas y tanques japoneses cargando detrás. La supervivencia de China pendía de un hilo.

Y después de todos esos meses de planificación y expectativas, el plan de rescate había sido descartado... en el momento en el que el mundo atisbaba las entrañas del oscuro régimen nazi.

El embajador no estaba disponible para responder a su llamada.

Fengshan se paseó por la oficina. Imaginó con dolor a sus compatriotas, en ese preciso momento, apresurándose por los escabrosos caminos de montaña, corriendo por su vida, y a sus colegas, sus amigos, los líderes del Partido Nacionalista, sentados en chozas de paja y refugiados en cuevas en la ciudad de Chongqing, lejos del mar. Nunca había estado allí; solo podía imaginarlos trepando el acantilado, vestidos con zapatos y trajes de cuero, temiendo por su vida.

A pesar de toda su devoción, lealtad y creencias, no podía salvar a China de los japoneses.

A pesar de todos sus esfuerzos y sus mejores intenciones, China no podía ser un hogar para los judíos.

Al amanecer, Fengshan dejó la cama, se vistió, tomó un desayuno sencillo de queso y leche, y bajó. Cuando abrió la puerta del consulado para recoger los periódicos, el aullido grave del viento penetró en sus oídos y la nieve entró con fuerza en el interior. Se enderezó y se quedó helado: de pie junto a la placa negra del consulado, frente a él, había una gran cantidad de hombres, con narices rojas que moqueaban y los hombros cubiertos de nieve.

¿Cuánto tiempo llevaban fuera, en el frío? Parecía haber al menos doscientos esperando para entrar; faltaban tres horas para que abriera el consulado.

Fengshan recogió el periódico. La prensa y las radios de todo el mundo habían reportado con detalles desgarradores la violencia de la que él había sido testigo la otra noche.

Las comunidades internacionales habían reaccionado con muestras de empatía. Daladier y Chamberlain habían condenado la violencia y los asesinatos, y el Gobierno de Roosevelt, que había hecho algunos movimientos confusos, había retirado a su embajador de Alemania. Pero, aun así, los países líderes no daban señales de movilizarse para mitigar el sufrimiento de los vieneses indefensos.

—Pasen. —Fengshan abrió más la puerta—. Pasen, pasen. Hace mucho frío.

Lo miraron con una expresión con la que estaba familiarizado: no sabían qué pensar de él, un hombre asiático con un abrigo de buena confección y un pañuelo azul marino que asomaba en el bolsillo del pecho. Jamás se les cruzaría por la cabeza que el cónsul general del consulado les abriría la puerta.

Con semblantes ansiosos, formaron una fila en el vestíbulo. La mayoría eran hombres, aunque también había algunas mujeres de distintas edades. Cuando Fengshan les preguntó cómo habían sobrevivido a la terrible noche, rompieron a llorar. Algunos habían perdido a sus padres, otros a sus hermanos, y casi todos habían sido despojados de sus posesiones. Eran vieneses que habían vivido allí durante varias generaciones: panaderos, pescadores, fabricantes de telas, vendedores de pieles, ebanistas, talladores de pipas y propietarios de tiendas. Sus negocios habían sido arianizados a la fuerza: los nazis los habían vendido a una fracción de su valor o cedido a alemanes no judíos.

Las mujeres vienesas, con sus vestidos y abrigos largos, se derrumbaban al hablar. A sus maridos, hijos o hermanos los habían detenido y habían sido enviados a los campos de Dachau o Mauthausen, y la única forma de recuperar la libertad era con un visado que demostrara su intención de abandonar el país.

El campo de Mauthausen, según había oído decir

Fengshan al capitán Heine, estaba situado en una ciudad comercial en Alta Austria, cerca de Linz. Hitler había presumido de una transformación del país que incluía muchos proyectos de construcción, como apartamentos y complejos militares, de manera que se habían construido varios complejos de edificios y la industria alemana se había topado con una dramática escasez de materiales. Mauthausen, rica en canteras de granito, proporcionaba los recursos que tanto se necesitaban, y se enviaba allí a los prisioneros a excavar granito, a menudo en condiciones deplorables, sin herramientas adecuadas ni comida suficiente.

Fengshan se atragantó. ¿A cuántas personas habían encarcelado en los campos de concentración? ¿Cuántas necesitaban los visados para poder ser liberadas? Pasó por delante del escritorio del vicecónsul, ya repleto de formularios de solicitud, y abrió los cajones del escritorio de frau Maxa. Tomó un montón de formularios en blanco y se los repartió a todos los que esperaban en el vestíbulo. Cuando llegara el vicecónsul más tarde, le recordaría que agilizara el proceso.

En su oficina, cogió su sello y la estilográfica, y empezó a completar los formularios, empezando por el número de visado; después, el destino, la fecha y el nombre del solicitante en chino y en alemán; por último, el sello del consulado. Salió varias veces para controlar el progreso del vicecónsul, hizo una breve pausa al mediodía para reponer fuerzas y engulló un sándwich que le había preparado Grace. Al final de la jornada, a las ocho, dejó la pluma.

En dos días, había expedido mil visados.

Mientras flexionaba los dedos y se masajeaba la muñeca, calculó que podría salvar a dos mil quinientas personas en cinco días y a cinco mil en diez, pero, por desgracia, tal vez no podría mantener ese ritmo.

Pero lo intentaría. Aunque no pudiera salvar a China de

los japoneses, podía mantener a los vieneses alejados de los nazis. Y mientras fuera cónsul general del consulado de la República de China, haría todo lo posible por salvar vidas, visado a visado.

CAPÍTULO 34

LOLA

ABRÍ LA PUERTA. LA LUZ DEL SOL ERA AFILADA COMO UNA esquirla y se me clavó en los ojos. Otro día más en una ciudad de odio. De hecho, odiaba todo: los edificios barrocos, las tiendas, la gente, la música que se filtraba por una ventana —la repulsiva Suite para violonchelo Nº 1 en sol mayor de Bach— y el olor grasiento y maloliente a salchichas fritas. Nietzsche tenía razón. Dios está muerto. Dios sigue muerto.

En la calle, el tranvía había dejado de circular; los taxis habían desaparecido; los quioscos de periódicos, las tiendas de flores y los cafés estaban cerrados. Una fría ráfaga de invierno azotaba las estatuas ecuestres y se abalanzaba sobre los peatones distantes que se desplazaban con la cara oculta por el cuello del abrigo.

Seguí caminando, en busca de un chófer, pero el rugido de los coches reverberaba y sentía que los adoquines temblaban bajo mis pies. Se me encogió el corazón. ¡*Mutter*! ¡*Mutter*! ¿Y si me atropellaba una motocicleta? Pero no me podía morir; no debía morir. Habían destruido a mi madre; no podían destruirme a mí.

Un chófer, con el bombín calado para taparse la cara, aceptó llevar a mi madre al cementerio, en las afueras de la ciudad. Eva no quiso ir; continuaba escondida en el santuario de la maleta, así que la dejé en paz. En el cementerio, pasé junto a las lápidas pintarrajeadas y las flores pisoteadas. Me quité los colgantes con la estrella y la cruz, los coloqué junto a *mutter* y la enterré en la tumba familiar, junto a *vater*. Pronuncié el *Kaddish* de duelo.

Después, me dirigí al cuartel general para llevarle ropa y artículos de aseo a Sara, como había hecho con Josef, pero me rechazaron. Me dijeron que no podían localizar a Sara, que había desaparecido. Les repetí que la habían detenido hacía unos días y que tenía una mano deforme. ¿En qué otro lugar podía estar?

Estaba exhausta y tenía frío. Tenía la falda cubierta de nieve y hielo: ¿en qué momento había nevado? Me apoyé contra el poste de una farola, tiritando, y traté de ordenar mis pensamientos. *Mutter* había muerto y Sara estaba desaparecida, pero todavía quedaba Eva. La llevaría a Shanghái, a un lugar seguro, como habíamos planeado. Pero mis billetes de tren habían caducado y el transatlántico había zarpado el día anterior. Tenía que comprar pasajes nuevos.

El juego de la paciencia. Los billetes del tren. Los pasajes del barco. Podía hacerlo.

Me ceñí el abrigo y me encaminé a una agencia de viajes para comprar los pasajes del transatlántico; llevaba en la mano mis últimos billetes, que Sara me había cosido en el abrigo... Ay, Sara, Sara. Sara, la habilidosa; Sara, la que accionaba el pedal en la máquina de coser como una maga. ¿Dónde estaba? Después de esperar una hora en la fila frente al mostrador, me dijeron que los transatlánticos previstos para enero, febrero y marzo estaban llenos y que los pasajes para los barcos que zarparían en abril debían comprarse en persona en Italia.

Me reí hasta las lágrimas. Abril, pues. Ya llegaría. Cualquier lugar era mejor que Viena.

Eva se negaba a salir de la maleta.

—*Mein Schatz*, cariño, vas a tener calambres. Llevas días ahí dentro. —Me senté frente a ella y me apoyé contra la pared. La habitación estaba a oscuras, pero me sentía demasiado cansada para encender la luz. Si Eva preguntaba cuándo dejaríamos Viena, le diría que la semana que viene. Necesitaba esa esperanza y me necesitaba a mí.

—Estoy bien.

Cogí un trozo de pan que nos había dejado Grace. Estaba duro y olía mal, pero era lo único que teníamos. Habían pasado varios días desde la última visita de Grace.

—¿Tienes hambre? Sal un momento y come.

Eva levantó la tapa de la maleta, dudó, salió y cogió el pan.

Estaba famélica; hacía días que no comía. Yo también tenía hambre, pero no podía comer. Me envolví en una manta y cerré los ojos. En algún momento, empecé a soñar: los hombres de la Gestapo que gritaban en un alemán áspero, *mutter* que gritaba el nombre de Sara, los coches que rugían y los golpes a la puerta. Pesados, fuertes. Pum. Pum. Pum. Cada vez más fuerte.

Me desperté sobresaltada. No era un sueño, alguien golpeaba a la puerta. Era *onkel* Goethe. Y unas voces estridentes retumbaban en todo el apartamento: "Por orden de la Oficina Central de Emigración Judía, todos los judíos que viven en este edificio deben evacuarlo y trasladarse al segundo distrito".

¿El segundo distrito? ¡El segundo distrito! Los asentamientos de Leopoldstadt.

Me abalancé sobre Eva, la metí de nuevo en la maleta y corrí la cortina para taparla.

Los golpes continuaban, como el estallido de truenos; las paredes amenazaban con resquebrajarse; el suelo temblaba; el aire, poroso, era un hervidero de aliento y pulsaciones robadas. Me abracé las rodillas y toqué mi música en mi cabeza: mis fugas, mis sonatas, mi alondra de serenidad y libertad. No podían obligarnos a Eva y a mí a ir a los asentamientos. Yo llevaría a Eva a Shanghái, no a un asentamiento. Ya se irían; ya se irían.

La puerta se abrió de un golpe.

CAPÍTULO 35

GRACE

Las columnas de humo de los edificios en llamas se disiparon unos días más tarde y, por fin, Fengshan decidió que podía visitar a Lola sin peligro. Tomé el coche del consulado, con la mente ocupada en los detalles de la partida de Lola. Debía marcharse de Viena con Eva lo antes posible; quizá pudiera ayudarla a comprar los billetes de tren y de barco. Teníamos mucho que hablar.

Cuando llegué a su vecindario, unos hombres con gabardinas marrones iban y venían en motos. Me puse nerviosa y vi que había una concentración, con varios grupos de personas que avanzaban en una dirección. Incapaz de pasar por entre la multitud y los vehículos, Rudolf tuvo que aparcar el coche a una manzana del apartamento de Lola y me bajé. Hacía frío. Me había puesto mi pesado abrigo de astracán; todavía me quedaba varias tallas grande, pero el de lana se había manchado con sangre.

La calle donde había muerto la señora Schnitzler era un caos. Estaba repleta de gente. Hombres con gabanes y sombreros, mujeres con vestidos a cuadros largos y chales negros, todos apretujados entre los coches de policía y los sedanes de los hombres de las SS. En el extremo más alejado, cerca de un coche negro de las SS, una mujer vestida con un *dirndl* verde giraba la cabeza de izquierda a derecha con desesperación: era Lola. La cicatriz de su cara se retorcía; la tersura de su rostro, la juventud que la había caracterizado, el encanto que habría desarmado a Fengshan se habían esfumado, sustituidos por algo que nunca había esperado ver: miedo. Nuestras miradas se encontraron. Se quedó inmóvil; algo la golpeó en la espalda, perdió el equilibrio y se volvió de nuevo hacia mí.

El corazón me dio un vuelco. ¿Adónde se la llevaban? Lola tenía un visado y un permiso de salida. ¡Debían dejarla irse!

Por un momento, la perdí de vista entre los abrigos y los sombreros. Me puse frenética, pero no podía gritar: allí estaban los camisas pardas y los hombres de las SS.

El *dirndl* verde de Lola reapareció y, en cuanto ella me vio, movió la cabeza en dirección al apartamento. Su boca se abrió y se cerró, se abrió y se cerró, pero no podía oírla. Entonces me di cuenta de que estaba gritando como un personaje de una película muda; suplicaba con desesperación, pero en silencio: "¡Eva, Eva!", decía.

¡No habían encontrado a Eva!

Bajé la cabeza y pasé a toda prisa junto a un grupo de gente con maletas, una familia de cuatro miembros y dos hermanos con caras idénticas, uno de ellos con sangre en la nariz. Cuando llegué al apartamento de Lola, la puerta estaba abierta de par en par. Entré corriendo en el dormitorio y fui directa hacia la maleta.

Estaba entrecerrada, con la cremallera abierta; dentro, acurrucada y con las rodillas apretadas contra la barbilla, estaba Eva, tal como la había visto la última vez.

—Tienes que salir de ahí y venir conmigo, Eva. ¿Vienes conmigo?

La niña negó con la cabeza.

—*Ich will nicht nach draußen, Tante Grace. Ich will nicht nach draußen.*

—Cállate, cállate, Eva. No hables. Te oirán.

Bajó la tapa de la maleta.

No se me daban bien los niños; no sabía qué hacer con ellos. "Lola, Lola. Ayúdame. Dime qué hacer. ¿Cómo puedo convencer a Eva de que venga conmigo? No entiende muy bien el inglés. No quiere salir".

Corrí hacia la ventana, levanté el borde de la cortina y miré fuera. Frente a mí, justo a la derecha, un grupo de niños que llevaban brazaletes con esvásticas arrojaban piedras a una familia que había sido desalojada de su apartamento. A cierta distancia, cerca de un edificio *art déco*, dos chicos altos y rubios con caras rojizas atormentaban a una niña vestida de amarillo; le tiraban del pelo y le ponían zancadillas. Al otro lado de la calle, dos miembros de la Gestapo con uniformes negros y porras en las manos registraban puerta por puerta.

—¡Eva, Eva! ¡Ya vienen! Tenemos que irnos.

—*¡Ich will nicht nach draußen!*

Tenía miedo, y yo también. Si la encontraban, se la llevarían, quizás también a mí. ¿Qué debía hacer?

Le supliqué.

—Por favor, Eva. Por favor, ven conmigo. Eva, ven conmigo y te prometo que nadie te verá. Estarás a salvo. Mira —agregué y me desabroché el abrigo de astracán, que me quedaba grande—, puedes esconderte debajo mi abrigo; yo te taparé. Te sujetarás de mí y yo te cargaré, ¿de acuerdo? Nadie te verá.

Eva se sentó por fin y yo me agaché para que se agarrara de mí; le hice gestos y la animé mientras me rodeaba el cuello con sus brazos delgados y la cintura con las piernas. Me enderecé: no pesaba nada. Intenté abrochar los botones y mis dedos no encontraban los ojales; las voces alemanas sonaban ahora con más fuerza. Cuando la silueta de Eva se convirtió en un pequeño bulto bajo el abrigo, me acomodé la bufanda con flojedad alrededor del cuello para ocultarla, recogí la maleta y salí rápidamente del apartamento.

Bajo el cielo vasto, frío y atemorizante, los hombres uniformados, las motos, los sedanes y los camiones pululaban de un lado a otro. Me temblaban las rodillas. Si me atrapaban, sería un desastre: la esposa de un diplomático con una niña judía. ¿Me dispararían los hombres de las SS?

—No tengas miedo —le dije a Eva y a mí misma—. No tengas miedo.

Con la maleta en la mano derecha y la izquierda sobre el abrigo que cubría a Eva, apreté el paso. Clavé la mirada en dirección al coche del consulado, aparcado en la intersección, a una manzana de distancia, y pasé frente a los edificios, a los camisas pardas con sus fusiles en la mano, los hombres de las SS con sus expresiones crueles y los camiones cargados de gente como Lola. Los latidos sordos del corazón de Eva se mezclaban con los míos; sentía el calor de su cuerpo contra mi piel y sus manos sudorosas alrededor de mi cuello. Me había equivocado. Eva pesaba más de lo que había pensado y se estaba resbalando. Dios mío. Se estaba resbalando.

Un hombre de uniforme color beis salió por una puerta cercana, a mi derecha, y me gritó algo en alemán. ¿Había detectado a Eva debajo de mi abrigo? Dejé caer la maleta y hui. No miré hacia atrás, no me detuve hasta llegar al coche. Una vez dentro, le dije a Rudolf que arrancara, me quité la bufanda con manos temblorosas y me desabroché la parte superior del abrigo: el rostro de la niña, rosado y sudoroso, emergió del interior.

En el consulado, tuve que volver a ocultar a Eva debajo de mi abrigo para evitar llamar la atención de los solicitantes de visados y el personal. Cuando llegué a mi habitación, la ayudé a recostarse en el sofá, le di mi libro de poesía para leer y le preparé un sándwich de mantequilla de cacahuete y mermelada.

Más tarde, Fengshan se detuvo frente a Eva y se quedó mirándola con expresión pensativa. No le di tiempo a preguntar.

—Sé que no es una buena idea, querido. Pero es temporal. Lola vendrá a buscarla.

—¿Dónde está? —preguntó Fengshan.

Le expliqué lo que había presenciado y miré a Eva; la niña murmuró algo en alemán.

—O sea, que se han llevado a la señorita Schnitzler a Leopoldstadt —aseguró Fengshan.

—¿Dónde queda eso?

—Al otro lado del río Danubio.

No era el cuartel general. Suspiré.

—Volverá, ¿verdad?

Fengshan también suspiró y se marchó sin responderme.

CAPÍTULO 36

FENGSHAN

Bajó las escaleras pensando en la pregunta de Grace, para la que no tenía respuesta. Habían pasado tan solo unos días desde la noche violenta y ahora los nazis habían acorralado a un gran número de inocentes, los habían desalojado y habían separado a una familia. Esperaba equivocarse, pero temía que hubiera aún más penas y calamidades para los judíos vieneses.

Cuando entró en la oficina, vio a través de la ventana a las personas que esperaban, temblorosas; sostenían bolsos en las manos enguantadas y llevaban los sombreros bien encasquetados para protegerse del frío inclemente. Se veían obligados a hacer fila fuera, ya que el vestíbulo estaba demasiado lleno: el número de solicitantes se había multiplicado por diez.

Cogió su pluma y se puso a trabajar.

En diciembre, pocas semanas después de que Grace rescatara a la niña judía, recibió una llamada del embajador.

—¿Cuántos visados expediste en noviembre, Fengshan?

Su superior rara vez empezaba la llamada telefónica con un preámbulo, pero esta vez no se había molestado en hablar de la retirada del Gobierno a Chongqing. Eso era bastante preocupante. Fengshan se frotó los ojos y contempló el montón de formularios de visados que acababa de aprobar. Había estado firmando diez horas al día, cinco días a la semana durante tres semanas, pero no llevaba la cuenta del número de visados que expedía. Sin embargo, era fácil calcular el total, puesto que cada formulario tenía un número. De todas maneras, fue precavido al responder.

—Tendrá que disculparme, embajador Chen. Debo verificar los números para darle un recuento exacto. ¿Ha oído los devastadores informes sobre los crímenes ocurridos en Viena? Es…

—Por eso te pregunto, Fengshan. He oído que hay una oleada de solicitantes de visados en muchos consulados extranjeros en toda la Gran Alemania. Me he enterado de que muchos acudieron a nuestro consulado en Viena. Ahora, si mal no recuerdo, te autoricé a expedir una cantidad pequeña de visados, Fengshan, una cantidad pequeña, pero me llegó un rumor de que tu consulado ha emitido casi cuatro mil. ¿Es eso cierto?

Lo pilló desprevenido. No se había dado cuenta de que el embajador lo estaba vigilando de cerca.

—Embajador Chen…

—Esto es inaceptable, Fengshan. Habíamos discutido el plan de rescate judío, que fue abortado debido a la situación de nuestro país. Es lamentable, pero, si me preguntas, el plan estaba condenado al fracaso desde el principio. Ahora me gustaría que dejaras de emitir visados para los judíos.

A Fengshan se le secó la boca. La opinión del embajador Chen sobre la inmigración judía había sido desfavorable desde el Anschluss, pero oír su reiteración, mientras toda la población judía de Viena se sumía en el caos tras la sangrienta noche de noviembre, era desconcertante. Cada fibra de su ser se resistía.

—Con el debido respeto, embajador Chen, estimo que estará al tanto de las atrocidades que los camisas pardas y la Gestapo han cometido...

—Es de lo más deplorable, Fengshan; sin embargo, el interés superior de China debe prevalecer. El exembajador de Alemania en China me confió en privado que teme una posible tensión en la relación entre Alemania y China como resultado de que hemos aceptado a un gran número de judíos, que son enemigos de Alemania. Si seguimos ofreciendo ayuda a los enemigos de Alemania, ¿cómo podríamos pedir lealtad al Tercer Reich y convencerlos de que nos vendan armas?

Las armas, en particular los aviones, eran esenciales para luchar contra los japoneses. Pero por mucho que Fengshan respetara a su superior y deseara el éxito de la compra de armas, no podía evitar preguntarse por qué su país tenía un interés superior en mantener una relación con un Gobierno que perseguía de manera implacable a su propio pueblo y lo arrastraba a la desesperación. Por otra parte, el compromiso del Tercer Reich con la venta de armas aún no estaba asegurado: la reunión que el embajador anhelaba seguía sin concretarse y Hitler había ignorado a China con deliberación y favorecido, en cambio, a su enemigo, Japón. Si Fengshan pudiera ser franco con su superior, se atrevería a sugerir que una buena relación diplomática con Alemania estaba lejos de garantizar el objetivo a largo plazo de seguridad y prosperidad para China. Debían acudir a otro país para obtener las armas.

—Con todo respeto, embajador Chen, hemos sido un socio incondicional de Alemania durante años, pero su buena voluntad todavía está por verse. ¿Han acordado ya una reunión para la venta de armas?

—No formalmente, pero tengo el consentimiento verbal. La reunión tendrá lugar en algún momento de febrero del año que viene. Suspende la emisión de visados hasta nuevo aviso. Es una orden.

Desesperado, Fengshan buscó en su mente algún argumento, razonamiento o excusa poderosos. De pronto, se le ocurrió: el telegrama que había recibido del ministerio.

—Embajador Chen, permítame informarle que, en octubre, el Ministerio de Asuntos Exteriores aprobó una política flexible con respecto a los judíos. Me enviaron un telegrama en el que se ordena al consulado implementar una política flexible y de tolerancia hacia esta minoría.

Se produjo un silencio en el otro extremo de la línea.

—El Ministerio de Asuntos Exteriores está refugiado en una cabaña en un acantilado, con cazas japoneses sobrevolando en círculos sobre sus cabezas. Esa decisión es obsoleta y ahora han perdido la comunicación con la gente más allá de la falda de la montaña. No hagas caso del telegrama del ministerio, Fengshan. Acata mi orden.

El embajador Chen, su superior directo, supervisaba el desempeño de su trabajo y reportaba sus méritos y deméritos al Ministerio de Asuntos Exteriores de su país. Su aprobación y evaluación determinaban su carrera. Cualquier objeción que Fengshan formulara sería considerada una impertinencia hacia su superior.

—Sí, embajador Chen.

Fengshan colgó el receptor. Como seguidor del confucianismo, conocía bien el orden social esencial; *Jun jun, Cheng cheng, Fu fu, Zi zi*: que el monarca gobierne, que el ministro sea ministro, que el padre sea padre y que el hijo sea hijo. Él, un subordinado, había considerado que era su deber obedecer la orden de su superior y nunca se le había cruzado por la cabeza la palabra "desobediencia".

Sacó un cigarro de la caja, lo encendió y salió al vestíbulo.

Los hombres con abrigos pesados y bufandas abarrotaban el vestíbulo. Hablaban alemán con acentos de la Alta y la Baja Austria; venían de Munich e incluso de Berlín; parecían cansados, agotados. ¿Era capaz de decirles que se fueran a casa, cuando esa casa no estaba en ninguna parte?

Dio una calada al puro y volvió a la oficina. Desobedecer la orden de su superior sería una traición a su deber, pero obedecer y declinar el deseo de miles de personas al borde de la muerte sería una traición a su corazón.

CAPÍTULO 37

GRACE

Me dijeron que había una llamada para mí. Bajé al vestíbulo, pasé junto a la multitud de gente que esperaba visados y me dirigí al escritorio del vicecónsul para atender el teléfono. Como esperaba, era Lola.

—¿Dónde estás, Lola? —Era difícil oírla por encima las voces de fondo del vestíbulo, bajas y vibrantes; tuve que taparme una oreja para oírla.

Me dio una dirección en alemán, que no entendí.

—¿Podrías repetírmela? ¿Puedes deletrearla en inglés?

—¿Encontraste a Eva, Grace? — preguntó en vez de contestar.

—Sí, la encontré.

Desde hacía unas dos semanas, la niña pasaba las noches en una cama que le había preparado en el trastero donde se guardaban archivos y periódicos. Por exceso de precaución, Fengshan y yo habíamos decidido mantenerla alejada de Monto; era un niño, su comportamiento podría revelar sin querer la presencia de Eva.

También le había comprado un poco de ropa básica: dos vestidos, leotardos, ropa interior, un suéter, unos calcetines, un gorro, un par de zapatos negros con hebillas y un abrigo. Tenía apenas dos años menos que Monto, pero un temperamento muy diferente: sensible, fácil de complacer.

—¿Vas a venir? ¿Cuándo vendrás a buscarla, Lola?

—No lo sé.

—Te necesita.

Un sonido parecido a un sollozo brotó del teléfono.

—Vendrás, ¿verdad, Lola? —Al fin y al cabo, esto era un consulado, no un hogar para una niña.

—Escucha, Grace. —Su voz sonaba áspera y vieja—. Estoy en un asentamiento. Es horrible, y me están vigilando. Temo lo peor. No quiero que Eva viva aquí. Le rogué a mi tío que nos ayudara, pero no quiso saber nada de nosotras. Llamé a las organizaciones judías y de caridad, pero tienen prohibido actuar. Ayúdala, Grace, búscale una buena familia que la proteja.

¿Cómo iba a encontrar una buena familia para Eva? No conocía a nadie en Viena y era la esposa de un diplomático sin muchas opciones.

—Lola…

—Eres la única que puede ayudarme, Grace.

—Pero…

La comunicación se cortó.

Subí en el ascensor. En el trastero que había destinado a Eva, la niña estaba sentada en un cojín, leyendo el libro de Dickinson que yo le había dado. Por un momento, creí verme a mí de niña, sola, inmersa en la jungla de los caprichos de un poeta.

—Es mi poeta favorita. ¿Te gusta? —Me senté a su lado. Había utilizado la poesía para enseñarle inglés. Eva aprendía rápido; su inglés mejoraba a grandes pasos—. Mira esto: "Te contaré cómo salió el sol, una cinta a la vez…".

—Es bonito.

—Así es. —Yo también había soñado con ser poeta; en cambio, me convertí en la esposa de un diplomático.

—¿Es una poeta famosa?

—En realidad, no.

—¿Es hermosa?

—Imagino que sí.

—Tú eres hermosa, *tante* Grace.

No supe qué decir. Cuando yo tenía su edad, la gente me describía como "una niña de aspecto extraño" y mi madre, por supuesto, nunca me dijo que fuera hermosa. Me sorprendía cuando Fengshan alababa mi belleza, mis ojos asiáticos y mis rasgos delicados. Y ahora esto, viniendo de una niña. Sentí deseos de acariciarle el cabello y tocarle la mejilla. Por supuesto, ella no sabía que era el ángel más hermoso en el que jamás había posado mis ojos.

Lola tenía razón. Yo podía proteger a Eva; debía hacerlo.

CAPÍTULO 38

FENGSHAN

GRACE SE PASEABA POR LA OFICINA Y LE PREGUNTABA SI podía ayudar. Él deseaba tener una respuesta para ella. Pero Lola era pariente cercana de Eva y su única tutora. La única opción para ellas era ir juntas a Shanghái. Los transatlánticos volverían al año siguiente y habría más pasajes disponibles. Pero Fengshan también era consciente de que, con tanta gente desesperada por partir, sería difícil conseguirlos.

—Debe haber algo que puedas hacer, querido.

—Ya veremos, Grace. —Colocó con cuidado el visado que acababa de firmar encima del montón de documentos cumplimentados. El asunto de Eva era muy urgente, se daba cuenta. La niña no podía quedarse mucho tiempo más en el consulado. Tenía que encontrarle un nuevo hogar, una familia que la recibiera.

Marcó el número de teléfono del doctor Löwenherz. Desde que había recibido visados para su propia familia, el doctor Löwenherz había llevado más personas al consulado con el mismo propósito. El teléfono sonó, pero no hubo respuesta.

Dos días después, volvió a llamar y el hombre atendió con voz grave, ronca y cansada. Cuando Fengshan le explicó el motivo de su llamada, Löwenherz suspiró. Su organización se encontraba bajo una presión sin precedentes, ya que muchos miembros habían recibido amenazas de muerte y muchos más habían sido golpeados y arrestados tras la *Kristallnacht*, la "noche de los cristales rotos". Algunos habían huido para salvar su vida. La organización no tenía recursos ni personal para recibir a la niña; además, él mismo tenía previsto abandonar el país al día siguiente.

Cuando Fengshan le preguntó si podía recomendarle otras instituciones de beneficencia, el doctor le informó que las organizaciones internacionales y sionistas que había en Austria y en Alemania tenían prohibido actuar desde hacía meses. Todos los grupos habían sido disueltos; su organización, la Israelitische Kultusgemeinde Wien, era la única autorizada para actuar en Viena.

Pocos días después, ya desesperado, Fengshan se encontró en el café del Hotel Sacher con el capitán Heine y le preguntó cómo encontrar protección para la sobrina de Lola.

—No tendrá suerte con ninguna institución, herr cónsul general. Como sabrá, desde el Anschluss, se ha prohibido actuar a todas las organizaciones judías. Incluso el Comité Judío Estadounidense para la Distribución Conjunta, que intentaba ayudar a los judíos, recibió la orden de dejar de actuar.

El capitán Heine estaba sentado sobre un cojín de terciopelo rojo con una copa de coñac en la mano.

Fengshan bebió un trago de su imitación de café negro y amargo.

—Arriba el ánimo, herr cónsul general. Estamos en época festiva.

La cafetería, decorada con luces festivas, estaba llena

de gente, no judía, supuso Fengshan. Varios llevaban uniformes negros, y una canción de cuna, la *Wiegenlied* de Brahms, sonaba en el aire. Fengshan movió el brazo en un gesto dramático.

—¿No es irónico que sea esta una época de alegría? ¿Qué instrucciones impartió a sus hombres el nueve de noviembre?

Heine desvió la mirada.

—No fue el día del que me siento más orgulloso. Fue una orden. Y no he podido dejar de pensar en eso. He empezado a preguntarme: ¿y si mi padre no hubiera sido militar? Yo no sería policía. Ni siquiera me gusta ser policía. Solo me gustan tres cosas: el coñac, las mujeres y las cartas.

Fengshan se inclinó para acercarse a él.

—Entonces ayúdeme, capitán Heine.

El capitán terminó su copa de coñac.

—¿Ha intentado contactar a los cuáqueros alemanes?

Estaba al tanto de los cuáqueros de los Estados Unidos, ya que Grace los había mencionado una vez, pero no de que hubiera cuáqueros alemanes.

—Cuénteme.

—Bueno, los cuáqueros proporcionaron una ayuda generosa a los alemanes después de la Gran Guerra; como resultado, han hecho muchos amigos en este país. Algunos son oficiales entre los nazis. Quizá tenga suerte preguntándoles.

Había bebido demasiado, arrastraba las palabras y sus ojos buscaban mujeres bonitas entre los clientes. Por fin, su mirada se posó en una que llevaba una gorra roja.

—¿Capitán Heine?

El capitán volvió a mirar a Fengshan.

—Disculpe.

Fengshan suspiró.

—¿Tiene el nombre de la organización cuáquera?

—Creo que se llama Comité Alemán de Emergencia.

—¿También lo prohibieron?

—Ahora que lo menciona, creo que se disolvió en junio.

Fengshan suspiró de nuevo.

—Puede intentar hablar con la exsecretaria y ver si ella lo puede ayudar. Vale la pena intentarlo. La conocí en un baile benéfico; es una mujer británica que daba clases en Berlín. Tomé una copa con ella, es la típica mujer británica: rígida, pero de buen beber.

—Usted nunca olvida el nombre de una mujer.

El capitán esbozó una sonrisa pícara.

—Bertha, Bertha Bracey.

Por primera vez, Fengshan se alegró de la obsesión de Heine.

—¿Cómo puedo encontrarla?

—Herr cónsul general —pronunció una voz familiar a su lado.

Fengshan levantó la cabeza. Tal como había supuesto. Se había vuelto a encontrar con él. Pero era el peor momento. ¿Habría oído la conversación?

—Herr Eichmann.

Ahora era un *obersturmführer*, teniente primero, a juzgar por la insignia que llevaba en su uniforme.

—*Hauptsturmführer* Heine.

El hombre, el asesino, parecía estar de muy buen humor, rodeado de un grupo de policías con botas de cuero altas y gabardinas. Saludó a Heine, que tenía rango superior, con un "¡*Heil* Hitler!" y Heine le devolvió el saludo.

—Es un placer verlo por aquí, *hauptsturmführer* Heine. Este es el mejor lugar de Viena para agasajar a un diplomático extranjero.

El capitán Heine había perdido su sonrisa seductora.

—Herr cónsul general es un buen amigo mío.

Fengshan percibió un momento de antipatía entre Heine

y Eichmann. Eichmann, director de la Oficina Central para la Emigración Judía, era un trepador en ascenso de las SS, y Heine, capitán de la policía vienesa en el primer distrito, procedía de una familia de militares y se aferraba a ciertos valores austríacos tradicionales. No parecía que fuera a someterse a Eichmann, pero en esos días, los hombres de las SS eran quienes daban las órdenes.

—Es bueno saberlo, *hauptsturmführer* Heine. Y qué coincidencia, herr cónsul general; me llegaron rumores de que su consulado estuvo expidiendo visados a los judíos, que utilizan para solicitar permisos de salida. ¡Bien hecho!

No podía haberse enterado por rumores, ya que era el encargado de los permisos de salida. La astucia de ese hombre no tenía límites.

—Es lo menos que puedo hacer.

—Permítame expresarle mi gratitud, herr cónsul general. Gracias a usted, miles de judíos han abandonado Viena. Su ayuda es enorme y ha prestado un importante servicio al gran pueblo alemán. Creo que hablo en nombre de muchos de mis colegas, que están realmente agradecidos de que usted esté colaborando para deshacernos de los judíos. Al menos ahora no dejarán sus asquerosos cuerpos en las cunetas de Viena.

Fengshan no se había hecho diplomático sin aprender la importancia de permanecer ecuánime, pero una punzada de rabia lo atravesó y tuvo el impulso de golpear al hombre.

—Para serle franco, herr Eichmann, es una gran tragedia humanitaria —replicó con tono severo—. Tanta destrucción, tantas muertes y pérdidas innecesarias.

—¿Pérdidas innecesarias? Herr cónsul general, le aseguro que esto no durará mucho más. Pronto no quedará ninguno.

El capitán Heine se puso de pie antes de que Fengshan tuviera oportunidad de responder.

—Si no le importa, *obersturmführer* Eichmann, debo despedirme. Herr cónsul general, ¿podemos hablar a solas un momento?

Fengshan cogió su sombrero, saludó a Eichmann con una inclinación de cabeza y se alejó. En el vestíbulo bien iluminado, los funcionarios nazis y sus acompañantes femeninas lo miraron con curiosidad. Se puso el sombrero y desvió la mirada. Si el capitán no lo hubiera interrumpido y forzado a retirarse, habría entrado en una discusión con ese hombre taimado. Tenía que controlar su genio. Era el cónsul general, por el amor de Dios. Carraspeó.

—Permítame decirle que la *Wiegenlied* no es la mejor obra de Brahms.

El capitán parecía muy relajado, con una ligera sonrisa en los labios.

—¿Café o coñac? Podemos ir al Blaue Bar.

—No, gracias. ¿Qué quiso decir Eichmann con que no quedará ninguno?

El capitán Heine se encogió de hombros y sacó una botella de coñac del bolsillo de su abrigo. Fengshan se quedó atónito.

—Ojalá me equivoque, amigo mío, pero tengo la impresión de que no está usted al tanto de los planes de su Gobierno.

—Lo único que sé es que Eichmann es un nuevo miembro de la élite. Su modelo de expulsión de los judíos lo lanzó a la fama. Muchos funcionarios de alto rango lo escuchan, entre ellos Göring y Goebbels. Se rumorea que creará otra Oficina de Emigración Judía en Berlín bajo su mando. Proceda con cautela, herr cónsul general. Espero que él no haya oído lo de los cuáqueros.

Fengshan respiró hondo.

—No lo creo.

El capitán Heine echó un vistazo al vestíbulo.

—De todas maneras, yo me ocuparé de hablar con la señorita Bracey. Y si me permite un consejo, herr cónsul general, no se involucre personalmente.

CAPÍTULO 39

GRACE

POR FIN, UNOS DÍAS MÁS TARDE, FENGSHAN ANUNCIÓ QUE había recibido buenas noticias de su amigo con respecto a Eva.

—El capitán Heine se puso en contacto con una mujer británica, Grace, la señorita Bracey. Y ella le reveló que el Gobierno británico ha acordado una política que acepta un número limitado de niños judíos europeos menores de diecisiete años. Estos niños serán transportados a Gran Bretaña en tren. El primer tren partió de Berlín hace unos días y el tren de Viena partirá el diez de diciembre.

—¿Viajan con sus padres? —pregunté.

—No, no se les permite ir acompañados de ningún familiar adulto. La señorita Bracey y su grupo los escoltarán en el tren. El capitán Heine dijo que el traslado debe permanecer en secreto por la seguridad de los niños. Habrá vagones exclusivos con ventanas selladas, para que no se pueda ver desde el exterior, y se desconoce adónde se dirigirán cuando lleguen a Gran Bretaña. Creo que es una opción para la sobrina de tu tutora.

Negué con la cabeza.

—No, Lola no estará de acuerdo. —Eva tenía solo nueve

años. No podía viajar sola a un país extranjero y vivir allí sin familia.

—Es una medida drástica, lo admito. Sin embargo, como los grupos de caridad se han disuelto y la señorita Schnitzler no tiene ningún otro familiar que se ofrezca a cuidar de la niña, tal vez quiera considerarlo. ¿Por qué no la llamas?

No podía. Lola estaba en un asentamiento y yo había olvidado la impronunciable dirección alemana.

—El capitán Heine dijo que muchos padres inscribieron a sus hijos. Como te dije, el número de niños que acepta Gran Bretaña es limitado. Debes tomar una decisión lo antes posible.

Pero yo no podía decidirme. Entonces, dos días después, el día en que estaba prevista la partida del tren, Lola me llamó y, cuando se enteró del traslado de niños, aceptó al instante enviar a Eva a Gran Bretaña. Fengshan se apresuró a hacer los arreglos de última hora para que Eva se uniera al grupo en el tren y Lola prometió hacer todo lo posible para escabullirse del asentamiento y despedir a su sobrina.

—Lola, si esperas, los transatlánticos volverán de China en un par de meses. Te ayudaré a conseguir los pasajes y podrás irte a Shanghái con ella —le sugerí.

—¿Quién sabe qué pasará en un par de meses, Grace? Eva tiene una oportunidad de escapar. Debe aprovecharla.

Una parte de mí estaba de acuerdo con ella y otra se resistía. Si Eva hubiera sido mi hija, ¿habría optado por enviarla lejos o la habría mantenido a mi lado, pasara lo que pasara?

Aun así, metí en mi maleta toda la ropa nueva que le había comprado a Eva, se la di y le expliqué que haría un viaje que Lola había decidido. Después, nos dispusimos a esperarla.

Media hora antes de la partida del tren, Lola seguía sin aparecer.

No tuve más remedio que llevar yo misma a Eva a la estación. En la entrada del consulado, la niña dio un paso atrás y meneó la cabeza. ¿Quién podía decir que era la única con miedo del mundo exterior? La tomé en brazos y la llevé al coche.

Cuando llegamos, faltaban diez minutos para las ocho. El tren estaba listo para partir. Los niños, algunos de la edad de Eva y otros mayores que Monto, subían a dos vagones numerados 14a y 14b. Los padres lloraban, se enjugaban los ojos, se despedían de sus hijos y les daban los últimos consejos.

Bajé del coche y casi volé hasta el andén con Eva en brazos. La señorita Bracey me recibió cerca de un poste con una farola de gas. Vestida con una falda escocesa y un abrigo negro, la mujer estaba de pie junto a un oficial uniformado que anotaba algo en un escritorio. Con amabilidad, me solicitó la tarifa del transporte y el nombre y la fecha de nacimiento de Eva, que Fengshan había completado antes; después, un oficial me entregó una tarjeta con un número de tres cifras atada a una cuerda: era el número de asiento de Eva, que también era su número de identificación. El tren estaba listo para partir; la mayoría de los niños ya había subido.

—Supongo que ya es hora, Eva —dije, y traté de mostrarme alegre.

Lola había decidido enviar lejos a su sobrina y ni siquiera había venido a despedirse de ella. Y, la verdad, dejarla ir a un país extranjero era una imprudencia. ¿Qué comería Eva en el tren? ¿Podría dormir? ¿Y si la Gestapo detenía el tren? ¿Quién cuidaría de ella en Inglaterra? Ojalá Lola lo hubiera pensado mejor.

—¿Vendrá *tante* Lola? —preguntó la niña.

—Algo se lo debe haber impedido, estoy segura.

A Eva le temblaban los labios; observó a los niños que subían al tren con sus maletas y a los padres que lloraban y besaban a sus hijos.

—¿Tengo que irme?

Me arrodillé frente a ella y le enderecé el cuello del abrigo.

—*Tante* Lola arregló este viaje, Eva. Quiere que estés a salvo.

—Quiero mi caja de música.

Se había quedado en su apartamento.

—Tal vez encuentres otra caja de música en Inglaterra.

El último niño había subido al tren; la señorita Bracey miró su reloj.

—¿*Tante* Lola se reunirá conmigo en Inglaterra?

Era cruel mentirle a una niña, pero decirle la verdad era todavía más cruel.

—Oh, sí.

—Prefiero quedarme aquí contigo.

De pronto, tuve ganas de abrazarla y decirle que no tenía que irse. Quería que se quedara conmigo; le había tomado cariño, a ella, a su pequeño cuerpo, su acento alemán, sus ojos confiados. Pero qué injusto era el mundo: aunque yo quería ser suya, ella no podía ser mía.

La señorita Bracey se acercaba a nosotras; el oficial sostenía la puerta.

—Tienes que irte ya, Eva.

Eva levantó la maleta con ambas manos y se dirigió al vagón arrastrando los pies. Parecía tan pequeña y frágil, cargando una maleta que era la mitad que ella, con lo único que tenía, una niña de nueve años con una familia destrozada, sin un amigo, sin un país.

La puerta se cerró a su espalda; la luz acerada de las bombillas desnudas de la estación se reflejaba en las ventanas tapadas. Una serie de chirridos agitó el aire. El tren se zambulló hacia delante entre los fragmentos de hielo, rumbo a la oscuridad.

El viento barrió las vías desde la dirección opuesta y me atravesó. Nunca había sentido ese frío. ¿Volvería a verla? ¿Volvería a ver a Lola?

El tren se alejó tambaleante hacia el horizonte lejano; las vías se estremecieron. Ante mí, una luna creciente, veteada de rojo, flotaba en la distancia, tan cerca y, sin embargo, tan lejos, y el corazón del invierno era negro y helado.

CAPÍTULO 40

FENGSHAN

Cerca de Navidad, los consulados en Viena y las embajadas en Berlín se cerraban con motivo de las festividades y permanecían cerrados durante tres semanas, hasta después del año nuevo. ¿Qué le esperaba a China en 1939? Fengshan se abstenía de especular y se aferraba a la esperanza de que el embajador no se diera cuenta de los visados adicionales que había emitido.

En efecto, como había dicho el capitán Heine, era temporada de fiestas. Las calles de Viena, por las que deambulaban muchos miembros de la Gestapo, los camisas pardas y las juventudes hitlerianas, brillaban con guirnaldas de luces azules, rojas, moradas y blancas. La gente acudía en masa a la ópera y los conciertos, a los teatros y cines. La ópera en homenaje a la siempre popular emperatriz Sissi de Habsburgo era de los espectáculos diarios más demandados; las comedias ligeras protagonizadas por un dúo de madre controladora e hija inocente atraían el público a los cines, y los valses de Strauss y Mozart resonaban en los salones de baile y los conciertos. Los niños se divertían en las laderas nevadas con sus trineos y esquís y las familias abarrotaban las norias gigantes del Prater. Las amas de casa se paseaban por los mercados navideños vendiendo toda clase de artículos para el hogar: candelabros de cristal, abrigos de piel, chaquetas de lana e incluso extravagantes tapices bordados. Muchos provenían —y, sin duda, habían sido robados— de mansiones opulentas; ahora se vendían a precios insólitos.

Por desgracia, los conciertos, mercados, teatros, salones de baile y hoteles estaban prohibidos para los judíos que esperaban en el consulado de Fengshan. Para ellos no había entretenimiento, ni alegría, ni baile, ni compras; su único sueño era una existencia segura o la posibilidad de irse de Viena.

Como parte de sus obligaciones como cónsul general, Fengshan debía asistir a varios bailes y fiestas organizados por el Gobierno. Era extraño: en el grandioso palacio de Hofburg, otrora decorado con el escudo de armas, ondeaban ahora las banderas con la cruz gamada. En los salones de baile, la realeza de los Habsburgo que lucía la Orden del Toisón de Oro, los funcionarios de uniformes tiroleses y sus esposas con sombreros de estilo "pillbox", y los aristócratas con chalecos ribeteados en oro y gemelos relucientes habían desaparecido. En su lugar, ahora había traficantes de armas ostentosos, en cuyas fábricas se rumoreaba que se construían mil bombas al día, acompañados por actrices de ópera vestidas a la última moda y miembros de alto rango de la Gestapo con sus uniformes negros.

Según había comentado el capitán Heine, Eichmann solía asistir a los bailes organizados por la industria cinematográfica de Viena. Fengshan se alegraba de no haber vuelto a cruzarse con él. En general, los alemanes que iban a las fiestas eran bastante amables, pero cuando Fengshan bailaba con alguna mujer vestida a la moda, le advertían que no volviera a hacerlo, porque se sospechaba que tenía sangre judía. Pese a su indignación, esbozaba una sonrisa cortés y respondía que él era un caballero educado y que no era su intención ignorar a mujer alguna, judía o no judía.

De vez en cuando lo seguían confundiendo con el cónsul japonés y, en una ocasión, un oficial torpe lo había incluido en el grupo de los arios. Descubrió con consternación que Hitler, que se había deshecho en elogios acerca del soberbio poderío militar de los japoneses, les había concedido el estatus de arios honorarios. Fengshan había estado a punto de ahogarse con el champán. Hacía tiempo que se cuestionaba la sinceridad del compromiso del Tercer Reich con China, pero oír que Hitler había tomado medidas drásticas para complacer al enemigo de su país elevándolo a la raza de su aprobación era más que inquietante. Tenía el presentimiento de que la compra de armas programada por su superior no saldría bien.

Grace accedía a acompañarlo cuando él se lo pedía. Grace, a quien las situaciones sociales antes la paralizaban, todavía se sentía incómoda entre los vieneses, aunque ya no contenía las lágrimas ni pasaba varias horas escondida en el baño. Desde que había vuelto de la estación de tren, estaba triste y mencionaba con frecuencia a Eva y a Lola. Aunque aún no se atrevía a alzar la voz, ahora se mostraba más segura de sí misma, con un brillo que reflejaba confianza. A veces hablaba de Emily Dickinson y reflexionaba sobre si la reclusión de la poetisa había sido un refugio enriquecedor para ella o la inevitable disolución de su creatividad, un tema que Fengshan consideraba interesante y que merecía una discusión.

En varias ocasiones, se cruzó con el señor Lord, el cónsul de los Estados Unidos, que siempre acudía a las fiestas con un traje blanco de funcionario del Servicio Exterior. Se habían hecho amigos desde la partida del señor Wiley. El señor Lord le presentó a su nuevo cónsul general, el señor Morris, y mencionó que las actividades del consulado se habían reducido mucho desde la retirada del embajador estadounidense en Berlín. Fengshan también conversaba con el señor Beran, cónsul de Checoslovaquia, quien no podía ocultar su consternación desde que los Sudetes, la zona de la que había presumido como piedra angular de su país, habían sido cedidos a Alemania en la Conferencia de Munich. Fengshan también había oído el rumor de que Hitler había exigido a Checoslovaquia que disolviera el Partido Comunista de su país y despidiera a todos los profesores judíos de las escuelas de etnia alemana en Praga.

—¿Es cierto? —preguntó.

El checo soltó una risa hueca.

—Ya hemos cedido a su exigencia y hemos prohibido que los judíos ocupen cargos públicos en las provincias checas de Bohemia y Moravia, así que los excluimos de nuestro círculo económico. Esos puestos de trabajo en esas provincias los ocuparon los alemanes. ¡O sea, que se podría decir que ya hemos matado de hambre a los judíos! Pero nuestro exigente vecino sigue alegando que los alemanes de mi país sufren discriminación racial y amenazas de muerte. No sé qué más puede hacer Checoslovaquia.

Fengshan intercambió una mirada con el señor Lord, consciente de que después de la Conferencia de Munich, Hitler había prometido que los Sudetes serían su última exigencia. Pero por lo que contaba el señor Beran, parecía que Hitler no se detendría allí y que, muy pronto, Praga, Bohemia y Moravia seguirían el mismo destino que Viena.

Dos días antes del año nuevo, Fengshan recibió un mensaje sobre la guerra en China. Los japoneses estaban bombardeando Chongqing, la nueva capital, de forma sistemática. En dos meses, habían atacado la ciudad veinte veces y el Ejército Imperial Japonés había invadido las ciudades cercanas con sus caballerías y tanques.

Si el Gobierno nacionalista no lograba retener Chongqing y China capitulaba, el consulado en Viena dejaría de existir y él ya no podría expedir visados a los vieneses desesperados.

CAPÍTULO 41

GRACE

Di la bienvenida al año 1939 desde detrás de las ventanas escarchadas y adornadas con los brillos y esplendores de un salón de baile; mis pensamientos, sin embargo, no podían estar más lejos. Todo el entretenimiento, la música en vivo, los valses vigorosos y la comida abundante, el caviar, el venado asado, los capones de piel crujiente, el pescado al vapor sobre un lecho de espárragos, me recordaba a Eva —una vez me había preguntado si los diplomáticos solo cenaban *foie gras*— y la música exuberante de la orquesta me recordaba a Lola; habría disfrutado de tocar el violín. ¿Podría tocar el violín en el asentamiento?

Lola no había vuelto a llamarme. Yo no sabía por qué no había ido a despedirse de Eva y, como no recordaba la dirección alemana, no sabía cómo encontrarla. Mientras paseaba por el salón, me preguntaba cuánto tiempo permanecería Lola en el asentamiento y cuándo podría irse a Shanghái.

Fuera del salón, el viento aullaba; el aire, antes cargado de oberturas y óperas, ahora resonaba con gritos, camiones y disparos. Por las mañanas, los rayos del sol se estremecían sobre los techos nevados; en las primeras horas de la tarde, las calles se sumían en la penumbra; los parques se cubrían de fragmentos de hielo y un tinte sombrío caía sobre los edificios desiertos de la ciudad.

Estaba menstruando de nuevo, pero ya no tenía los mareos y dolores de cabeza que solían debilitarme. De hecho, me sentía más sana. Cuando caminaba por la nieve, no me cansaba enseguida. Empecé a soñar de nuevo con ser madre; aún era joven, solo tenía veintiséis años.

Monto cumplió doce años después del año nuevo; estaba más alto y tenía aspecto melancólico. Con el consulado cerrado, no podía importunar a frau Maxa y al vicecónsul con firmas ni predecirles el futuro. Había dejado de jugar con sus soldaditos de juguete.

—¿Dónde queda Mauthausen, Grace? —me preguntó una mañana mientras desayunaba.

—¿El qué?

—Mauthausen. Puf. Tu alemán es malísimo.

—No sé. En algún lugar cercano, tal vez.

—¿Los niños de allí van a la escuela?

—Puede que sí.

Monto bajó la mirada al plato de salchichas que no había tocado.

—¿Qué te pasa? —quise saber.

—Quiero ir a Mauthausen.

—¿Por qué?

No respondió.

Un día, mientras limpiaba la habitación de Monto, encontré varios sobres con certificados de sus calificaciones escolares en un cajón de su escritorio. Al parecer, los había ido recopilando durante los últimos meses. Yo no solía revisarlos; Fengshan se ocupaba de eso, era un padre estricto que le exigía un algo nivel académico a Monto. Había comentado, en broma, que un 9,9 era un sobresaliente para un niño chino, mientras que un 9 lo era para un niño alemán, pero solo un notable para un niño chino. Era un estándar muy alto, pero Monto nunca había sacado menos que un 9. Abrí un sobre. Había muchas faltas de asistencia y las notas no eran de 9, sino de 6.

Me pregunté si Fengshan estaría al tanto de las calificaciones de Monto; quizá no, con lo ocupado que estaba con el consulado. Pero algo estaba pasando con Monto.

Yo seguía sin tener noticias de Lola.

Febrero era un mes despiadado en Viena. La nieve caía sin cesar, como un enjambre de pájaros atrapados, y cubría las calles, los árboles esqueléticos y los bancos. La luz tibia del día bordeaba las ventanas y la entrada principal del consulado durante unas horas para luego dar paso raudo a la noche. A las cuatro de la tarde, las arañas y las lámparas que había en el vestíbulo del consulado ya estaban encendidas; su resplandor dorado rozaba las mejillas de la emperatriz Josefina en la pared, pero no lograba calentar a la multitud de solicitantes que tiritaban de frío.

Para mi alegría, Lola me llamó por fin. Anoté su dirección y fui a verla en el coche del consulado, pues el tranvía ya no era seguro. Tenía muchas preguntas en la cabeza: ¿por qué no se había despedido de Eva? ¿Podía salir del asentamiento?

El vehículo pasó por delante del teatro de la ópera, giró hacia el norte hasta la rotonda del monumento a Tegetthoff y cruzó el canal. La noria gigante del parque de atracciones estaba inmóvil. El parque, que había estado repleto de público, vendedores de salchichas y niños que se divertían, era un manto de nieve y hielo. Cuando nos acercamos a una torre, sonó un disparo y dos guardias nazis con uniforme nos pidieron que detuviéramos el coche; fue entonces cuando me di cuenta de que Lola no podía dejar el asentamiento. La entrada y la salida de la zona estaban restringidas.

No entendí lo que Rudolf les dijo a los guardias, pero no dejaba de señalar la bandera china que Fengshan había colocado cerca del espejo retrovisor del coche. Por fin, nos dejaron pasar.

Cuando llegué al edificio del que me había hablado Lola, me quedé boquiabierta. Lola lo había llamado asentamiento, pero yo no había imaginado nada como lo que vi. Los edificios parecían formar parte de una fábrica y un olor rancio a carne podrida impregnaba el aire. Muchas construcciones adyacentes tenían pintadas y las ventanas destrozadas, y los guardias armados con rifles parecían surgir del interior cuando uno menos lo esperaba. Me alegré de que Lola estuviese fuera, bebiendo de una botella de cerveza.

Llevaba un gorro negro, un chal de lana negra largo y grueso, un *dirndl* largo y botas. Una nube de aire frío se hinchaba a su alrededor; estaba despeinada. Había envejecido, tenía la mirada perdida y la cicatriz era una garra larga y curva. Parecía una mujer sin techo; bueno, comprendí con tristeza que, en realidad, eso es lo que era.

Se alegró de verme, pero me advirtió que, por mi seguridad, no debía quedarme mucho tiempo.

No sabía qué decir.

—Hay guardias fuera del asentamiento, Lola —comenté.

Asintió con la cabeza.

—Hay un relevo cada cuatro horas.

Por la forma en que lo dijo, parecía que hablaba de una visita de vecinos.

—¿Estás prisionera?

—Más o menos.

—¿Cómo podrías salir de este lugar?

—Con un billete de transatlántico que pruebe mi intención de partir. Todo el mundo habla de los barcos que van a Shanghái, pero nadie sabe si están navegando.

Yo podía averiguarlo.

—¿Qué ocurrió el año pasado? ¿Por qué no fuiste a despedirte de Eva?

—Los guardias de los asentamientos querían un concierto porque era la temporada de fiestas y tenían ganas de celebrarlo. La orquesta tocó toda la noche. No pude escaparme. No pude despedirme de ella, Grace

—La llevé a la estación de tren. Ahora está a salvo, como dijiste. Está en Inglaterra. —Eso esperaba; en realidad, no lo sabía.

Tal vez fue por mi tono de voz: Lola empezó a llorar.

—¿Volveré a verla?

Ella misma lo había dicho: ¿Quién podía saber lo que ocurriría en el futuro?

—Claro que sí.

—Ojalá hubiera podido quedarse. Pero aquí no tiene futuro, Grace. Tiene prohibido ir a la escuela y sus movimientos están restringidos. Tuve que enviarla lejos. Debo luchar por su vida. —Se secó las lágrimas.

Yo también había querido que se quedara y había cuestionado la decisión de Lola. Pero ahora comprendía que tenía razón. Había tenido que dejarla ir.

—Ay, Lola.

—¿Crees en Dios, Grace?

Tuve que pensarlo. No sabía nada de Dios. Después de haber sido excomulgada, mi madre había jurado no hablar de religión. De niña, me costaba entenderlo, pero ahora sabía que después de la muerte de padre, lo había llorado muchísimo y veía el mundo a través de una neblina de tristeza y rabia. Se había reído de los hipócritas que predicaban el amor al prójimo, se había burlado de los que decían "Dios te bendiga" y me había advertido que me convenía mantenerme alejada de la Iglesia. Yo jamás había pisado una iglesia ni en Boston ni en Chicago.

Pero cuando mi madre bebía demasiado, dejaba salir sus

sentimientos, su autocompasión por lo que podría haber sido una vida honorable. Aunque nunca lo había admitido, yo pensaba que la excomunión, el hecho de ser repudiada por su propia gente y de que se le negara el derecho a profesar su culto, sumado a la pérdida de padre, la habían llevado al alcoholismo. De haber sido amada y aceptada, no habría sido la madre de la sombra y la luz, la madre que me asfixiaba y después suplicaba que la perdonara.

Fengshan era un cristiano devoto que asistía con regularidad a la Iglesia Luterana de la Ciudad y un firme creyente en Dios. "¿Qué seríamos sin creencias?", había reflexionado una vez. "Nada más que muñecos de trapo sin corazón y sin alma".

—Creo en los ángeles, Lola. En los ángeles de la poesía, los ángeles de la amistad.

Esbozó una sonrisa lánguida y bebió su cerveza.

—¿Te han dado una cerveza?

—¿Esta? No. Me la dio un viejo amigo. Me lo encontré en el asentamiento. Pruébala.

Estaba fría y era amarga.

—¿Qué es?

—Cerveza de Estiria.

—Nunca la había probado. No sabía que bebías.

—Todos los austríacos beben cerveza. Antes del Anschluss, en cualquier caso. —Se volvió hacia el edificio, donde las familias se apiñaban junto a bolsas y maletas—. No te lo creerías. Me han contado tantas historias desgarradoras... Ese hombre, ¿lo ves? ¿El que tiene una barba larga como un arbusto de invierno, que está ahí, en la esquina? Puede narrar de memoria *La metamorfosis* de Kafka de principio a fin. Es un médico muy reconocido de Viena que pasó seis meses encerrado en un calabozo del cuartel general. Contó que durante esos meses leyó el libro de Kafka todos los días para pasar el tiempo y comió cucarachas para mantenerse vivo, y que sufrió alucinaciones. Cree que mañana todos nos convertiremos en cucarachas.

—Qué horrible.

Lola bebió un trago de cerveza y se limpió la boca.

—Estos días no puedo dejar de pensar en Nietzsche. ¿Conoces su famosa frase, Grace? "Debes estar dispuesto a arder en tu propio fuego; ¿cómo podrías renacer sin haberte convertido antes en cenizas?".

Nietzsche no le hacía bien a Lola. Su amiga lo había perdido todo, a todos sus seres queridos, y la vida en el asentamiento, ese ámbito nebuloso de locura y aislamiento, la estaba llevando al borde de la alucinación. Tenía que encontrar la manera de sacarla del país.

CAPÍTULO 42

FENGSHAN

Estaba firmando un formulario de visado cuando sonó el teléfono. La voz del embajador Chen sonó a través del auricular.

—Tengo noticias muy graves, Fengshan. El acuerdo de armas con Alemania ha fracasado.

Fengshan se frotó la cara. Por desgracia, su sospecha sobre el compromiso del Tercer Reich con la venta se había confirmado. Le había informado a su superior que Hitler había concedido a los japoneses el estatus de arios honorarios hacía unas semanas y el embajador Chen lo había descartado como algo trivial.

—Es muy lamentable, embajador Chen. Quizás deberíamos buscar armas de otro país…

—No podemos rendirnos por una única reunión malograda. Debemos hacer todo lo posible para seguir cultivando nuestra relación con Alemania y asegurarnos de que recibiremos las armas que necesitamos.

—Pero…

—¿Has dejado de emitir los visados como te ordené?

Hizo una pausa.

—Con el debido respeto, embajador Chen, el telegrama

del Ministerio de Asuntos Exteriores indicaba una política flexible...

—¡Déjame el ministerio a mí! Hablaré personalmente con el viceministro. ¡Tú haz lo que te digo! ¡Detén la emisión de visados! ¿Está claro? —El embajador colgó.

A Fengshan se aceleró el corazón. Su superior le había dado un ultimátum. Si seguía expidiendo visados, desatendiendo su orden, el embajador podría tomarlo como una afrenta e imponerle una posible censura o destituirlo de su cargo. ¿Arriesgaría su carrera por los visados?

Observó los formularios apilados sobre el escritorio, ordenados e identificados por fecha. Los hojeó, con las yemas de los dedos manchadas por la pluma estilográfica, y dejó un leve rastro en las esquinas. Estaba acostumbrado a esos nombres alemanes: Grebenschikoff, Girone, Goldstaub, Raubvogel, Reismann, Schultzman. Estas solicitudes no eran simples papeles; eran vidas de personas. Cada nombre era una vida, una vida con historia, una vida que suplicaba por un futuro.

Abrió la caja de puros, encendió uno y miró hacia el exterior. Fuera, como era habitual, una enorme cantidad de gente hacía una fila con la espalda encorvada, se frotaba las manos y pisoteaba la nieve.

Salió de la oficina. En el vestíbulo, el vicecónsul estaba cobrando las tasas y escribiendo los recibos con su ritmo aletargado. Como parte de sus obligaciones, el vicecónsul también recopilaba las remesas y las enviaba a la embajada al final de cada mes. Si Fengshan acataba la orden del embajador, no habría más remesas para enviar, pero si no transmitía la orden a su subordinado, seguirían llegando a la embajada y el embajador sabría que Fengshan le había desobedecido.

Fengshan pasó junto al vicecónsul Zhou, no dijo nada y entró en el ascensor.

Grace estaba poniendo la mesa.

—Mira lo que te he preparado. —Colocó ante él un plato de filetes de cerdo con salsa y ajo que nunca había hecho desde que estaban en Viena.

—Cerdo de Hunan al ajillo.

Fengshan cogió un par de palillos y probó un bocado. El resultado fue sorprendente; estaba exquisito. Hacía siglos que no comía comida china decente, salteada con salsa de soja sabrosa y ajo, al estilo de la cocina de su ciudad natal. Pero, por desgracia, casi no podía digerir nada.

—¿Pasa algo, querido?

—He estado hablando con el embajador Chen.

Desparramó el arroz para que absorbiera la salsa y comió. La comida lo mantendría concentrado y no debía desperdiciar nada. Sus compatriotas se estaban muriendo de hambre.

—¿Alguna buena noticia de China?

—No.

Sus amigos le habían enviado telegramas sobre la guerra hacía unos días. A pesar de que Chongqing, la nueva capital de su Gobierno, había sido bombardeada hasta convertirse en un montón de escombros, para su gran alivio, el Gobierno no se había rendido.

—Algo te preocupa, querido.

En el pasado, Fengshan no le habría ofrecido una explicación, pero Grace había cambiado.

—El embajador me ordenó dejar de expedir visados.

Grace se sentó frente a él.

—¿Dejar de expedirlos? ¿Por qué? He oído que la gente de los asentamientos está intentando solicitarlos en nuestro consulado. Si dejas de hacerlo, ¿dónde los conseguirán? ¿Te acuerdas de que Lola está en un asentamiento? Ojalá pudieras verlo. Es espantoso.

Grace acababa de confirmar lo que él necesitaba saber.

—Le pedí a frau Maxa que consiguiera un pasaje de barco a Shanghái para Lola, querido. Me temo que el estado mental de Lola ha empeorado. Podría estar alucinando. Debe dejar Viena.

—¿Qué dijo frau Maxa?

—Dijo que mucha gente está intentando comprar pasajes de transatlántico. Que los precios son un disparate y hay pocos disponibles.

—Le diré que siga intentándolo.

—Hay muchas personas confinadas en el asentamiento, querido, duermen en el suelo. ¡Y hace un frío tremendo! Si dejas de expedir visados... —Clavó sus ojos hermosos en él, expectante.

—Esto está delicioso.

La besó en la frente.

—Te dejo tranquilo. Piénsalo.

Él asintió, agradecido por la comprensión de su esposa. Con los palillos en la mano, masticó despacio la comida y pensó en la orden del embajador.

Cuando bajó al vestíbulo atiborrado de gente, oyó que un hombre con un abrigo negro relataba su experiencia aterradora en el campo de Mauthausen a los solicitantes congregados a su alrededor. Fengshan se detuvo a escuchar. Al hombre, que al parecer se llamaba herr Eisner, lo habían liberado del campo hacía unos días. Contó que su tarea era transportar bloques de piedra desde lo alto de la cantera hasta el pie de la colina. Día tras día, cargaba al hombro un gran bloque que pesaba unos cuarenta y cinco kilos y bajaba con dificultad los ciento ochenta y seis escalones medio desmoronados hechos de arcilla, hielo y rocas —las escaleras de la muerte— con sus compañeros prisioneros que lo seguían, amenazados de cerca por los látigos de los *kapos*, otros prisioneros seleccionados para supervisar el trabajo. Tenía que tener un cuidado enorme de no tropezar en los peldaños helados ni caer por el precipicio o chocar con la gente que lo precedía. Una vez, un hombre que iba detrás de él dejó caer su bloque y la enorme roca rodó sobre el pie de herr Eisner y aplastó a cinco hombres que iban delante de él. Herr Eisner perdió dos dedos —se quitó la bota para demostrarlo—, pero aseguró que tuvo más suerte que el hombre que dejó caer la roca, que terminó como un "paracaidista".

—¿Paracaidista? —preguntó alguien.

—Uno de los *kapos* se enfadó y lo lanzó por el precipicio. El pobre hombre voló como un paracaidista y murió al caer en una hondonada llena de piedras enormes.

A herr Eisner le temblaban los labios, sus ojos estaban atormentados por el recuerdo. Había creído encontrarse en una trampa mortal hasta que su esposa le consiguió un visado del consulado chino: el pasaje que le había concedido la libertad. Ahora, acudía al consulado para salvar a su cuñado, que estaba trabajando en el mismo campo.

Fengshan entró en su oficina con la espalda rígida. No podía creer que hubiera perdido el tiempo preocupándose por la orden de su superior. Su decisión ya estaba tomada y pensaba llevarla a cabo. Había miles de judíos en Viena; si necesitaba entregar miles de visados para mantenerlos fuera de los campos de trabajo, pues entonces lo haría.

CAPÍTULO 43

GRACE

DOS SEMANAS MÁS TARDE, CONSEGUÍ UN PASAJE DE BARCO a Shanghái con la ayuda de frau Maxa. El barco tenía previsto partir en septiembre. Me sentí decepcionada. Lola no podía esperar seis meses en el asentamiento. Ante mi insistencia, frau Maxa preguntó en una firma de abogados y compró otro pasaje a Shanghái, a un precio exorbitante, en un barco que partiría en dos semanas. Emocionada, compré un billete de tren en la estación y doblé y guardé ambos documentos en mi bolso de mano. ¡Lola podría dejar el asentamiento y viajar a Shanghái!

Cuando fui al distrito de Leopoldstadt, tuve que atravesar las inspecciones y los interrogatorios rutinarios, pero la bandera china me volvió a salvar.

En el asentamiento, Lola estaba hablando con un joven fuera del edificio. Me lo presentó como Theo. Tenía los ojos azules, una cara con pómulos prominentes y cejas gruesas, y el cabello castaño con raya en medio. Era atractivo y sus ojos se movían con cierta intensidad, como si tuviera una daga oculta en la manga y estuviera listo para usarla. Era el viejo amigo que ella había mencionado y le había llevado otra botella de cerveza estiriana.

El joven me resultaba familiar y entonces recordé que se trataba del hombre que habíamos conocido mientras esperábamos en la fila para los permisos de salida en la Oficina Central para la Emigración Judía. Había habido algo peculiar en él que ahora no podía recordar. Era evidente que no tenía una relación sentimental con Lola.

Theo había estado en Linz y después había aparecido allí, explicó Lola cuando el joven se hubo marchado.

—Me ha dicho que nos enviarán al campo de Mauthausen el mes que viene.

"Mauthausen". Me sonaba.

—Vamos a dar un paseo. Te contaré más cosas —agregó Lola, y echó un vistazo a la gente que estaba cerca.

La seguí y caminamos con dificultad por la nieve que nos llegaba hasta las rodillas. El aire helado me hacía llorar los ojos a pesar de que llevaba puestos el grueso abrigo de astracán, los guantes forrados de piel y botas de cuero altas. Lola tenía tan solo una chaqueta negra, un pañuelo en la cabeza y unas botas viejas. Meneó la cabeza cuando le ofrecí mis guantes. Dijo que no tenía frío.

Cuando pasamos por delante de una taberna de una planta, oí la música pulsante que provenía del interior. A través de la ventana, distinguí a un grupo de músicos que tocaban violines y cencerros y agitaban los brazos. Lola también se detuvo a mirar; después aspiró por la nariz, se tapó la cara con el pañuelo y apartó la mirada. Desde el verano pasado, ya no hablaba de Strauss ni de Mozart, ni de su canción favorita, *El vuelo de la alondra*.

Entonces, de pronto, alguien gritó en la taberna. La puerta se abrió de golpe. Un hombre sin sombrero salió dando tumbos. Nos miró, corrió hacia la puerta de la valla y desapareció. Un momento después, dos policías uniformados irrumpieron en la taberna, vociferando en alemán. Se oyó un disparo.

Lola me cogió del brazo y nos desvió hacia un callejón.

—Theo me ha dicho que la Gestapo detuvo ayer a todos los hombres del bloque y los envió a Mauthausen.

—¿Cómo se enteró?

El viento helado soplaba sobre mí. Me estremecí. Hacía tanto frío que sentía los labios congelados y la nariz dura como el hielo. Ante mí se desplegaba el canal, una vasta franja de hielo con montículos rocosos blancos y arbustos escarchados. A lo lejos, en el parque de atracciones, las montañas rusas estaban congeladas, había carámbanos largos y puntiagudos que colgaban debajo de ellas, y la gran noria, cargada de nieve, era una corona blanca como un portal diáfano.

—Theo trabaja para una organización que lleva personas de manera clandestina a Suiza. Utilizan documentos falsos para ayudarlos a escapar: escritores, compositores, artistas y profesores universitarios tachados de subversivos por sus "obras degeneradas" o por difundir mensajes que ponen en peligro a la sociedad; todos ellos son disidentes buscados por el Gobierno.

Parecía peligroso. Si los atrapaban, los fusilarían.

—¡Te he comprado los billetes, Lola! Uno de barco y otro de tren. Ya está todo listo. Ahora puedes irte.

Se volvió con tanta rapidez que casi tropezó con la gruesa capa de hielo.

—¿Tienes un pasaje de barco? ¿Cómo lo has conseguido?

—La secretaria de Fengshan me ayudó. —Hurgué en mi bolso y le entregué los documentos.

Lola se quedó mirándolos, con la respiración agitada en el aire helado, una isla en un espejismo. Pareció a punto de echarse a llorar, pero, como siempre, contuvo las lágrimas.

—Gracias, Grace.

—Lárgate de Viena y vete a Shanghái, Lola. Toma, aquí tienes mi libro de Dickinson. —Le di el libro de poesía que había llevado conmigo—. El viaje a Shanghái es largo y tedioso. Tendrás algo que leer.

—Tu poeta favorita. —Se acordaba.

—Nunca pensé en desprenderme de él. Quizá algún día me lo devuelvas.

Ese libro había sido un faro en mi infancia, una muestra de amor de mi madre después de sus repetidas bofetadas. Mi madre lo había recibido de su amiga, la señora Maher, una criada de la familia Dickinson.

Lola lo sostenía con ambas manos: sabía lo que el libro significaba para mí; lo que ella significaba para mí.

—Iré a despedirte, Lola. Recuerda que el tren sale dentro de tres días. Te recogeré y te llevaré a la estación. Y desde Italia, viajarás a Shanghái.

Meneó la cabeza.

—No deberías venir aquí tan a menudo, Grace. Eres la esposa de un diplomático. Este asentamiento no es seguro para ti. Podemos encontrarnos en la estación de tren, ¿qué te parece?

No discutí, nunca podía discutir con mi amiga.

—Nos vemos en la estación, Lola.

El día de la partida de Lola, fui a la estación de tren y esperé. Pero el tren llegó y se fue, y ella no apareció.

Insistí tanto que Rudolf me llevó al asentamiento. Lola no estaba fuera del edificio. Llamé a la puerta, pero no respondió nadie.

Miré por la ventana. El edificio estaba vacío. Todas las familias con maletas, el hombre con la barba como un arbusto de invierno que alucinaba mientras recitaba a Kafka y Lola habían desaparecido.

CAPÍTULO 44

FENGSHAN

—No está detenida; no creo que la hayan detenido. —Grace se paseaba por la oficina mordiéndose los labios—. ¿Crees que la Gestapo la ha arrestado?

—Bueno...

Fengshan estaba anotando el número de visado en un formulario. Deseaba poder decir algo que tranquilizara a Grace. En la Viena de esos días, las desapariciones significaban una única cosa. Los solicitantes de visados y el capitán Heine le habían contado demasiadas historias.

—Había muchísimas personas dentro del edificio, cientos de ellas, y todas han desaparecido, incluida Lola. ¿Cómo han podido desaparecer todos?

Fengshan frunció el ceño.

—Aparecerá en un par de días. ¿Verdad, querido?

"¿Dónde? ¿En el asentamiento? ¿En el consulado?".

—Sí.

—¿Crees que aparecerá? —Grace se quitó los guantes y luego se los volvió a poner. Parecía angustiada.

—Claro que sí.

—¡Aun así! ¡Toda esa gente que estaba dentro del edificio! ¿Cómo pudieron desaparecer todos?

De una cosa estaba seguro: si cientos de personas de un edificio lograban escapar juntas habiendo guardias cerca, aquello era un cuento de hadas.

—No sé qué está pasando... Está viva. Puedo sentirla. ¿Crees que está viva?

Había escrito mal el número.

—Está viva.

Pobre Grace. Fengshan no tenía valor para pinchar la burbuja de su sueño: había muchas posibilidades de que jamás volviera a ver a su amiga.

El vicecónsul le informó de que varios vendedores ambulantes chinos, que el año anterior habían hecho caso de su advertencia de quedarse en sus casas, habían sido apaleados en las calles. Fengshan fue a visitarlos y la pequeña comunidad china se reunió a su alrededor. Comentaron que hacía meses que no necesitaban solicitar pasaportes nuevos porque los oficiales de policía no parecían interesados en sus negocios, pero que estaban preocupados por la violencia que había en Viena y planeaban irse a Italia para estar a salvo. Los estudiantes indicaron que se graduarían pronto y estaban preparándose para partir.

Fengshan les deseó lo mejor, pero con el corazón acongojado. Una vez que su gente se marchara de Viena, su consulado podría ofrecerles poca ayuda.

El capitán Heine lo llamó y le dijo que encendiera la radio.

La voz de un hombre, llena de emoción, anunciaba que después de meses de espera, el Führer había cumplido su promesa de proteger al pueblo de etnia alemana que vivía en Praga y en las provincias checas de Bohemia y Moravia: "¡El pueblo alemán ya no se verá obligado a recibir lecciones de maestros judíos corruptos! ¡Ya no se les lavará el cerebro a los niños alemanes con teología judía e historias de justicia social inventadas, ni se los obligará a sentarse con judíos!". Los ruidos de tanques, coches y soldados que marchaban retumbaban en el fondo. La Wehrmacht alemana había entrado en Praga y Checoslovaquia había sido declarada protectorado alemán.

Tras meses de coacción por parte de Hitler, meses de especulaciones y rumores, la impensable anexión de Checoslovaquia se había producido por fin. El país había dejado de existir.

—No lo dirán en la radio, pero Eichmann participó del desfile de tropas que entraron en Bohemia y Moravia —precisó el capitán Heine.

Dondequiera que fuera ese hombre, sobrevenía un desastre para los judíos. Fengshan esperaba de todo corazón no volver a ver a Eichmann. Y también esperaba que la invasión de Checoslovaquia sirviera de advertencia a su superior y a los líderes del mundo. Hitler había roto la promesa que había hecho en la Conferencia de Munich; el Tercer Reich había dejado expuesta su ambición temeraria y se había mostrado como lo que en verdad era: un ejército de invasores insaciables, igual que el enemigo de China, los japoneses.

Si el embajador Chen hubiera analizado la situación con racionalidad y lógica, habría comprendido que era inútil insistir en una amistad que había dejado de existir hacía tiempo.

Un día, cuando Fengshan se dirigía a la iglesia, se cruzó con el señor Lord, que iba vestido con un traje informal gris cruzado. En tono serio, le comunicó que el consulado estadounidense tenía previsto suspender en abril el proceso de concesión de visados para los judíos de la Gran Alemania. Habían alcanzado su cuota de inmigración para el año 1939.

Fengshan estaba desolado. Checoslovaquia se estaba desintegrando y las fronteras con otros países, como

Polonia y Suiza, estaban cerradas. Cada vez más judíos eran arrastrados al borde de la destrucción y, sin embargo, países como los Estados Unidos, que habían proporcionado uno de los visados más codiciados, les estaban cerrando sus puertas de manera oficial. Y tan solo unos días atrás, había leído en un periódico inglés que el Gobierno británico había publicado un libro blanco, un documento por el cual se limitaba el número de inmigrantes a Palestina a cinco mil al año. ¡Se permitiría vivir a cinco mil mientras millones quedarían desamparados!

Por la mañana, Fengshan se aseguró de colocar el cartel de "Abierto" en la puerta del consulado. El vestíbulo estaba repleto, y fuera, en la calle, los solicitantes hacían fila entre los montículos de nieve.

—Herr cónsul general, ha llegado un paquete para usted —le notificó frau Maxa desde la puerta de la oficina.

—Déjelo. Lo abriré más tarde.

No levantó la cabeza mientras escribía "Shanghái" en caracteres chinos en un formulario de visado. El apellido del solicitante, a diferencia del anterior, era corto, como para ahorrarle tiempo: Baum.

—Han dicho que era de parte del señor Rosenburg.

Fengshan levantó la vista. El señor Rosenburg se había marchado a Shanghái el año anterior y él había ido a despedirlo a la estación de tren. Su amigo tenía la costumbre de hacer regalos, pero no había mencionado que le enviaría un paquete desde el extranjero. Volvió a mirar el formulario. Primero tenía que terminar ese visado. No era propio de él dejar algo sin terminar.

—Lo abriré más tarde.

Unos minutos después, frau Maxa entró en la oficina.

—El mensajero que trajo la caja está esperando para hablar con usted, herr cónsul general.

—Hágalo pasar.

Esperó un rato, pero frau Maxa no volvió. Salió al vestíbulo.

—¿Dónde está el mensajero?

—No lo encuentro, herr cónsul general. Rudolf dijo que acaba de irse.

Fengshan frunció el ceño.

—¿Dónde está el paquete?

Era una caja pequeña. Dentro había una taza, una taza común y corriente que cualquiera podría comprar en una tienda. Fengshan estudió el interior de la caja; no había nada más, salvo el envoltorio, un periódico del mes de noviembre pasado con el titular *Kristallnacht,* en alusión a la pavorosa noche en que muchas tiendas habían sido destruidas y muchos judíos habían sido arrestados y golpeados.

Sostuvo el periódico. Era evidente que la taza y el nombre del señor Rosenburg habían sido una excusa. Quienquiera que hubiera enviado el paquete quería hablar con él. Pero si el remitente buscaba ayuda, ¿por qué tanto misterio?

Pocos días después, otro paquete apareció sobre su escritorio. Dentro había una taza del mismo tipo que la anterior, envuelta en periódicos alemanes.

Fengshan descolgó su abrigo y el sombrero del perchero y se dirigió al vestíbulo. Un hombre alto, con una bufanda negra de punto y un gabán negro, lo observaba desde la entrada. Pero en cuanto Fengshan lo vio, el sujeto se escabulló fuera del consulado.

Fuese quien fuese el desconocido, quería verse con él a solas. Fengshan cerró la oficina, pasó junto a la multitud del pasillo y llegó a la entrada. Fuera nevaba; el hombre estaba de pie junto a la estatua de Beethoven, frente al consulado. Fengshan se ciñó el abrigo negro y cruzó la calle cubierta de nieve, que le llegaba hasta las rodillas.

—¿Herr cónsul general?

El joven aparentaba unos veinte años, tenía cejas espesas y unos ojos negros inteligentes que asomaban por encima de la bufanda enrollada en el cuello. Por instinto, Fengshan supo que era un judío vienés.

—Sí, soy el cónsul general del consulado de la República de China.

Le tendió la mano y vio con tristeza que el hombre vacilaba. Los nazis habían convertido en delito que los alemanes estrecharan la mano de un judío. Pero él no era alemán y aún creía en la cortesía.

El apretón del joven fue firme.

—Me llamo William Galili. Le pido perdón por este encuentro tan poco convencional con este clima tan horrible. Oí hablar de su consulado a nuestro amigo común, el señor Rosenburg. Hay un asunto urgente relacionado con los visados y me temo que necesito su ayuda.

Hacía un frío terrible; Fengshan había olvidado ponerse los guantes.

—Señor Galili, el consulado de la República de China tiene una política liberal con respecto a los visados para los judíos de Viena. Si necesita ayuda con eso, le aconsejo que complete un formulario en el vestíbulo.

—Por cierto, herr cónsul general, he oído hablar de la política generosa de su consulado, pero me temo que necesito solicitar más de un visado.

—¿Cuántos serían?

—Setecientos setenta y cinco.

Fengshan se quedó mirándolo.

—Necesita solicitar visados en nombre de setecientas setenta y cinco personas.

—Herr cónsul general, sé que es de lo más inusual, pero le ruego que me escuche. Todas estas desafortunadas personas me han pedido ayuda; son de Berlín, Viena,

Checoslovaquia, Hungría y otros países de Europa del Este. Duermen en un tren sin calefacción en Checoslovaquia, con este clima helado, a la espera de que los transporten a un barco que viajará a Bulgaria y después a China. Sin embargo, se les denegó el paso por Rumanía y se les ordenó volver a Alemania, lo que no debe ocurrir. Les quedan pocas provisiones, no tienen agua potable y están esperando obtener los visados para ir a China, lo que les permitiría que la policía portuaria les concediera el paso.

Era un orador elocuente, que apelaba a su empatía, pero cuanto más oía Fengshan, más sospechoso le resultaba todo el asunto.

—¿Dice usted que están en ruta hacia China en tren y luego en barco, pero ninguno de ellos tiene un visado chino?

—Así es, herr cónsul general.

Tuvo el presentimiento de que ese hombre no era amigo del señor Rosenburg.

—La vida de setecientas setenta y cinco personas está en sus manos, señor Galili; si es usted tan serio como creo, me dirá la verdad.

El joven echó un vistazo a la fila de solicitantes cerca de la entrada del consulado.

—Herr cónsul general, quizás he empezado la conversación de manera equivocada. Imagino que setecientos setenta y cinco visados requieren bastante trabajo y estaré encantado de compensarlo por el inconveniente. Me gustaría darle dos mil marcos por la molestia, o quinientos dólares estadounidenses, si lo prefiere. Me han contado que tiene un hijo. Ayudará para pagar su educación.

Fengshan se volvió.

—¡Mil dólares, herr cónsul general!

Se detuvo.

—Señor Galili, su dinero será más útil en otro lado. El consulado de la República de China no acepta sobornos.

Ha rebajado usted a mi persona y a mi consulado con su ofrecimiento. Que tenga usted un buen día.

—¡Espere, herr cónsul general! Le pido disculpas si lo he ofendido. Por favor, deme una oportunidad más para explicárselo. Como usted sabe, muchos consulados en Viena son inaccesibles por diversas razones. Ya he hablado con representantes de Liberia, Argentina y Grecia en Berlín y Praga. Me informaron que para entregar los visados debían informar del asunto a sus países y que eso llevaría meses. Me temo que no tengo tiempo. Estas personas están esperando en el tren y si no tienen los visados, las harán volver en cuestión de días.

Los copos de nieve cubrían la cara del hombre y se derretían. Estaba sudando; los ojos le brillaban con urgencia y miedo. Fengshan cedió.

—Herr Galili, como dije, el consulado de la República de China tiene una política liberal con respecto a los judíos de la Gran Alemania. Todo solicitante recibirá su visado, siempre que disponga de los documentos adecuados. Pero el soborno no es la vía para obtenerlos.

El joven se ciñó más el abrigo.

—Mis más sinceras disculpas, herr cónsul general. Se trata de una causa justa, se lo aseguro, y le contaré los detalles con gusto. Tal como sospechó, las setecientas setenta y cinco personas no tienen intención de ir a China. Tienen otro destino en mente. Un funcionario local les dio un salvoconducto hacia Rumanía, pero el oficial rumano no quiso arriesgarse a aceptarlos por miedo a que se queden en su país. Exige pruebas de que continuarán el viaje. Así que llegué a un acuerdo con él. Supongamos que cada uno de los viajeros posee un visado para China, un país lejano, que demuestra que se dirigen hacia allá. En ese caso, el funcionario dejará pasar el tren por su país y estas personas embarcarán en Varna, Bulgaria, y llegarán a destino.

—¿Cuál es el destino previsto?

—Palestina.

O sea, que los visados para China se utilizarían como un medio para que los judíos escaparan de Viena. Si Fengshan obedeciera la orden del embajador Chen de detener la emisión de visados, sería justamente para las de este tipo: los visados para las huidas clandestinas e ilegales.

—Herr cónsul general, se lo ruego. Debe escucharme. La Liga de las Naciones ha confirmado Palestina como nuestra patria. Tenemos derecho de vivir allí; sin embargo, Palestina está bajo mandato británico, fuera de nuestro alcance. Gran Bretaña restringe la inmigración de judíos alemanes a gran escala, pues cree que una mayoría judía en Palestina supondría una amenaza y complicaría su administración del territorio.

Esa delicada situación de controlar el territorio no era nada nuevo. Fengshan sabía muy bien que el canal de Suez, un corredor hacia la India y otras colonias, era vital para el Imperio británico, y que los británicos querían el control absoluto en esa región. Lo que el joven no había dicho era que el funcionario rumano temía contrariar a los británicos, ya que aceptar conceder el paso implicaría una violación de la orden británica. Como diplomático, Fengshan era consciente del riesgo que podía significar para China enemistarse con los británicos; lo mejor para su país era evitar problemas.

—Lo siento, pero esto lo convierte en traficante de seres humanos, señor Galili. Está usted llevando a cabo la inmigración ilegal de setecientas setenta y cinco personas.

—Herr cónsul general, yo no lo llamaría inmigración ilegal, sino inmigración libre.

Fengshan hizo un gesto con la mano.

—Herr cónsul general, esa gente morirá si vuelve a Alemania. Setecientas setenta y cinco personas.

A Fengshan se le encogió el corazón.

—¿Es la primera vez que transportan gente a Palestina?

Los ojos negros se clavaron en él.

—Transportamos judíos a Palestina desde 1930.

—¿Para qué organización trabaja usted, señor Galili?

—El nombre de la organización no tiene ninguna importancia, ¿verdad, herr cónsul general? Tenemos una crisis en este país y estamos haciendo todo lo posible para salvar la vida de la gente.

Era un hombre audaz.

—Está jugando a un juego peligroso, señor Galili.

El joven se ciñó un poco más alrededor del cuello la bufanda, que se le había aflojado.

—Cuando se trata de salvar vidas, herr cónsul general, no tenemos otra opción.

Fengshan suspiró.

—¿Ha traído los pasaportes?

—Están en cuatro bolsas. No podía traerlos a todos.

—Tráigalos mañana al consulado y complete los formularios, señor Galili. Tendré los visados listos en dos días.

El joven dejó escapar un largo suspiro.

—Gracias, herr cónsul general.

Fengshan tenía las manos heladas. Se las frotó para calentarse mientras se volvía para marcharse.

—¿Podría decirme su verdadero nombre, señor Galili?

El joven sonrió y sus ojos inteligentes destellaron con admiración y gratitud.

—Me llamo William Perl. Soy el fundador de Die Aktion, Af-Al-Pi, una organización clandestina que ayuda a los judíos a salir de Viena. Los miembros de Af-Al-Pi le estarán eternamente agradecidos, herr cónsul general.

Fengshan sonrió y caminó de regreso al consulado. Siempre sería leal a China, pero cuando se trataba de salvar la vida de personas, la obligación de un hombre hacia su superior pasaba a un segundo plano.

Al día siguiente, el vicecónsul Zhou llevó a su escritorio el paquete que contenía los setecientos setenta y cinco pasaportes fraudulentos. Se lo veía ansioso mientras se rascaba la cabeza con su uña larga.

—Señor cónsul general, estos pasaportes, si me permite decirlo, deberían investigarse. Parecen auténticos, pero no se ha podido contactar con ninguno de los solicitantes para las entrevistas.

—No se preocupe. Cuando los visados estén aprobados, alguien pasará a recoger el paquete. —Hizo un gesto con la mano.

El vicecónsul dejó escapar un grito ahogado. Tal vez fuera perezoso, pero no tonto.

—¿Deberíamos informar al embajador...?

Fengshan no había transmitido al vicecónsul la orden de dejar de emitir visados del embajador.

—No es necesario. Yo se lo explicaré.

Tocó la cruz que colgaba de su cuello en una cadena, la besó y dejó los pasaportes sobre el escritorio. Había consecuencias que debía considerar: él, el cónsul general de su consulado, estaba expidiendo conscientemente visados para personas que emigraban a Palestina, no a China. Esto no tenía vuelta atrás. No solo había desafiado la orden de su superior de suspender los visados, sino que además estaba apoyando el transporte ilegal de judíos. Su carrera llevaría para siempre la marca del desacato y era posible que su superior le impusiera una amonestación brutal o, incluso, que su carrera sufriera un revés definitivo. Pero el momento de ganarse la aprobación del superior y de preocuparse por la gloria personal había pasado; era el momento de salvar vidas.

Cogió la pluma y estampó su firma en los visados.

CAPÍTULO 45

GRACE

DURANTE SEMANAS, LAS CALLES ESTUVIERON CUBIERTAS de nieve que llegaba hasta las rodillas, las estatuas ecuestres de la plaza eran de un blanco informe y los vieneses, encorvados bajo sus abrigos de loden pardos y negros, se apresuraban por las aceras.

La desaparición de Lola me atormentaba día tras día. A veces creía con certeza que había escapado con toda la gente del edificio; otras, un pensamiento desalentador se asentaba en mi mente como una piedra en el fondo de un lago: la habían llevado a Mauthausen y la harían trabajar hasta morir.

No podía soportarlo. Fui a ver a Monto. Estaba sentado junto a la chimenea, leyendo un libro alemán ilustrado. Parecía solitario, un niño de doce años con hombros huesudos y ojos redondos. El mechón de pelo que casi siempre estaba bien peinado le colgaba ahora cerca de la oreja: necesitaba un corte de pelo.

—¿Todavía puedes predecir el futuro de alguien leyendo su firma, Monto?

—Claro que sí.

—Espera aquí. Quiero mostrarte algo. —Fui hasta donde

estaba el vicecónsul y le pedí ver los formularios de solicitud de visado de Lola. Se mostró reacio y alegó que estaba ocupado, pero insistí y me ofrecí a buscarlo yo misma. Al final cedió. Retiré la página que llevaba la firma de Lola y la puse delante de Monto.

—Dime. ¿Está viva?

La examinó; sus ojos negros tenían la misma intensidad que los de su padre cuando contemplaba algo serio.

—Está viva.

Solté un profundo suspiro.

—Gracias.

—¿Quién es Lola? ¿Es la niña que escondías en el trastero?

—¿Lo sabías?

—Claro que lo sabía.

—No se lo digas a nadie, ¿de acuerdo? Lola es una buena amiga mía. Como Willi para ti. ¿Cómo está Willi?

Monto rompió a llorar.

—Willi ha desaparecido.

—¿Qué quieres decir?

—Este año no ha venido a la escuela. ¡Ya han pasado meses! El año pasado también faltó mucho. Lo he buscado por todas partes.

Esas eran las ausencias que constaban en el certificado escolar.

—Monto, tus notas han bajado mucho este año. ¿Qué está pasando?

—¡No se lo cuentes a padre!

—No lo haré, pero te propongo un trato. Te ayudaré a encontrar a tu amigo si me prometes que te concentrarás en la escuela y sacarás mejores notas. ¿Qué me dices?

—¿Cómo lo encontrarás?

—Iré a su casa. ¿Tienes su dirección?

—Sí, la tengo. Pero padre a mí no me dejaba hacerlo. Decía que necesitábamos una invitación.

—Les diré a los padres de Willi que estoy en el vecindario. Puedes venir conmigo y, una vez que lo veas, nos iremos. ¿Qué te parece?

—¿No se lo dirás a padre?

—Te lo prometo. —Le ofrecí mi dedo meñique para sellar la promesa.

Al día siguiente, le dije a Fengshan que llevaría a Monto a la escuela y Monto me guio hasta el apartamento de Willi, situado en un tercer piso de un edificio de la Kärntnerstrasse. Cuando llamé a la puerta, me abrió una anciana alemana que llevaba un vestido negro con encaje alrededor del cuello. Monto se encogió detrás de mí. Yo también me habría escondido, pero esto lo hacía por él. Así que en inglés y con gestos, le expliqué, con toda la calma que pude, que buscábamos a Willi, el amigo de Monto.

A la mujer mayor se le empañaron los ojos; se tapó la boca y dijo algo en un inglés con un acento muy marcado que por fin entendí. Era la abuela del niño. Willi, que tenía problemas de vista, había ido un día al hospital y nunca había vuelto. En el hospital le habían informado que lo habían operado y que se estaba recuperando en un área no autorizada donde no se permitían visitas. La madre de Willi había fallecido hacía dos años y su padre había desaparecido hacía tiempo, por lo que Willi estaba a cargo de su abuela.

Me volví hacia Monto y esperé a ver si tenía algo que preguntar. Meneó la cabeza y se volvió. Abandonamos el edificio, salimos a la calle y pasamos delante de los comercios cerrados, muchos de los cuales eran tiendas de sastres, modistas o que vendían calcetines y prendas de punto.

—¿Willi es judío? —le pregunté.

—No lo sé.

—Su abuela dijo que tenía mal la vista.

Monto asintió.

—Empeoró. Estaba casi ciego. Le encantaba cantar *Mi corazón es todo tuyo*.

—¿Qué es eso?

—Un aria de *El país de las sonrisas*.

Eso explicaba por qué Monto se había hecho amigo de Willi. A Monto también le gustaba cantar.

—Siento que no hayamos podido verlo.

Se quedó mirando el tranvía que traqueteaba por la Ringstrasse. La tristeza que había llevado grabada en el rostro había dado paso a una cierta calma. Parecía que ese viaje lo había ayudado a comprender algo.

—Creo que está muerto.

—¿De qué hablas?

Pateó los adoquines.

—Si no, ¿por qué no podemos verlo?

—Está en un lugar muy especial donde lo cuidan muy bien, un lugar especial para ciegos, nos lo ha dicho su abuela.

—Cuando sea mayor, voy a ser médico para curar la ceguera de Willi, para que pueda ver.

—Buena idea, Monto.

Una flota de camiones cargados de sillas y sofás barrocos dorados, alfombras, lámparas y cuadros pasó junto a nosotros. Monto se cogió de mi mano.

Era la primera vez desde que me había convertido en su madrastra que me cogía de la mano. Me esforcé por no darle demasiada importancia, por fingir que no era nada fuera de lo común, pero el corazón me aleteaba en el pecho. Era como si ese niño inteligente me hubiera confirmado que yo era valiosa, que no era la Grace que no sabía qué hacer con él.

Monto no podía saberlo: yo nunca había cogido la mano de mi madre cuando era pequeña. Entre limpiar casas ajenas y hornear y lavar la ropa y buscar almejas y pelar patatas, solía terminar agotada cuando estaba en casa. Y cuando salíamos, yo caminaba unos pasos por detrás mientras ella se adelantaba para distanciarse de mí.

—Tienes la mano pequeña —comentó Monto.

Sentí que se me empañaban los ojos. Recordé —tendría yo unos siete años— una ocasión en que mi madre estaba de buen humor, tan bonita, con las pecas que eran como una constelación brillante en su cara, y me había sentado en su regazo. Me había contado los dedos: "Este cerdito fue al mercado, este cerdito se quedó en casa, este cerdito comió ternera asada", y había hecho el mismo comentario. La mano pequeña de una niña pequeña, había dicho. Una frase sencilla, sin el tinte de la rabia ni la decepción ni el desagrado, un momento poco frecuente, como la aparición de un arcoíris brillante después de años de tormentas violentas.

¿Qué hubiera pasado si mi madre me hubiera cogido de la mano? ¿Si me hubiera dicho algo como: "Tienes manos pequeñas, pero muy fuertes"? ¿Si hubiera combatido sus demonios y se hubiera mantenido alejada del alcohol?

Hice que Monto se volviera hacia mí; era casi de mi altura.

—Y tú tienes un gran corazón, Monto. Recuérdalo, ¿vale? Te convertirás en un gran hombre, un hombre que conseguirá grandes cosas, un hombre con amigos y familia que te amarán. Serás fuerte.

Mi niño sonrió.

CAPÍTULO 46

FENGSHAN

Estaba leyendo los formularios de solicitud de visados cuando oyó las fuertes pisadas de frau Maxa, que enseguida llamó a la puerta.

—Herr cónsul general. Tiene una visita de Berlín. Dice llamarse consejero Ding. Dice que lo envía el embajador Chen.

Por un breve instante, Fengshan sintió pánico. Como había temido, su superior se había ofendido por su desobediencia. Dejó la pluma. El consejero Ding, asistente del embajador Chen en la embajada, era un conocido con el que había coincidido algunas veces, pero con quien no había participado en misiones específicas.

—Por favor, hágalo pasar.

Unos minutos después, el consejero Ding, un hombre de unos cuarenta años que llevaba unas gafas con montura negra, entró en su oficina.

—Consejero Ding. —Fengshan rodeó el escritorio para estrecharle la mano—. Qué sorpresa. No sabía que vendría. ¿He podido pasar por alto el telegrama?

—No he enviado ningún telegrama, cónsul general. Estoy aquí a instancias del embajador para investigar unos

288

asuntos urgentes que incluyen la expedición de visados. Por lo tanto, le solicito que ordene ya mismo la suspensión de todas las actividades al respecto. —Su rostro era tan serio como el de un abuelo dispuesto a castigar a un niño revoltoso.

Fengshan comprendió que el embajador había decidido llevar adelante una investigación para demostrar que era culpable de insubordinación y mala conducta; si lo lograba, podría censurarlo o destituirlo.

—Por supuesto, consejero Ding.

Con la mayor calma, se dirigió al escritorio del vicecónsul Zhou y le transmitió la orden. Zhou se puso de pie, hizo el anuncio y colocó el cartel de "Cerrado" cerca de la puerta. Una oleada de suspiros y gemidos surgió de entre los solicitantes que se encontraban cerca de la entrada y Fengshan se abstuvo de decirles que esperaran, que volvieran.

Volvió a su oficina.

—Consejero Ding, la expedición de visados se ha detenido, tal como ha ordenado. Sin embargo, debo señalarle que, de acuerdo con una orden del Ministerio de Asuntos Exteriores, debemos aplicar una política flexible con respecto a la inmigración de los judíos. Solo estoy aplicando la política del ministerio.

La orden del ministerio era prueba irrefutable de que, en efecto, Fengshan estaba siguiendo instrucciones que procedían de más arriba que el embajador y que, por consiguiente, este no podía acusarlo de desacato.

El consejero Ding apoyó su maletín descuidadamente encima de los formularios que estaban sobre el escritorio, el montón de papeles que contenían la llave de la vida de muchas personas, y se quitó los guantes de cuero.

—La orden del Ministerio de Asuntos Exteriores también forma parte de mi investigación. El embajador Chen quiere que la examine. ¿Podría verla?

El embajador quería ver la prueba.

—Por supuesto. Tengo el telegrama. Ahora mismo se lo enseño. —Abrió el cajón del armario donde guardaba todas las comunicaciones importantes entre él, la embajada y el Ministerio de Asuntos Exteriores. Sacó un sobre blanco grande y buscó entre las cartas y los telegramas ordenados por fecha; encontró el telegrama y lo puso delante del consejero Ding—. Aquí tiene.

El consejero Ding se subió las gafas y levantó la hoja, que tan solo contenía dos frases sencillas en chino, pero las examinó como si fueran jeroglíficos enigmáticos.

—He visto la instrucción con mis propios ojos. Muy bien, muchas gracias, cónsul general.

Si hubiera traspapelado el telegrama o lo hubiera perdido, el embajador habría concluido que la orden no existía y lo habría acusado de mala conducta.

—¿Qué más puedo hacer por usted, consejero Ding?

—Cónsul general, el embajador ha recibido información de la existencia de sobornos en la expedición de los visados en el consulado.

Era una acusación grave e inesperada. Por un instante, Fengshan se preguntó si el embajador se referiría a los visados que le había entregado al señor Perl.

—Le aseguro que no tengo conocimiento alguno de ningún comportamiento ilícito y, que yo sepa, por cierto, no ha habido ningún soborno.

—¿Quién está a cargo del proceso de solicitud de visados?

—El vicecónsul Zhou.

—Tendré que hablar con él.

El vicecónsul Zhou era su subordinado; si se lo declaraba culpable de soborno, entonces, como superior suyo, Fengshan sería responsable de negligencia.

—Por supuesto.

El interrogatorio del vicecónsul Zhou se prolongó durante horas. Hubo preguntas sobre los amigos y conocidos con quienes se relacionaba, los lugares que frecuentaba y las tiendas que visitaba. El vicecónsul respondió a todas ellas y, para alivio de Fengshan, aseguró que no había vendido ningún visado a solicitantes particulares ni había estado en contacto con ningún intermediario sospechoso de comprar visados. Por fin, lo dejaron ir.

Fengshan observó al consejero, sentado en su silla y con la pluma que él utilizaba para firmar los visados en la mano, y deseó que se pusiera de pie y regresara a Berlín con un informe de su inocencia para dejarlo continuar con los asuntos del consulado. Pero el consejero no había terminado.

—Cónsul general, ¿puedo inspeccionar el informe financiero del consulado y los recibos de las tasas y remesas al ministerio?

Primero la orden, luego la acusación de soborno y ahora la revisión de las finanzas. Era evidente que el embajador estaba decidido a demostrar su mala gestión.

—Con mucho gusto, consejero Ding.

—Gracias, cónsul general. Puede tomar asiento.

Fengshan asintió. Se sentó en una silla frente al consejero mientras este repasaba cada línea del informe financiero y escuchó cada rasguño de la pluma. Era incómodo y degradante que su integridad y capacidad fueran evaluadas de esa manera. Sin embargo, lo que estaba en juego era el destino de todos los solicitantes. Si lo declaraban culpable de alguna falta, la expedición de visados se acabaría.

El informe financiero de los gastos del consulado era, por lo que él sabía, intachable; no obstante, con la guerra en China, las remesas a la embajada se habían retrasado, lo que el consejero podía malinterpretar.

—He preparado comida china casera. ¿Le gustaría probarla, consejero Ding?

Grace, que había estado revoloteando al otro lado de la puerta, apareció a su lado con una bandeja que contenía filetes de carne de cerdo y un cuenco con arroz. Estaba sonrojada, como le ocurría siempre cuando conversaba con desconocidos, aunque se mostraba resuelta.

Fengshan tuvo ganas de sonreír ante su ingenio para distraer al consejero Ding. Si había algo que un chino que vivía en el extranjero anhelaba cada día era comida china auténtica; él mismo podía dar fe de ello.

El consejero echó un vistazo a la bandeja de Grace sintiéndose tentado. Por fin, dejó la pluma.

—Gracias por su hospitalidad, señora cónsul general —respondió en inglés—. Ha llegado en el momento oportuno. No he tenido ocasión de parar a comer desde que salí de Berlín.

Grace dejó la bandeja sobre el escritorio y dijo:

—Me encanta este aroma. Cerdo al ajillo con salsa de soja. Sírvase.

El consejero Ding parecía muerto de hambre y devoró los filetes de cerdo.

—Está delicioso.

—No entiendo el funcionamiento del consulado, consejero Ding, sobre todo en materia de visados. En su opinión, ¿por qué un consulado aceptaría sobornos? —preguntó Grace.

—Los visados son muy codiciados hoy en día y mucha gente está dispuesta a pagar precios muy altos por ellos.

Grace lo miró; Fengshan carraspeó.

—Si me permite, consejero Ding. Es cierto que la gente paga precios altos por los visados para los Estados Unidos, pero Shanghái no es un destino tan deseable como los Estados Unidos. Y nuestra política consiste en aprobarlos para todos los solicitantes. Si es tan fácil obtener un visado, no hay motivos para que la gente soborne al personal del consulado.

Con aire pensativo, el consejero Ding se limpió la boca con una servilleta que había en la bandeja.

—¿De dónde provino la información que le llegó al embajador sobre los sobornos en el consulado? —preguntó Grace.

Esa era la pregunta que Fengshan también quería hacer. Miró al consejero.

—Bueno, según una denuncia policial, el vicecónsul había aceptado sobornos a cambio de visados.

Era la primera vez que Fengshan oía que la policía vienesa estaba vigilando su consulado.

Al día siguiente, con Grace a su lado, Fengshan acompañó al consejero hasta el coche del consulado, aparcado cerca de la calle, donde algunos solicitantes ya habían empezado a hacer fila. El coche lo llevaría a la estación de tren y, una vez en Berlín, el consejero presentaría su informe al embajador Chen sobre lo que había descubierto en el consulado, aunque no había dejado entrever qué diría el informe ni si el embajador amonestaría a Fengshan.

—Buen viaje, consejero Ding. —Fengshan le abrió la puerta.

El consejero dirigió una mirada de fastidio en dirección a los solicitantes.

—Cuánta gente.

—Solo acato la orden del ministerio, consejero Ding. Espero que el embajador Chen lo entienda.

—El embajador Chen lo entiende muy bien, cónsul general. Está bajo una presión tremenda. Se le ha advertido que, si China tiene intenciones de mantener relaciones diplomáticas con Alemania, deberá dejar de aceptar tanta cantidad de refugiados que odian a Alemania. Nuestros amigos alemanes han sido muy claros.

—Por supuesto, consejero Ding, no sabía que nuestros

amigos alemanes estaban vigilando nuestro consulado. ¿Quién presentó la denuncia policial sobre el posible soborno, si puede saberse?

—Fue el director de la Oficina Central para la Emigración Judía en Viena quien se lo notificó al embajador. —El consejero cerró la puerta y el coche se alejó.

Eichmann. Una jugada extraordinaria, sin duda. En el último encuentro, hacía unos meses, el hombre había fingido agradecerle su ayuda para expulsar a los judíos.

—¿Por qué iba el embajador a creer a Eichmann? —preguntó Grace, con el rostro pálido como la nieve.

—Eso ya no importa. —Fengshan se acercó al cartel de "Cerrado" y lo giró para que mostrase "Abierto".

Había sobrevivido a la investigación de su superior y ahora estaba más que dispuesto a seguir implementando la política de visado flexible para los judíos. Con el telegrama del Ministerio de Asuntos Exteriores, podía hacerlo sin repercusiones. Sin embargo, no se hacía ilusiones de que su ya tenue vínculo con el embajador Chen se fortaleciera pronto.

Y se había ganado un enemigo poderoso: Eichmann, la nueva élite de los nazis, que se había propuesto obstaculizar su labor ligada al destino de los judíos vieneses.

CAPÍTULO 47

GRACE

Más tarde, Fengshan llamó a su amigo, el capitán Heine, y le preguntó si estaba al corriente de la participación de Eichmann en la acusación de soborno relacionada con los visados. El capitán no tenía conocimiento del hecho; se mostró molesto con Eichmann y prometió estar atento al consulado.

Esa noche no dormí bien, soñé con la investigación y con Eichmann, el oficial nazi.

Pocos días después, hice un descubrimiento agridulce: estaba embarazada. Por la cuenta de los días, concluí que estaba de dos meses. Después de tantos años de intentos y esperanzas, después de muchos meses de soledad, por fin podría cumplir mi deseo de ser madre.

Casi volé escaleras abajo para susurrarle al oído la noticia a Fengshan.

Se sintió feliz.

Cuando volvió a prestarle atención a las solicitudes, me fui, sola, a comprar ropa de bebé a la Kärntnerstrasse.

Era la segunda vez en dos años que salía a la calle de compras, casi un año desde que había conocido a Lola.

Estuve a punto de perderme de nuevo entre las pequeñas tiendas con escaparates de cristal relucientes, los puestos ordenados que vendían periódicos en alemán, francés e inglés, las panaderías y floristerías, pero había guardado un papelito con la dirección del consulado, como me había aconsejado Lola. Había muchas cosas que ver: zapatos de cuero marrón con dibujos, sombreros tiroleses adornados con plumas, gorros de piel elegantes para señoras, vestidos largos y deslumbrantes, y medias. La zona era un paraíso de las compras, una muestra suprema de la opulencia vienesa.

Cerca de la tienda de artículos para bebés, me crucé con dos mujeres alemanas vestidas con *dirndl* rojos y blancos; sus risas repiqueteaban como una alegre obertura bajo el sol de abril. La mujer más alta tenía una cara regordeta y juvenil como la de Lola antes de la cicatriz. Si Lola hubiera estado allí, se habría alegrado mucho por mí, me habría acompañado de compras y habríamos discutido qué cochecito comprar y qué moisés sería el más abrigado.

Había pasado más de un mes desde su desaparición. ¿Dónde estaba? ¿Estaría a salvo? ¿Estaría viva?

CAPÍTULO 48

FENGSHAN

Pocos días después de la visita del consejero Ding, Fengshan estaba inmerso en su trabajo cuando frau Maxa irrumpió de nuevo en su oficina. Fengshan levantó la cabeza: la imperturbable austríaca, que rara vez se mostraba emocionada o asustada, estaba pálida. Adolf Eichmann, vestido con su uniforme negro de *obersturmführer* de las SS y una gorra con la calavera y las tibias cruzadas, acababa de entrar en el consulado.

Fengshan dejó su pluma con tranquilidad y se dirigió al vestíbulo, donde su personal de pronto parecía muy ocupado con los cajones y los solicitantes miraban el suelo. Eichmann estaba examinando los cuadros que colgaban en la pared, con las piernas abiertas y las manos en la cintura, quieto como un espantapájaros.

—Mis saludos, herr Eichmann.

Fengshan hizo una reverencia de cortesía. El hombre había ignorado por completo el protocolo para un oficial: irrumpía en un consulado de otro país sin antes enviar una tarjeta o concertar una cita.

—¿Cómo está usted, herr cónsul general? Vaya lugar más impresionante que tiene usted aquí. Una ubicación privilegiada. Magníficos cuadros de la emperatriz Josefina. Acabo de ver pasar a dos policías. ¿Quién los ha enviado?

—La policía vienesa.

Allí apareció esa sonrisa socarrona.

—El *hauptsturmführer* Heine es un buen hombre, aunque es preocupante que ignore las instrucciones de nuestro Führer y utilice nuestros recursos para apoyar a los extranjeros.

—Solo cumple con su deber. Señor, ¿en qué puedo ayudarlo hoy?

—Herr cónsul general, yo también estoy cumpliendo con mi deber. El buen pueblo alemán se ha quejado de la escoria que solicita visados en su consulado. Esta multitud bulliciosa bloquea la calle, crea problemas de tráfico y genera actividades alborotadoras que amenazan la vida de los buenos alemanes y pone en peligro la seguridad de los conductores y transeúntes. Estas concentraciones deben cesar para garantizar la seguridad de los residentes, la circulación normal del tráfico y la paz del vecindario. Quiero pedirle un favor: que considere la posibilidad de paralizar la emisión de visados en el consulado.

No había esperado una petición tan insolente por parte de este hombre.

—Con todo respeto, la actividad del consulado es importante para mi país y no debe interrumpirse a menos que sea por orden de mis superiores. Los solicitantes de visados no bloquean la calle; si me permite la aclaración, esperan en una fila ordenada y no realizan actividades bulliciosas ni perturbadoras que amenacen la seguridad de los vecinos.

—Herr cónsul general, ¿está usted ignorando de modo deliberado las quejas de los buenos alemanes? —La voz del hombre estaba impregnada de amenaza.

"El delegado del diablo", recordó las palabras del señor Rosenburg y pudo imaginar el miedo y la desolación que paralizaban a los hombres indefensos cuando se enfrentaban a su arma en el calabozo.

—Solo cumplo con mi deber como cónsul general del consulado de la República de China.

Eichmann entornó los ojos y se llevó un cigarrillo a la boca; tomó un mechero chapado en oro y lo encendió. Una mueca calculadora se le dibujó en la comisura de los labios.

—Herr cónsul general, dada nuestra amistad, me veo obligado a informarle que su deber entra en conflicto con el plan de nuestro Führer. A partir de ahora, todos los judíos de Viena tienen prohibido abandonar el país. Deben quedarse. Vivirán aquí, trabajarán aquí y morirán aquí. Es mi nueva misión y no espero ninguna objeción al respecto.

Fengshan sintió que su corazón explotaba con una ira salvaje.

—Disculpe mi falta de entendimiento. Durante meses tuve la impresión de que su Gobierno alentaba a los judíos a abandonar el país, y lo cierto es que están cumpliendo con todos los pasos legales. ¿Por qué este cambio?

—No creo deberle una explicación. Esta es la política de nuestro país. Se está ajustando en este preciso instante, pero si de verdad desea saberlo, he recibido permiso de mi superior para dirigir unos campos en Doppl y Sandhof. Los judíos son mano de obra excelente y barata. Se los capacitará para los trabajos técnicos y agrícolas en esos campos y contribuirán al éxito de nuestra nación. Dejarlos marchar sería un despilfarro de recursos.

Fengshan reprimió el impulso de golpearlo en la cara.

—Permítame reiterar que la función principal de un consulado es expedir visados, y la orden que he recibido es concederlos a todas y cada una de las personas que los soliciten. Es mi deber y mi privilegio cumplir con esa orden. ¿Lo acompaño a la puerta?

Los ojos grises del hombre parecían congelados.

—¿Cuánto tiempo lleva en Viena, herr cónsul general?

—Casi dos años.

—Espero que haya disfrutado de su vida en la ciudad hasta ahora.

—He disfrutado de la hospitalidad de muchos vieneses y, si me permite añadirlo, China y Alemania también han disfrutado de décadas de amistad. Creo que su coche lo está esperando fuera. —Caminó hasta la entrada del consulado y le tendió la mano, instándolo a salir.

Pero Eichmann permaneció donde estaba.

—¿Quién es el propietario del consulado?

—Herr Goodman es mi arrendador.

Allí estaba otra vez esa sonrisa enfermiza y maliciosa.

—¿Hendrich Goodman? ¿Ese judío? ¿Dónde está ese cobarde? Me gustaría hablar con él.

—Creo que vive en Suiza.

—Escondido en Suiza. Por supuesto. O ya lo habrían enviado a un campo de concentración. Pero ha dejado atrás este edificio. —El canalla nazi parecía estar disfrutando de la broma más divertida.

El corazón de Fengshan dio un vuelco. Lo que Eichmann no había dicho lo sabían todos los judíos, y él también: que las propiedades de los judíos pertenecían ahora al Gobierno.

—Discúlpeme. Herr Goodman y el consulado firmaron un contrato de arrendamiento por diez años. Este es el cuarto. Es un contrato entre un Estado y un individuo, sujeto a términos legales.

Eichmann volvió a esbozar su sonrisa empalagosa.

—Siento discrepar. Esto es Alemania y tenemos derecho a revisar la ley y rescindir un contrato si lo deseamos. Como viejo amigo suyo, me gustaría ofrecerle a su consulado una última oportunidad. Deje de emitir visados. Coloque el cartel de "Cerrado" y dígale a la chusma y a esos rufianes que se dispersen, o se dará por hecho que el consulado dejará de existir.

Solo un Estado decente podía honrar y proteger el santuario del consulado, y Alemania había dejado de ser esa clase de Estado. ¿Debía intentar ganar más tiempo para poder informar de la amenaza al embajador? Sabía que Berlín no acudiría en su rescate, después de la vengativa investigación.

O podía adoptar un enfoque más discreto, el que preferiría su superior: retirarse y detener el proceso de expedición de visados.

Fengshan se volvió para observar a los hombres vestidos con camisas y tocados con sombreros que hacían fila fuera del consulado con los formularios en la mano. Ellos volvieron la cabeza hacia Eichmann; sobresaltados, desviaron la mirada con inquietud. Nadie habló. ¿La multitud bulliciosa que había amenazado la seguridad de los buenos alemanes? Era una mentira. Aquellos solicitantes estaban tan preocupados por hacer lo correcto y obedecer la ley que se cuidaban de no enfadar a nadie.

Fengshan los observó: un rostro demacrado, un rostro arrugado, un rostro con una contusión, un rostro con ojos hambrientos, un rostro que era el hermano de alguien, el padre de alguien, el hijo de alguien. Habían acudido a él, su último recurso, en busca de salvación; ¿cómo iba a negársela?

—Por aquí, herr Eichmann.

Eichmann se puso tenso, abandonó el edificio y se dirigió a su Mercedes negro, aparcado cerca de un banco. Les gritó a dos de sus secuaces que estaban cerca del coche y, al unísono, los dos hombres abrieron la puerta del vehículo y sacaron dos rifles negros largos. Eichmann tomó un fusil y marchó hacia los solicitantes.

—Las reuniones ilegales en la calle perturban la paz de

los vecinos. Les ordeno que se dispersen o se atengan a las consecuencias. —Eichmann empuñaba el rifle.

A Fengshan se le paró el corazón. ¡Iba a dispararle a la gente delante del consulado!

—¡Herr Eichmann!

—Herr cónsul general, he sido claro. El Reich ya no requiere de su asistencia. Cese la emisión de visados o, de lo contrario, llevará sangre en sus manos.

El sudor le corría a Fengshan por la frente. Si obedecía la orden de Eichmann, la esperanza de muchos de abandonar Viena moriría para siempre; si se negaba, muchos morirían en la calle, frente a su consulado. Se volvió hacia los solicitantes, que estaban estupefactos. Y entonces, en un instante, la multitud pareció despertarse; se cubrieron la cabeza y se dispersaron en todas direcciones.

Eichmann levantó el fusil.

Un Adler negro, que Fengshan no había visto antes, se detuvo justo delante de Eichmann; el capitán Heine salió del interior. Debía de venir directamente de un bar o una fiesta, pues tenía el rostro sonrosado por el alcohol.

Eichmann bajó el fusil y levantó el brazo acompañado de la frase "¡*Heil* Hitler!". La sonrisa socarrona había reaparecido.

—*Hauptsturmführer* Heine, ¿de dónde viene? ¿De una fiesta? ¿Dónde se ha celebrado? No me invitaron.

El capitán Heine sacó de su bolsillo una pequeña botella de coñac y bebió un trago.

—Una fiesta muy agradable, *obersturmführer* Eichmann. Lástima que haya tenido que marcharme porque me informaron que había surgido un asunto urgente en el consulado. Y como capitán de la policía de este distrito, estoy obligado a resolver la disputa.

—Por supuesto, excepto que no hay ninguna disputa. Verá, este es un edificio gubernamental en una ubicación privilegiada. Pero los vecinos se han quejado de algunos ruidos molestos. Estoy aquí para atender sus preocupaciones y le aseguro que arreglaré el problema.

—Bien dicho, *obersturmführer* Eichmann. Pero yo mismo me ocuparé del asunto. El primer distrito está bajo mi supervisión.

—Desde luego, *hauptsturmführer* Heine, confío en que solucionará el problema con prontitud e inteligencia. Sin duda, todos coincidimos en la necesidad de mantener la distancia de los extranjeros que pretenden sabotear las órdenes de nuestro Führer. —Los ojos de Eichmann eran duros y calculadores.

Heine parecía aburridísimo, como si estuviera viendo una ópera decepcionante.

—*Obersturmführer* Eichmann, ¿ha bebido demasiado?

—Vaya, vaya, vaya. *Auf Wiedersehen, hauptsturmführer* Heine. —Con el fusil en la mano, Eichmann se deslizó dentro de su coche y se alejó.

—Payaso.

El capitán le pasó la botella. Fengshan bebió con ganas. El alcohol frío fluyó por su garganta caliente; una bola de fuego lo estremeció. De no ser por el capitán Heine, se habría desatado una carnicería.

CAPÍTULO 49

GRACE

EL CAPITÁN HEINE AÑADIÓ PERSONAL DE SEGURIDAD, LES dio instrucciones y se marchó, pero los empleados del consulado seguían murmurando sobre la visita de Eichmann. Ansiosa, entré en la oficina de Fengshan. El caos que se había vivido frente al consulado me había provocado náuseas. No me sentía bien, tenía un dolor punzante en el estómago.

—¿Qué ha pasado? ¿Por qué estaba aquí Eichmann?

Fengshan cerró la puerta a mis espaldas.

—Me exigió que dejase de expedir los visados. Me he negado. Siéntate, Grace. Estás pálida.

Me froté el estómago. Me acercaba a los tres meses, lo que me tranquilizaba, pero también me asustaba. Había perdido dos embarazos en esa etapa.

—Pero ¿por qué?

—Eichmann dejó claro que los judíos tienen prohibido salir de Viena.

—No lo entiendo. Pero seguirás emitiendo visados, ¿no?

—Por supuesto. Hablé de esto con el capitán Heine. Aumentará la seguridad y se ocupará de la burocracia.

—El personal dice que Eichmann cancelará el contrato de arrendamiento del consulado o confiscará el edificio.

Si confiscaban el edificio del consulado, Fengshan se quedaría sin oficina. Sin oficina, no habría consulado.

—El capitán Heine prometió investigarlo. Es consciente de que el Gobierno ha reclamado todas las propiedades de los judíos como propias, pero insiste en que, en términos legales, tiene la obligación de respetar el contrato, ya que se trata de un consulado, no de un comercio común.

Era bueno saberlo.

—Heine me aseguró que hará valer su influencia en el área de planificación de la ciudad para que se respete el contrato. No cree que Eichmann tenga poder sobre esa división.

Como diplomático, Fengshan estaría a salvo, pero yo seguía preocupada.

—¿Y si Eichmann ordena que te arresten por desafiar la orden del Gobierno?

—Estás demasiado angustiada. Soy un diplomático de China, protegido por inmunidad diplomática. No tienen autoridad para emitir una orden de arresto.

—Pero Eichmann denunció al embajador el supuesto soborno. Podría volver a hacer algo parecido y obligar al embajador a presionarte.

Fengshan enarcó las cejas.

—El capitán Heine preferiría que mantuviera esto en privado, ya que es prematuro, pero jura que hará que Eichmann sea reasignado a Praga. Cree que lo conseguirá. ¿Calma eso tus nervios, Grace? Tenemos al capitán Heine de nuestro lado.

Me sentí mejor después de hablar con Fengshan, pero cuando salí de la oficina y pasé por el vestíbulo vacío después de que los solicitantes se hubieran dispersado tras la amenaza de tiroteo, la ansiedad me ganó de nuevo. Me había acostumbrado a ver a los vieneses barbudos con sus modales tranquilos y ahora había un silencio inquietante.

¿Podíamos confiar en que el capitán Heine nos

protegiera? ¿Era lo bastante fuerte? La violencia en Viena era interminable e impredecible. Ya no había estructura, ni seguridad, ni confianza en la ley y la autoridad.

¿Y Lola? ¿Estaría muerta?

CAPÍTULO 50

FENGSHAN

Unos días más tarde, el capitán Heine pidió a Fengshan que se reuniera con él en el Café Central. Tenía buenas noticias, dijo: había solicitado con éxito que Eichmann fuera reasignado a Praga y estaba previsto que el advenedizo hombre de las SS abandonara Viena en breve. Fengshan estaba encantado. Se puso el sombrero y se disponía a salir cuando el señor Lord telefoneó para despedirse.

El personal del consulado estadounidense había decidido tomarse unas vacaciones. El nuevo cónsul general, el señor Morris, se había ido a Hawái, y el señor Lord planeaba volver a su casa para visitar a sus parientes. Fengshan no se sorprendió. La noticia era de esperar. Su amigo le había anticipado la retirada de la presencia estadounidense en Viena desde que los Estados Unidos habían dejado de expedir visados, y le había recordado la postura aislacionista del país.

—Tenemos que vernos antes de que se vaya —sugirió Fengshan—. ¿Le gustaría tomar un café en el Café Central? Voy a reunirme allí con el capitán Heine. —El señor Lord también conocía al capitán.

—Disfruten ustedes del café de Viena por mí. Me temo

que hay otros asuntos que debo atender antes de mi partida. Me enteré del incidente frente a su consulado el otro día. Es una suerte que el capitán llegara a tiempo para evitar un derramamiento de sangre.

—Quizás le interese saber que la política del Tercer Reich con respecto a los judíos ha cambiado. —Fengshan hizo una breve descripción de la amenaza de Eichmann.

—Si eso es cierto, ¡pobres judíos de Viena! Muchos de ellos son profesionales con más experiencia con el bisturí que con la pala. ¿Capacitarlos para que sean agricultores? Eso es inhumano. Debe usted tener cuidado, doctor Ho. Por favor, hágale llegar mis saludos al capitán cuando lo vea.

—Es mi ángel de la guarda.

—No tengo duda. ¡Esperemos que se mantenga sobrio cuando se vean!

Cuando Fengshan llegó al café, el capitán ya estaba allí, sentado ante una mesa redonda con tapa de mármol, debajo de la lámpara de araña dorada, su lugar favorito. El local estaba en total silencio. Los hombres, con chaquetas marrones y gorras con visera, escondían la cabeza detrás de los periódicos, y las mujeres de labios rojos permanecían sentadas en los sillones con semblante inexpresivo y dejaban que los cigarrillos se les consumieran.

El capitán no estaba solo. Dos hombres de la Gestapo se encontraban de pie junto a él; uno le apuntaba con una pistola en la sien.

—¡Capitán Heine! —Fengshan sintió un escalofrío. Esto era impensable: era un oficial de alto rango—. ¿Qué está ocurriendo aquí?

Su amigo parecía borracho, con la cara roja y los ojos vidriosos, pero extendió una mano.

—Le pido con todo respeto que mantenga la distancia, herr cónsul general. Este es un asunto privado.

—¡*Hauptsturmführer* Heine! —gruñó el hombre que sostenía la pistola—. Como ya le he dicho, ha violado usted la ley. Tenemos una orden. Debe acompañarnos.

—Permítame terminar de leer la orden. —El capitán sostuvo la hoja frente a él; luego, con expresión de aburrimiento, la dejó sobre la superficie de mármol de la mesa—. Me vendría bien otro trago.

—¡*Hauptsturmführer* Heine! Queda usted detenido por ayudar a extranjeros y a los cuáqueros a sacar clandestinamente niños fuera de Alemania.

—¿Es una broma?

Su voz era suave, tenía el mismo tono seductor con el que había cortejado a las mujeres en un salón de baile o un bar. Fengshan tenía ganas de gritarle que se pusiera más serio. ¡Estaban a punto de arrestarlo! Pero los cuáqueros… Solo un hombre podía haber oído aquella conversación.

—Podrá dar las explicaciones en el cuartel general.

—Permítame terminar mi coñac.

—¡*Hauptsturmführer* Heine!

—Bueno, bueno. —Su amigo se puso de pie y se alisó el cuello—. Es un hermoso día de sol. Me encantará dar un paseo.

Fengshan observó con impotencia cómo Heine lo saludaba con una inclinación de cabeza y pasaba junto a él. Fuera del café, el capitán se acercó a un jeep y la luz del sol proyectó una sombra larga detrás de él. Miró a su alrededor y dijo algo, pero los hombres de la Gestapo lo agarraron de los brazos y lo empujaron dentro del jeep.

Fengshan intentó por todos los medios liberar al capitán: telefoneó al cuartel general, al señor Lord, que estaba a punto de tomar su tren, y a sus otros amigos austríacos de la iglesia. Le llevó un paquete con provisiones, pero se lo rechazaron; fue a visitarlo al cuartel general, pero no le permitieron verlo. Dos semanas más tarde, le informaron que la Geheime Staatspolizei tenía al capitán Heine en custodia preventiva, un término nazi que significaba que estaba detenido sin derecho a juicio. Acusado de haber violado la seguridad del Estado a favor de extranjeros y de conspirar para subvertir el régimen nazi, había sido despojado de su rango y trasladado al campo de Mauthausen.

CAPÍTULO 51

GRACE

Fengshan se acercó a la ventana. Fuera, Viena era un cementerio de oscuridad; las farolas de las calles parpadeaban aquí y allá y la aguja de la catedral de San Esteban resplandecía como una estrella solitaria. Estaba sufriendo por su amigo, aunque no había dicho ni una palabra. Eso era algo que yo sabía de mi marido: su dolor iba y venía como una ráfaga invernal, invisible, pero siempre se sentía en los huesos.

Lo cogí del brazo.

—Es un buen hombre —dijo.

—Estás cansado.

—Yo lo arrastré a esto.

—No es tu culpa.

—Fue Eichmann. Es un hombre calculador.

Y ahora que el capitán Heine no estaba, Eichmann podía hacer lo que quisiera con el consulado.

—Ven a la cama, querido.

Le quité el abrigo y las botas y le di un par de pantuflas negras del armario. En la luz débil del dormitorio, se veía agotado; tenía círculos oscuros alrededor de los ojos, entradas en el cabello y canas en las sienes. Por primera vez, me di cuenta de que mi marido, un hombre vigoroso de treinta y siete años, estaba envejeciendo. La detención de su amigo, el futuro del consulado y los visados lo habían estresado, y no había estado comiendo ni durmiendo bien. Pensé que debería cocinarle más comida casera de Hunan. Como buen chino tradicional que creía que cocinar era una habilidad esencial de una esposa, a Fengshan le encantaban las comidas que yo preparaba, aunque a mí me resultaban extenuantes.

—Tengo que ir a ver a Monto, Grace.

—Iré yo. Tú trata de dormir un poco.

Fui a la habitación de Monto. Las luces estaban encendidas, pero él dormía profundamente. Lo tapé bien con la manta y apagué las luces.

Al día siguiente, me sentía con los nervios crispados. Me preocupaba el consulado: ¿lo perderíamos? También estaba preocupada por mí misma. Algo me pasaba. A veces me invadían oleadas de ansiedad repentinas y volvía a ser aquella mujer introvertida y temerosa.

Estaba muy cansada todo el día y, cuando dormía la siesta, soñaba con arcoíris, muñecas rosas, pies pequeños, el cabello suave de un bebé. Deslizaba mis manos por él, esas hebras milagrosas. Había esperado tanto tiempo. En algunas ocasiones, soñaba que estaba sentada sobre el césped, inmóvil junto a una gran noria helada, y el cielo se tornaba rojo y el aire estival se volvía helado por los vientos de Nueva Inglaterra, que agitaba y entremezclaba las violetas, lilas, tulipanes y rosas destrozadas del jardín de mi poeta en Amherst.

Monto me hacía compañía mientras yo doblaba los conjuntos de ropa de bebé que había comprado; era como un deporte relajante del que no me cansaba. Cuando le conté a Monto mi embarazo, sonrió. Escribí mi nombre y le pedí que predijera cuántos hijos tendría.

—Dos —aseguró—. Tendrás dos hijos, Grace.

Sonreí. No tenía inconveniente en tener dos hijos. Pero tres sería lo ideal.

Fengshan hablaba cada vez menos, lo cual era otra señal inquietante. ¿Le preocupaba otra posible visita de Eichmann? ¿O una orden de desalojo?

Una mañana, estaba profundamente dormida cuando oí la voz de Fengshan a mi lado.

—Grace, Grace. Despierta, tienes que despertarte.

La luz del amanecer se derramaba por la habitación, luminiscente como una jarra de cristal, y Fengshan, con una hoja de papel en la mano, estaba de pie junto a la cama.

—¿Qué pasa, querido?

—Tenemos que hacer las maletas, Grace.

Me incorporé, con un sueño aún vívido en mi mente, una serie de imágenes desordenadas. Había un tren, una maleta, una mano y una cara: Lola. Era un mensaje. Estaba viva. Me sentí valiente, confiada, llena de euforia.

—¿Por qué?

Me entregó el papel. Estaba escrito en alemán.

—¿Qué dice?

Con voz ronca, me explicó que Eichmann, que había intentado impedirle que siguiera entregando visados a los judíos y lo había denunciado a su superior, había utilizado su poder para hablar con la división nazi de planificación de la ciudad, la cual había ordenado la demolición del edificio del consulado.

CAPÍTULO 52

FENGSHAN

Tenía seis horas para abandonar el edificio antes de que llegara el tanque.

Corrió escaleras abajo. El consulado todavía no había abierto, pero, como de costumbre, se había formado una larga fila fuera. Abrió la puerta.

—Les pido disculpas. El consulado permanecerá cerrado debido a una emergencia. Por favor, vuelvan mañana y fíjense en el cartel que pondremos fuera del edificio.

Después, se apresuró a entrar en su oficina. Todos los archivos sensibles debían ser destruidos. El mobiliario se quedaría allí. Grace se ocuparía de recoger las pertenencias personales de ambos. Tendría que retirar los libros que había reunido y almacenarlos en algún lugar seguro. Lo más importante era el montón de solicitudes de visados que esperaban su firma. Debía guardarlas todas.

Extrajo de su escritorio los formularios cumplimentados, sus plumas estilográficas y el sello y los metió en las dos maletas que había llevado del dormitorio. Después vació los cajones, cogió todas las carpetas de papel manila que contenían la correspondencia con el embajador y el Ministerio de Asuntos Exteriores y las llevó a la chimenea.

Se pasó toda la mañana yendo y viniendo de la oficina a la chimenea, alimentando el fuego con los archivos sensibles. El calor creciente lo llevó a aflojarse la corbata y subirse las mangas de la camisa. Cuando llegó frau Maxa, le dio instrucciones para que comprara todas las cajas que pudiera encontrar y guardara los libros. Ordenó al vicecónsul, que seguía medio dormido, que rescatara todos los formularios de solicitud en blanco e hiciera un paquete con ellos. Grace, gracias a Dios, sabía exactamente qué tenía que recoger. Incluso Monto colaboró: arrojó las carpetas de papel manila a la chimenea, asegurándose de que no se le traspapelara ningún formulario de solicitud por accidente, y retiró la placa del consulado en la entrada.

Cuando llegó el mediodía, Fengshan contempló las estanterías vacías, desnudas y maltrechas; su oficina, una cueva hueca y fría; y el suelo, un campo de batalla con papeles rotos y pisadas de barro. Cuando hablaba, los ecos de su voz rebotaban en el aire, una melodía triste..., pero no, no tenía tiempo para ponerse sentimental.

Un sonido amenazador, un ruido sordo, se elevó desde los adoquines de fuera y las paredes del consulado temblaron. Recogió las dos maletas con los formularios y se volvió hacia Grace, que estaba de pie junto a la puerta; llevaba a Monto con una mano y sostenía su maleta de cuero con la otra. La sombra descendió sobre sus hombros estrechos y Grace se estremeció. ¿Habría cogido todas las pertenencias importantes? ¿Habría guardado las estatuas de arcilla? ¿Sus diademas y vestidos, los trajes y medallas de Fengshan, los pantalones y suéteres de Monto, los calcetines y gorritos del bebé? Él contaba con ella.

—Vámonos.

Fengshan les hizo un gesto con la cabeza y salió del edificio donde había trabajado y vivido durante más de dos años. Al otro lado de la calle, frau Maxa, el vicecónsul Zhou y Rudolf esperaban; cerca de ellos, se había congregado una multitud: los solicitantes de visado susurraban ansiosos, ya poseídos por una inminente sensación de desastre. Este consulado, su consulado, era su último puente hacia la vida.

Fengshan apartó la mirada con esfuerzo, les indicó a Monto y a Grace que se mantuvieran a una distancia prudencial y caminó hacia el monstruo metálico que venía a demoler su consulado.

Era enorme y bloqueaba la calle; el cañón era como un dedo profano que se burlaba de todo lo que él apreciaba; la rectitud moral que constituía la piedra angular de la civilización, los códigos que regían su vida: honor, compasión, deber y lealtad. Y de pie junto a él, con las piernas separadas y flanqueado por sus secuaces depravados armados de fusiles, estaba el hombre rencoroso que había enviado a su amigo al campo de Mauthausen

—Buenas tardes, herr cónsul general. —El rostro de Eichmann exhibía esa sonrisa enfermiza y melosa.

Fengshan se detuvo a unos diez pasos de distancia. A pesar de la rabia que crecía en su estómago, se mantuvo imperturbable. No podía detenerlos. Él, un hombre solo, se enfrentaba a este grupo armado que pretendía destruir su edificio y que lo superaba en muchos sentidos: en número, poder y capacidad de maniobra.

—Parece sorprendido de verme, herr cónsul general. No veo por qué. El *hauptsturmführer* Heine no ha podido quitarme de en medio todavía. Y debo terminar mi trabajo antes de partir para Praga. ¡Praga! No es lo que yo elegí. De todas maneras, ahora estamos en paz. ¡Espero que él lo pase bien en Mauthausen!

—Herr Eichmann, ¿podríamos tener una conversación amistosa?

—El tiempo de hablar ya se ha terminado.

Eichmann había ganado. Su astucia, su crueldad, su

vileza eran tan catastróficas como una bomba. Fengshan rezó para que algún día el clamor de la rectitud y la justicia sofocaran la voz de ese hombre. Se volvió para echar una última mirada al edificio.

—Es demasiado tarde para lamentarse, herr cónsul general. Se lo advertí. Es un mal momento para ser enemigo de Alemania. —Eichmann hizo un gesto con la mano y el conductor del tanque levantó el cañón y apuntó.

El primer proyectil, un aullido atronador, golpeó la fachada del edificio. El frontón tallado con racimos de uvas estalló; los fragmentos de mármol blanco, los trozos de las ventanas de cristal y los marcos de madera salieron volando en todas direcciones. El edificio de tres plantas, el asiento de su carrera, una imagen de China, casi un hogar, detonó frente a sus ojos.

Una catarata de pensamientos lo abrumó. ¿Podría haber manejado la situación con más delicadeza y haber llegado a un acuerdo con Eichmann? ¿Sería el único cónsul general con un incidente como ese en su currículum?

El segundo proyectil impactó en las ventanas del dormitorio, en el tercer piso. Detrás de él, al otro lado de la calle, Grace gimoteaba. Fengshan se volvió. No parecía lamentarse ni culparlo; sus ojos hermosos eran dos prismas de tristeza. No había tenido tiempo de consolarla, explicárselo o hablar con ella desde que había recibido el aviso de demolición. Deseaba oírla hablar ahora.

Otro proyectil.

Una tormenta de cenizas y ladrillos y trozos de yeso partió las entrañas del cielo y lo tiñó de gris. Los adoquines se estremecieron bajo los pies de Fengshan. ¿Cuánto tiempo se tardaba en pulverizar un edificio? ¿Cuánto se tardaba en construir un edificio? ¿Cuánto tardaba un hombre en construir su carrera?

La calle se había convertido en una cúpula blanca; una

nube de polvo y cenizas había descendido; una montaña de escombros se apilaba ahora en el lugar donde se había erguido el elegante edificio de tres plantas, alquilado por un amigo generoso.

Su consulado. Su oficina. El corazón de su éxito. Había desaparecido.

Atrás habían quedado los momentos en los que había descolgado el teléfono para informar al embajador Chen; atrás habían quedado también las horas que había pasado sentado ante su escritorio firmando los visados con una pluma estilográfica y las personas desesperadas que esperaban en el vestíbulo con la esperanza de un futuro.

Otro edificio majestuoso se elevaría casi con certeza en ese mismo sitio; una nueva lucha se desataría y daría origen a otra historia. Pocos en el futuro recordarían la pérdida de un consulado. Tampoco nadie se acordaría de él, un diplomático extranjero que no había conseguido proteger su consulado de un nazi. ¿Y su futuro? ¿Acaso había quedado también reducido a escombros? No quería ni pensarlo.

—Que esto sirva de recordatorio de que todo lo que se interponga en el camino del Tercer Reich será eliminado —declaró Eichmann cerca del tanque, con las manos ahuecadas alrededor de la boca y forzando su voz a través del eco ensordecedor.

De pronto, el descaro brutal del alma de un hombre y la hondura de su maldad estremecieron a Fengshan. Si un hombre malvado como Eichmann se atrevía a declarar su intención de aniquilar vidas y demoler un consulado que proporcionaba un conducto a un lugar seguro, entonces los hombres, los hombres de bien, los hombres de fe, los hombres virtuosos debían alzarse para detenerlo. Así debía ser. Mientras él tuviera la pluma estilográfica en su mano, el sello, el poder de salvar a la gente, mientras fuera cónsul general de la República de China, se sentaría ante un escritorio y firmaría, visado tras visado, y lucharía por las vidas de otras personas.

—¿Padre? —Monto le cogió la mano.

Su hijo se había convertido en una criatura blanca, de cabello blanco, cara blanca, pestañas blancas, y lo mismo había ocurrido con Grace, cuyo vestido morado era ahora de un gris polvoriento. Los solicitantes de visados, también bañados en polvo, sollozaban y les caían las lágrimas por la cara.

Recogió las dos maletas que contenían los formularios de solicitud.

—Vamos, Monto, Grace. Buscaremos un apartamento donde instalar la oficina.

CAPÍTULO 53

GRACE

Nos seguía una multitud ansiosa y Fengshan les hablaba y los tranquilizaba. Entonces comprendí: esos vieneses, esos completos desconocidos, que no eran sus amigos ni sus parientes ni sus compatriotas, eran personas a las que mi marido se había comprometido a proteger.

Sin embargo, mientras caminábamos por Beethovenplatz con el equipaje en la mano, Fengshan se dio cuenta de que necesitábamos encontrar un hotel para pasar la noche. Reservó una habitación en la planta baja de un hotel cercano al Schillerpark. Meticuloso como siempre, volvió para colocar un cartel en la calle, cerca del consulado demolido, que indicaba el cambio de dirección para que los solicitantes de visados pudieran llegar al hotel.

Después, utilizó el teléfono del hotel para informar al embajador Chen. Me senté en un sofá cerca de la pared para hacerle compañía a mi marido y recordé la expresión de su cara cuando impactaron los proyectiles. Fengshan era un hombre reservado; sin embargo, en ese instante, su vulnerabilidad había quedado expuesta, aunque de manera muy fugaz, pues se había apresurado a reprimir sus emociones: ni remordimiento ni ira, solo resolución.

El embajador estaba desolado, y durante unos buenos diez minutos reprendió a Fengshan por no haber conseguido apaciguar a Eichmann. Fengshan sostuvo el teléfono con los ojos clavados en el techo y en la omnipresente moldura de cornisa mientras el embajador lo fustigaba y su voz retumbaba en el auricular.

Por fin, Fengshan señaló que lo más urgente era encontrar un apartamento para que la oficina reanudara la rutina del consulado.

—Con el debido respeto, embajador, el consulado necesita fondos adicionales para alquilar una nueva oficina, comprar equipos y muebles nuevos y pagar al personal...

El embajador colgó.

Me puse en pie, preocupada.

—¿Qué ha dicho?

—El embajador me ha dicho que el país está inmerso en la peor batalla contra los japoneses. El Ministerio de Asuntos Exteriores está corto de fondos.

No habría presupuesto para el consulado y Fengshan tendría que pagar el nuevo lugar de su propio bolsillo. Tenía ahorros, pero eran limitados; si alquilaba un apartamento decente en Viena, no durarían mucho.

En la habitación del hotel, saqué nuestros artículos de aseo, mis vestidos y camisones, los trajes y zapatos de Fengshan, y los pijamas y pantuflas de Monto. No había tenido tiempo de guardar todo lo que atesoraba: solo mi libro, la radio favorita de Fengshan, el gramófono, algunos discos, joyas, zapatos y ropa interior. También había llevado la ropa de bebé, tan diminuta y liviana que cabía en los bolsillos laterales de la maleta.

Era una habitación pequeña. Fengshan y yo dormimos en la cama y Monto ocupó el sofá sin protestar.

Durante unos días, Fengshan salió a buscar un lugar para alquilar. Pero encontrar un apartamento con poca antelación era todo un desafío. La Gestapo se había apropiado de muchos edificios que habían pertenecido a judíos ricos. Los que estaban cerca de la Ringstrasse eran escandalosamente caros. En los alrededores del Stadpark, donde Fengshan quería alquilar porque quedaba en las inmediaciones del consulado demolido y, por lo tanto, sería una zona más fácil de ubicar para los solicitantes, había apartamentos detrás de hoteles, cafés y tiendas, pero las habitaciones no eran lo suficientemente grandes para hacer las veces de oficina y vivienda. Los edificios que estaban al sur del parque tenían algunas habitaciones libres, pero los arrendatarios meneaban la cabeza cuando veían a Fengshan. Todos habían oído hablar de la demolición del consulado, lo que parecía darles la impresión de que se enfrentarían a un riesgo potencial si le alquilaban algo.

Todos los días, los solicitantes se congregaban fuera del hotel y preguntaban cuándo abriría el consulado y cuál sería la nueva dirección. Era mayo y el tiempo era agradable, pero todos parecían ansiosos y sudaban. La tensión iba en aumento en Viena y decían que muchos de sus familiares habían sido amenazados y encarcelados, y si ellos se quedaban, estarían condenados.

Habían pasado dos semanas cuando Fengshan anunció que una señora vienesa estaba dispuesta a alquilarle un lugar a un precio bajo. El apartamento, a una manzana del Stadtpark y del consulado demolido, estaba apretujado entre una carnicería y una lavandería donde unas enormes lavadoras funcionaban día y noche. Tenía dos habitaciones. Fengshan estaba encantado y pagó el depósito de inmediato. Dijo que una habitación se utilizaría como oficina y la otra como vivienda.

Una vez más, recogí nuestras pertenencias y nos

mudamos. El edificio tenía una fachada *art decó* modesta; no era una gran mansión digna de un consulado y olía a moho.

Fengshan colocó un cartel de cartón que decía "Oficina Temporal del Consulado de la República de China" fuera del apartamento y se volvió hacia mí. Me miró el vientre con expresión de disculpa. No me importaba.

El consulado seguía existiendo y él seguiría expidiendo visados a quienes lo necesitaran; eso era lo único que importaba.

Hacía buen tiempo en el Schillerpark; el aire de agosto tenía la transparencia sedosa de un velo; los rayos de sol eran suaves, delicados como una aguja de plata. No había música animada de acordeón, una lástima, y muchas personas y familias, con sus modales particulares que me recordaban que eran alemanes, se mantenían a distancia de nosotros, los extranjeros. Pero Monto y yo jugábamos; él corría alrededor de la fuente y yo lo perseguía. Ah, qué placer, oír reír a un niño y pensar que un día podría tener dos niños y muchos días para ser su madre.

Habían pasado tres meses tranquilos y gratos desde que nos habíamos mudado al apartamento nuevo. Monto y yo pasábamos todos los días juntos. Él leía sus libros de alemán y yo mis revistas y poesías. Cuando nos aburríamos, íbamos al parque; cuando teníamos hambre, nos deleitábamos con tortitas con queso crema y bizcochos bundt. En julio, el campamento de verano de canoas en el que Fengshan había inscrito a Monto se canceló, así que Monto se pasaba el tiempo danto toques a un volante parecido al de bádminton, un deporte llamado *ti jianzi*, según explicó. Yo no daba más de un toque, pero él lograba mantener bien el equilibrio sin dejar caer el volante.

Fengshan había estado ocupado trabajando y emitiendo

visados durante todo el verano. Pasaba horas atornillado a su escritorio, firmando y sellando los formularios, casi sin dormir. Cuando escuchaba la radio, se angustiaba. Hitler se había burlado de la independencia de las naciones europeas y había prometido atacar Polonia a la primera oportunidad.

En el parque, me sentaba en el banco destinado a personas como Lola y pensaba en ella. La echaba de menos. Habían pasado unos seis meses desde su desaparición y yo no había tenido ninguna noticia. Me preguntaba si no me habría hecho ilusiones. Lo más probable era que la hubieran enviado a un campo de concentración como Mauthausen, donde trabajaría hasta su último aliento, o tal vez ya estaba muerta, asesinada.

—Grace, Grace. —Monto me estaba sacudiendo.

—Sí. —Me había dado sueño, estaba a punto de quedarme dormida.

—Un hombre nos está observando —me susurró al oído.

Miré a mi alrededor. Cerca de un arbusto podado con forma de huevo, un hombre con una chaqueta azul marino fumaba un cigarrillo. Apagó el cigarrillo con el pie y se apartó la chaqueta para mostrar una pistola en su funda.

Me puse en pie de un salto.

—¿Te ha hecho algo? ¿Te ha tocado?

—No.

—Vámonos, vámonos ya. —Lo cogí de la mano y nos apresuramos hacia la salida del parque.

—Grace, me dijo que le dijera a padre que no expida visados a los judíos.

¡Un hombre de Eichmann! Había demolido el consulado y ahora nos amenazaba.

En el apartamento, le hice una seña a Fengshan, que estaba trabajando en su escritorio. Dejó la pluma y se dirigió al dormitorio con Monto y conmigo. Cuando se enteró del incidente con el hombre en el parque, palideció y apretó con fuerza el hombro de Monto.

—¿Estás bien?

El sórdido asunto había afectado a Fengshan, quien nunca había imaginado que su trabajo pudiera suponer una amenaza para la vida de su hijo. Sin el capitán Heine, estábamos desprotegidos; la única ayuda que podíamos buscar era la de la policía vienesa corrupta, que sentía poca simpatía por nosotros.

—Estoy bien, padre. Grace estaba allí conmigo. —El valiente muchacho le dio un vaso de agua a su padre.

Fengshan se lo bebió de un trago.

—No entiendo. Según los periódicos, Eichmann fue reasignado a Praga, como dijo el capitán Heine, y se marchó en mayo, después de la demolición del consulado.

¿Quién más querría que Fengshan dejara de emitir visados? Tenía que ser alguien que trabajaba para Eichmann. Él había dicho que el traslado a Praga no había sido elección suya. Debía de estar resentido con Fengshan.

Parecía pensativo mientras se paseaba por el dormitorio.

—¿Tendréis cuidado?

Miré a Monto, que estaba junto a la ventana.

—No te preocupes, yo cuidaré de él.

Fengshan pareció aliviado y se puso a trabajar. Yo me sentía cansada de nuevo, así que dormí una larga siesta.

Mientras dormía, creí oír voces masculinas roncas que hablaban en alemán en la oficina de Fengshan. Pensé que era la radio, que emitía en alemán. Pero entonces se escuchó la voz de un hombre que hablaba inglés con acento británico.

"Hitler alega que en Polonia se han levantado infinidad de horcas para colgar al buen pueblo alemán, que muchos alemanes sufren persecuciones en medio de una ola sangrienta de terror y que la sangre alemana inocente corre por las calles de Varsovia. Hitler jura que, como protector del pueblo alemán, tomará las medidas necesarias para garantizar su seguridad en Polonia".

¿Alemanes? ¿En Polonia? Todo era muy confuso. Fengshan murmuró algo y cambió de emisora: la voz de otro hombre, que hablaba en francés, seguida de nuevo por alguien en inglés. "Noticia de última hora. El ministro alemán de Asuntos Exteriores, Ribbentrop, ha firmado un pacto de no agresión con Molotov, el ministro de Asuntos Exteriores de la Unión Soviética. Han acordado evitar acciones militares entre las dos naciones durante los próximos diez años. Esta es la segunda parte del pacto después de que ambas partes acordaran el desarrollo económico de los dos países".

¿Qué era esa tontería? ¿Alemania y la Unión Soviética? Echaba de menos las sonatas, las sinfonías, o las obras de Bach tocadas en violín. O la pieza favorita de Lola. El año anterior, la música era el aire que se respiraba en Viena y ahora, el aire estaba desprovisto de música. ¿Estaría Lola escuchando su música favorita?

CAPÍTULO 54

FENGSHAN

Desde que el hombre de Eichmann había amenazado a Monto en el parque, a Fengshan le costaba dormir. Durante días, después del trabajo, a pesar del agotamiento, permanecía despierto en la cama con la mente agitada por el miedo. A veces se levantaba para vigilar a Monto mientras dormía. En la oscuridad, sentado en el sofá, oía la suave respiración de su hijo. Esperaba haber sido un buen padre: lo animaba a tener pasatiempos para ampliar su horizonte, le daba una buena educación que era esencial para su futuro y le enseñaba a ser un buen hombre. Eso era lo que más valoraba: un niño debía convertirse en un hombre de buen carácter. Monto había sido maduro para su edad, resiliente e inteligente; los traslados, de China a Estambul y a Viena, no habían mermado su ánimo. Monto había aprendido a hablar inglés y alemán y manifestaba un gran interés por la música y las matemáticas. Tendría un futuro brillante.

¿Había descuidado a su hijo por el trabajo? Tenía que admitir que la expedición de visados había ocupado su mente y su alma y que casi no tenía tiempo de dar un paseo para distraerse un poco. Debía preocuparse más por Monto, su hijo, su legado.

¿Y si el hombre de Eichmann le hacía daño al niño?

Podía pedir más policías, pero sin el capitán Heine, era dudoso que la policía de Viena pudiera darle una seguridad fiable. Grace había prometido proteger a Monto. Podía contar con ella. Había sido una joven distraída, una soñadora, pero el embarazo y el vínculo creciente entre ella y Monto la habían convertido en una leona decidida.

El primer día de septiembre comenzó con una gran tormenta. La lluvia azotó las hileras de edificios neoclásicos y sopló a través de la entrada principal del bloque de apartamentos; el cartel que rezaba "Oficina Temporal del Consulado de la República de China" voló por el aire y los sobres vacíos y los formularios en blanco terminaron en el suelo. Durante todo el día, el cielo se oscureció como si fuera medianoche y el frío invernal que solía llegar en octubre se coló por el vestíbulo hasta su oficina.

Al atardecer, acababa de dejar la pluma cuando oyó a Grace cambiar los canales de la radio, de una emisora francesa a una alemana y luego a una checa, buscando música. No tuvo éxito: todas las emisoras estaban enfrascadas en discusiones sobre algo relacionado con el ejército.

El Führer había decidido liberar a los alemanes inocentes de las despiadadas garras de los polacos, oyó Fengshan, y la invencible Wehrmacht alemana había cruzado la frontera.

—Espera, Grace. Sube el volumen.

Había oído bien. Hitler había invadido Polonia.

Salió corriendo del dormitorio y telefoneó al embajador Chen desde la oficina. La línea estaba ocupada.

Durante los días siguientes, a Fengshan le costó concentrarse en los visados. La radio estaba encendida; todo lo que oía lo irritaba: la declaración alborozada de un locutor que hablaba alemán, la voz grandilocuente de un hombre que gritaba por encima de las pisadas retumbantes del ejército en marcha, las rimbombantes canciones militares, pero no podía evitar escuchar. Se frotó los ojos y cambió de canal; al instante, el estruendo amenazador de los tanques, el zumbido de la Luftwaffe, los gritos caóticos, los cánticos ridículos y una salva de disparos bombardearon sus oídos.

Gran Bretaña y Francia habían declarado la guerra a Alemania, anunció una voz de hombre. ¿Y qué harían Chamberlain y Daladier, después de haberse engañado a sí mismos durante meses? Habían confiado demasiado en su poder y, al final, habían sido aventajados en astucia.

El embajador Chen ya debía de haberse enterado de la noticia y Fengshan rezó para que eso motivara a su superior a reevaluar la situación y distanciarse del Tercer Reich.

Pero la pregunta más urgente que se hacía era sobre los judíos de Polonia, que ahora estaban al alcance de los tanques nazis. ¿Adónde irían?

Bajó la pluma y levantó la vista. Unas diez personas con bombines se apretujaban en su oficina; todas escuchaban la radio; el silencio era total. El miedo y la sensación de fatalidad eran palpables.

Una voz joven y alegre prorrumpió frente a él.

—¡Los tengo, los tengo! ¡Visados! ¡Visados! ¡Me voy a Shanghái! ¡Mi familia se va a Shanghái! ¡Gracias, gracias!

El que gritaba era un hombre joven al que le faltaba un botón del abrigo y que tenía una expresión de pura euforia.

Fengshan se sintió tan conmovido que tuvo que apartar la mirada para no desmoronarse.

"¿De verdad crees que salvar judíos será la salvación de China?", se había burlado el embajador Chen cuando Fengshan le había explicado que el consulado necesitaba una nueva sede para poder seguir emitiendo visados.

Se había mordido la lengua. Su Gobierno nacionalista continuaba luchando en Chongqing; las sofisticadas
armas con las que habían soñado seguían fuera de su alcance; los japoneses continuaban bombardeando Chongqing e incendiando una ciudad tras otra en China. Tenía
claro que la salvación de su país, que había batallado contra
los japoneses durante tantos años, la patria que tantos valientes habían defendido durante tantos años, estaba ahora
en manos de Dios. Pero la salvación de los judíos, desplaza-
dos, desvalorizados, deshumanizados en un mundo que los
aplastaba, estaba en manos de los hombres.

Por muy rápido que aprobara los visados, el proceso era demasiado lento. El cúmulo de solicitudes se apilaba mientras
él analizaba una tras otra con detenimiento. Controlaba
con exactitud los números de visado, anotaba la fecha y el
destino en alemán y en chino, y verificaba la información
de los solicitantes. No era momento para errores; cada detalle debía corroborarse, confirmarse y transcribirse con
absoluta precisión.

Los tambores de las lavadoras resonaban en sus oídos, le
dolía la espalda de estar tanto tiempo sentado y la mano de
tanto escribir, pero cada vez que levantaba la cabeza, se topaba con los rostros ansiosos de la gente que estaba frente
a él; bajaba la cabeza y seguía escribiendo. No tenía tiempo
para descansar: la supervivencia de esas personas dependía
de él. Cada visado que aprobaba era una vida salvada.

Y cada día, la radio seguía transmitiendo noticias
devastadoras.

La Unión Soviética había invadido Polonia.

La Luftwaffe estaba bombardeando Varsovia; Hitler había capturado Varsovia.

Más de doscientos mil polacos habían muerto. Polonia se había rendido, dividida por la Unión Soviética y

Alemania, y cientos de miles de soldados polacos se habían convertido en prisioneros de guerra. Y frente a ese pequeño apartamento, hombres y mujeres, jóvenes y ancianos, seguían llegando al amanecer y esperaban durante todo el día.

CAPÍTULO 55

GRACE

ERA EL HOMBRE DE LA CHAQUETA AZUL MARINO QUE NOS había amenazado en el parque; había aparecido de la nada. Me detuve con un pie en el aire y una caja de pasteles en la mano; Monto iba brincando delante de mí, de espaldas, así que no se enteró de lo que estaba pasando. Acabábamos de salir de la panadería con dulces. Monto había elegido su *strudel* de manzana favorito y yo había optado por un *topfenstrudel* y unos buñuelos fritos rellenos de queso. Fengshan estaba trabajando en su oficina y había dicho que no quería nada: se había negado a comer pasteles dulces desde la noche de pesadilla en la que habían arrojado al camarero por el balcón.

La ida a la pastelería había sido una celebración, porque el día anterior había sentido algo: un aleteo en el estómago, el repiqueteo de una vida nueva, una experiencia fascinante que había creído que nunca tendría la suerte de conocer. Estaba extasiada. La vida estaba creciendo dentro de mí y me convertiría en madre.

—Monto... —Estaba a punto de advertirle cuando el hombre de la chaqueta azul marino lo sujetó de los hombros.

—¡Quita tus manos de encima de mi hijo! —grité, me lancé hacia delante y golpeé al hombre con la caja de pasteles.

Desde el encuentro en el parque, había sido cautelosa y había estado vigilando por la ventana: cada hombre alemán con chaqueta azul marino me daba que pensar. Y ahora, mi pesadilla se desplegaba ante mí.

El hombre soltó a Monto, ladeó la cabeza y, con voz amenazadora, lanzó una retahíla de palabras en alemán.

—¡Vete, vete!

Rodeé a Monto con los brazos, pisé el *strudel* de manzana hecho migajas, la corteza destrozada del *topfenstrudel,* y me apresuré para alejarnos de allí. Era baja y menuda, y con mi chaqueta y la falda larga todavía parecía esbelta, pero mi barriga estaba cada vez más abultada y redonda y me impedía caminar más deprisa.

Con una violenta andanada de palabras alemanas a mis espaldas, caminé lo más rápido que pude, tomada de la mano de Monto. Otro giro de calle más y llegaríamos al apartamento. Alcanzaba a ver a los solicitantes de visados reunidos fuera del apartamento y el cartel en alemán que Fengshan ponía todos los días: "Oficina Temporal del Consulado de la República de China".

El empujón sobre mi espalda fue tan repentino que perdí el equilibrio, caí hacia delante y me estrellé contra los adoquines. Un dolor agudo y paralizante me apuñaló el abdomen. Se me nubló la vista.

—¡Grace! ¿Estás bien, Grace? ¿Grace?

"Estoy bien", quise decir, pero el dolor no me lo permitió. Era caliente y brutal y se disparaba dentro de mi vientre como una pistola, y yo sudaba, empapada en un charco de pegajosidad. Intenté ponerme de pie, pero no pude, y la voz de Monto voló en mis oídos como el grito de un pájaro.

—¡Grace! ¡Grace! ¡Padre! ¡Padre! ¡Socorro, que alguien nos ayude!

Un sol blanco ardía en el techo y sus rayos afilados se extendían con fiereza. El silencio era ensordecedor, una semilla negra de veneno. Entonces, de pronto, unas llamaradas como tentáculos estallaron, luego se congelaron y parpadearon.

Se oían ruedas que chirriaban, vasos que tintineaban, gente que chasqueaba los labios: en la radio sonaba un acordeón. ¿O era un violín? Deseé que parara. "Que pare, que pare". Pero seguía y seguía. Quise taparme los oídos, pero no podía levantar las manos. Me dormí de nuevo.

Cuando desperté, vi a Fengshan, una sombra negra con la cara blanca, que se deslizaba por la puerta. La cerró en silencio detrás de él y apoyó las manos en la pared. Durante un largo momento, descansó la cabeza allí, como si se hubiera hecho añicos y tuviera que reunir los pedazos antes de hablarme.

—¿Querido?

—Grace. Estás despierta. Está muy oscuro aquí. ¿Quieres que abra la cortina?

Su voz sonaba extraña, rota, como cristal. Pero ¿de qué estaba hablando? No estaba tan oscuro. ¿Y qué importaba? Había algo importante que yo quería saber. Pero tenía miedo.

—El bebé, querido…

Se volvió hacia la ventana.

Todos esos años de esperanza, todos esos meses de felicidad.

Una mujer vestida de blanco apareció a su lado.

—Herr cónsul general, su esposa necesita descansar. Está nerviosa y demasiado débil. Aumentaré la dosis.

La voz de Fengshan sonó apagada.

—Déjeme decirle una cosa más, por favor. Es importante, Grace. ¿Grace? ¿Puedes mirarme? ¿Puedo decirte algo importante? Sé que esto es desolador. Siempre quisiste tener un hijo. Pero lo superaremos. Tenemos a Monto. Él te quiere. Somos una familia.

Pobre Fengshan. Después de cinco años de matrimonio, seguía sin entender cuánto deseaba yo tener hijos. Monto era un buen niño y yo había aprendido a quererlo y valorarlo. Pero un hijo nuestro era lo único que yo quería. Y ahora, después de tantos meses de imaginar, tener esperanza, soñar, mi hijo había muerto antes de nacer a manos de un hombre despreciable.

¿Desde cuándo nos había tenido en el punto de mira el hombre de Eichmann, acechándonos fuera del edificio para abalanzarse sobre nosotros con el fin de amenazar a Fengshan para que dejara de expedir visados?

Visados.

Todo era por los visados. Un billete a la libertad para algunos, un pasaje al futuro para muchos, pero un empujón en la espalda para mí. Me había llevado tanto tiempo concebir, había cargado esa vida tantos meses.

—Grace, Grace, ¿qué has dicho? —preguntaba Fengshan.

—No sé, no sé, no sé… si me quedo embarazada otra vez… Incluso si vuelvo a quedarme embarazada…

Se acercó y se sentó a mi lado, con la cruz de oro que colgaba de su cadena suspendida bajo la barbilla. Cerró los ojos un momento.

—Hay algo más que debes saber y quiero que lo oigas de mí. Tenías una infección, Grace. El médico no tuvo otra opción. Créeme, yo tampoco tuve otra opción; no puedo perderte.

Su voz era plácida y sus manos, tibias como guantes forrados de piel, pero mi corazón estaba helado como una piedra en el fondo de un lago.

Para salvarme la vida, me habían extirpado los órganos reproductores, incluido el útero.

La nieve apareció de la nada, una cortina gruesa de copos blancos, mil plumas del cielo que se precipitaban con fuerza y se desvanecían en el borde del alféizar externo de la ventana hacia el insondable mundo de lo desconocido.

Después, no hubo nieve, ni viento, ni sonidos. Las siluetas de los árboles trepaban hacia el cielo pálido como venas oscuras, con un páramo de espinas y huesos que se extendía a lo lejos; un vacío distante, desolado y frío. Uno podía vagar por aquel espacio en blanco y caminar eternamente sin encontrarse con nadie; si uno gritaba, la voz tal vez se desvanecería y desaparecería sin que nadie la oyera.

Los días iban y venían; la oscuridad iba y venía. Me ardían los ojos de tanto mirar el haz de luz que se colaba por el hueco de las cortinas y me atravesaba la cabeza, una rueda con rayos de oscuridad que giraba de manera interminable.

A veces me quedaba dormida y me despertaba una sarta violenta de palabras en alemán provenientes del hombre de la chaqueta azul marino, el estampido de los proyectiles y mi propio grito. Lola, pobre Lola. Ahora sabía lo que le había tocado vivir. ¿Dónde estaba ahora? ¿Por qué no podía estar aquí para acompañarme?

Quería verla, su rostro con la cicatriz, sus ojos verdes tenaces. Quizás me cogería de la mano y me diría algo, o nada. Su presencia sería suficiente. Pero tal vez estaba divagando. Lola ya no estaba. Ya nunca estaría para acompañarme. La amistad era solo una mortaja fría, una fábula.

Monto, el dulce Monto, venía a verme todos los días después de la escuela.

—Ya han empezado las clases, Grace. ¿Lo sabías? Padre me matriculó en una escuela privada —me contó, e hizo los deberes cerca de mi cama mientras comía *apfelstrudel*.

Me había traído un poco a mí también, pero le dije que podía comérselo todo. Era un niño precoz; no dijo ni una palabra sobre el bebé para no alterarme.

—Estuve estudiando mi propia firma, Grace. ¿Quieres saber qué voy a ser cuando sea mayor? Seré médico, un médico famoso que salvará la vida de mucha gente, como dijiste. ¿Te gustaría?

Asentí, pero no pude hablar. Ay, mi niño. Me quería. Los niños a quienes el mundo les daba amor devolvían ese amor al mundo. Si tuviera que protegerlo de nuevo, lo haría. Pero ¿por qué me estaba pasando esto? Se suponía que los niños debían ser mi salvación, mi redención.

A veces me despertaba y veía a Fengshan dormido en la silla cerca de la ventana. Respiraba con pesadez, como si suspirara mientras dormía, con la boca abierta en un gesto triste. Cuando hablaba, se explayaba con voz ronca sobre los solicitantes de visados y las desoladoras historias de la guerra, sobre cómo la Luftwaffe alemana era imbatible y cuánta gente se había quedado sin hogar y sin patria.

Para el caso, podría haber estado hablando del clima de Boston. Boston. Qué extraño que hubiera pensando en Boston, como si fuera una bolsa de caramelos escondida en un patio trasero que esperaba mi regreso. Pero ¿qué había quedado allí para mí? ¿Qué diría mi madre? ¿"Te lo dije"?

—¿Todavía te duele la cabeza? ¿Tienes bálsamo de tigre? —me preguntó.

Me llevó varios intentos pronunciar estas palabras.

—Monto dijo que tendría dos hijos.

Suspiró.

—Has pasado por un calvario insoportable, Grace. ¿Tienes frío? ¿Necesitas ropa?

—Le creí.

Bajó la cabeza.

—¿Necesitas algo del apartamento? ¿El camisón?

Giré la cabeza hacia la ventana.

—Te traeré el camisón rojo; es tu favorito. —Me dio una palmadita en la mano.

—¿Querido?

—¿Sí?

Quise tomar su mano y apoyarla sobre mi corazón, pero, en cambio, se me escaparon las lágrimas.

—¿Qué hemos hecho?

Hubo un largo silencio. Después, respondió:

—Descansa, Grace.

CAPÍTULO 56

FENGSHAN

Salió de la habitación de Grace y se dirigió al pasillo desordenado, lleno de bandejas y sillas de ruedas abandonadas. Las enfermeras y los médicos con batas blancas, que rara vez habían visitado a Grace desde la cirugía, se congregaban alrededor de una radio en una oficina: la Unión Soviética había invadido Helsinki, la capital de Finlandia; la Fuerza Aérea Roja estaba bombardeando la capital y miles de soldados del Ejército Rojo habían invadido la frontera. Fengshan casi no se detuvo; todavía pensaba en lo que Grace había dicho: "¿Qué hemos hecho?". Había sonado como una acusación o un cuestionamiento por parte de la esposa incondicional con la que siempre había contado o, peor aún, una súplica para que se apartara de la causa que tanto lo sensibilizaba.

¿Acaso Grace no recordaba que los nazis habían destruido Polonia? ¿No era consciente de la cantidad de polacos que habían sido expulsados de sus hogares? Algunos habían huido a través de la frontera, habían escalado las montañas y habían llegado a él, desesperados, en busca de visados. Fengshan le había contado todas esas cosas y jamás había imaginado que oiría ese resentimiento por parte de Grace. Emitir visados para salvar vidas había sido una misión compartida; que ella se cuestionara a sí misma y lo que él hacía era imperdonable.

Pero no se atrevía a reprenderla. Una histerectomía tenía que ser desoladora para cualquier joven de veintiséis años que anhelara ser madre. Si hubiera sabido del peligro que corría, si hubiera sabido que el hombre de Eichmann la acechaba, habría tomado medidas preventivas antes de que ella saliera del apartamento. A pesar de toda la pasión que ponía en los visados, jamás había pensado en sacrificar a Grace o a su hijo. Nunca debió ser un sacrificio.

Había hecho todo lo posible por descubrir al culpable. Como había anticipado, la denuncia policial no había servido para impulsar una investigación. El despiadado ataque quedó descartado como un incidente lamentable. Aunque Monto había dado una descripción clara del atacante, él no tenía pruebas de que Eichmann lo hubiera enviado.

Y, según había oído, a Eichmann lo habían ascendido a *hauptsturmführer* de las SS, el mismo rango que había ostentado el capitán Heine antes de su arresto, un indicio más del éxito del modelo de expulsión de judíos del autodenominado genio, ahora aclamado, de manera enfermiza, como el paradigma del Reich. Se decía que informaba directamente a Himmler. Su represalia y la pérdida arrasadora que les había provocado a Grace y a su familia habían sido ignoradas, y era bastante probable que quedaran en el olvido.

Fengshan salió del hospital. Estaba nevando; los copos luchaban con las ráfagas de viento que azotaban los escaparates de las tiendas cerradas y estremecían a los peatones y las banderas con la esvástica que portaba un Mercedes negro. Un escalofrío le cortó la respiración. La gran velocidad y la violencia despiadada del viento se le antojaron un castigo apropiado. Su hijo no había llegado a nacer; Grace había sufrido una herida que le cambiaría la vida para siempre.

El capitán Heine, el consulado, y ahora estas pérdidas imposibles.

¿Qué había hecho?

Oh, Dios. Grace tenía derecho a preguntar.

Llegó al apartamento y entró en el vacío silencioso de su oficina. Era tarde; los solicitantes de visados habían abandonado el edificio. Tomó asiento y se sumergió un momento en esa soledad poco habitual, contemplando el montón de formularios que tenía frente a él.

Extendió la mano, pero la retiró. Por primera vez en dos años, se sentía débil. ¿Había ido demasiado lejos? Los visados le habían costado la vida a su hijo aún no nacido, su superior llevaba meses sin ponerse en contacto con él y, por muy cónsul general que fuera, no era más que un soldado solitario, un hombre solo con una pluma. ¿Cuánto tiempo podría seguir sosteniendo esa pluma y firmando visados?

El tañido de la campana de la catedral de San Esteban resonó fuera. Escuchó. Según le habían contado, la campana era el orgullo de Viena. La habían forjado en 1711, pesaba más de veinte mil kilos y estaba hecha de un material extraordinario, fundido de los cañones abandonados por las tropas turcas en retirada durante el segundo sitio de Viena en 1683. Gracias a ese material excepcional, una campana notable seguía repicando después de doscientos años: un símbolo del espíritu inquebrantable de Viena.

El sonido único, profundo y solemne de la campana Pummerin envolvió la habitación; Fengshan rezó para que una voz lo sosegara y lo fortaleciera y rezó por el hijo que había perdido. Después de todo, era un hombre, un padre, un marido y esta era una pérdida que le dolía y que debía expiar. Y, por desgracia, en un mundo donde la tierra se partía, donde los países se desintegraban, donde las familias se separaban a la fuerza, no era el único hombre que sufría. Si se detenía ahora, habría cientos de hombres más con el corazón roto.

Se inclinó sobre los formularios y los apiló con cuidado para ordenarlos.

El corazón de un hombre era una iglesia; podía no ser visible en la hora más oscura de la noche más gélida, pero había que luchar por él.

A la mañana siguiente, estaba trabajando en su escritorio cuando el vicecónsul Zhou le entregó un papelito con los caracteres chinos de "amor" y "paz" y le dijo que un chico de la fila le había pedido que se lo entregara. Una táctica inteligente para llamar su atención; Fengshan sonrió e invitó al chico a pasar.

Tenía trece años, llevaba un gorro de lana y estaba solicitando visados para ocho miembros de su familia. Había esperado fuera con paciencia durante una semana, pero había perdido la esperanza, así que se le había ocurrido ese truco. A su padre lo habían enviado tres veces a un campo de concentración y, cada vez, lo habían liberado por los visados que Fengshan había expedido, pero ahora lo habían vuelto a detener. Si no recibía el visado en dos días, su padre, que estaba demasiado enfermo para caminar, sería enviado de nuevo a un campo de concentración. El adolescente hablaba en un alemán formal y rebosaba agallas juveniles, pero tenía los modales de un adulto.

Fengshan le dijo que volviera al día siguiente a buscar los visados. Las penurias y las tragedias podían privar a un niño de su infancia; él lo sabía bien, ya que había crecido sin padre.

Al día siguiente, reunió los visados que ya había aprobado y se los entregó al vicecónsul para que los distribuyera. Pero a los pocos minutos, el vicecónsul volvió con los papeles.

El chico no había aparecido.

Fengshan frunció el ceño, se puso el abrigo y los guantes y salió del edificio. Bajo el cielo plomizo de diciembre, bandadas de copos de nieve caían sobre la calle vacía. No había ni un solo solicitante de visados fuera.

CAPÍTULO 57

GRACE

Una tarde de diciembre, me dieron el alta. La mañana anterior, Fengshan había venido a completar el papeleo, pagar los gastos y ayudarme a recoger mis cosas. También había alquilado una silla de ruedas para mi comodidad. Pero después de dos horas de espera, aún no me la habían entregado; parecía que, en plena guerra, lo último que les importaba a las enfermeras y los médicos era una silla de ruedas. Fengshan consultó su reloj y dijo que tenía que volver a la oficina para concluir los asuntos del año antes de cerrar durante tres semanas. Volvería más tarde para ayudarme.

Cuando llegó la silla de ruedas, el vicecónsul Zhou vino a auxiliarme en lugar de Fengshan. "El cónsul general estaba ocupado con su trabajo", dijo, y empujó la silla fuera del hospital mientras yo, envuelta en una manta, sostenía la bolsa llena de camisones, artículos de aseo y medicinas, con la mente sedada por la morfina.

—¿Podemos esperarlo? —Me sentía abandonada: estaba mutilada e indefensa en una silla de ruedas y mi marido no estaba dispuesto a perder ni una hora de trabajo.

—Está trabajando, señora cónsul general —repitió.

—¿Tan ocupado está que no puede dejar su escritorio?

—Al contrario, no está ocupado.

—¿Qué quiere decir?

—Por alguna razón, los solicitantes de visados han dejado de venir. El cónsul general cree que algo desastroso los retiene: una detención masiva o algo parecido. Pero, para estar seguro, quiere esperar en la oficina para estar allí por si aparece alguien.

Fuera, el viento calaba los huesos, el cielo tenía el tono del hierro y la nieve negra se amontonaba a los lados de la calle. No era el mejor tiempo atmosférico para estar al aire libre, ni viajar sola en coche, ni llorar en una silla de ruedas con una bolsa en la mano.

Sujeté la manta a mi alrededor, encorvé la espalda para no desgarrarme los delicados músculos del vientre y me deslicé dentro del coche del consulado, un movimiento lento y sin alegría. Para cuando me acomodé en el asiento trasero, estaba agotada y sin aliento.

Cuando el coche giró hacia el Stadtpark y apareció el letrero de cartón del consulado, vi la curva donde me había caído y sentí la humedad que me corría por los muslos. Me llevé la mano al blando abdomen. Pero qué tonta era. Ahora mi cuerpo estaba vacío.

El coche se detuvo frente al edificio de apartamentos. No había filas de solicitantes de visados con carpetas y maletines en la mano, la carnicería estaba cerrada y, en la puerta de la lavandería, una mujer con un paño negro en la cabeza cargaba un cesto de ropa sucia. Con el ruido de las lavadoras retumbándome en los oídos, salí del coche con dificultad y me senté en la silla de ruedas; después, entré en el edificio.

Fengshan estaba sentado ante su escritorio con la pluma en la mano. Me explicó lo que le había ocurrido: estaba listo para ir a recogerme al hospital cuando un hombre desesperado le golpeó la ventanilla de su coche y le arrojó los formularios dentro del vehículo. Así que había decidido ocuparse de ellos.

Nada podía detenerlo. Ni la intimidación de Eichmann, ni la demolición del consulado, ni la pérdida de su hijo no nacido, ni la mutilación de su esposa.

—Ya estás en casa. ¿Cómo te sientes, Grace?

—Todavía estoy viva, para bien o para mal. —Él seguía firmando visados. El mundo no había cambiado, pero nunca sería igual.

—Verás. —Comenzó a pasearse por la habitación—. Creo que la gente aún necesita los visados, pero algo les impide acercarse al edificio. Me preguntaba si los habrían intimidado, así que estuve vigilando la calle. No vi a nadie sospechoso.

Supuse que se refería al hombre que me había atacado.

—Me han arruinado la vida. ¿Qué más quieren?

Me miró con compasión y se le humedecieron los ojos. Sentía mi dolor, claro que sí: era nuestro hijo el que habíamos perdido, pero no era suficiente. ¿Por qué no había podido ir a buscarme al hospital? ¿Acaso sus formularios eran más importantes que yo?

Empujé la silla y me dirigí al dormitorio.

Una habitación tan pequeña. Vacía. Fría. Nada me pertenecía: ni el edredón, ni las cortinas, ni la cama, al igual que en todos los sitios en los que había estado antes. Con un movimiento lento y agónico que deseé no tener que repetir jamás, me levanté de la silla de ruedas y me senté en el borde de la cama. A la derecha estaba el ventanal solitario que daba a la calle y, a la izquierda, un pequeño patio lleno de ortigas muertas y hielo. Fuera, la nieve caía sobre los adoquines y la tierra desmenuzada, y se apilaba casi hasta la altura del alféizar de la ventana; un océano de sombras.

Era diciembre, el mes que menos me gustaba: fin de año, época de familia, de amistad, de afectos.

Unos días después, Fengshan envió a Monto a pasar la Navidad con un amigo para que yo no tuviera que ocuparme de él durante mi recuperación. Pero me habría gustado cuidar de él; Fengshan debería haberlo sabido. Pero ¿qué sentido tenía discutir?

Yo era una inválida, incapaz de levantarme para buscar un vaso de agua, ir al baño o siquiera coger un pañuelo. Una simple tos me estremecía todo el cuerpo; el mínimo esfuerzo me desgarraba los músculos cercenados del bajo vientre. Para aliviar el dolor, recurría a la morfina.

Durante todo el día, floté en un vacío indoloro, sin dormir ni soñar. Cuando desperté, me quedé mirando la ropa de bebé que había rescatado antes de que demolieran el edificio del consulado. Rosada. Amarilla clara. Celeste. Colorida, arrugada, desechada, sin sentido. Como todos mis esfuerzos. Salvar a la familia de Lola, salvar a Lola, quedar embarazada.

Sin embargo, no tenía que ser así. En otro mundo, podría haber sido madre, podría haber sido la mujer fuerte que había deseado ser y podría haber sido una esposa amada y una buena amiga.

CAPÍTULO 58

FENGSHAN

EL AÑO 1940 COMENZÓ CON UNA TORMENTA. A MEDIADOS de enero, una fría mañana, Fengshan salió del apartamento y clavó el cartel del consulado en la nieve. Se subió la capucha de piel con la mano enguantada y comenzó a pasearse delante del edificio, mirando hacia la calle. Habían pasado dos meses y no había aparecido ni un solicitante de visado.

Repasó con atención las noticias en busca de posibles pistas. Los periódicos publicaban las victorias de los submarinos alemanes en Escocia y ensalzaban los éxitos de la Wehrmacht y la Luftwaffe alemanas. La radio, que emitía debates interminables y críticas feroces a los dirigentes de Francia e Inglaterra, solía caer en lapsos de amargura y recriminaciones. Se cuestionaba la autoridad de Daladier y el secretario de Guerra de Chamberlain había sido destituido.

Nadie decía ni una palabra sobre los judíos en Viena.

Fengshan llamó al embajador Chen, con quien no había hablado desde hacía varios meses, y le informó sobre la situación que estaba viviendo Viena. Fue un informe breve. El consulado estadounidense seguía cerrado. No había noticias de otros países.

348

Con una precaución extrema, Fengshan preguntó por la política sobre los judíos.

—Hablé con el señor Xu Shumo, viceministro del Ministerio de Asuntos Exteriores —respondió el embajador—. Estuvo de acuerdo en que, dada la situación actual, con Alemania en guerra con Gran Bretaña y Francia, lo mejor para nuestro país es mantenernos neutrales. Además, Shumo ordenó que cerremos nuestras puertas a los refugiados vieneses. Puedes desestimar el telegrama del ministerio.

Había pocos solicitantes de visados en esos días, por lo que la nueva política de no emitirlas no suponía una presión. Por otra parte, la postura de neutralidad señalaba la intención de su Gobierno de romper con el agresivo Tercer Reich, lo que Fengshan consideraba sensato, aunque también se daba cuenta de que una retirada de la Gran Alemania disminuiría de manera inevitable la importancia de su consulado.

Fengshan volvió a solicitar financiación para el consulado, puesto que había pagado el alquiler de su propio bolsillo. Su superior se mostró evasivo. La guerra en China parecía haber llegado a un punto muerto, explicó. Mientras que los japoneses disponían de una fuerza aérea sofisticada y se habían apoderado de los puertos marítimos y los ferrocarriles del este, el traslado de los nacionalistas a Chongqing, cerca de las gargantas del Yangtsé, había resultado ventajoso en términos de ubicación geográfica. La resistencia era prolongada y nadie podía predecir cómo o cuándo terminaría la guerra. Podía ser cuestión de meses o años.

No había fondos para el consulado y no le reembolsarían el alquiler que había pagado.

—Una cosa más —agregó el embajador, con voz cargada de formalidad—. Como parte del proceso burocrático, el Ministerio de Asuntos Exteriores ha solicitado una evaluación de los diplomáticos que están designados en la Gran Alemania. Puedes iniciar el proceso lo antes posible.

La evaluación anual incluía un análisis exhaustivo del carácter, la disposición y la capacidad de un diplomático, así como la valoración por parte del superior sobre el desempeño laboral del subordinado; era el procedimiento habitual, inspirado en la práctica del Servicio Exterior de los Estados Unidos. El año anterior, debido al traslado de la capital, el Ministerio de Asuntos Exteriores se había quedado corto de personal y había decidido omitir la evaluación. Se pensaba que la evaluación anual determinaba la carrera de un diplomático, pero no era del todo así, pues la promoción también dependía mucho de las alianzas dentro del ministerio y el Gobierno. Después de años de servicio, Fengshan había aprendido que, para un diplomático de carrera chino, las conexiones personales y familiares eran siempre los principales indicadores de su trayectoria.

—Como usted diga, embajador Chen.

Colgó el teléfono y el estómago le dio un vuelco de ansiedad. Era un proceso rutinario; Fengshan evaluaría el desempeño laboral del vicecónsul y daría cuenta de sus méritos y deméritos. Pero eso también significaba que su superior, el embajador Chen, evaluaría a Fengshan. Y si bien estaba seguro de que recibiría calificaciones altas en muchos aspectos, era consciente de que su implementación de la política judía había provocado un distanciamiento entre el embajador y él.

Fengshan anticipaba que la evaluación del embajador incluiría un informe sobre la investigación del consejero Ding y el supuesto soborno, y quizás incluso una alusión a su desacato, a pesar de que Fengshan había presentado el telegrama del ministerio y demostrado que no había existido caso alguno de mal comportamiento o soborno. Ahora bien, la opinión del embajador Chen con respecto a su conducta era otro asunto.

Para que el consulado pudiera seguir funcionando, había llegado el momento de recortar gastos, o sea, de reducir el personal para preservar el flujo de caja. Esa tarde, Fengshan habló con frau Maxa sobre las dificultades financieras del consulado. Frau Maxa se lo tomó bien. No se echó a llorar con sentimentalismo ni estalló en un ataque de ira explosiva. Con la reserva típica de los vieneses, manifestó su gratitud por haber trabajado para el consulado y se marchó.

Tendría que hablar también con Rudolf, aunque la falta de un chófer restringiría sus movimientos. Fengshan no sabía conducir. Al final, decidió pedirle que se tomara un permiso largo.

En febrero, llegó una carta a su escritorio.

Era del Consejo Municipal de Shanghái, el órgano de gobierno del Asentamiento Internacional. La abrió. El consejo advertía que la afluencia de refugiados judíos austríacos sin dinero que llegaban a la ciudad con los visados que él expedía imponía una enorme carga financiera a la comunidad judía adinerada y ya establecida en Shanghái. Se le requería que exigiera un requisito económico a los solicitantes para descartar a los pobres. En un esfuerzo similar por frenar el flujo de inmigrantes judíos que entraban en Shanghái, el puerto había implementado un programa de admisión que exigía una tasa específica a los refugiados antes de que pasaran por la aduana.

Fengshan arrojó la carta a la papelera. El Consejo de Shanghái no entendía que hasta los judíos vieneses más ricos mendigaban ahora en las calles. Y que, con la guerra, muchos se habían quedado sin hogar y en la indigencia. Tenían suerte de estar vivos.

Pero ¿a quién le importaba escucharlo? Estaba solo, con su pluma, luchando contra toda la oposición. Primero, la orden del embajador Chen; luego, la amenaza de

Eichmann, y ahora el Consejo. Y Grace, aunque Grace tal vez no.

Pobre Grace. En los últimos meses, la histerectomía le había arrebatado la energía, la juventud y la tenue voluntad que se había forjado. El dolor era tan insoportable que, para poder pasar el día, tenía que recurrir a dosis múltiples de morfina. Después de las inyecciones, caía en un sopor lastimero. Se había vuelto más caprichosa de lo que solía ser. A veces estaba tranquila y se sentaba junto a la ventana para observar caer la nieve mientras oía el ruido de las lavadoras al otro lado de la pared, con la mente en otra parte. Otras veces estaba melancólica, sollozaba sin control y se negaba a salir de la cama. En los días buenos, anhelaba tener compañía, merodeaba cerca de la chimenea, comentaba el tiempo espantoso y pedía ir al parque, pero cambiaba de opinión en el último momento.

Llevaba meses sin ponerse ropa de calle y holgazaneaba con su camisón rojo y el cabello despeinado. Se pintaba un ojo con delineador oscuro, pero olvidaba el otro. Su antiguo yo, olvidadizo e inseguro, había vuelto con creces.

Alguien llamó a la puerta. Monto, que había vuelto después de pasar unos días en la casa de su amigo, fue a abrir.

—¡Padre! Tienes una visita. Me voy a la escuela.

En la puerta, casi como una aparición que desafiaba la lógica, había una mujer con un abrigo negro de pana que le quedaba demasiado grande y la mitad de la cara cubierta con un pañuelo. Aquellos ojos verdes tenían un brillo sorprendente, como un par de farolas de gas.

—¡Señorita Schnitzler!

¡Estaba viva! Casi no podía creerlo. Había pasado casi un año desde su desaparición y él había perdido toda esperanza. Grace, sin embargo, había creído que seguía con vida.

—Herr cónsul general, es un placer volver a verlo —respondió en inglés. Su voz era curiosamente alta. Tal vez fuera por el zumbido de las máquinas de la lavandería, que Fengshan había encontrado tan molesto al principio, pero al que había terminado por acostumbrarse—. ¿Puedo pasar?

—¡Por supuesto!

Se deslizó dentro, con un par de botas de goma altas negras y un olor particular. Miró detrás de ella como para asegurarse de que nadie la seguía.

—¿Dónde ha estado? Grace estaba muy preocupada por usted. Se alegrará de verla. Venga, siéntese. —Le llevó a una silla cerca de su escritorio.

En vez de sentarse, ella se acercó a la ventana y miró hacia fuera. Después, cerró las cortinas. El gesto de precaución lo alertó. Durante meses, había estado vigilando la calle llena de nieve y las tiendas cercanas, pero no había visto al atacante de la chaqueta azul marino. Esperaba que el consulado ya no fuera un objetivo.

—¿Está usted en peligro? —susurró.

—Esos sabuesos. Están por todas partes. —El volumen de su voz no bajó de tono—. Me llevó un tiempo encontrar este apartamento. Fui al antiguo edificio del consulado. Es un montón de escombros… ¡Escombros! ¿Qué pasó? ¿Dónde está Grace?

Las máquinas de la lavandería se estaban apagando.

—Eichmann lo demolió. Me alegra que nos haya encontrado. Grace está durmiendo; acaba de tomar morfina. Pasó algo trágico. Está muy dolorida. Estoy seguro de que le levantará el ánimo verla.

—¿Perdón?

—Es una larga historia. Tal vez la propia Grace se la cuente. Está durmiendo. ¿Dónde ha estado, señorita Schnitzler? —preguntó otra vez.

—¿Dónde está Grace? ¿Cómo está?

"Está atontada por la morfina", quiso decir, pero no lo hizo; en cambio, observó a la señorita Schnitzler, alarmado por su excentricidad. No paraba de hacer preguntas, pero parecía ignorar las respuestas que él le daba.

—Me imagino que tendrá muchas ganas de verla. ¿Por qué no espera hasta que despierte? Pero le advierto que Grace depende de la morfina desde hace unos meses y no sin consecuencias. Ha intentado dejarla, pero sin éxito. Quizás usted pueda convencerla de que lo haga.

La señorita Schnitzler asintió, pero parecía preocupada por algo y se inclinó para leer el periódico que estaba sobre el escritorio. Lo recogió y murmuró algo en alemán.

Fengshan la observó. A pesar de su aparente vehemencia, la señorita Schnitzler tenía un aire de indiferencia, casi de desinterés. Era contradictorio y desconcertante. Era amiga de Grace, y una buena amiga, cuya amistad había alimentado a su esposa y fortalecido su mente, pero él no la conocía muy bien.

—Esto puede parecer una intromisión, pero creo que a Grace también le gustaría saberlo. ¿Por qué desapareció, señorita Schnitzler?

Ella no respondió; estaba leyendo el periódico y lo ignoró.

—Grace dijo que toda la gente de su edificio desapareció. ¿Qué les ocurrió? ¿Qué ha estado usted haciendo todos estos meses?

La señorita Schnitzler no habló hasta que él apoyó una mano sobre el periódico.

—Herr cónsul general, ¿sigue expidiendo visados a los judíos? ¿Es esta su oficina?

—Sí. Pero ningún solicitante ha aparecido desde diciembre.

—¿Perdón?

Con gran paciencia, repitió lo que había dicho.

—He oído decir que muchos judíos desesperados han acudido en su ayuda. Mucha gente habla de los visados a Shanghái. ¿Cuántos visados aprueba por día?

—Ya he perdido la cuenta.

Pareció pensativa.

—¿Se ha enterado de que Eichmann detuvo a mil ochocientos vieneses sin visados y los envió a Nisko a drenar un pantano?

—¿Nisko? —No era el campo que Eichmann había mencionado el año anterior.

—Cerca de la frontera oriental de Galitzia. Enviaron primero a novecientos judíos del protectorado de Bohemia y Moravia. —Rebuscó en el bolsillo de su abrigo y extrajo un fragmento arrugado de un periódico con el titular en negrita: "Por orden del *hauptsturmführer* Eichmann se ordena la deportación de judíos al campo de Nisko".

Eso explicaba por qué nadie había acudido al consulado a solicitar visados.

El zumbido del ciclo de las lavadoras se detuvo por un momento; la habitación se sumió en un silencio misericordioso y, desde el dormitorio, llegó la voz ronca de Grace, que le preguntaba a Fengshan con quién estaba hablando.

—Señorita Schnitzler, creo que Grace está despierta.

Pero la señorita Schnitzler, de pie junto a él, no pareció oírlo, ni a Grace. De pronto, Fengshan comprendió… era lo único que podía explicar su excentricidad y su indiferencia. Le devolvió el periódico y volvió a decirle que Grace estaba despierta y, tal como supuso, la señorita Schnitzler pareció ajena a sus palabras. Él hizo un gesto hacia el dormitorio y, por fin, ella se giró.

¿Cómo había sucedido?

Sería mejor advertírselo a Grace. Cuando se disponía a seguir a la señorita Schnitzler a la habitación, llegó el chirrido de un coche desde la calle. Fengshan se acercó a la ventana, apartó la cortina y miró hacia fuera. En la intersección por la que habían pasado unos pocos coches y peatones, se detuvo un Mercedes negro y dos oficiales de la Gestapo se bajaron de él.

Se le aceleró el corazón. La Gestapo había realizado detenciones rutinarias de judíos en esa calle el año anterior, pero había dejado de venir, ya que muchos judíos habían huido o habían sido arrestados. Era imposible que vinieran a visitar apartamentos vacíos.

CAPÍTULO 59

GRACE

—¿Grace?

Esa voz. Fuerte y clara. Una luz que atravesó la niebla de mi mente. Me incorporé con brusquedad y traté de levantarme: la daga del dolor, siempre presente, se movió en mi abdomen. Mi recuperación había sido lenta y dolorosa. Durante dos meses, no había podido ingerir ningún alimento sólido, había sufrido oleadas de dolores de cabeza, calambres y hemorragias constantes, y había permanecido postrada en cama. Para aliviar el dolor, recurría a la morfina, a la que me había vuelto adicta.

Cuando aparté la mirada del envase de la medicina y la dirigí hacia la puerta, por donde solo entraban Fengshan y Monto, vislumbré una figura sombría, femenina y conocida. Pero tal vez la estaba imaginando. Había pasado casi un año desde su desaparición. Era bastante probable que Lola estuviera muerta.

Corrió hacia mí, una sombra de velocidad y sorpresa, y de pronto, aquel rostro con la cicatriz como una costura y los ojos verdes plácidos apareció a mi lado.

—¿Lola? ¿Lola? ¿Eres tú? Dios mío, eres tú. No puedo creerlo. ¿Dónde has estado?

Se deshizo de algo que tenía en la mano y me abrazó, casi con violencia. Me envolvió con lágrimas y gemidos y una firmeza que casi dolía. Ay, qué rígida estaba yo, qué torpe. Deseé estar más fuerte, pues cada temblor de su cuerpo agitaba el mío, este cuerpo que ya no controlaba, y tenía tantas ganas de abrazarla, de sujetarla con fuerza e intensidad para que supiera que la había echado de menos. Fengshan había dicho que debía de haber sido víctima de los nazis, pero salvo en mis días más oscuros, me había aferrado a la firme creencia de que seguía viva.

—¡Lola! Estaba preocupada por ti. ¿Qué te ha pasado? ¿Qué has estado haciendo? —tartamudeé, con la voz ronca y la garganta oxidada tras meses de desuso.

Ella se enderezó, riendo, y se enjugó los ojos.

—Estás tan delgada. La cara. Los brazos —murmuró.

Su voz. Tan fuerte. Intimidante. Desconcertante. ¿Podía ser que yo hubiera estado tanto tiempo aislada y enferma que me hubiera vuelto demasiado débil para soportar la voz de un ser humano?

—He estado enferma.

—No puedo oírte, Grace.

—No tengo mucha fuerza. No puedo levantar tanto la voz. ¿Puedes oírme ahora…?

—Estoy casi sorda. Perdí la audición.

—¿Cómo? —Experimenté más calambres y tuve la horrible sensación de que se me escurrían las entrañas. Me temblaban las manos; no podía concentrarme.

—¿Qué pasó, Grace? ¿Tienes papel y una pluma? ¿Podrías escribirlo?

Claro que podía escribirlo. Cuánto la había echado de menos y cómo añoraba su compañía. Busqué algo en la mesita de noche, pero me detuve al sentir un dolor agudo en el bajo vientre. Cada torsión de los músculos, cada punzada de dolor era una réplica virulenta a mi voluntad.

Lola se volvió y salió del dormitorio. Un momento después, volvió con una pluma y una hoja de papel para escribir. Desde la puerta, Fengshan me miró, suspiró y volvió a la otra habitación.

Sostuve la pluma. De pronto, no tenía ganas de hacer nada. Escribir el incidente, palabra por palabra. Explicar lo sucedido frase por frase. ¿Qué sentido tenía? Mi cuerpo había sido destruido y mi futuro también. Pero Lola... Esto era para Lola. Escribí con lentitud. "Tuve un accidente terrible y perdí un bebé. Me quitaron el útero".

¿Le había contado mi sueño de ser madre? Estaba segura de que sí.

—Te recuperarás y te pondrás fuerte, Grace —aseguró.

"Nunca podré tener hijos", escribí.

Cogió la pluma, inclinó la cabeza y escribió: "Pero estás viva. He visto matar a muchos a tiros y a golpes. Muchos perdieron a sus hijos y sus familias. Muchos judíos fueron separados de los suyos y asesinados con crueldad".

Dejé que la pluma se me escapara de las manos. ¿Eso era lo único que podía decirme? ¿Acaso mi pérdida era menos ante las pérdidas de otros? Por la luz que entraba por las ventanas, vi que mi amiga había cambiado después de un año. El rostro regordete se había afilado, los ojos verdes eran enormes; su mirada era dura y de una intensidad férrea, propia de alguien que ha estado enjaulado y atrapado.

—¿Qué ocurrió el año pasado? Fui al edificio del asentamiento, pero no estabas —le pregunté, olvidando su problema auditivo. Así que escribí las palabras.

—Perdí los billetes que me diste. Nos obligaron a todos los que estábamos en el edificio a subir a un tren hacia el campo de Mauthausen. El tren chocó contra un rebaño de ganado y volcó. Theo nos rescató. Desde entonces, me he unido a él para completar misiones.

"¿Quién es Theo? ¿Qué misiones?", escribí.

—Pasamos a la gente de manera clandestina. Vivimos al borde de la muerte, el horror y la traición, dentro y fuera del país.

Durante casi un año, mientras yo estaba preocupada por que la hubieran arrestado o matado, Lola había estado salvando la vida de otras personas.

"¿Por qué has vuelto ahora?". Con la pluma en la mano, escribía con trazos torpes en el papel, cada palabra desordenada, infantil, garabatos de sombras. Qué agotadora era esa forma de conversar, deletreando.

—Me hirieron de gravedad durante una misión y mi oído quedó dañado. Ya no soy útil. Es hora de empezar una vida nueva. Quería verte. Aquí está tu libro de Dickinson. Lo he tenido conmigo todos estos meses.

Sentí el libro pesado en mi mano, tibio por el tacto de ella.

"¿Te gusta su poesía?".

Era una pregunta fácil, pero Lola no prestó atención. Tomó el recipiente de morfina de la mesita de noche y murmuró algo en alemán.

—¿Lola?

No respondió, inmersa en su mundo silencioso. Quizá ni siquiera se daba cuenta de que hablaba en alemán; quizá ya no le importaba incluirme; quizás esto era todo lo que habíamos llegado a ser: criaturas distantes, apartadas de los demás, a la deriva en el mundo.

Dejé la pluma, cansada, con el cuerpo entumecido por las escaras. ¿Cómo había pasado? Había pensado en ella todos esos meses y, sin embargo, de alguna manera deseaba que no hubiera vuelto. ¿Sería que me había envenenado con tanta morfina? Lo único que quería era alguien con quien compadecerme, llorar y enjugar lágrimas. Pero esa persona no era Lola.

Ya no era la misma, pero seguía siendo ágil, seguía siendo joven y parecía fuerte, sana, con su ropa holgada, sus botas y su cicatriz. Había perdido el oído durante una misión, pero aún podía ser madre, crear una familia y vivir una vida dichosa; no era como yo, una cosa inútil y patética.

¿Qué me estaba pasando? ¿De dónde provenían esos pensamientos malsanos y amargos?

Fengshan entró.

—Grace, me temo que la señorita Schnitzler tiene que irse. Vienen los oficiales de la Gestapo.

—¿La Gestapo?

—Parece que la están buscando.

Le entregó una nota a Lola y ella corrió hacia la ventana, miró hacia fuera, volvió con Fengshan y anotó algo en el papel —era demasiado hábil, demasiado rápida— y él asintió. "Eichmann": capté el nombre en algo que ella dijo y Fengshan escribió con rapidez. Estaban debatiendo, discutiendo algo.

La comunicación silenciosa no estaba bien coordinada, pero eran bastante compatibles. Fengshan parecía tener prisa y Lola, estar alerta; era como ver una película muda.

Tenía sed. Debería pedir agua. Lola no me oiría, pero Fengshan no vacilaría en traérmela. Sin embargo, no tenía ganas de pedirla. Todo parecía irrelevante: calmar la sed o preguntar de qué hablaban o escapar de la Gestapo o incluso de Lola.

—Tengo que irme, Grace, pero volveremos a vernos —se despidió Lola desde la puerta.

No respondí. De todas maneras, no podía oírme.

Fengshan se fue con ella. El dormitorio se hundió una vez más en un vacío de penumbra; el zumbido de las máquinas empezó a sonar desde el edificio contiguo, mezclado con el chirrido de la puerta de la oficina de Fengshan. Después, la puerta se cerró.

Se hizo silencio. A continuación, desde algún lugar, llegó el estrépito de puertas y las órdenes ásperas en alemán.

Miré hacia fuera. El cielo parecía un pañuelo húmedo y los árboles estaban desnudos como huesos. Necesitaba más morfina.

CAPÍTULO 60

FENGSHAN

PUDO OÍR LO QUE LOLA NO ERA CAPAZ DE OÍR: LAS BOTAS al otro lado de la ventana y las preguntas de la Gestapo al portero del apartamento. Urgió a Lola a que se marchara, pero lo único que ella quería era saber sobre el accidente de Grace y cómo había ocurrido. Cuándo. Quién. Cuando vio el nombre de Eichmann, soltó una retahíla de maldiciones en alemán.

—¡Lo mataré, lo mataré! —juró.

Fengshan tuvo que ser breve y contundente para conducirla hasta la puerta trasera. Gracias a Dios, ella confió en él y lo siguió fuera del pasillo. Para cuando él volvió al apartamento, los dos oficiales ya habían entrado en el vestíbulo y habían ordenado cerrar todo el edificio.

Anunciaron que estaban buscando a una contrabandista con una cicatriz en la cara, y registrarían puerta por puerta.

Fengshan cerró detrás de sí y miró por la ventana. Fuera, la tormenta arreciaba y encorvaba las delgadas ramas de los sicomoros y los castaños; el Mercedes negro estaba aparcado cerca de un montículo de nieve blanca. No había ni rastro de la señorita Schnitzler ni de su abrigo negro holgado. Aferró la cruz con la mano y rezó para que estuviera a salvo.

Al día siguiente, la tormenta de nieve cobró fuerza y se convirtió en una ventisca enceguecedora. El viento feroz azotaba las ventanas y los montículos de nieve llegaban hasta los alféizares. El fuego de la chimenea no prendía; los troncos parecían estar húmedos. La temperatura del apartamento había descendido por debajo de los cinco grados. Con los pies helados, Fengshan se paseaba por la habitación con varias capas de abrigo. La escuela no cerraba, así que Monto había tenido clases como de costumbre; Grace tiritaba en la cama. Fengshan la tapó con todas las mantas que tenían en el apartamento.

Aun así, no se presentó ni un solo vienés a solicitar un visado.

Si lo que había dicho la señorita Schnitzler era cierto —que muchos judíos vieneses habían sido confinados en campos de concentración y por eso no podían ir a solicitar visados—, entonces tendría que acostumbrarse a dejar la pluma sobre el escritorio a partir de ahora. Y, de hecho, sin expedición de visados, con poco personal y escasas noticias de las que informar, el rol del consulado se volvía insignificante. Por primera vez en sus cinco años de carrera diplomática, se preguntó si el ministerio o el embajador habrían trazado un plan que él desconocía. Era probable que lo reasignaran a otro destino.

No había nada más que hacer, así que se pasaba todo el día leyendo periódicos alemanes y escuchando la radio.

Los conflictos entre los países se intensificaban. El periódico alemán advertía que Alemania torpedearía los barcos mercantes británicos enemigos con los que se topara en altamar; todos los barcos británicos que hubieran colaborado con el traslado de soldados británicos serían considerados ahora buques de guerra. Por su parte, la radio británica declaraba que el Gobierno apoyaría a los buques mercantes y los equiparía con armas. Algunas emisoras también difundían el descontento del pueblo con el Gobierno de Daladier. Si la situación seguía empeorando, Fengshan anticipaba una revuelta contra el presidente. Pero, para su decepción, no parecía existir una voz ni una fuerza decisiva para contrarrestar el poder creciente de Hitler.

Sonó el teléfono.

Fengshan dejó las largas tenazas metálicas que estaba utilizando para avivar el fuego: los troncos de la chimenea se resistían a encenderse. Con la prisa, golpeó el protector de la chimenea con las tenazas y lo volcó; se derramó una bandeja de hollín y ceniza. Frau Maxa era quien se ocupaba del fuego. Si hubiera estado allí, sabría cuál era el problema. Quizá la chimenea tenía una obstrucción.

Atendió el teléfono. Era el embajador Chen, que llamaba para informarse sobre el proceso de la evaluación anual.

Sí, estaba lista y saldría pronto en el correo, le aseguró Fengshan. Era probable que la evaluación del embajador sobre él también estuviera lista, pero Fengshan se mordió la lengua. Ignoraba las conclusiones de la investigación del consejero Ding; si era desfavorable, recibiría una penalización que empañaría toda su carrera diplomática.

Si bien no era un hombre optimista, confiaba en que su superior hiciera a un lado sus sentimientos personales y proporcionara una descripción fiel de su desempeño laboral. Después de todo, había sido una sugerencia suya la que había facilitado el préstamo de veinticinco millones de dólares a su país.

—Supongo que te preocupa mi evaluación de tu trabajo, Fengshan, y seré franco contigo. La estoy redactando en este momento. ¿Serías tan amable de explicar tu relación con una fugitiva?

—¿Una fugitiva?

Grace apareció en la puerta en su silla de ruedas. Se la veía aletargada; el cabello largo le cubría la cara y tenía los labios morados. Llevaba dos abrigos y dos mantas, pero aún tenía frío. Con lentitud, centímetro a centímetro, se dirigió hacia la chimenea apagada.

—Una judía vienesa. Tiene una cicatriz en la cara. Pasó a doscientos judíos de manera clandestina por la frontera y la policía alemana la está buscando —agregó el embajador.

Fengshan no se había enterado.

—Según los informes, estuvo en tu apartamento y tuvo algún tipo de contacto contigo.

Como diplomático, lo sabía demasiado bien: una relación inapropiada con una mujer, cualquier falta de conducta o acto impropio podía repercutir de manera negativa en su carrera y afectar su imagen. Que lo relacionaran con una fugitiva buscada por la Gestapo era una acusación muy grave. Se le tensó todo el cuerpo.

—Es una amiga de Grace.

—¿Puedo hablar con tu esposa?

—Por supuesto.

Sostuvo el auricular en alto y le hizo señas a Grace para que se acercara. Con expresión desconcertada, ella se ciñó las mantas y se aproximó despacio. La idea de que debería advertirle sobre las graves consecuencias de esa conversación cruzó por la mente de Fengshan.

—Reciba usted mis saludos, embajador Chen —pronunció Grace en inglés, temblando, con el auricular en su pequeña mano.

La conversación fue breve y Grace respondió un par de veces con un "sí" o un "no" escueto y después colgó.

—El embajador quería saber si tenías una relación con Lola.

Una palabra equivocada de Grace y su reputación quedaría mancillada.

—Es para la evaluación anual, Grace.

—Le dije que Lola era mi amiga.

"Gracias", quiso decirle, pero ella ya estaba empujando la silla de ruedas para volver al dormitorio.

¿Sabía que su amiga era una fugitiva? ¿Sabía que la señorita Schnitzler estaba en peligro? No tuvo oportunidad de preguntarle.

Dos días más tarde, mientras trataba de nuevo de encender el fuego en la chimenea, la señorita Schnitzler volvió con una bolsa negra y el sombrero y el abrigo cubiertos de nieve. Sus ojos verdes brillaban con intensidad y tenía los labios fruncidos. Si lo que le había dicho el embajador era cierto, le gustaría ayudarla.

—Me alegro de verla, señorita Schnitzler. ¿En qué puedo ayudarla? —Después, al recordar que ella no podía oírlo, anotó su pregunta en un cuaderno del escritorio.

La señorita Schnitzler echó un vistazo a la nota y se dirigió a la chimenea, encendió una cerilla y la tiró debajo de los leños. Se encendió una chispa. La madera comenzó a humear. Con destreza, removió los leños con las tenazas hasta que ardió un fuego constante.

—Ah, qué maravilla. ¡Ha encendido el fuego! —exclamó Fengshan.

—¿Puedo hablar con Grace? —preguntó ella con su voz fuerte.

"Por supuesto, estará feliz de verla. Pero en este momento está durmiendo. ¿Podría esperar un rato?", escribió él.

Ella asintió y observó a su alrededor con actitud vigilante.

"¿Me prestaría veinte marcos imperiales? Algún día se los devolveré".

Era evidente que no necesitaba el dinero para comer. Con la Gestapo buscándola, Fengshan esperaba que le diera un buen uso al dinero.

"¿Va a comprar un pasaje de barco a Shanghái?".

"*Nein*", escribió ella. "Necesito algo de ropa".

Fengshan tomó su monedero del escritorio. Si su superior se enteraba de que le estaba dando dinero a una fugitiva judía, sin duda le valdría una sanción.

"Su situación actual es bastante peligrosa. ¿Piensa ir a Shanghái?".

"Todavía no".

"¿Adónde piensa ir, entonces?".

"Al Hotel Sacher".

Fengshan frunció el ceño. Los judíos tenían prohibida la entrada en el hotel desde el Anschluss.

La señorita Schnitzler cogió el dinero y garabateó.

"Está en Viena".

"¿Quién?"

"Eichmann".

No estaba enterado. Un periódico español había comentado el ascenso de Eichmann en Praga y la compra de una casa que había sido propiedad de un conocido artista español para su esposa. No había mencionado el regreso de Eichmann a Viena.

"Ahora informa directamente a Himmler. Se le ha encomendado la tarea de eliminar a los judíos de todo el protectorado".

Fengshan se estremeció. Eso era impensable.

"Está alojado en el Hotel Sacher con su amante".

El capitán Heine le había explicado que estaba de moda que los oficiales nazis de élite tuvieran amantes.

Lola cogió otro papel.

"Habitación 1004".

"¿Cómo lo sabe?".

"Debo irme". Dejó la pluma y se encaminó al dormitorio.

—He venido a despedirme, Grace —anunció con su voz retumbante.

Grace respondió con tono soñoliento y débil. A continuación, se produjo un largo silencio.

Fengshan leyó las palabras escritas en el cuaderno. Quería preguntarle a la señorita Schnitzler cómo sabía tantas cosas sobre Eichmann y por qué iba al hotel si los oficiales de la Gestapo la estaban buscando. Se dirigía hacia el dormitorio cuando la señorita Schnitzler apareció en la puerta con su bolso. Levantó la mano y se enjugó los ojos.

Algo cayó del bolso, un objeto negro. Ella se apresuró a recogerlo y volver a meterlo en el bolso. Había humo en la habitación por el fuego, pero él estaba seguro de lo que había alcanzado a ver: un revólver.

Antes de que pudiera preguntar, ella estaba en la puerta.

—Adiós, herr cónsul general.

La puerta se cerró a sus espaldas.

Fengshan corrió hacia el dormitorio.

—¡Grace! ¿Qué te ha dicho la señorita Schnitzler? ¿Qué planea hacer?

Grace estaba sentada en la silla de ruedas y miraba por la ventana.

—No me lo dijo.

—Creo que pretende herir de muerte a Eichmann en el hotel, Grace. Sabe demasiado sobre él. Y tiene un revólver.

Grace se reclinó en la silla y la expresión de sus ojos —desprovista de interés, miedo o desesperación— lo asustó. Recordó la mirada soñadora que alguna vez había tenido, la de una niña perdida en otro mundo. El tiempo se había ocupado de borrar ese gesto, pero la pérdida del embarazo y la operación la habían hundido en algo más atemorizante: un estado de apatía, de indiferencia absoluta hacia la gente que la rodeaba o incluso hacia sí misma.

—¿Grace?

—Te he oído, pero ella nunca haría eso. ¿Dónde está Monto? No lo veo desde hace días.

—Está en una escuela privada, ya te lo dije. ¿Podrías escribirle una nota a la señorita Schnitzler? Se la llevaré. Debe desistir de esta misión demente. Ahora mismo. Toma. Escríbele, dile que desista antes de que sea demasiado tarde. —Le entregó el cuaderno y una pluma.

Grace tomó la pluma y su pequeña mano, huesuda y pálida, tembló. Estaba debilitada, frágil, sin energía ni pensamientos claros, y el simple hecho de sujetar una pluma era como levantar algo pesado. Se le escurrió entre los dedos y se cayó al suelo.

Fengshan la recogió y volvió a ponérsela en la mano. Su esposa, que llevaba casi seis años con él, se quedó mirando la estilográfica que él había utilizado para firmar los visados y, después, sus pequeñas manos desaparecieron bajo la manta.

—¿Dónde está? ¿Sigue aquí?

—Se ha ido. Pero correré tras ella. Iba al hotel.

—¿Qué sentido tiene? No me escuchará.

—¡Es tu amiga!

—Me estoy congelando. ¿Puedes intentar encender el fuego otra vez?

—¡Está haciendo esto por ti!

Nunca había perdido los estribos antes, no delante de ella, pero por primera vez en su matrimonio, sintió que la ira lo desbordaba. Durante meses había creído comprender el dolor de Grace, su pérdida, su trauma, y se había mantenido esperanzado, absteniéndose de hacer comentarios sobre su desidia, su indulgencia: era joven. La herida le resultaba difícil de soportar, pero la superaría y sanaría. Pero ¿cómo podía expresar tanta apatía por una amiga? ¿Con quién se había casado?

—Escríbele una nota a la señorita Schnitzler, Grace, te lo suplico. Ella confía en ti; te escuchará. El hotel está lleno de oficiales de las SS. ¡La matarán!

CAPÍTULO 61

GRACE

LO ÚNICO EN LO QUE PODÍA PENSAR ERA EN LA NOTA arrugada que tenía en la mano, la nota que Lola me había escrito, la nota con aquellas líneas negras, trazos rápidos, curvas retorcidas, descuidadas, desgarbadas, que me desafiaban a enfrentarme a ellas: "Mantente fuerte, empieza de nuevo. Aún puedes crear un legado más fuerte que la descendencia, Grace". ¿Qué se suponía que significaba eso? ¿Había sabido ella alguna vez lo que yo quería? Durante todos esos meses, yo no había dejado de pensar en ella y de preocuparme por su seguridad; ¿había pensado ella alguna vez en mí?

¿De verdad se atrevería a asesinar a Eichmann? Eichmann merecía morir, porque la depravación de ese hombre no tenía límites; seguiría tramando la destrucción de seres humanos y no se detendría. Pero Lola había cambiado; no arriesgaría su propia vida para vengarme. Fengshan se equivocaba en eso.

—¿No te importa ella, Grace?

Me miré las manos. Lola me había importado y me seguía importando, pero quizá no tanto como antes. Y aunque pudiera reunir todas mis fuerzas para escribir una larga carta, mis palabras no llegarían al corazón de Lola. Deseaba que Fengshan lo entendiera.

Parecía enfadado, sus ojos eran penetrantes. El ceño fruncido, la desaprobación, la decepción, la intensidad. Yo estaba consternada. No deberíamos haber venido a Viena. Esta ciudad estaba condenada; la gente estaba condenada. Había creído que Viena no era más que otra Estambul, pero me había equivocado. Era peor que Estambul o China.

Giró sobre los talones y se apresuró hacia el perchero para coger su abrigo y su sombrero.

—¿Adónde vas? —Empujé la silla fuera del dormitorio y hacia la oficina.

—Tengo que encontrar a la señorita Schnitzler y disuadirla antes de que sea demasiado tarde.

—Dijiste que el hotel estaba lleno de hombres de las SS. Podrían arrestarte. Estás arriesgando tu vida.

—Soy un diplomático. Los nazis no se atreverán a hacerme daño.

De pronto, mi cabeza ardió de furia.

—Has hecho tanto… Durante dos años, has expedido visados para la gente de este país. Has puesto tu vida, tu familia y a tu país en peligro, has perdido el edificio del consulado, has alquilado el apartamento con tu propio dinero. ¡Has perdido a tu hijo antes de que naciera! ¿No te parece suficiente?

—No hay otra opción.

Me estremecí.

—¿Y yo qué?

Se quedó inmóvil, con el bombín en la mano, pero no se volvió hacia mí.

—¿Qué me dices de tu evaluación laboral? El embajador tenía muchas preguntas sobre tu relación con Lola.

—La matarán. —Se puso el sombrero, abrió la puerta y se marchó.

La habitación quedó en silencio. Sobre el escritorio había montones de formularios en blanco, su pluma, su sello y varias páginas rotas con garabatos en alemán. La letra de Fengshan era reconocible, ordenada, elegante, con curvas amplias; la otra caligrafía era apresurada, con esquinas redondeadas; de Lola, supuse. Me acerqué al escritorio, barrí la superficie con la mano y lo tiré todo al suelo.

Lloré.

Durante todos los meses en los que yo había llorado mi pérdida en medio de una agonía confusa, había detectado una leve tristeza en sus ojos: cierta preocupación, cierta empatía, pero no dolor por nuestro hijo no nacido, ni lamento alguno por nuestro futuro sin hijos. Había anhelado un momento de ternura, de compañía, había deseado que se sentara a tomar un café conmigo o tal vez que pasáramos unas horas en el parque, donde él me ayudara mientras yo me aventuraba a una caminata lenta. Pero esos momentos no habían ocurrido nunca.

Desde el primer día de nuestro matrimonio, había tenido muy claras las prioridades de mi marido: su país, su trabajo, no yo. Me había parecido bien, pero ahora comprendía que yo ni siquiera existía en su mente. Habíamos vivido en el mismo apartamento, respirado el mismo aire, pero sin compartir nuestros pensamientos. Nos habíamos mirado, pero como en un espejo que solo nos devolvía el reflejo de nuestras propias mentes.

Las lavadoras empezaron a girar de nuevo y el suelo pareció temblar, la alfombra color granate con diamantes dorados se movió, una marea de sombras jaspeada y resbaladiza.

Más tarde, llegó el vicecónsul Zhou. Parecía abatido; hacía ruidos con la nariz y tenía los ojos llorosos. Levantó los papeles del suelo y me miró. Debió de pensar que yo era una desordenada, pero solo los que habían pasado por el bisturí conocían el desafío de inclinarse y presionar los músculos del abdomen. Recogió los papeles y los dejó sobre el escritorio. Tenía aspecto aburrido y bostezaba. Después, se acercó a la chimenea, la cual yo acababa de darme cuenta de que estaba encendida.

Fui a mi habitación y cerré la puerta. Deseé que Monto estuviera allí. Echaba de menos su voz infantil y su cara. La escuela lo mantenía muy ocupado esos días. Cuando se levantaba temprano por la mañana, yo solía estar profundamente dormida. Y cuando estaba en el apartamento, yo a gatas tenía la energía o la fuerza mental para entablar una conversación. Era un chico considerado y trataba de no hacer ruido al entrar en la habitación para no molestarme.

Sonó el teléfono: un reguero de alarmas huecas, molestas, persistentes.

Avancé con la silla. El vicecónsul Zhou se había quedado dormido cerca de la chimenea. El teléfono, en un rincón cerca de la ventana, estaba fuera de mi alcance. Me volví hacia el otro lado del escritorio, pero la silla de Fengshan me impedía el paso. Así era mi vida ahora: una prueba de frustración constante, la vida de una mujer discapacitada en una silla de ruedas, incapaz de realizar la sencilla tarea de ponerse de pie y coger el teléfono.

El vicecónsul Zhou murmuró algo y se frotó los ojos; cuando extendió la mano, el teléfono dejó de sonar.

Podía ser Fengshan, que llamaba desde el hotel. ¿Lo habrían arrestado los nazis? O podía ser Lola. Aunque, con su sordera, era poco probable. ¿Qué había llevado a Fengshan a concluir que Lola asesinaría a Eichmann?

Volví al dormitorio. En la mesita de noche estaba mi libro de Dickinson, tan constante como siempre. Lo cogí; no lo había abierto desde que Lola me lo había devuelto y me pareció pesado. Lola había dicho que lo había llevado con ella todos esos meses, pero nunca me había comentado si le había gustado. Pasé las páginas; parecían diferentes. En el centro de cada página estaba el jardín de pensamientos que mi poeta había hecho brotar, pero en el margen se veían líneas de sombras. Me incliné: las sombras eran palabras escritas en letra diminuta.

Querida Grace, te pido disculpas por estropear tu libro. No puedo escribirte cartas. Espero que esto sirva. He estado pensando en ti y quiero escribirte para que sepas que sigo viva. Parece que no podré marcharme de Viena. Uno de los guardias pisoteó el pasaje de barco que me compraste y ahora estoy en un tren…

Querida Grace, este tren apesta. La gente está asustada. No sabemos adónde vamos. Algunos creen que vamos al campo de Mauthausen…

Querida Grace, no hay sitio para estar de pie ni para apoyar las manos, así que te escribo esto en mi regazo. Alguien detrás de mí no para de chocarse con mi cabeza y disculparse. Bueno, me gustaría disculparme contigo: nunca tuve la oportunidad de despedirme. Ojalá pudiera volver a Viena para decírtelo en persona… Mira: los rayos del sol se cuelan por las rendijas de las ventanas. Una clave musical dorada, radiante, floreciente como un árbol frutal. Es precioso. ¿Recuerdas los lugares que mencioné cuando nos conocimos? Había muchos sitios que podría haberte enseñado: el Palacio Schönbrunn, el Danubio, el Wienerwald, la cueva de Eisriesenwelt. Viena es hermosa, Grace, el mundo es hermoso.

Había unas diez páginas de márgenes llenos de la letra de Lola: su viaje por el terreno musgoso, los campos color esmeralda, las montañas escarpadas, cada carta escrita con minuciosidad, todas dirigidas a mí con cuidado y diligencia. Me di cuenta de que, aun en el tren abarrotado y a pesar de que estaba yendo a un campo de prisioneros, Lola me había tenido presente y me había escrito cartas; no se había olvidado de mí.

Había una nota acerca de que el tren había atropellado una vaca en las vías, una nota acerca de que había rescatado a personas atrapadas en un pantano, una nota sobre la paliza que le habían dado hasta dejarla inconsciente y hacerle perder la audición, y la última:

> **Nunca podré volver a oír música, la música que tocaba, la música que nací para tocar. Fue una conmoción tremenda. Me pasé días sentada en una roca cerca de un acantilado, sumida en un silencio aterrador y con ganas de llorar. Pero ¿de qué servía llorar? Aún tenía mis brazos, mis piernas, mi corazón, mi vista, mi gusto, mi vida y a ti, Grace. Podría no volver a oír jamás tu dulce voz, pero al menos podría seguir viéndote. Es más, eso es lo que debería hacer. Ya ha pasado suficiente tiempo. Iré ahora. No por última vez, por supuesto. Porque entre nosotras, nunca habrá una última vez.**

"Iré ahora", había dicho, a pesar de los peligros que había en Viena. Ni el tiempo ni el terror ni la distancia habían podido cambiarla. Y entonces comprendí su rabia, su desolación y su angustia cuando se enteró de mi dolor. Estaba claro que Lola, más que nadie en el mundo, entendía la profundidad de mi pérdida. Pero yo había sido incapaz de verlo.

"Oh, no". Iba a asesinar a Eichmann por mí.

Dejé el libro y pedí un taxi al hotel. Tardó una eternidad en llegar, y cuando se abrió la puerta del apartamento, salí en la silla de ruedas. Era marzo, me di cuenta; el cielo del atardecer parecía sombrío; el viento gruñía, el aire era una garra afilada en mi cara desnuda. Me envolví con la bufanda; la sentía tan delgada como si fueran solo hilos; el frío me taladraba los huesos. Cerca del coche, enorme e imponente, apoyé los pies en el suelo y me incorporé. Todos los músculos de mi abdomen se tensaron y gritaron, pero centímetro a centímetro, me acomodé en el asiento trasero.

Lola, Lola, Lola.

CAPÍTULO 62

FENGSHAN

El coche sin Rudolf era inútil. Así que Fengshan caminó hacia el hotel tan rápido como pudo, ciñéndose el abrigo y con la nariz hundida en su gruesa bufanda.

Estaba furioso con Grace. Se había equivocado con ella. Tiempo atrás habían compartido ideales, habían compartido un objetivo, pero ella había cambiado. Su corazón ya no estaba con él y había olvidado la convicción que él sostenía: *Fu Chang Fu Sui*: el marido canta y la mujer acompaña. La clave de un matrimonio sano y equilibrado.

"¿Y tu carrera?", le había preguntado. Si el embajador llegaba a enterarse de su posible enfrentamiento con Eichmann, era de esperar que recibiría una sanción en su expediente. Esperaba no tener que llegar a una confrontación, pero si era necesario para salvar una vida, pues entonces sería inevitable.

Pasó por delante de los escaparates brillantes de las joyerías, de una boutique de moda y una pequeña tienda de pieles y medias, todas con nombres nuevos y banderas con esvásticas que flameaban en las fachadas. Cerca de las laderas nevadas de un parque, la gente se deslizaba y los niños jugaban con sus trineos. Un niño, con la cara roja, se estrelló cerca de sus pies. Fengshan se disponía a ayudarlo cuando el pequeño se incorporó de un salto y lo escupió: "¡Extranjero!", gritó, y se alejó corriendo.

Tres años atrás, Fengshan no habría imaginado ni siquiera en sueños que recibiría la hostilidad de un niño en Viena. Viena, una ciudad de cultura, decoro y tradición, había cambiado.

Llegó al Hotel Sacher, el majestuoso edificio que había visitado varias veces con el capitán Heine y otros diplomáticos. La nieve barrida se amontonaba en la acera, donde estaban aparcados muchos Mercedes y Adlers; no había señales de disturbios en el interior del hotel. Mostró su tarjeta de identificación al guardia y entró en el vestíbulo.

La señorita Schnitzler no estaba allí.

Había llegado a tiempo.

Pensó en ir a la habitación que ella había escrito, la 1004, pero el pasillo estaba abarrotado de personal de limpieza. Se dirigió al bar que estaba junto al vestíbulo para ordenar sus pensamientos. ¿Cómo haría la señorita Schnitzler, una judía con la entrada prohibida al hotel, para acercarse a Eichmann en ese lugar? La identificarían en cuanto apareciera y Fengshan quería interceptarla antes de que la descubrieran.

El bar estaba lleno de oficiales de las SS y sus acompañantes femeninas, ataviadas con vestidos dorados con flecos y destellos de oro y plata en las muñecas. Sonaba una suave obertura italiana, el mismo tipo de melodía elegante que había oído cada vez que iba allí. Pero no pudo evitar pensar que el hotel, con los mismos cortinajes rojos y pesados, los revestimientos de madera y las lámparas de araña doradas, tenía un aire severo y carente de alegría, como el de un club militar para oficiales nazis.

Se acercó a una mesa a la derecha y se sentó; unos cuantos oficiales que estaban cerca se volvieron hacia él mientras fumaban con vehemencia.

Fengshan cogió el periódico del estante que tenía a su espalda y trató de leer. Antes del Anschluss, el Hotel Sacher había sido un lugar frecuentado por aristócratas y diplomáticos, pero ahora él se sentía en desventaja.

—Herr cónsul general.

Levantó la vista.

Esa sonrisa socarrona. Allí estaba, el asesino de un camarero judío, el genio autoproclamado que había diseñado el plan para robar las riquezas de muchos judíos y expulsarlos de sus hogares, el enemigo de su querido amigo el capitán Heine, el diseñador despiadado del campo de Nisko, el vándalo implacable que había demolido su consulado y pretendía destruir su carrera, el nazi que había provocado el aborto de Grace y la pérdida incalculable para ambos.

Y estaba vivo, de pie, con una mujer rubia del brazo.

—Herr Eichmann.

El nazi iba muy condecorado, con insignias doradas y medallas de *hauptsturmführer* en el uniforme; su mirada era intensa, calculadora; a Fengshan le pareció que siempre estaba buscando ideas innovadoras para atormentar a la gente.

—Es un placer verlo en el hotel, herr cónsul general. ¿Ha venido a encontrarse con alguien?

El hombre habló con un ligero tono triunfal; era evidente que recordaba con claridad lo que le había hecho a Grace. La señorita Schnitzler tenía razón: Eichmann era malvado hasta la médula; merecía morir.

—¿Una amiga? —presionó la bestia.

—Una buena amiga. —Era enloquecedor, pero Fengshan se las ingenió para seguir siendo cortés. Extendió el periódico sobre la mesa mientras Eichmann daba la vuelta en torno a él con un puro en la mano.

—¿Por casualidad la conozco?

—Lo dudo.

Tres oficiales de las SS condecorados con medallas seguían a Eichmann, obsequiosos. Fengshan sintió repugnancia. Qué rápido había ascendido el vendedor de planes de muerte. Había sido uno de esos típicos hombres de bajo rango que trepaban por la escalera repulsiva del poder.

—¿Cómo está su esposa, herr cónsul general?

Fengshan miró fijamente esos ojos grises despreciables.

—Ha cambiado. La pérdida del embarazo le ha envenenado el corazón y el alma. Espero que el criminal que le causó ese dolor reciba su merecido.

—Se lo advertí, herr cónsul general: todos necesitamos amigos en Viena. —Se echó a reír y se retiró del bar junto a su acompañante; su risa estridente resonó como un tintineo violento que eclipsó la obertura italiana.

Eichmann también recibiría su merecido, pero no ese día. Fengshan salió del bar y entró en el vestíbulo. En un rincón, cerca de la escalera de mármol, un equipo de empleadas de limpieza con uniformes y gorros blancos quitaban el polvo de las barandillas. Una de las mujeres, de cabello dorado, se volvió; siguió con la mirada a Eichmann, que reía con su acompañante, camino al vestíbulo.

Esa cara con la cicatriz.

La señorita Schnitzler se había disfrazado, tal vez con el dinero que él le había prestado, y se había infiltrado en el hotel a pesar de la seguridad. Eso era una imprudencia. ¡Una temeridad! Fengshan se apresuró y cruzó el vestíbulo mientras la señorita Schnitzler, que empujaba un carro lleno de toallas, caminaba con paso firme hacia el pasillo por el que se habían ido Eichmann y su amante. Para cuando Fengshan llegó al pasillo, ella estaba llamando a una puerta a cierta distancia. La habitación 1004.

Fengshan se detuvo, con el corazón en la boca. "Por favor, no", rezó. Si la señorita Schnitzler se atrevía a disparar, aun cuando matara a Eichmann, no saldría con vida.

La puerta se abrió.

—¡Herr Eichmann! —Esa voz fuerte.

Un disparo.

Eichmann trastabilló fuera de la habitación y se desplomó en el pasillo. La sangre le brotaba del pecho y su amante gritó cerca de la puerta. Lola apartó el carro y se acercó a Eichmann, dispuesta a dispararle de nuevo. Pero no vio ni oyó que los hombres de las SS que estaban en el bar se precipitaban al pasillo mientras desenfundaban sus armas. Alguien disparó.

—¡Fuera, fuera! ¡Váyase! —gritó Fengshan y agitó una mano, pero se dio cuenta de que ella no podía oírlo, ni a él ni el disparo. Aceleró el paso por el pasillo, pero una fuerza a sus espaldas lo arrojó contra una mesa redonda con tapa de mármol. Perdió el equilibrio y tropezó.

Pero la señorita Schnitzler por fin lo vio, a él y al grupo de hombres de las SS que avanzaban por el pasillo. Se dio la vuelta, corrió hacia el otro extremo, giró a la derecha y desapareció como por arte de magia. Debía de haber una escalera que llevaba al sótano o la puerta trasera. Debía de conocer muy bien el plano del hotel; Fengshan rogó que hubiera podido escapar.

Se volvió hacia Eichmann, que estaba rodeado de sus hombres armados cerca de la habitación 1004. La situación era bastante caótica, con los oficiales, el personal del hotel y las mujeres con sus vestidos dorados. Y de pronto, para estupor de Fengshan, el nazi se puso de pie, con la mano apoyada en el hombro que sangraba.

No había palabras para describir la decepción de Fengshan. La señorita Schnitzler había arriesgado su vida por ese canalla.

Otro disparo procedente de algún lugar en el pasillo lo sobresaltó, pero no pudo ver a través de la gente.

Entonces, las personas que rodeaban a Eichmann se

apartaron y él sintió que le flaqueaban las rodillas: la señorita Schnitzler había aparecido, sujetada por dos oficiales de las SS, con una pistola debajo de la barbilla. Cuando se acercó a Eichmann, lo insultó. Un puñetazo se le clavó en el estómago y la hizo doblarse; la peluca dorada cayó al suelo.

—¡Una judía!

El pasillo hervía con blasfemias, amenazas y maldiciones, y con los gritos de la señorita Schnitzler.

—¡Te mataré, te mataré!

—¿Cómo te atreves? ¡Puta judía! —Eichmann tomó un revólver de uno de sus hombres y disparó.

La sangre brotó del hombro de la señorita Schnitzler y ella cayó al suelo.

—¡Alto! —Fengshan se abrió paso entre la multitud. La mujer había perdido a toda su familia; había desaparecido, pero había vuelto; había arriesgado su propia vida a cambio de la de un miserable.

Eichmann se volvió hacia él con mirada asesina.

—Herr cónsul general, ¿conoce usted a esta mujer? ¡Trató de matarme!

—Basta. Ya es suficiente —pidió Fengshan.

La sangre había salpicado la cicatriz del rostro, pero ella le suplicó que no intercediera. Pero, señorita Schnitzler… No valía la pena.

—¡Esta puta ha intentado matarme! No, no. Esto no es suficiente. Esto no se detendrá. ¡Debe ser eliminada, todos los de su clase serán eliminados! Juro que exprimiré hasta el último gramo de fuerza de sus cuerpos y extraeré hasta la última gota de sangre de sus venas y cuando haya acabado con eso, los incineraré y no quedará ni rastro de su existencia sobre la Tierra. Los mataré a todos, a todos. —Hizo una seña con la cabeza a sus secuaces—. Matadla.

Una salva de disparos estalló en el pasillo.

CAPÍTULO 63

GRACE

EL RUIDO DE DISPAROS CONTINUABA EN EL HOTEL.

Me quedé helada en el taxi y me sobrecogió el miedo. Podía ser Lola; no, no podía ser Lola. Le pedí al taxi que fuera más deprisa; el hotel, como un diente roto gigantesco y resplandeciente, surgió frente a mí. Cuando el coche se detuvo, casi salí rodando; me arrojé sobre la silla de ruedas y volé hacia la entrada frente a la cual se alineaban los Mercedes negros, carruajes y motocicletas.

Pero el guardia gritó algo sin sentido en alemán, me cruzó el fusil frente a la cara y me prohibió la entrada. Me paseé en la silla de un lado a otro del edificio, una y otra vez. Esos disparos no tenían nada que ver con Lola. En cualquier momento saldría y me gritaría "¡Grace!" con su vozarrón.

Durante un momento interminable, su voz no resonó en el gélido aire vienés ni tampoco hubo concierto de violín, ni voces humanas, ni disparos desde el interior del vestíbulo: solo los globos de luz, los ojos saltones de una bestia, amenazantes, que me roían el corazón. Me vi a mí misma, un ser débil, a kilómetros de distancia de Fengshan, de su fe y sus creencias. Había tenido razón; debí haberlo escuchado.

De pronto, el caos. Ejércitos de oficiales uniformados, hombres con trajes negros y pajaritas y mujeres con vestidos largos de terciopelo emergieron desde detrás de las puertas de cristal y pasaron a mi lado. Ninguna de ellas era Lola.

Seguí paseándome de un lado a otro sin parar, estirando el cuello. Cuando la marea de cuerpos humanos aminoró la velocidad, se redujo y finalmente se detuvo, alcancé a ver a través de la puerta de cristal y bajo la luz del interior, que unos empleados uniformados del hotel fregaban con indiferencia un reguero rojo que fluía desde el pasillo hacia las escaleras del vestíbulo.

Fengshan apareció con su abrigo negro, sus movimientos lentos, la cabeza baja, como si estuviera rezando.

—¿Fengshan?

Levantó la vista y, por un momento, pareció que le costaba comprender. Después, se me acercó; su rostro era una máscara de oscuridad.

—Hace frío. Volvamos al consulado.

—Yo…, yo… Lola… ¿Pudiste…?

Su mirada me estremeció y froté las manos en los apoyabrazos de la silla de ruedas. Iba a decirme algo, pero deseé que no lo hiciera.

—Has llegado demasiado tarde —dijo.

CAPÍTULO 64

FENGSHAN

En la oficina a oscuras, se sentó en el sofá, sin quitarse el abrigo ni el sombrero. Le hacía bien encapsularse en el espacio del silencio, de la oscuridad, del dolor. Una luz, una vida se había apagado frente a él, y no había podido evitarlo.

Sonó el teléfono. Debía de ser el embajador Chen.

Se puso de pie, pero fue al baño. Frente al lavabo, se quitó el abrigo y el sombrero, se echó agua en la cara y se miró en el espejo. Tenía la nariz enrojecida, los ojos inyectados en sangre y una mancha roja en la comisura del ojo. Era el rostro de un anciano con cicatrices.

El teléfono dejó de sonar, pero luego volvió a hacerlo. Fengshan salió del baño y descolgó el auricular. La voz del embajador Chen estalló en su oído como un trueno.

—¿Dónde has estado, Fengshan?

Estaba a punto de responder cuando la voz del embajador irrumpió de nuevo.

—He estado tratando de comunicarme contigo por tu evaluación, pero acabo de recibir un informe sobre tu participación en el intento de asesinato de un oficial de alto rango de las SS. ¿Qué demonios hacías en el hotel?

—Embajador Chen, no creerá de verdad que...

—¿Qué otra cosa esperas que crea cuando recibo una llamada del secretario del Ministerio de Asuntos Exteriores en Berlín? ¡Esto es una vergüenza, Fengshan! Me has decepcionado. ¡Has puesto en peligro la reputación de tu país y has ocasionado un grave perjuicio a la amistad entre nuestras dos naciones! Desobedeciste mi orden intencionadamente y te empecinaste en hacer cumplir una orden obsoleta del Ministerio de Asuntos Exteriores. He tolerado tu comportamiento hasta ahora y me esforcé por ser objetivo por tu gran contribución al préstamo de veinticinco millones de dólares. Pero ¿asesinar a un oficial de alto rango de las SS?

—Embajador...

—Tu evaluación laboral ya está terminada y la presentaré al Ministerio de Asuntos Exteriores para su revisión. A la luz del acontecimiento reciente, también he tenido una conversación muy seria con el ministerio.

Fengshan habría jurado que, pese a la formalidad del tono, había un atisbo de alivio en la voz del embajador. Era demasiado evidente lo que implicaba esa conversación. Debía pagar el precio de haber desafiado la orden de su superior.

—Te informo de que el Ministerio de Asuntos Exteriores y yo hemos llegado a un acuerdo: en vista de tu talento y habilidad, hemos decidido que serás un elemento muy valioso en tu país. He solicitado que vuelvas a casa en mayo.

"Volver a casa", el término que todo diplomático temía oír: un eufemismo para el despido.

CAPÍTULO 65

GRACE

La noche fue una nebulosa; el dormitorio, una sombra en una luz trémula. Durante horas, no supe qué hacer, sentada en la silla de ruedas, rígida, atontada por la morfina. Cuando podía mantener los ojos abiertos, trataba de leer las cartas de Lola en mi libro de poesía. Pero lo único que veía eran notas musicales y palabras que volaban a mi alrededor, como hojas doradas de otoño.

Lola se había ido de verdad. Nunca más reaparecería de la nada para hablar con su voz atronadora; nunca más me pediría que escribiera algo. Si yo hubiera escuchado a Fengshan, ¿seguiría viva?

¿Cómo se decidía quién debía vivir y quién debía morir?

Me pregunté qué habría pasado por su mente cuando imaginó que mataría a Eichmann. Me pregunté qué habría pensado cuando tuvo a ese hombre perverso a su alcance: ¿rabia, miedo, paz o triunfo? Yo había tenido la oportunidad de comprenderla, de evitar ese momento. En cambio, lo único que podía hacer ahora era imaginar, a través del muro de la vida y la muerte.

Imaginé los días en que nos habíamos conocido: su orgullo por ser de Viena, la fe que tenía en su pueblo, la lucha por su familia; imaginé su decisión de no permitirse derramar lágrimas, la batalla por la libertad de su hermano, por la vida de Eva; imaginé cómo se había convertido en el símbolo del sufrimiento, de la pérdida, la injusticia, el silencio. Lola…, el sonido de la vitalidad, la voz de la vida que todos anhelábamos vivir.

"Mantente fuerte, empieza de nuevo. Aún puedes crear un legado más fuerte que la descendencia, Grace".

Me acerqué a la mesita de noche y sostuve mi libro de poesía. ¿Había entendido el mensaje? Podía intentarlo.

Al día siguiente, dejé de tomar morfina.

Hice un esfuerzo por levantarme y caminar. Estuve a punto de caerme, de hacerme daño. Estaba muy débil. No importaba. Seguiría intentándolo.

Empezaría de nuevo. Por Lola y por mí.

CAPÍTULO 66

FENGSHAN

AL DÍA SIGUIENTE, COMENZÓ EL TRASPASO DEL MANDO AL vicecónsul Zhou, ahora designado cónsul general interino. Fengshan le dio instrucciones detalladas sobre el protocolo, los negocios, el puñado de ciudadanos chinos que quedaban en la Gran Alemania y sus profesiones y, por último, le entregó el sello del consulado que era imprescindible para los visados. En un tono que esperaba que sonara indiferente, preguntó a Zhou qué opinaba sobre la política de inmigración de los judíos.

—Eso depende del embajador —respondió el vicecónsul Zhou.

El embajador Chen había conseguido lo que deseaba: un subordinado obediente que cumpliría sus órdenes. En cuanto a los judíos que seguían desesperados por huir, si es que seguían acudiendo al consulado, no había nada que él pudiera hacer a partir de entonces.

Cinco días después, completó el proceso de traslado, cargó todas sus pertenencias, las de Grace y las de Monto en un taxi y dejaron el apartamento.

En el jardín del Hotel Imperial, dio un paseo con Grace y

Monto. Su mandato diplomático terminaría en mayo y tenía un mes para abandonar Viena. Era momento de planificar su futuro. La orden de volver a casa era tal como sonaba, un regreso sin tarea oficial ni puesto designado. Podía volver a su casa familiar bombardeada en su ciudad natal, que estaba ahora bajo ocupación japonesa, o podía volver a acercarse a su gobierno, ocultarse en algún lugar del interior del país y esperar otro trabajo.

—No quiero ir a China —declaró Grace desde su silla de ruedas.

Estaba contemplando un mirlo que revoloteaba sobre un castaño desnudo. La luz del sol se derramaba sobre su cara y una manta le colgaba del hombro. Parecía que se estaba deslizando de nuevo en su mundo propio, pero había un indicio firme de claridad en sus ojos, como si observara algo al final de la calle, una vista en la distancia más lejana.

—¿Adónde te gustaría ir, Grace?

—¿Acaso depende de mí?

Fengshan esbozó una sonrisa irónica. ¿Desde cuándo le hablaba en ese tono?

—Tú decides. Dondequiera que decidas ir, iremos. Empezaremos una vida nueva.

Pero ¿dónde más podía empezar su carrera, si no en China?

Los ojos de ella parpadearon.

—Me encantaría volver a casa.

No podía culparla; si China era una brújula en su corazón, los Estados Unidos eran el imán en el corazón de ella. Debería llevarla a su tierra natal; se lo debía, después de tantos años de traslados a causa del trabajo. Ahora que su carrera como diplomático había terminado, le tocaba a ella elegir dónde vivirían. El estatus de Fengshan, aunque pronto expiraría, le permitía ir a los Estados Unidos.

—Iremos a los Estados Unidos.

A la mañana siguiente, compró tres pasajes de barco con fecha de salida el diez de mayo. Embarcarían en un transatlántico que zarparía del puerto italiano de Trieste y navegarían a Nueva York. También envió un telegrama a un amigo que estaba en China, el señor Wang Pengsheng, director del Instituto de Relaciones Internacionales de la Comisión Militar Nacional, en el que le informaba sobre su viaje a los Estados Unidos. Estaba seguro de que sus amigos ya se habían enterado de que había sido dado de baja.

Dos días antes de partir, recibió un telegrama de su amigo, el señor Wang, quien le ofrecía que escribiera informes sobre el presidente Roosevelt desde los Estados Unidos. Se trataba de un encargo menor, con una mísera retribución, muy lejos de un puesto oficial con sueldo y dignidad. Fengshan aceptó de buen grado. La tarea lo mantendría ocupado mientras Grace se recuperaba.

Llegó el día de la partida. En la radio, un locutor británico anunció con voz seria que el primer ministro Chamberlain había sido sustituido por Winston Churchill, un político combativo. Parecía que el curso de la guerra había dado otro giro.

Fengshan apagó la radio, bajó a pagar el hotel y luego los tres, Grace, Monto y él, tomaron un taxi hacia la estación de tren.

En el coche, se volvió hacia la ventanilla. Los magníficos edificios *art déco*, los apartamentos barrocos, los monumentos majestuosos, las catedrales, los teatros, los cafés, los palacios y los parques se deslizaban a su paso; todo muy real y, a la vez, como en un sueño. Había vivido tres años en Viena. Conocía los palacios, había estudiado su arquitectura y su historia, y los admiraba. Amaba Viena, pero más amaba a su gente, sus modales refinados, su gran interés en la cultura, sus conversaciones encantadoras y su música conmovedora. Había bebido café en los cafés con los vieneses, había bailado el vals en los salones y asistido a bailes en los palacios. Por desgracia, la época de Austria que él había admirado pertenecía al pasado y las personas con las que había conversado estaban muertas o desaparecidas: el señor Rosenburg, el capitán Heine, la señorita Schnitzler —a la que casi no había conocido— y otros hombres excelentes, mujeres audaces, personas de las que un país debería sentirse orgulloso.

Para ellos y para mucha gente que había nacido allí, que había crecido con su idioma, su cultura, sus costumbres y su historia, esa ciudad se había convertido en un campo de ejecución cruel, una ciénaga de muerte; habían sido perseguidos en un país al que llamaban su hogar, habían amado a un país que los denunciaba y los habían conducido a la muerte personas a las que llamaban compatriotas. Sus rostros, sus nombres y sus luchas caerían en el olvido. En los edificios imponentes, las antiguas residencias que ahora albergaban a sus perseguidores, no quedaría rastro alguno de su sangre ni sus lágrimas.

¿Qué era un país sin su gente?

Un mero punto de referencia en un mapa, sin corazón ni alma.

¿Cuántos visados había expedido? ¿Cuántas personas habían empezado una vida nueva con esos visados? Nunca lo sabría. Lo único que lamentaba era no poder seguir ayudándolas.

La estación de Viena surgió bajo la luz del atardecer: los letreros de bronce, los postes con farolas de gas y el andén lleno de gente con maletas. No pudo evitar recordar el día en que había salido de esa estación, tres años atrás. Los grandes edificios de la Ringstrasse, los coches abarrotados y los peatones bien vestidos le habían dado la bienvenida, y se le había hinchado el pecho de optimismo y confianza: esa ciudad sería el trampolín de su carrera diplomática. Pero se había equivocado. Viena era una trampa para los hombres y las mujeres honorables de la ciudad, y también para él. Había llegado allí como un diplomático en ascenso con una carrera prometedora y ahora se marchaba como un funcionario caído en desgracia. Al igual que las personas a las que había intentado proteger, se retiraba expulsado, sin trabajo y denunciado por su propio país.

CAPÍTULO 67

GRACE

POR FIN, EL TREN EMPEZÓ A MOVERSE, EL SUELO A TEM-
blar. Me sujeté del borde de la mesa y miré por la ventanilla. Cuando había llegado a Viena por primera vez, me
había sentido temerosa y sola; ahora, al contemplar el andén sombrío en la oscuridad de la noche, las figuras desga-
nadas de los pasajeros y los hombres de uniforme y rostro
solemne, seguía sintiéndome sola, pero ya no tenía miedo.

Me había despedido de Eva en ese mismo lugar en el
invierno de 1938 y ahora Eva estaba fuera de mi alcance.
La pobre Lola nunca había podido llegar a ese andén, pero
seguiría conmigo. Sus palabras, al menos. Ahora formaba
parte de mi libro de Dickinson, bien guardado en el fondo
de mi maleta, y me acompañaría adondequiera que fuese.

En el tren, Fengshan estaba inmerso en sus pensamientos. Me hablaba cuando le apetecía, era su estilo y ya me
había acostumbrado. Y cuando se decidía a hablarme, yo
me preguntaba si me regañaría por mi negativa a detener
a mi amiga, por mi ineptitud. Lo habría preferido, pero
conociéndolo, solo habría silencio, decepción creciente y
distante.

Pero ¿quién podía decir que la decepción no era mutua?

Llegamos a Trieste a primera hora de la mañana y embarcamos en el *Saturnia* ya entrada la tarde. En el horizonte lejano, el sol mediterráneo derramaba haces dorados y brillantes, el aire fresco acarreaba el aroma del mar y el agua era de un tono azul prístino. Si Lola hubiera podido partir hacia Shanghái, habría visto ese espectáculo.

En el barco atestado de estadounidenses que volvían a casa, Monto estaba entusiasmado y no paraba de hacer preguntas, y Fengshan tenía respuestas para todo; yo no tenía ninguna. Una vez más, yo era el progenitor irrelevante, una madrastra, pero Monto era feliz y eso era lo único que importaba.

El camarote era pequeño y el acceso para personas en silla de ruedas, limitado. Así que, durante buena parte del día, yo permanecía dentro, donde había un ojo de buey del tamaño de mi mano, aprendiendo el vaivén del barco, evitando el riesgo de caerme y desgarrarme los músculos. Fengshan y Monto daban paseos diarios por la cubierta, donde reflexionaban, leían y jugaban.

Cuando parábamos en los puertos, hacíamos turismo. Grecia, Nápoles, Génova y Gibraltar, y después, Portugal. Fengshan, un padre siempre preocupado por la educación de su hijo, aprovechaba cada ocasión para enseñarle a Monto de todo: el volcán Vesubio, el paso marítimo de Gibraltar bajo vigilancia de los buques de guerra británicos y Lisboa, con sus terrazas y colinas como Chongqing, la capital nacionalista china.

Fengshan era cortés conmigo; a veces empujaba mi silla de ruedas por la pasarela y me ayudaba a sentarme durante la cena. Fuera de eso, comentábamos la comida del transatlántico, el calor que hacía en el camarote y el apuesto hombre chino, comprometido con una heredera de la familia du Pont, que estaba a la espera de un visado para los Estados Unidos.

No mencionábamos la última discusión que habíamos tenido; jamás hablábamos de Lola.

Una mañana tranquila y brumosa, llegamos a Nueva York. Habían pasado casi seis años desde que había dejado mi país de origen; la mismísima Estatua de la Libertad, los rascacielos gigantescos, el letrero de Pepsi-Cola de luces de neón y hasta la pasta de dientes gigante del cartel publicitario, todo era un deleite para mis ojos. Nueva York, los Estados Unidos. Mi hogar.

Bajé por la pasarela en la silla de ruedas y le sonreí a Monto mientras señalaba los rascacielos aquí y allá. No necesitaba mirar a Fengshan para saber cómo se sentía. Tenía una expresión sombría, con el ceño fruncido, desde que habíamos atracado. Antes de desembarcar, se había enterado de que la guerra había dado otro giro en Europa. Francia había estado combatiendo contra Alemania en el momento de nuestra partida; sin embargo, para cuando llegamos, París había caído en manos de los nazis.

Ya en el muelle, Fengshan se quejó de la niebla, del clima desapacible y del ruido del tráfico en Nueva York, pero, como hombre capaz y estratégico que era, reservó una habitación en el Hotel Victoria de Brooklyn y salió a alquilar un apartamento. Cuando encontró uno con un cartel de "Se alquila", llamó para expresar su interés. Pero cuando fue a dejar el depósito al día siguiente, el propietario lo rechazó alegando que sus inquilinos no podían ser personas de color. Fengshan se quedó atónito; era la primera vez que se topaba con el racismo. La situación se repitió hasta que conoció al administrador de un edificio que había visitado Hong Kong y Shanghái y consideraba que Fengshan, por ser chino, no era un hombre de color, de modo que accedió a alquilarle un apartamento. El alquiler era caro: sesenta dólares al mes por un apartamento de una habitación; para mi comodidad, Fengshan pidió la planta baja. Nos mudamos al día siguiente.

La mudanza y el embalaje me recordaron a Viena, excepto que yo estaba más contenta y Fengshan se mostraba desinteresado. Lo que importaba ahora, según él, era que yo recuperara la salud.

Siempre preocupado por la educación, Fengshan inscribió a Monto en una escuela pública del vecindario cerca del apartamento. Después, se pasó los días en la biblioteca investigando si el presidente Roosevelt se sumaría a la guerra en Europa: su tema. Como había acordado con su amigo, escribiría un informe sobre el presidente y la opinión pública estadounidense cada dos semanas. Así que leía los periódicos con detenimiento y escuchaba la radio todos los días. El instituto de su amigo le proveería su único ingreso, ya que su salario como diplomático había terminado en mayo.

Con sus numerosos edificios de ladrillo rojo, Brooklyn era diferente de Viena. No había policías con uniformes nazis ni carteles escritos en un alemán largo e indiscernible en las calles. Cada mañana, mientras oía las conversaciones desde las radios de los vecinos, todas en un inglés fácil y conocido, me liberaba de la silla de ruedas, me sujetaba a la pared y daba pequeños pasos.

El día que salí del dormitorio, llegué a la pequeña cocina y tomé el picaporte de la puerta de entrada fue el primero de julio de 1940. Abrí la puerta y contemplé una cerca de madera sobre la que descansaba una maceta de zinnias coloridas: una explosión de rojo, amarillo y naranja con tallos delgados que se elevaban hacia el sol. Di un paso, un paso pequeño hacia la calle, pero un paso gigantesco en mi vida. "Empieza de nuevo".

CAPÍTULO 68

FENGSHAN

Un año después de su llegada a los Estados Unidos, en una tarde fresca de mayo de 1941, Fengshan salió de Prospect Park; estaba empapado de sudor. Acababa de correr por el parque durante horas para despejar la mente. Esa mañana había leído un telegrama de su amigo que le informaba que la República de China había eliminado su consulado en Viena y que las relaciones entre China y Alemania estaban oficialmente rotas. El embajador Chen, que tanto había insistido en mantener los lazos con los alemanes, había sido reasignado a otro destino.

Fuera del parque, en la acera, Fengshan contempló la calle animada, llena de taxis y peatones. Cuando se había enterado de que Japón había firmado el Pacto Tripartito con Alemania e Italia en septiembre del año anterior y, con eso, formalizado la alianza del Eje, había predicho el inevitable destino del consulado en Viena. Pero, aun así, la noticia del cierre lo había impactado. Durante tres años, su Gobierno nacionalista había resistido la implacable ofensiva japonesa en Chongqing y había agotado el préstamo de veinticinco millones de dólares recibido de los Estados Unidos, pero Fengshan había mantenido la esperanza de que su país resurgiera en la escena diplomática mundial. Esa triste retirada era un fracaso irremediable, una derrota desgarradora y, para él, un recordatorio de que un capítulo de su vida se había cerrado para siempre.

¿Qué pasaría con el futuro diplomático de China?

Durante casi un año en Brooklyn, había pensado en su país y soñado con él. Había presentado su análisis sobre si Roosevelt se sumaría a la guerra de Europa con una conclusión inevitable. Su trabajo en ese país estaba casi finalizado y se le hacía difícil llegar a fin de mes con los exiguos honorarios que ganaba escribiendo los informes quincenales sobre la historia y la economía estadounidenses para el instituto.

—¿Doctor Ho?

La voz de un hombre llegó desde algún lugar. Fengshan no estaba seguro de haber oído bien. En los últimos tiempos, la gente lo llamaba señor Ho, rara vez doctor Ho. Cuando entraba y salía de la biblioteca pública y pasaba por delante de las pequeñas tiendas con escaparates grasientos, solía conversar con conserjes, bibliotecarios, compatriotas trabajadores y cocineros chinos en los restaurantes baratos. Todos eran seres humanos decentes, pero no lograban acaparar su atención por más de un rato. En ese barrio atestado de gente de distintas razas, ya no era un diplomático distinguido que acataba el protocolo; era un chino más, a punto de cumplir los cuarenta, sin afeitar y con una calva incipiente, que se paseaba con zapatillas de deporte de tela, una camisa blanca manchada de sudor y una corbata negra de lunares blancos arrugada.

Le daba miedo pensar que después de años de estudiar, de aprender, de cultivarse para ser un hombre instruido, viviría así el resto de su vida, de forma anónima e improductiva. Que lucharía como mucha gente luchaba en Brooklyn, como un ciudadano más, como un inmigrante empobrecido, como un hombre que se ganaba la vida con las manos más que con la mente. Que su sueño de servir a su país, de representar a su país, fuera solo eso, un sueño.

—¡Doctor Ho!

Se volvió y observó al hombre que caminaba hacia él desde debajo de un ginkgo.

—¡Señor Wiley!

Qué sorpresa ver a un viejo amigo del pasado, aunque, para ser fiel a la verdad, eran más bien conocidos. De todas maneras, la sonrisa del señor Wiley parecía genuina y Dios sabía que el recuerdo del diplomático estadounidense le había reconfortado el corazón.

—Me pareció que era usted, doctor Ho. —Vestía un traje blanco, una corbata azul celeste y un bombín. Sus ojos brillaban detrás de las gafas de montura negra, amistosos, con un destello de afecto—. ¿Cómo está? ¿Qué lo ha traído a Brooklyn?

—Bueno, estaba a punto de preguntarle lo mismo. ¡Qué alegría verlo! ¿Le gustaría tomar algo y charlar?

El señor Wiley consultó su reloj.

—Tengo alrededor de una hora. ¿Cuándo llegó a los Estados Unidos? ¿Cómo está la señora Ho?

—Grace está muy bien. Llevo aquí cerca de un año. Recuerdo que a usted lo habían enviado a Letonia y Estonia. ¡Qué alegría volver a verlo!

Caminaron hasta una tienda cercana y se sentaron ante una pequeña mesa de hierro fuera del local. No era lo que él hubiera imaginado como un lugar apropiado para un diplomático, pero al señor Wiley no pareció importarle. Pidió una botella de Coca-Cola; Fengshan pidió lo mismo.

—Coca-Cola. Es mi pecado. Me moría por tomarla en Letonia. ¿Sabía usted que existía un comercio ilegal de Coca-Cola en Europa? Estas botellas eran difíciles de conseguir.

Fengshan sonrió.

—Por supuesto. Cuénteme, ¿qué lo trajo a Brooklyn, señor Wiley?

—Vine a visitar a la familia. Mi misión como enviado extraordinario y representante en Estonia y Letonia ha terminado. Irena y yo decidimos volver a casa para ocuparnos de algunos asuntos familiares antes de mi próximo destino.

Los modales del señor Wiley eran impecables, pero conociendo sus antecedentes y sus envidiables misiones en Rusia y Amberes y, luego, en Viena, Fengshan se dio cuenta de que el estadounidense se estaba guardando algo sobre su próximo destino. Tal vez un puesto de embajador. ¿Se atrevería él a soñar con un cargo así? Su Gobierno estaba en guerra y su propia supervivencia estaba en duda.

—¿Cómo van los asuntos en Viena, doctor Ho?

No se había enterado. Fengshan hizo una mueca.

—Ah, veo que no lo sabe, pero fui destituido de mi cargo de cónsul general en 1940. Desde entonces, he estado en Brooklyn por Grace. Y acabo de enterarme de que se ha cerrado el consulado de la República de China en Viena.

El señor Wiley suspiró.

—El Departamento de Estado también ha decidido suspender de forma temporal su intervención en la Gran Alemania. El consulado estadounidense en Viena se cerró la semana pasada debido a la escalada de tensión en Europa.

Fengshan no lo sabía.

—Es una noticia desalentadora.

¿Qué estaba pasando con los judíos en Viena? ¿Adónde estaban emigrando? Aunque había pasado casi un año desde su partida, Viena y el destino de los judíos perseguidos estaban siempre en su corazón. Incluso en la biblioteca, durante sus investigaciones, cuando encontraba una mención a la inmigración o un debate sobre los refugiados de Europa, se detenía y leía con cuidado todo el artículo. Sin embargo, con la tensión creciente que se vivía en Europa, había pocas noticias sobre los judíos vieneses. Por lo que sabía, los judíos alemanes se habían quedado en el limbo; en cuanto a los que vivían en Polonia, en los países vecinos y en la Francia en guerra, su destino era desconocido.

—¿Puedo preguntarle cuál será su próxima misión diplomática, doctor Ho?

Fengshan no era un hombre sentimental, pero estuvo a punto de sentir que las lágrimas asomaban en sus ojos.

—Desgraciadamente, ya no estoy en la diplomacia.

El señor Wiley bajó la botella con aire pensativo.

—Fue por lo de Viena, ¿verdad?

Por supuesto, el señor Wiley entendía mucho de política. Concertar una salida de Viena para el doctor Freud le había costado el puesto de cónsul general al señor Wiley, y el esfuerzo de Fengshan por expedir visados a los judíos había acabado con su carrera. Al menos tenían algo en común. Con la Coca-Cola en la mano, Fengshan relató cómo había emitido visados para los judíos en Viena desde 1938 hasta su partida, el enfado de su superior y, por último, la orden de enviarlo de regreso a casa. Trató de sonar tan imperturbable como lo había sido alguna vez en el bar de Viena.

El señor Wiley se subió las gafas y observó la bebida oscura en la botella.

—Siguió expidiendo visados durante dos años después de mi partida. ¿Cuántos emitió?

—Miles.

—¿Cómo soportó la presión?

—No había otra opción. Cada visado era una vida.

—¿Se arrepiente de ello, doctor Ho?

Fengshan se quedó pensando.

—Usted lo sabe bien, señor Wiley: como diplomáticos, hacemos lo que es correcto para nuestro país y, como hombres, hacemos lo que es correcto para nuestro corazón.

El señor Wiley asintió.

—¿Sabía usted que al doctor Freud se le practicó la eutanasia un año después de su llegada a Inglaterra? Su cáncer era demasiado doloroso. Tenía ochenta y tres años. Su familia me lo hizo saber.

Ninguna de las personas que habían recibido un visado gracias a él pensaría en contactar con él, y era comprensible. La mayoría no lo había conocido y pocos sabían pronunciar su nombre. Y era mejor así. Nunca había buscado amistad ni reconocimiento. Había logrado lo que quería y rescatado las vidas que tenía que rescatar y, como resultado, había llegado a Brooklyn como un hombre chino más. No tenía nada de heroico y, por lo tanto, no había nada más que decir ni nada más que discutir.

El señor Wiley levantó la botella en un brindis.

—Es usted un hombre inquebrantable, doctor Ho. Es una gran pérdida para China que ya no cuente con usted para defender su bienestar. Espero que en el futuro compartamos una sala de conferencias.

—Brindo por lo mismo. Por favor —agregó y detuvo al señor Wiley mientras se llevaba la mano al bolsillo del traje. Estadounidenses. Se enorgullecían de pagar sus propias bebidas y comidas, pero él seguía creyendo en la hospitalidad de Hunan: que nunca se debía permitir que tus amigos pagaran sus propias bebidas—. Yo invito.

Fengshan rebuscó en su monedero, pero solo encontró siete centavos. Era lo único que le quedaba para los gastos de ese mes. Se ruborizó. Le faltaban tres centavos.

El señor Wiley puso una moneda de diez centavos sobre la mesa y le dio una palmada en el hombro.

—Cuídese, doctor Ho.

Fengshan permaneció en su asiento mucho después de que el señor Wiley se fuera, mortificado. Nunca había imaginado que pudiera ocurrirle eso: ser demasiado pobre para pagarle un refresco a un amigo. De pronto, todos los meses de preocupaciones y las quejas de Grace sobre el dinero volvieron a atormentarlo. El alquiler mensual de sesenta dólares estaba consumiendo sus ahorros y durante meses solo había contado con sus míseros ingresos del instituto. En dos semanas, cuando terminara los informes, tendría que buscarse un trabajo.

Otro trabajo. ¿Qué otra cosa podía hacer sino ser un diplomático que luchaba por su país? Pero en Brooklyn, nunca podría trabajar para su país. Brooklyn podía ser un paraíso para muchos inmigrantes y gente de color, pero no para él. Él era un hijo de China y un soldado de China. Su futuro estaba en China, aun cuando fuera un campo de batalla en ruinas y peligroso.

En el pequeño apartamento, Fengshan estaba sentado a la mesa del comedor con una pierna temblorosa inmovilizada por un montón de periódicos. Monto no había vuelto de la escuela; solo estaban Grace y él.

Grace estaba lavando los platos en el fregadero con un vestido de algodón estampado que le llegaba a las pantorrillas. A sus veintiocho años, todavía era hermosa y grácil, y seguía teniendo el cuerpo de una jovencita. Se había recuperado por completo de la histerectomía y ahora estaba activa e involucrada en las tareas domésticas y la escuela de Monto. Solía cocinar platos chinos: filetes de cerdo salteados con cebolla verde y ajo o panceta de cerdo guisada en azúcar y salsa de soja; a veces tarareaba las melodías populares que oía en la televisión y la radio.

Pero la vida no había sido tan tranquila como él había esperado. Tenían desacuerdos sobre la educación de Monto, discusiones sobre el dinero, rencillas sobre la comida e incluso peleas por la elección del jabón. La relación habría mejorado, creía él, si pudiera hacerla feliz en la cama. Así que se acostaba temprano, dejaba el libro que estaba leyendo y se volvía hacia ella cuando la veía entrar en el dormitorio, pero Grace apagaba las luces y se acostaba en su lado de la cama. Cuando él iniciaba el acto, ella parecía incómoda. Ese momento de intimidad, de éxtasis reparador, de unión espiritual que en otro tiempo había cautivado a Grace y que él había encontrado tan revitalizador había terminado por convertirse en una obligación confusa. Hasta que, por fin, había dejado de intentarlo. ¿Podía ser que la histerectomía hubiera cambiado el cuerpo y afectado el estado de ánimo de Grace? Fengshan buscaba una respuesta.

Sin embargo, seguían siendo marido y mujer, y quería conocer la opinión de ella.

Carraspeó y comentó:

—Hoy me encontré con el señor Wiley, Grace.

—¿Con quién? —Dejó los platos sobre la mesa y se limpió las manos en el delantal, pero no se volvió.

—El cónsul general Wiley de Viena, ¿lo recuerdas?

Ella asintió, todavía de espaldas; los lazos rojos del delantal formaban un nudo apretado e inescrutable. ¿Desde cuándo le daba la espalda? ¿Desde cuándo se daban la espalda?

Carraspeó de nuevo.

—Estuve pensando, Grace, y es una decisión difícil, pero creo que me gustaría volver a China.

Ella se volvió por fin, con sus hermosos ojos muy abiertos por la consternación.

—China.

Todavía le molestaba que China fuese como una nota a pie de página que ella omitía al leer, porque para él, China era el fundamento de su trabajo. Escribir los informes para el instituto había constituido una práctica esencial de su patriotismo, pero ella había mostrado poco entusiasmo.

—¿Por qué?

—Mi tarea aquí terminará pronto. No tengo nada más que hacer.

—Pero puedes buscar un trabajo. Hablas tres idiomas extranjeros.

—No puedo trabajar aquí.

—Pero... —Apoyó la mano en el borde de la mesa y rascó un resto de kétchup seco pegado en la superficie—. Pero no quiero ir a China.

Se le cayó el alma a los pies. Era precisamente la respuesta que había previsto. Grace se sentía feliz y saludable, y allí, en los Estados Unidos, nunca se perdía en el camino de vuelta a casa. En China, tendría que empezar de nuevo: aprender el idioma, aprender a hacer amigos, a cazar gallinas y cocinar, tal como lo había hecho años atrás, y eso había sido China antes de que empezara la guerra con Japón. Ahora, con los bombarderos japoneses que sobrevolaban el cielo, China no sería un hogar seguro para ella. Pedirle que lo acompañara sería pedirle que fuera a una zona de guerra.

Pero su respuesta también confirmaba el pensamiento que lo había atormentado durante el último año. Habían venido juntos a los Estados Unidos, pero habían tomado caminos separados en Brooklyn.

—Puedes quedarte aquí, entonces. Te daré la mitad de lo que me queda de mis ahorros, que no es mucho, para que tengas algo con que empezar tu vida.

Se puso pálida.

—¿Te vas a divorciar de mí? ¿Después de todos estos años juntos?

Se quedó mirándola con impotencia. No quería que se separaran con amargura, con resentimiento, con odio.

—Grace...

Ella se puso de pie y se marchó al dormitorio.

Fengshan echó un vistazo a su alrededor; la cocina

estaba limpia y reluciente. Grace se había convertido en una ama de casa competente que se ocupaba de barrer, quitar el polvo y mantener el apartamento ordenado. La vida de ama de casa estaba a años luz de la de la esposa de un diplomático, pero Grace no se había quejado. Había limpiado, hecho las compras y cocinado. Había sido una buena esposa. ¿Qué debía hacer él?

—Siento haberte hablado así. No sé qué me ha pasado. Por favor, perdóname. —Grace apareció en la puerta del dormitorio.

La miró. Estaba llorando. Oh, no había cambiado: seguía siendo una niñita de mente caprichosa. Cuánto la había amado y presumido de ella en China, en Estambul, en Viena.

—Pero... pero... ¿tenemos que separarnos? ¿No podemos hacer algo, querido?

—Claro que podemos. —Sonrió con esfuerzo, sin dejar de mirarla, escrutando su rostro en busca de algún indicio, un indicio de la pregunta real y significativa que podría rescatarlos: ¿tenía ganas ella de hacer algo?

Grace bajó la mirada.

A Fengshan se le hizo un nudo en la garganta. Siete años de matrimonio. ¿Cómo se habían desmoronado?

Viena había tenido algo que ver. Los días en los que él emitía los visados, el accidente de ella, la pérdida del bebé, la pérdida de su trabajo y, tal vez, hasta la señorita Schnitzler. Sí, su amiga. Fengshan todavía creía que su muerte habría podido evitarse si Grace se hubiera esforzado más. Se había repetido innumerables veces que todo aquello había quedado en el pasado y que debía perdonar a su esposa, una mujer joven, vulnerable y frágil. Pero era difícil. Era como si una cinta de seda perfecta de su relación se hubiera rasgado y cada vez que miraba a Grace, veía la fisura, el vacío, la decepción y el descontento.

¿Qué pensaba ella de Viena? Nunca se lo había preguntado, pero ahora lo confirmaba. Grace nunca se había olvidado de Viena.

Fengshan no se lo esperaba: Viena había trastocado muchos aspectos de la vida de la gente mientras él estaba allí, y ahora, a cientos de kilómetros de distancia, años después, tras haberlo perdido todo, su hijo, su carrera, el recuerdo de Viena había disuelto su matrimonio.

Se levantó, apoyó la mano en el hombro de Grace y giró el rostro mientras las lágrimas rodaban por sus mejillas.

CAPÍTULO 69

GRACE

Supongo que ya sabía lo que se avecinaba. El último año había sido difícil para Fengshan, como un hombre más en Brooklyn. No hablaba alemán, no mantenía conversaciones educadas con dignatarios, no hacía llamadas telefónicas a su superior, no expedía visados y, lo peor de todo, no tenía amigos. Pasaba la mayor parte del día en la biblioteca, investigando sobre el presidente Roosevelt y analizando el racismo en el país; cuando volvía a casa, revisaba los deberes de Monto; los domingos, iba a la iglesia. Se reía menos, se había vuelto más reservado y salía a correr a menudo.

Yo también había cambiado. Físicamente, me había recuperado por completo y había recobrado la salud. Pero, cosa extraña, mi cuerpo se convirtió en un caparazón, una carga; ya no me pertenecía. Mi menopausia comenzó a los veintisiete años; ya no menstruaba, no sentía deseo sexual y la mera idea de tener relaciones íntimas me repugnaba. Cuando Fengshan me tocaba de esa forma que en el pasado me derretía, ahora me ponía tensa, e incluso me hacía sentir pánico: la incomodidad, el dolor. Su mirada me avergonzaba y, desde entonces, lo había evitado.

Dormir también se volvió un problema, con sofocos durante el día y la noche. Muchas noches me quedaba despierta, empapada en sudor, atormentada por el insomnio.

¿Fengshan lo sabía? Tal vez sí, tal vez no.

Rara vez hablábamos; vivíamos en un acuerdo tácito de silencio y, cuando conversábamos, sus opiniones no me interesaban. Parecía sorprendido por mi falta de interés. Y entonces alzábamos la voz un poco más y nos burlábamos el uno del otro sin querer, y después a propósito. Tendida en la cama a oscuras, oía su respiración y pensaba en mis días solitarios en Viena, atontada por la morfina, cuando él hundía la cabeza en los visados y estaba demasiado ocupado para empujar mi silla de ruedas o pasear conmigo por el parque. Pero me había dado cuenta de que los visados no habían sido el único factor determinante de nuestro matrimonio, pues incluso antes de eso, yo ya era una asistente olvidable en su vida. Fengshan había dicho que el marido debía cantar y la mujer acompañar, pero ¿por qué tenía que ser así? ¿Acaso la esposa no podía cantar alguna vez, de vez en cuando?

Si la semilla de nuestra discordia se había sembrado en Viena, en Brooklyn había crecido hasta convertirse en un árbol gigantesco y maligno.

Sin embargo, la vida seguía siendo tolerable, con la poesía y con Monto, mi dulce Monto. Era el chico más inteligente de toda la escuela; después de años de tomar lecciones en alemán, ahora leía y estudiaba en inglés, y todas las clases, matemáticas, ciencias e historia, le resultaban fáciles. Yo le preparaba sándwiches de mantequilla de cacahuete y mermelada, a los que se había aficionado, y lo acompañaba todos los días a la escuela. Cuando algún matón se burlaba de él por su aspecto y su inglés con acento alemán, yo lo denunciaba al director. Durante las vacaciones de invierno, lo llevaba al cine y a los espectáculos de Broadway. Era mi chico estadounidense.

—¿Qué pasará con Monto? ¿Se irá contigo? —pregunté, enjugándome los ojos.

—Por supuesto. —Fengshan miraba por la ventana.

—China está en guerra con los japoneses —insinué con cuidado—. No es conveniente que un niño crezca en un lugar así. ¿Qué ocurriría con su educación?

A Fengshan siempre le preocupaba la educación.

Se frotó la cara, con expresión atormentada. Solo había pensado en su futuro, no en las necesidades de Monto. Sabía que Monto estaría mucho mejor en el vibrante Brooklyn que en China, devastada por la guerra.

—Si se quedara aquí, conmigo, podría seguir asistiendo a la escuela. Yo cuidaré de él.

—Es mi hijo, Grace.

—Pero yo también le quiero. Solo tiene catorce años. Necesita un hogar, una madre y un futuro. ¿Cómo podrás mantenerlo a salvo en China? ¿Adónde iría a la escuela?

Fengshan volvió a frotarse la cara. Sabía que yo tenía razón.

—¿Por qué no se lo preguntas? Tiene derecho a decidir.

—Se lo preguntaré.

Esa noche nos sentamos a la mesa, con Monto en el medio. Monto escuchó con cara de angustia y sopesó por un lado a su padre y China, y por otro a mí, los Estados Unidos y una buena educación. Al final, me dio un fuerte abrazo y me dijo que se iría a China con su padre. Me puse de puntillas y lo besé en la frente: era más alto que yo. Qué rápido había crecido.

Unos días después, Fengshan y Monto zarparon hacia Hong Kong, ya que el puerto de Shanghái estaba cerrado, y fui a despedirlos. Después de un año de ver que se avecinaba, todavía no podía creer que nuestro matrimonio hubiera llegado a su fin. Quizás el hecho de no haber disuadido a Lola de concretar su plan había hecho que Fengshan me viera con otros ojos, o quizá su devoción por los visados y su misión habían hecho que yo lo viera con otros ojos: me había sentido muy sola y deprimida después de la operación. Pero ya no importaba. Habíamos perdido la fe el uno en el otro, en el matrimonio. Y Brooklyn no nos había ayudado a superarlo.

"Empieza de nuevo".

Llamé a mi madre a Chicago, con la esperanza de ir a visitarla. Un hombre atendió la llamada, me dijo que se había mudado a Boston después de divorciarse de nuevo y me dio su dirección. Así que fui a Boston y descubrí que estaba en el hospital por una hernia de disco. No era una paciente colaboradora: se quejaba y gritaba mientras se arrastraba por el suelo por orden del médico para fortalecer sus articulaciones; también rechazaba los cuidados de las enfermeras. Así que yo le cepillaba los dientes, le cambiaba el orinal, la bañaba y le hacía compañía mientras dormía la siesta. Cuando estaba despierta, me observaba con el ceño fruncido y me decía que era pura piel y huesos y que parecía una mujer de cincuenta años. Yo no me ofendía. Mi madre no había cambiado.

Para cuidarla mejor, alquilé un apartamento con el dinero que me había dado Fengshan y encontré empleo de camarera en una cafetería cercana. Durante el día, trabajaba; cuando salía del trabajo, iba a ver a mi madre. La vida era tranquila. Seguía las indicaciones de mi cuerpo y me acostumbré a madrugar; contemplaba el amanecer a las cuatro de la mañana y me deleitaba con el café recién hecho y los mariscos frescos del mercado. A veces conversaba con los pescadores.

Boston era diferente de la ciudad que recordaba. Era hermosa, con esa luminosidad callada del verano, el aire transparente como un diamante, las amapolas rojas largas y atractivas y los edificios coloniales amarillos que se alzaban como una revolución. Me alegraba haber vuelto.

Dickinson seguía siendo mi compañera y ahora que Lola formaba parte de mi poeta, leía los mensajes de Lola en los márgenes y después los de Dickinson. Me tranquilizaban. Y a veces, cuando los pensamientos invadían mi mente como el sol del verano, los anotaba para componer algo aquí y allá.

En algunas ocasiones iba a la biblioteca y a las librerías para buscar información sobre los judíos vieneses, Eichmann, los nazis y la guerra en Europa. Había pocas menciones de los judíos o de Eichmann, pero todos los periódicos hablaban de la guerra.

Cuando mi madre recibió el alta, la invité a quedarse conmigo. Se pasaba todo el día hablando de los dolores que la aquejaban, del confinamiento después de la cirugía y del frío que le entumecía los huesos. Yo hacía todo lo que podía para calmarla. Seguía bebiendo y, cuando se desmayaba en el sofá, la cubría con una manta. Un día quiso ir a visitar la tumba de mi padre. Cogimos un autobús, yo con un termo de té y ella, con una botella de ginebra. Cuando llegamos a nuestra parada, parecía dormida, pero me equivoqué. Había dejado de respirar.

Tuvo un entierro sencillo, sin la presencia de su amado sacerdote ni sus amigos irlandeses buscadores de almejas ni sus empleadas domésticas. Me dejó quince dólares, todo su dinero ganado con tanto esfuerzo.

Le envié una carta a Fengshan a su ciudad natal en la provincia de Hunan para contarle de la muerte de mi madre. Me había pedido que me mantuviera en contacto con él. Nunca respondió.

Era posible que, con China bajo el control casi total de los japoneses, la carta no le hubiera llegado. Pero también era probable que a Fengshan ya no le interesara comunicarse conmigo y no quisiera acordarse de nuestro matrimonio ni de mí.

Todavía pensaba en él, sentado ante su escritorio, con un rayo de sol que garabateaba en su hombro como una pluma de plata; en cómo había corrido en busca de su amigo aquella noche de los cristales rotos y en cómo había observado los proyectiles golpear contra el consulado. Y sabía que, aunque nuestro amor hubiera quedado enterrado bajo el polvo de Viena, mi admiración por él perduraría para siempre. Era más fuerte que yo, sin duda, un hombre destinado a cantar su propia melodía. Había sido un hombre casado con una idea, con una esperanza peligrosa, con el alma de un futuro para miles de personas. En las horas más oscuras y violentas, se había aferrado a su idea, había avanzado con su antorcha de fe en alto y la había entregado a los necesitados.

Los recuerdos. Sus ideales: ese era el don que me había inculcado.

En cierto modo, Lola era como él, una verdadera luchadora. "Empieza de nuevo. Aún puedes crear un legado más fuerte que la descendencia".

Lola se había ido, pero siempre había sabido lo que yo necesitaba.

Me inscribí en el programa de enfermería estatal y comencé mi formación como enfermera; mientras tanto, empecé a escribir.

En 1948, el día de mi trigésimo quinto cumpleaños, el año en que Lola hubiera cumplido treinta, publiqué mi primer poema, "Viena", en una revista literaria y, por primera vez, me llamaron poeta.

Meses después, una joven enfermera de la recepción del Hospital General de Massachusetts, donde yo trabajaba, me entregó una tarjeta. Tenía una peonía roja impresa en el anverso y, en el interior, la letra ordenada de un hombre culto. Me proponía que nos encontráramos el sábado siguiente en el puente peatonal del jardín público.

No se había olvidado de mí.

CAPÍTULO 70

GRACE

Cuando llegó el sábado, me quité el uniforme de enfermera y el gorro y me puse unos pantalones largos rectos, una blusa roja y un suéter. Caminé desde el hospital hasta el parque; no quedaba tan lejos. Cuando llegué al jardín público, me acordé de nuevo de lo mucho que se parecía a los parques de Viena: las fuentes, los arbustos bien cuidados, las hayas y los castaños de Indias imponentes, incluso la estatua, aunque esta era del general Washington, claro, no del emperador Francisco ni de Beethoven.

Llegué media hora antes y permanecí de pie junto al puente peatonal. El aire de principios de otoño era fresco; había grupos de personas que deambulaban por un bosquecillo de manzanos ornamentales; algunas familias pedaleaban en botes con forma de cisne por la laguna. A mi derecha, dos caballos, arreados por dos hombres con traje negro y bombín, araban en un inmenso jardín victoriano. Otoño. La estación de la cosecha.

Entonces llegó él, con un ramo de flores en la mano, caminando desde el otro extremo del puente. Habían pasado siete años desde que nos habíamos despedido; había cambiado, pero siempre lo reconocería. Era guapo y enérgico, de frente ancha, ojos perspicaces y cejas tenues, la viva imagen de Fengshan.

—Cuánto me alegra verte, Grace. —Monto abrió los brazos para abrazarme.

Su voz también había cambiado; era una voz de hombre, profunda e intensa, pero algo, gracias a Dios, seguía igual.

—Has venido a Boston. Estoy muy sorprendida. ¿Cuándo llegaste a los Estados Unidos? Creí que estabas en China con tu padre.

Durante siete años, le había estado enviando regalos de cumpleaños, revistas de historietas y cuadernos de matemáticas, su asignatura favorita, pero solo me había respondido una vez. No podía quejarme. Era solo un niño; no tenía la persistencia necesaria para escribirme con regularidad.

—Hace unos meses. Leí tu poema. Fue muy conmovedor. Es un honor conocer a la poeta.

"Viena" había recibido algunos comentarios tibios de la crítica, pero para mi sorpresa, muchos lectores le habían brindado un reconocimiento entusiasta. Varias publicaciones extranjeras lo habían reimpreso y me invitaban a leerlo en distintos lugares de Boston. En camisa y pantalones sencillos, leía para un público reducido. Siempre para un público reducido, no me importaba. Después de todo, los poetas existían para ser leídos, no para ser vistos.

—Me alegra que te guste. ¿Por qué estás en Boston?

—Me han admitido en la universidad de Harvard. —Me dio las flores: hibiscos, rosas y ásteres.

—Harvard. Por supuesto. ¿Serás médico?

—Aún te acuerdas.

—¿Todavía lees las firmas de la gente y predices su futuro?

Se rio; tenía la risa de su padre.

—Era un juego tonto. Lo hacía por puro aburrimiento. ¿Qué otra cosa podía hacer un niño, solo, en un consulado? Nadie me creía; nadie, excepto tú.

—Eras un entendido. ¿Por qué no iba a creerte? ¿Cómo está tu padre? —Fui a sentarme en un banco.

Dos años después de que le hubiese enviado la carta para notificarle el fallecimiento de mi madre, Fengshan me había respondido. Me explicó que el reparto del correo se había interrumpido a causa de la guerra con Japón y que había tardado dos años en recibir la carta. Me contó que se había vuelto a casar. Su nueva esposa era china y era un hombre feliz.

Desde entonces, habíamos mantenido una correspondencia esporádica. En general, sus cartas habían sido cordiales y diplomáticas, con poca información personal o emoción, y dirigidas a mí como señorita Lee.

La última carta que recibí rebosaba ansiedad por la escalada de la tensión entre nacionalistas y comunistas en China. Según él, la guerra civil parecía inevitable, otro golpe para el pueblo chino que acababa de sobrevivir a la invasión japonesa.

—Padre ha recibido una misión en Egipto como embajador. Te envía saludos.

—Felicítalo de mi parte.

De modo que volvía a ser diplomático, y embajador. Me alegré por él. Como siempre, era un servidor público hasta la médula, un guerrero de su país, un luchador en defensa de la humanidad. Me alegraba que el episodio de Viena no hubiera empañado su reputación. Los últimos siete años habían sido un largo declive en su carrera, un desperdicio de su talento.

—¿Piensa venir a los Estados Unidos? —quise saber, esperanzada, aunque conocía bien a Fengshan: un marido, padre y diplomático con una segunda oportunidad probablemente evitaría encontrarse conmigo, y era mejor así. Para que el espejo del presente brillara, había que limpiar el polvo de los viejos recuerdos.

—No diría que no. Como embajador en Egipto, tendrá que viajar por todo el mundo.

Sonreí. Monto era bueno conmigo.

—¿Y tú, Grace?

Sabía lo que él quería saber. Habían pasado siete años desde mi divorcio y no había salido con nadie. Y no era por falta de hombres a mi alrededor: también había enfermeros que habían trabajado como médicos en la guerra. Pero la vida familiar, que antes había sido mi único pensamiento, ya no me interesaba. Además de mi amor por la poesía, mi carrera como enfermera era mi foco principal. Inyectaba penicilina en los brazos de los pacientes y curaba la meningitis tuberculosa de los niños con una jeringa gigante que contenía estreptomicina. Me llenaba de satisfacción verlos sanos y caminando de nuevo.

—Ah, estoy bien sola. El trabajo me mantiene ocupada. Hay muchos pacientes y héroes de guerra que necesitan cuidados y atención constantes. Justo lo que necesito.

—¿Eres feliz?

—Sí.

Lo decía en serio. Tenía gente que me necesitaba en el hospital y, cuando volvía a casa, leía poesía y escuchaba música clásica de violín en la radio. Lola, por supuesto, siempre estaba en mi mente y, a veces, su verdugo Eichmann. Siempre que podía, buscaba noticias sobre él. Durante la guerra, había oído hablar de los nazis a los pacientes del hospital y, cuando terminó, habían surgido muchos detalles truculentos de Europa. Yo había recopilado las noticias de los crímenes cometidos por Eichmann.

En el verano de 1941, Eichmann había anunciado la deportación de quince mil judíos berlineses y cuarenta y cinco mil judíos vieneses a Polonia; en el invierno de 1941, recién ascendido a *sturmbannführer* por su diabólica labor, había enviado a cinco mil judíos berlineses, todos de edades comprendidas entre los cincuenta y los ochenta años, a drenar los pantanos de Rokitno en pleno invierno gélido, a los que más tarde se habían sumado mujeres y niños, como parte de un plan deliberado de matarlos a todos.

A principios de 1942, cuando los judíos tenían prohibido abandonar sus países, Eichmann había tenido una participación activa en su eliminación, organizando el transporte a los campos y reclutando criminales para torturar a los prisioneros. Había propuesto la Solución Final para los judíos en Alemania, Polonia, Praga, Bohemia y Moravia. Cuando Himmler dio comienzo al exterminio masivo en las cámaras de gas, Eichmann estaba a cargo de organizar los arrestos y trasladar a los prisioneros en vagones de ganado. Una vez asesinados, Eichmann comandaba los equipos que se ocupaban de disponer de los miles de cadáveres.

Si Lola hubiera estado viva, habría intentado matar de nuevo a ese múltiple asesino.

También me había enterado, con inmensa rabia, que al final de la guerra, Eichmann había escapado, cargado de lingotes de oro, junto con otros oficiales y criminales nazis, y que había desaparecido en Alemania sin dejar rastro. Tal vez algún día le darían caza y sería juzgado en un tribunal de justicia. Cuando llegara ese día, el alma de Lola descansaría en paz.

—Vine con un mensaje importante, Grace. Hace un par de meses, alguien de Londres se puso en contacto con mi padre. Dijo que te conocía y que quería comunicarse contigo. Mi padre está ocupado con su trabajo en Egipto, así que me pidió que viniera a verte.

—¿De dónde dijiste que es esta persona?

—De Londres.

No conocía a nadie en el extranjero.

—Hablé con ella por teléfono. Voló ayer hasta aquí. Le

dije que viniera para encontrarse contigo. Espero que no te importe. Mira, ahí está.

Cerca de una tuya, una mujer joven, de unos dieciocho años, caminaba hacia mí; llevaba un vestido verde largo hasta los tobillos y un collar con una estrella plateada de seis puntas. Tenía la cara regordeta y ojos verdes.

—Aquí estás, no puedo creerlo. Te he estado buscando desde que terminó la guerra. ¿Te acuerdas de mí, *tante* Grace? —Su voz me resultaba conocida; su inglés tenía un acento dulce.

Dejé caer las flores. Por supuesto que me acordaba de ella, de su pequeña figura pegada a mi cuerpo mientras la sacaba a escondidas del apartamento de su familia, de su silueta solitaria que se tambaleaba hacia el vagón de tren con una maleta la mitad que ella, y de su juguete favorito, una caja de música que había quedado atrás y se había perdido, como su tía. Ella había querido quedarse, pero yo no había podido retenerla conmigo.

—Eva —pronuncié. "¡Está aquí! Eva, por cuya vida habíamos luchado Lola y yo".

Me abrazó y apoyó el rostro en el hueco entre mi cuello y mi hombro, tal como lo hacía cuando tenía nueve años.

—¡Estoy tan contenta de haberte encontrado!

—¡Diez años, Eva! Han pasado casi diez años, ¿verdad? ¿Cómo te ha ido en Londres? ¿Cómo sobreviviste a la guerra? Cuéntame. Oh, cuéntame. Tengo tantas preguntas. ¿Esto es real? No puedo creerlo. —Reía y lloraba al mismo tiempo.

Monto sonreía. "Tendrás dos hijos", me había presagiado.

NOTA DE LA AUTORA

AUNQUE ESTA HISTORIA CONTIENE HECHOS Y PERSONAJES históricos, se trata de una obra de ficción. Algunos nombres, personajes, organizaciones, fechas e incidentes son producto de mi imaginación o se utilizan de forma ficticia.

El doctor Ho Fengshan, quien salvó las vidas de miles de judíos entre 1938 y 1940 mediante la emisión de visados para entrar en China, ha recibido el reconocimiento y la admiración de muchas personas de todo el mundo. Es un honor y un privilegio para mí reimaginar su vida en Viena. Cualquier error que hubiera en esta novela es mío.

El doctor Ho Fengshan tuvo una distinguida carrera diplomática después de Viena. Fue embajador en Egipto, México y otros países. Cuando se retiró, se estableció en San Francisco con su familia. Se cuenta que, durante su vida, no habló de sus heroicos esfuerzos por rescatar a los judíos de Viena. En sus memorias, publicadas en 1990, describió su estancia en esa ciudad en forma somera. Sus hazañas solo se descubrieron tras su muerte en 1997. Fue reconocido de manera póstuma con el título de Justo entre las Naciones.

Grace Lee se basa, en cierta medida, en la segunda esposa del doctor Ho, aunque se sabe poco de ella. La historia de Grace y Lola Schnitzler es completamente ficticia.

LECTURAS COMPLEMENTARIAS

ESTE ES UN LIBRO QUE NACIÓ DURANTE LA PANDEMIA. Estoy en deuda con los siguientes autores, cuyas memorias, investigaciones y profundo conocimiento me ayudaron a visualizar Viena y a recorrer ese doloroso período de la historia.

Around the Globe in Twenty Years, de Irena Wiley, ilustrado con dibujos de la autora.

Broken Threads: The Destruction of the Jewish Fashion Industry in Germany and Austria, editado por Roberta S. Kremer.

Diplomat Rescuers and the Story of Feng Shan Ho, producido por el Centro de Educación sobre el Holocausto de Vancouver en colaboración con Visas for Life: The Righteous Diplomats y Manli Ho.

Eichmann Before Jerusalem: The Unexamined Life of a Mass Murderer, de Bettina Stangneth.

Holocaust and Human Behavior, publicado por Facing History and Ourselves.

My Forty Years as a Diplomat, de Feng-Shan Ho, traducido y editado por el doctor Monto Ho.

The Four-Front War: The Most Daring Rescue Operation of the Century, de William R. Perl.

The Green Bottle: The True Story of One Family's Journey

from War-Torn Austria to the Ghettos of Shanghai, de Vivian Jeanette Kaplan.

Night Games and Other Stories and Novellas, de Arthur Schnitzler, traducido por Margret Schaefer.

La lista de Schindler, de Thomas Keneally.

El vendedor de tabaco, de Robert Seethaler, traducido por Charlotte Collins.

We Shall Not Forget! Memories of the Holocaust, editado por Carole Garbuny Vogel.

El mundo lo debe saber: la historia del Holocausto contada por el Holocaust Memorial Museum de Estados Unidos, de Michael Berenbaum.

El mundo de ayer, de Stefan Zweig, traducido por Anthea Bell.

外交生涯四十年 (*Cuarenta años de carrera diplomática*), del Dr. Ho Fengshan, publicado en chino.

NOTA DEL EDITOR
SOBRE ADOLF EICHMANN

ADOLF EICHMANN, UNO DE LOS JERARCAS MÁS IMPORTAN-
tes del nazismo, tuvo un papel crucial en la persecución
y el exterminio de los judíos durante la Segunda Guerra
Mundial. Tras salir de Viena en 1939, Eichmann trabajó en
Praga y Berlín, donde lideró la Oficina Central del Reich
para la Emigración Judía. En diciembre de 1939, fue designado jefe de los asuntos judíos y las deportaciones, y
organizó todos los traslados a la Polonia ocupada bajo las
órdenes de Heinrich Himmler.

Eichmann ayudó a preparar la Conferencia de Wannsee
en 1942, donde se planificó la "Solución Final" para el
exterminio de los judíos. Coordinó la incautación de propiedades judías y el envío de trenes hacia los campos de
concentración. En 1944, supervisó las deportaciones de
judíos en Hungría, incluso después de que el gobierno hún-
garo intentara detenerlas.

Al concluir la guerra, Eichmann vivió bajo identidades
falsas hasta que fue capturado por las fuerzas estadounidenses, aunque logró escapar. En 1950, emigró con docu-
mentación falsificada a Argentina. Allí vivió bajo diferentes
identidades; la más conocida fue la de Ricardo Klement,

con la que llegó a ser gerente de la fábrica de Mercedes Benz. En marzo de 1960, agentes del Mossad viajaron a Buenos Aires al tener finalmente información de su paradero. En un operativo encubierto, el gobierno de Ben Gurion en Israel aprobó su secuestro, para evitar el posible rechazo de un pedido de extradición al gobierno argentino. A comienzos de mayo de 1960, fue capturado y llevado a Israel, donde se le juzgó y condenó a muerte por crímenes contra la humanidad. Fue ejecutado mediante ahorcamiento el 1 de junio de 1962.

NOVELAS HISTÓRICAS EN VIDIS

ÍTACA • CLAIRE NORTH
Ulises se ha ido con todos los hombres jóvenes de la isla. Penélope gobierna desde las sombras de un concilio de ancianos. Es hora de que las mujeres cuenten su versión del famoso mito griego.

EL SECRETO DE PARÍS • NATASHA LESTER
Una novela sobre la resistencia en París que presenta a las primeras pilotos de guerra y el origen de la casa Dior.

LA ÚLTIMA ROSA DE SHANGHÁI • WEINA DAI RANDEL
Un amor apasionado entre una rica heredera china y un joven judío refugiado del nazismo, en el ambiente glamuroso del viejo Shanghái de los 40.

LAS BRUJAS DE VARDØ • ANYA BERGMAN
En una fortaleza noruega del siglo XVII, cuando las mujeres eran encarceladas y quemadas por brujas, dos valientes mujeres protagonizan una historia épica basada en hechos reales.

LAS TRES VIDAS DE ALIX ST. PIERRE • NATASHA LESTER
Una historia de amor, traición y búsqueda de redención envuelta en un glorioso vestido de Dior.

LAS CUARENTA LADRONAS • ERIN BLEDSOE
Inspirada en la historia real de Alice Diamond, la reina de los ladrones de Londres en 1920.

LOS HIJOS DE RACHEL • Eleanor Shearer
En Barbados, en 1834, una esclava fugitiva emprenderá un viaje increíble para recuperar a sus hijos robados.